*Romance
tóxico*

HEATHER DEMETRIOS

Romance tóxico

Tradução
FLÁVIA SOUTO MAIOR

O selo jovem da Companhia das Letras

Copyright © 2017 by Heather Demetrios

O selo Seguinte pertence à Editora Schwarcz S.A.

As citações das peças *Ricardo III, Noite de reis* e *Macbeth* de William Shakespeare foram retiradas da tradução de Barbara Heliodora em *Teatro completo*. São Paulo: Nova Aguilar, 2016.
As citações da peça *Romeu e Julieta* de William Shakespeare foram retiradas da tradução de José Francisco Botelho em *Romeu e Julieta*. São Paulo: Penguin Companhia, 2016.
As citações da peça *Hamlet* de William Shakespeare foram retiradas da tradução de Lawrence Flores Pereira em *Hamlet*. São Paulo: Penguin Companhia, 2015.
A citação de *O alquimista* de Paulo Coelho foi retirada de *O alquimista*. São Paulo: Paralela, 2017.

Grafia atualizada segundo o Acordo Ortográfico da Língua Portuguesa de 1990, que entrou em vigor no Brasil em 2009.

TÍTULO ORIGINAL Bad Romance
CAPA Valerie Hegarty
PREPARAÇÃO Lígia Azevedo
REVISÃO Érica Borges Correa e Renato Potenza Rodrigues

Dados Internacionais de Catalogação na Publicação (CIP)
(Câmara Brasileira do Livro, SP, Brasil)

Demetrios, Heather
  Romance tóxico / Heather Demetrios ; tradução Flávia Souto Maior. — 1ª ed. — São Paulo : Seguinte, 2018.

Título original: Bad Romance.
ISBN 978-85-5534-079-6

1. Ficção norte-americana I. Título.

18-20260 CDD-813

Índice para catálogo sistemático:
1. Ficção : Literatura norte-americana 813

Iolanda Rodrigues Biode — Bibliotecária — CRB-8/10014

[2018]
Todos os direitos desta edição reservados à
EDITORA SCHWARCZ S.A.
Rua Bandeira Paulista, 702, cj. 32
04532-002 — São Paulo — SP
Telefone: (11) 3707-3500
www.seguinte.com.br
contato@seguinte.com.br

 /editoraseguinte
 @editoraseguinte
 Editora Seguinte
editoraseguinteoficial

*Para Zach, marido, final feliz e reparador de corações partidos
(TSATMAEO)*

I want your ugly
I want your disease
I want your everything
As long as it's free
I want your love
Lady Gaga

Segundo ano

UM

Quinhentos e vinte e cinco mil e seiscentos minutos.

Foi o tempo que levei para me desapaixonar por você. Um ano. Nossa temporada de amor. Você sabe a que musical estou me referindo, não é, Gavin? Porque não tem como ser meu namorado e não saber que é óbvio, *é óbvio*, que vou citar *Rent*. Quinhentos e vinte e cinco mil e seiscentos minutos de seus lábios nos meus, de sussurros no escuro, de você me levantando e me girando no ar, tirando minha virgindade, ferrando com a minha cabeça e me dizendo que sou uma inútil, uma inútil, uma inútil.

Se eu estivesse escrevendo um musical sobre nós, começaria por onde estamos agora, pelo final. Gostaria que o público realmente entendesse como fui capaz de me apaixonar tanto por você. Garotas não se apaixonam por cretinos manipuladores que as tratam como merda e as fazem questionar seriamente suas escolhas. Elas se apaixonam por cretinos manipuladores (que as tratam como merda e as fazem questionar seriamente suas escolhas) que elas *acham* que são príncipes encantados. Você montava em seu maldito cavalo branco, um Mustang 1969, no caso, e eu pensava: "Meu herói!". Mas estou cansada de ser uma donzela em perigo. Na minha próxima vida, vou ser uma rainha guerreira ninja fodona. E vou acabar com a raça de bostinhas como você. Vou te jogar em um calabouço e atirar a chave no fosso. Minhas *cavaleiras* vão chegar fazendo "aê!" e vou ficar sentada no meu trono, tipo, "É isso aí".

Mas não posso ficar sonhando acordada com minha próxima vida, porque tenho que lidar com você *nesta*. Antes de terminar com você, quero refletir. Quero relembrar nossa relação, parte por parte. Quero lembrar por que estava tão loucamente apaixonada. Quero saber por que levei tanto tempo para me dar conta de que você é tóxico.

Então, vou dar uma de *Noviça rebelde* nessa merda: *Então começar do princípio, sempre o melhor lugar...*

Lá estou eu, à direita do palco, terminando o café da manhã. Estou no segundo ano do ensino médio. É inverno. Uma terça-feira, que é melhor que segunda, mas não tão boa quanto quarta. Não estamos juntos ainda, Gav, mas, como diz Alyssa, minha melhor amiga que não tem papas na língua: *morro de tesão por você*. Acabei de terminar minha torrada com manteiga de amendoim enquanto penso que no dia anterior vi você comendo um Reese's e quis lamber o chocolate dos seus lábios. Porque seria um beijo incrível — Gavin Davis com gostinho de chocolate e manteiga de amendoim. SIM. Pensar em você me deixa feliz e no momento estou tentando ignorar meu padrasto (que a partir de agora será chamado de Gigante), lá-lá-lá. O Gigante está bufando e resmungando na cozinha, e eu sei que ele quer que eu pergunte o que está acontecendo, mas não vou fazer isso, porque ele é um maluco completo (essa expressão também é da Alyssa — ela é muito criativa linguisticamente) e ninguém deveria ter que lidar com malucos completos antes de uma dose de cafeína.

O Gigante está irritado.

— Onde está meu almoço? — ele resmunga, agora mais alto, enquanto vasculha a geladeira.

Esse é o dia em que minha vida vai mudar. Mas não sei disso ainda, claro. Não tenho ideia do que me espera. Do que *você*, Gavin, está preparando para mim. Só sei que o Gigante está estragando meu devaneio e que preciso de café, mas não posso tomar, porque eles disseram que não. Tudo é "Porque dissemos que não".

O Gigante joga a lancheira sobre a bancada e a abre. Só então me dou conta de algo que esqueci de fazer ontem à noite, antes de ir para a cama.

Fecho os olhos e imagino um coro de teatro grego sacudindo os punhos no ar por mim (*Ah, que tragédia! Que tragédia!*), porque essa leve infração pode comprometer todo o meu fim de semana.

— Desculpe — balbucio. — Me esqueci de preparar.

Abaixo a cabeça com vergonha. Sou uma imagem da Fêmea Contida e Submissa, porque é isso que o Gigante quer ver o tempo todo. Mas é só fachada.

Por dentro, onde ele não pode ver, não importa o quanto tente, penso: "Dane-se, faça seu próprio almoço, e aproveite para lavar o próprio carro e a própria roupa, principalmente as cuecas, e posso, por favor, não ter mais que limpar seu banheiro, porque seus pelos púbicos me enojam?".

Faço o papel da garota derrotada e intimidada porque tenho medo. Pavor, na verdade. A pouca liberdade que tenho é como uma peça delicada de vidro. Uma leve pressão pode estilhaçá-la em milhões de pedaços. Nem sempre foi assim. Antes de minha mãe se casar com o Gigante, havia alegria em nossa casa, festas, aventuras. Agora não. Vivo em um reino governado por um tirano que deseja me destruir.

O Gigante xinga em voz baixa e eu tenho vontade de dizer: "Você não vai morrer se fizer seu próprio sanduíche, porra". Sério. Pão, peru, mostarda e queijo. Pronto, você tem um sanduíche. Nossa!

Ouço uma porta se abrir no corredor. Minha mãe entra com sua própria versão de Fêmea Contida e Submissa. Ela enxerga sujeira onde ninguém mais vê, acha que em cada esquina há um desastre esperando. Acredita que a morte se esconde nas rachaduras entre os ladrilhos, nos rodapés, no vaso sanitário. Ela está doente.

— O que está acontecendo? — minha mãe pergunta, alternando o olhar entre mim e o Gigante. Seus lábios se curvam para baixo quando ela me encara como se eu fosse uma decepção. Não são nem oito horas da manhã.

— Sua filha não preparou meu almoço *de novo*, e eu vou ter que gastar dinheiro comendo fora *de novo*, é isso que está acontecendo. — Ele olha para mim e quase posso ouvir seu pensamento: "Você não é minha filha, queria que fosse embora da minha casa para sempre".

— Espero que não ache que vai ao cinema na sexta com a Natalie e a Alyssa — o Gigante acrescenta.

Que surpresa. Me deixa adivinhar: vou ter que ficar de babá.

Não me entenda mal: mesmo que Sam seja metade Gigante, eu o amo muito. É bem difícil odiar uma criança de três anos. Ele não tem culpa de ter um pai desses, assim como não tenho culpa se meu pai foi (e talvez ainda seja) viciado em cocaína, mora em outro estado e esquece meu aniversário todo ano.

Minha mãe me encara irritada e passa por mim sem dizer nada. Ela acaricia o braço do Gigante, depois pega uma caneca para tomar café. Está escrito "Mãe nº 1" na caneca, o que é irônico. Queria que as pessoas que fazem essas canecas fossem mais realistas. Tipo, por que não existem canecas que dizem "Antes ela era uma mãe legalzinha, mas depois do segundo casamento parou de se importar com os filhos"? Sei que são muitas palavras, mas com fonte tamanho doze com certeza caberiam em uma caneca.

O Gigante não se contenta em apenas passar por mim para sair: ele *me empurra* no processo, batendo em mim com o ombro como se fosse um jogador de futebol americano, de modo que sou jogada contra a parede e bato as costas no canto. A dor sobe por minha coluna. Ele nem percebe. Ou talvez perceba. Cretino. Assim que sai e bate a porta, minha mãe se vira para mim.

— O que eu falei sobre terminar suas tarefas? — ela pergunta. — Estou ficando cansada disso, Grace. Primeiro você não lava a louça direito, depois esquece o almoço do Roy ou não guarda os brinquedos do Sam. — Ela levanta o dedo para me ameaçar, como os ditadores fazem. — É melhor dar um jeito, mocinha. Você está por um fio.

Segundo ela, estou sempre por um fio. É o resumo da minha vida. No limite, prestes a se romper, incerta.

Ela nem precisa me dizer o que vai acontecer se esse único fio que me segura se romper. Meu pai prometeu ajudar a pagar o acampamento de teatro do Centro de Artes Interlochen, em Michigan, que oferece cursos incríveis. Tenho economizado feito louca, trabalhando dobrado no Honey Pot aos fins de semana para contribuir com as centenas de dólares necessárias para me livrar desse inferno suburbano por algumas semanas no verão.

Abaixo mais a cabeça e me transformo na Filha Humilhada. Ela é a prima mais cansada da Fêmea Contida e Submissa. Se estivéssemos em um musical, a Filha Humilhada ia se virar para o público para cantar algo como "Eu tive um sonho", de *Os miseráveis*. Não sobraria um olho sem lágrimas na plateia.

— Desculpa — digo de novo, com a voz suave.

É necessário ter muita força de vontade para não deixar a frustração dentro de mim transparecer na minha voz, na minha boca, nas minhas mãos. Para permanecer no papel de Filha Humilhada, fico encarando meus coturnos rosa-bebê, porque baixar o olhar transmite a ideia de que você não vale nada e faz a outra pessoa se sentir bem consigo mesma, o que aumenta a possibilidade de que ela seja bondosa. Você uma vez me perguntou qual era a das minhas botas, e eu contei que as encontrei em um brechó no Sunset Boulevard e tive certeza absoluta de que a garota que as usara antes de mim era do tipo que escrevia poesia e dançava Ramones. Quando as uso, me sinto muito mais artística. "Betty e Beatrice são minhas almas gêmeas em forma de calçados", eu disse, então você me perguntou se eu dava nome para todos os meus sapatos, e eu respondi "Não, só para estes", e você disse "Que demais", então o sinal tocou e eu fiquei pensando naquela conversa que durou dois segundos pelo resto do dia. Portanto, apesar de minha mãe ser odiosa esta manhã, meus sapatos me deixam mais animada. Quer dizer, tudo vai ficar bem, contanto que existam coturnos cor-de-rosa no mundo. Um dia vou te dizer exatamente a mesma coisa e você vai me puxar para perto e dizer "Eu te amo tanto", e eu vou me sentir incrível.

— "Desculpa" — minha mãe repete, com desdém. — Se eu ganhasse cinco centavos toda vez que você diz isso... — Ela olha para o relógio. — Anda logo, ou vai se atrasar.

Pego a bolsa e uma blusa, o suficiente para o inverno da Califórnia. Considero bater a porta ao sair, mas as coisas não terminariam bem para mim, então a fecho com cuidado e saio correndo antes que minha mãe consiga pensar em mais algum motivo para ficar zangada comigo.

Preciso me animar. Agora. Não posso deixar que meu dia continue assim. Preciso deixar o que aconteceu para trás.

A Roosevelt, escola onde estudo, fica a menos de dez minutos a pé. Ponho os fones e caminho ouvindo a trilha sonora de *Rent*, provavelmente a melhor coisa que os anos 90 produziram. Ela me leva a Nova York, a um grupo de amigos boêmios, ao meu futuro. Algumas pessoas correm ou meditam quando estão estressadas, mas eu vou ao Village. Me imagino andando pelas ruas da cidade, passando por latas de lixo lotadas, ratos apressados, lojas descoladas e cafés. Com gente por todo lado. Cercada de prédios de tijolos aparentes e saídas de emergência, entrando no metrô e passando por baixo da cidade a caminho do Nederlander Theater, onde vou dirigir uma peça ou musical. Talvez até mesmo uma remontagem de *Rent* na Broadway. Quando chego na escola, sinto a música vibrando dentro de mim (*"Viva la vie Bohème!"*). Minha mãe, o Gigante, os problemas em casa e a tristeza são substituídos por minha verdadeira família, os personagens de *Rent*: Mark, Roger, Mimi, Maureen, Angel, Collins e Joanne. Estou bem. Por enquanto.

Assim que entro na escola, fico atenta a você. Seria difícil passar despercebido.

Você é como Maureen, de Rent: *Desde que eu cresci, todos os olhos são para mim — fêmeas, machos, não importa, baby.*

Você tem essa aura descolada que faz as pessoas quererem se curvar aos seus pés, te acender uma vela. Santo Gavin. Você deixa um rastro de estrelas. Sempre que passa, juro que vejo faíscas saindo. O ar crepita. Fica agitado. Você rouba todo o oxigênio e eu fico tentando respirar, ofegante. No cio.

Quero roubar o caderno de couro que você carrega o tempo todo. Há letras de música, poesia e talvez desenhos ali. Tudo com a sua caligrafia, que eu nunca vi, mas que imagino que seja surpreendentemente bonita. Se eu pudesse, entraria no banco de trás do seu Mustang antigo de bad boy e ficaria esperando que você me agarrasse, ou pelo menos cantasse uma música para mim. Não me canso do seu andar, do seu cabelo preto perfeitamente desgrenhado. Da camiseta desbotada do Nirvana e do jeans de cintura baixa, do chapéu preto sem o qual nunca te vi. Você tem esses olhos absolutamente frios, tão azuis que fico esperando ver ondas neles, ou até geleiras. E um olhar impenetrável, como se tivesse um milhão de segredos trancados dentro de si. Quero a chave para eles.

Gosto de quando está tocando violão, inclinado para a frente, com o pé esquerdo um pouco adiante do direito, as mãos fortes dedilhando magia no ar, atento à música que sangra dos dedos longos e finos. E de sua voz: rouca e doce ao mesmo tempo, um pouco Jack White, um pouco Thom Yorke. As músicas que escreve são como poesias. Você fecha os olhos, abre a boca e alguma coisa começa a girar dentro de mim, cada vez mais rápido, de modo que eu seria capaz de fazer tudo o que me pedisse. Quando canta, imagino meus lábios junto aos seus, sua língua em minha boca, suas mãos em todos os lugares.

Você é a coisa mais exótica que existe nesta porcaria que chamamos de cidade. Um deus do rock abandonado pelo destino cruel em um ponto remoto do subúrbio, onde é mais quente que o inferno. Gosto de pensar que, como uma garota de Los Angeles que foi obrigada a se mudar para cá, de certo modo entendo você melhor que os outros. Sei o que é ouvir buzinas, helicópteros, música a qualquer hora da noite. Sei como é correr por estradas repletas de placas de neon e encontrar grafites nos lugares mais improváveis. Sei como é se sentir vivo. Você quer tudo isso, dá para ver. Olha para o que nos cerca do mesmo modo que eu: em um desespero silencioso.

Birch Grove tem um ar de novidade que só existe em cidades pequenas da Califórnia — centros comerciais brotando como cogumelos, escolas e condomínios residenciais onde antes havia campos de morango ou milho. Embora tenha uma Target e uma Starbucks, também acontece um rodeio anual na cidade. Há um único brechó e o shopping é o lugar mais triste do mundo. A pior parte é que tudo aqui é igual — as casas, as pessoas, os carros. Não há ânimo. Não há imprudência.

Odeio Birch Grove.

Uma das poucas coisas de que *gosto* é a escola: o teatro, a dança, a professora de francês, que é meio egípcia e fuma cigarros compridos e finos atrás do ginásio. E gosto da escola em si, dos prédios. É aconchegante, tem uma dimensão humana que me dá a sensação de um segundo lar. Amo o terreno aberto e ensolarado, o gramado enorme no centro, a arena externa com palco coberto que parece uma miniatura do Hollywood Bowl. É uma escola californiana idílica, embora eu às vezes deseje estar em um internato na Costa Leste com tijolos cobertos de hera. Nesse caso, usaria cardigãs e teria um namorado chamado Henry que jogaria lacrosse e seria filho de um médico mundialmente famoso. É o tipo de mundo de que nunca vou fazer parte.

Quando a srta. B me escolheu para ser diretora de cena e escolheu você para ser o protagonista de *A importância de ser prudente*, corri para casa e fiquei dançando sozinha no meu quarto. Eu queria me agarrar a você e dizer: "Meu próprio Prudente!". Foi essa a felicidade que senti só em saber que ficaria a poucos metros de você todos os dias depois da aula, durante seis semanas. Mas poucos metros pareciam muito. Eu queria que fossem centímetros. Milímetros. Você me abraçou uma vez, riu de uma de minhas raras tentativas de piada. Aceitou o chiclete que te ofereci. Sorriu para mim no corredor. Sabia que tem o sorriso torto perfeito, meio sarcástico, todo enigmático? É claro que sim.

Eu te perguntei uma vez como alguém que é um deus do rock à noite vira um cara do teatro durante o dia, e você me disse que fez o teste para *Cantando na chuva* (quando eu estava no nono ano) por causa de uma aposta, então quando conseguiu o papel principal sua mãe te obrigou a aceitar. E você amou. Fico me perguntando se rockstars não são no fundo filhinhos de mamãe que gostam de sapateado.

Eu te amo, Gavin. E talvez do modo mais superficial possível. Não aguento quando você tira o chapéu e passa os dedos pelo cabelo. Ou quando vai para a aula com as mãos nos bolsos. Fico imaginando se, caso as tirasse deles e as colocasse na minha pele, eu sentiria os calos que ganhou depois de todas as horas sozinho no quarto, tocando violão. Seus dedos seriam quentes ou frios? Quero saber qual é a sensação de ter a palma de sua mão junto à minha, como Romeu e Julieta: "Beijam-se os palmeirins tocando mão e mão".

Ainda não consigo acreditar que, quando me vê nos corredores, você diz "oi". Acha legal eu querer ser diretora, então nunca tive que sofrer aquela separação que normalmente existe entre elenco e equipe. O fato de minhas melhores amigas fazerem parte do espetáculo ajudou. Conversamos sobre filmes e quem são meus diretores preferidos (Julie Taymor e Mike Nichols). Falamos sobre música e quem são suas bandas preferidas (Nirvana e Muse). Respiro você como se fosse ar.

Não te vejo a caminho da primeira aula, francês, que escolhi para poder conversar com meu futuro amante (François, Jacques?). Natalie e Alyssa acham que sou esquisita. Minhas melhores amigas fazem aula de espanhol, que, como diz o Gigante, pode ser usado no mundo real (como se a França não fizesse parte do mundo real). Tenho um pouco de dificuldade de me concentrar no que a madame Lewis diz, no entanto, porque é Dia dos Namorados e, embora eu esteja usando minha camiseta com "*Je t'aime*" escrito, saia rodada rosa-choque e meia-calça vermelha, não tenho namorado e estou extremamente deprimida.

— *Bonjour, Grace* — a madame me diz. — *Ça va?*

— O quê? Ah, hum. *Oui, ça va.*

Você deve saber que nunca passei um Dia dos Namorados com um namorado. Ou termino antes ou começo a namorar depois. E estou me referindo ao único namorado que já tive, Matt Sanchez, no nono ano. Isso está se tornando um problema maior agora, essa coisa de não ter namorado no Dia dos Namorados. Antes do ensino médio, bastava me entupir de coisas em formato de coração com minhas amigas e assistir a *Shakespeare apaixonado* pela milionésima vez, mas no momento Natalie está tentando esquecer o cara que conheceu no acampamento da igreja durante o verão passado e qualquer coisa romântica a deixa superdeprimida, então prefere passar o dia em branco. Alyssa se recusa a participar das minhas comemorações porque diz que o Dia dos Namorados é uma conspiração capitalista sustentada por corporações desalmadas que se aproveitam de mulheres que se submetem ao ideal romântico.

Então tá.

Se você fosse meu namorado, aposto que escreveria uma música para mim ou, sei lá, talvez me desse alguma coisa feita com suas próprias mãos. Não me parece um cara que daria flores e chocolate. Assaria biscoitos, que sairiam queimados, mas eu adoraria mesmo assim, ou talvez escrevesse uma carta de dez páginas com todas as razões pelas quais me adora. Essas duas opções são totalmente aceitáveis.

Estou morrendo de curiosidade de saber o que você vai dar para a Summer. O que ela vai te dar. Vocês estão juntos há um ano, então aposto que vai ser alguma coisa especial. Ela está no último ano, como você. É uma ruiva de tirar o fôlego que, não sei como, faz com que estar no coral da escola seja algo legal. Gostaria de acreditar que, se as coisas fossem diferentes, você ia me escolher, mas basta dar uma olhada em Summer para desistir da ideia. Minha mãe diz que tenho um rosto interessante, mas essa é apenas uma forma educada de dizer que não sou bonita. "Sinto muito", ela diz, "você puxou à família do seu pai."

O sinal toca e vou para a segunda aula — redação com o sr. Jackson. Os corredores estão lotados e não param de sair alunos das salas. Ando na ponta dos pés, procurando seu chapéu, mesmo que diga a mim mesma que não estou te perseguindo. Normalmente te vejo quando estou indo para a aula de redação, porque você tem aula na sala em frente à minha. Mas hoje você não está em lugar nenhum.

Afundo na cadeira, conformada, assim que o último sinal toca. Você deve estar com Summer, matando aula, todo apaixonado.

O sr. Jackson apaga as luzes para podermos assistir ao final da versão de *Romeu e Julieta* de Baz Luhrmann, que começamos a ver há alguns dias. É bem impressionante, com Leonardo DiCaprio jovem, muito gato. Mas você é melhor, sem sombra de dúvida.

Quando sobem os créditos, metade da turma finge que não está chorando porque Romeu e Julieta morreram. Todo mundo *sabia* que ia acabar mal, mas, mesmo assim, é de cortar o coração ver acontecer.

DOIS

O sinal do almoço toca e eu vou para a sala de teatro. Estou chateada, e a única coisa que pode chegar perto de me curar são os próximos quarenta minutos. Esse é meu santuário particular. Amo as cortinas de veludo preto, que guardam uma promessa, e os pesados blocos de madeira que usamos em cenas como se fossem mesas, bancos ou cadeiras. Não dá nem para perceber que estamos no centro da Califórnia, meca agrícola dos Estados Unidos: construímos reinos, casos de amor de cidade grande, lares ancestrais de deuses e monstros.

Essa é minha parte preferida do dia, quando abro as pesadas portas de metal, superaltas para permitir a passagem dos cenários, e fico imediatamente submersa no ruído de vozes, risadas, canto.

Como disse Arthur O'Shaughnessy: "Somos os fazedores de música, os sonhadores de sonhos".

Nós, do teatro, rimos alto frequentemente, tropeçamos nas frases uns dos outros, exageramos na exuberância. "Olhe para a gente", dizemos a qualquer um que passe, como em *Gypsy*: *Deixa que eu te encanto, deixa eu te agradar.* Nossos ouvidos são apurados; esperamos o aplauso.

Toda vez que entro nessa sala, sei que um dia, mesmo que pareça impossivelmente distante, vou para Nova York, uma garota de cidade pequena com os olhos brilhando como a protagonista de

Rock of Ages. Não estou forjando um novo caminho em meu desejo de fugir de casa, de uma mãe que suga minha força vital e de um padrasto que parece sempre a dois segundos de me dar um tapa — estou avançando o mais rápido que posso por um caminho já bem visitado. Sou a garota desesperada para sair de uma cidade pequena porque sabe que vai morrer se não o fizer. Porque sabe que sua alma vai apodrecer como uma fruta.

Mais um ano, digo a mim mesma. Mais um ano até eu me formar. Posso aguentar isso.

Acho.

Passo pela porta e solto o ar. A turma toda está aqui, concentrada em nossa obsessão do momento: os testes para o musical da primavera, *Chicago*. Vou ser diretora de cena, papel que eu mesma escolhi. De acordo com a srta. B, é um degrau para a direção geral. Mas, pela primeira vez em muito tempo, tive vontade de fazer teste para o elenco — acho que não tenho motivo para usar meia arrastão preta e collant como diretora de cena. Desejo secretamente que você me veja assim. Em um momento de dúvida, comentei com minha mãe que estava pensando em fazer o teste.

"Você não canta bem", foi a resposta.

Ela estudou em um daqueles colégios católicos bem rígidos. Sabe ser realista como ninguém. Não disse aquilo para ser cruel, só estava tentando me ajudar. Mas às vezes suas palavras doem tanto como se uma freira batesse em minhas mãos com uma régua.

"Grace e suas fantasias", o Gigante sempre diz quando falo em dirigir peças na Broadway. Ele sabe ser cretino como ninguém. Seu lema de vida é "o dinheiro é rei". É o único código que ele segue. Obviamente, não compartilhamos da mesma opinião sobre a imagem do artista.

Então, em vez de fazer parte do elenco, vou ajudar com os ensaios e as apresentações, dando ordens. "Preparar luz quarenta e sete. Vai.

Preparar som vinte e um. Vai. Apagar luzes." Sempre me sinto incrível com isso, como se eu fosse controladora de voo ou algo do tipo.

Hoje, dou risada e sorrio com os outros, mas não estou prestando atenção. Não mesmo. Porque além de ter que lidar com o fato de que nenhum garoto está apaixonado por mim (principalmente você), estou pensando em como fugir para o refeitório para pegar minha comida sem ninguém me acompanhar. É difícil escapar sorrateiramente quando se está usando uma saia rosa-choque com estampa de poodle preto. Meus amigos pagam o almoço com dinheiro, mas eu uso os tíquetes verde-claros que os alunos pobres recebem. Poderia até usar meu próprio dinheiro para almoçar, mas preciso dele para outras coisas, como roupas, livros e desodorante, porque o Gigante não compra nada disso para mim. Eu devia ter passado no refeitório antes, mas e se você entrasse para dar um "oi" antes de ir embora e eu perdesse esse momento?

O grupo está fazendo as coisas de sempre. Peter imita as vozes de seus personagens de videogame preferidos. Kyle fica por ali, parecendo um jovem Bruno Mars, desatando a cantar de vez em quando. Somos todos alunos do segundo ano, à exceção de três do último: você (vocalista da Evergreen e amor da minha vida!), Ryan (seu melhor amigo e baixista da Evergreen) e sua namorada, Summer (buuu, fora).

Natalie e Alyssa estão discutindo os prós e contras de usar legging como calça e não como meia-calça. Normalmente, já chego com aquele ar de "leio a *Vogue* todo mês" quando o assunto é moda, mas hoje apenas escuto. Estou muito sei lá como para participar da conversa.

— Faz qualquer um parecer gordo — Lys diz, então indica com a cabeça um grupo de calouras que passa na frente da sala. — Eis um bom exemplo.

Nat dá um tapinha no braço de Lys.

— Seja gentil. Isso não é legal.

Lys dá de ombros.

— Nem legging.

Minhas duas melhores amigas são totalmente opostas. Nat vai para a escola todo dia de vestido, maquiagem perfeita e cabelo com as pontas viradas para cima, como se estivesse na década de 50. Ela usa um colar com pingente de cruz e uma espécie de aliança de compromisso, que indica que vai esperar para transar até se casar (mas diz que a tira para se agarrar com seus namorados). Consigo imaginá-la como primeira-dama um dia, com pérolas e óculos de Jackie O. Lys tem cabelo descolorido, quase branco, na verdade, repicado na altura do queixo, e usa roupas sensuais inspiradas em personagens de mangá, como Sailor Moon. Ela tem um fraco por saias xadrez de colégio católico e sempre enfrenta problemas por violar o código de vestimenta da escola. Às vezes usa tule, como se tivesse saído de um balé psicodélico, com alguma cor neon e estampas malucas. Acho que fico no meio-termo, porque uso roupas de brechó, lenço no cabelo e brilho labial com sabor do refrigerante Dr. Pepper.

Peter interrompe as imitações de videogame e desfila pelo palco improvisado da sala, fazendo sua melhor imitação da Britney Spears de antigamente. Ele está focado nela no momento. Mês passado era Katy Perry. Peter não é gay — só tem uma paixão por estrelas do pop que o leva a momentos extremamente ridículos.

— *Hit me, baby, one more time!*

—Você já não é nem remotamente popular, e ainda acabou de eliminar qualquer possibilidade de mudar seu status — Lys diz.

Ela está com uma saia preta de tule, meia-calça verde-limão, botas com plataforma e uma camiseta cuja estampa é uma faca enfiada em um coração.

— Alerta de hater! — Kyle exclama. Ele vaia Lys, que revira seus olhos de Cleópatra.

Observo os alunos passando pela porta aberta, que oferece uma boa visão do pátio. Espero avistar um chapéu preto.

— E o Gavin? — pergunto, de forma casual e nada bisbilhoteira. Ou pelo menos é o que espero.

— Provavelmente trepando com a Summer — Ryan diz. Ele é o melhor amigo de Gavin, então acho que sabe do que está falando. Ryan dá uma mordida em um dos burritos molengas que a escola vende, alheio ao horror em meu rosto.

Sinto uma pontada no coração. Parece um ataque cardíaco, mas pior, porque é um ataque cardíaco de uma garota que não é amada. Trata-se de uma condição médica: quando uma garota ouve que outra garota está tendo relações sexuais com o garoto de que a primeira gosta, seu coração se transforma em uma almofadinha de alfinetes. Ciência pura.

— Trepando? Afe. — Natalie franze o nariz. — Summer não "trepa".

Espero que seja verdade. Espero que o pior que façam sejam as demonstrações públicas de afeto pela escola: beijos encostados nos armários, as mãos dele sobre a pele da cintura dela, a ponta dos dedos sobre a camiseta. Porque isso já é ruim o bastante. Mas *você* parece uma pessoa que transa muito. Não nutro esperanças de que esteja se guardando para mim.

— Ah, desculpa — Ryan diz. — Você prefere que eu diga "fazer amor"?

— Ou fazer "aquilo"? — Kyle pergunta.

— "Se dando bem"? — Peter acrescenta.

Em uma decisão implícita para evitar os garotos do grupo, Alyssa, Natalie e eu nos unimos.

— Esse é mais um motivo pelo qual agradeço a Deus por ter nascido lésbica — Lys diz.

Ela se assumiu ano passado e ainda precisa encontrar uma namorada. Eu me pergunto se é por isso que fica repetindo que o Dia dos Namorados é uma construção social do Homem.

— *Oh, baby, baby, how was I supposed to know?* — Kyle e Peter voltam a cantar.

— Por que andamos com esses palhaços, hein? — Natalie pergunta.

— Não lembro — respondo.

Lys pega a lição de casa de matemática.

— De qualquer modo, tenho coisa melhor para fazer. — Ela olha para os garotos com cara feia. — Se querem saber, vocês parecem um bando de idiotas. Espero que não queiram perder a virgindade em breve.

— Toma! — Ryan diz.

Meu estômago ronca. Hora de ir para o refeitório.

— Volto em um segundo.

Eu me viro e corro para o meio da multidão do lado de fora da sala antes que alguém possa reagir. Apesar do meu desejo de passar despercebida, parte de mim fica triste porque nenhum dos garotos do grupo nota minha saída. Nenhum garoto me nota, ponto. Isso é uma droga, mas sou do teatro e conheço personagens. Não sou a ingênua, bonita, cheia de vida. Natalie e Summer são assim. Pairo à margem, seja do talento, da popularidade ou da inteligência. Estou nas turmas avançadas, mas preciso estudar o dobro dos outros para acompanhar as aulas. O único motivo de estar envolvida em todos os espetáculos da escola é porque assumo funções que ninguém quer: diretora de cena, assistente de direção, capacho de todos. Fui secretária da turma no ano passado, mas por pura sorte: imitei alguém chapado em meu discurso e isso conquistou o voto do público.

Conheço muita gente popular (animadoras de torcida, atletas), mas nunca fiz parte da turma delas. Essas pessoas mal me olham nos corredores, entre as aulas. Conhecer você, Gavin Davis, é uma sorte estranha que prova que caí nas graças de Dioniso — longo reinado ao deus do teatro.

Só tenho tempo de engolir a fatia de pizza subsidiada pelo governo. Volto correndo para a sala de teatro, à espera de que o sinal toque. Passo pela porta e paro. Não sei como, em poucos minutos, uma nuvem negra surgiu para bloquear o sol.

Summer está lá *sem* você. Seu cabelo castanho-avermelhado normalmente liso está desgrenhado. Ela tem olheiras escuras e seu rosto está vermelho e inchado de tanto chorar.

Uma pequena — e perversa — parte de mim levita. Será que você terminou com ela?

— O que aconteceu? — pergunto ao me aproximar.

A energia do grupo foi de dez a zero enquanto estive fora. Kyle está abraçando Summer. Ele parece... aflito. Nunca o vi tão sério.

Natalie chega perto de mim.

— É o Gavin — ela sussurra. Meu estômago se revira. Não gosto de como diz seu nome, do horror em seu rosto.

— O que aconteceu?

— Ele... — Nat balança a cabeça, arregalando os grandes olhos castanhos. — Tentou se matar.

As palavras giram em minha mente, como um cachorro correndo atrás do próprio rabo. *Tentou se matar, tentou se matar.* O sinal toca. Todos ficamos ali, parados, perdidos.

Não pode ser verdade. Pessoas como você não se matam, não antes de ficar famosas, pelo menos. Então, e apenas então, têm uma overdose de heroína, dirigem um carro bem caro rápido demais e outras inúmeras coisas que os deuses do rock fazem.

Mais tarde vou ficar sabendo que a Summer terminou com

você, que você foi até a casa dela e chorou, dizendo que ia se matar. E que nem assim ela abriu a porta. Vou levar um bom tempo — mais de um ano — para enxergar que ter te deixado foi um ato de coragem da Summer.

Você foi embora acelerando o Mustang. Mais tarde, naquela mesma noite, seus pais te encontraram totalmente vestido na banheira. Só foi salvo por ter feito o corte do jeito errado e desmaiado sem conseguir concluir o serviço.

Fico sabendo de tudo isso na caminhada de cinco minutos até a aula de história, quando Natalie, Kyle, Peter e eu discutimos o assunto em detalhes. Os meninos não conseguem acreditar que Summer foi idiota o bastante para terminar — você é como um deus para eles também. Ficam competindo para ver quem sabe mais sobre seu relacionamento com ela. Esse conhecimento de repente passa a ser um símbolo de status — quem souber mais é seu melhor amigo. Em segredo, acho que Summer é louca por ter aberto mão de você, mas não digo nada porque não te conheço como os meninos — mas sempre quis, e essa é minha chance.

Pego um pedaço de papel, repentinamente convencida a te escrever uma carta. Ainda não sei por que exatamente fiz isso. Acho que a ideia de um mundo sem Gavin Davis era apavorante demais.

Sei que não nos conhecemos muito bem, mas...
Se algum dia precisar de alguém com quem conversar...
Estou aqui...

Não me dou conta na hora, mas esse é o momento. O momento em que minha vida no ensino médio — minha vida em geral — vai mudar. O momento em que começo a perder uma parte de mim que terei que lutar loucamente para reaver durante quinhentos e vinte e cinco mil e seiscentos minutos.

Tudo por causa de uma carta de amor disfarçada.

Quando vejo Ryan no corredor depois da aula, dou a carta para que te entregue. Vocês são como irmãos — sei que ele vai te visitar hoje ou amanhã. No fim do dia, descobrimos que você estava internado em um hospital psiquiátrico. O Centro de Recuperação de Birch Grove é o destino de quem faz algo como tentar se matar na banheira. Normalmente não é o tipo de coisa que faz uma garota desmaiar, mas existe algo dramático e lindo em um garoto com o coração partido, e minha imaginação se prende nisso, se concentra em seu sofrimento. Você imediatamente atinge um status mítico para mim, um Byron que se entrega por completo ao êxtase e à agonia do amor. Van Gogh cortando a própria orelha.

É claro que estou preocupada com você, e triste. Só que há uma empolgação também, que sei que deve ser errado sentir, mas que não consigo evitar. Suicídio é um modo de resolver os problemas sozinho e, para mim, parece corajoso, brutal. Você não é apenas um roqueiro/ator que todos amam, aquele que todos pensamos que vai se dar bem quando se mudar para Los Angeles. De repente, você é o Romeu rejeitado por Rosalina. Ou Hamlet sofrendo as agruras do destino: "Ser ou não ser, eis a questão".

Fico maravilhada com o romance mórbido que há em tudo isso, com o fato de alguém em nosso mundo de drive-thru, bosta de vaca e igrejas evangélicas ter feito o tipo de coisa que só vimos no palco. Algo dentro de mim ecoa aquela recusa em participar da atrocidade da vida. Admiro a coragem necessária para desistir. Só artistas torturados fazem isso, e ser uma artista torturada é um de meus desejos mais fervorosos.

Sei qual é a sensação, a desesperança contra a qual você está lutando. Sinto isso todos os dias em casa, quando minha mãe me trata como sua escrava, ou quando o Gigante levanta a mão só para ver eu me encolher. Quando meu pai me liga, bêbado, no limite da hostilidade, fazendo promessas que nunca vai cumprir, contando mentiras em que ele acredita. Às vezes eu queria ver o fim da minha vida. Tipo: "Ei, foi legal, mas cansei. Até mais".

Eu entendo...
Sei que no momento parece...
Você tem valor, mesmo achando o contrário...
É a pessoa mais talentosa que eu já...

Depois, você vai me dizer que leu e releu essa carta — a única que recebeu no Dia dos Namorados. Que minhas palavras foram um bote salva-vidas. Que, ainda que possa parecer impossível, você se apaixonou por mim quando estava preso naquele quarto todo branco no Centro de Recuperação de Birch Grove, com os punhos enfaixados.

Acho que loucura é contagiosa.

TRÊS

Você não vai à escola há uma semana e sua ausência nunca parece normal. Não é algo com que me acostumo. É como se alguém tivesse desligado todas as cores. Ainda assim, temos que continuar com a vida normal, o que, para mim, significa trabalhar no Honey Pot depois da aula.

O shopping está lotado, então temos uma fila. Como estamos apenas em dois, e Matt, meu colega de trabalho/ex-namorado, está nos fundos, misturando a massa, fico correndo do forno para as bandejas de biscoitos alinhadas atrás da vitrine. Uso uma espátula para transferir os biscoitos para as embalagens, tentando ser paciente quando os clientes escolhem uma unidade de cada tipo. Uma dúzia de biscoitos por vinte dólares ou um e setenta e cinco cada. Caro, mas vale cada centavo. Meu preferido é o amanteigado — com ou sem confeitos. Você não sabe o que é até ter provado a delícia açucarada, doce e macia que é o Docinho do Papai do Honey Pot. Às vezes, quando estou ousada, coloco até cobertura.

Posso comer biscoitos o dia todo e tomar quantidades ilimitadas de refrigerante. Pego uma colherada de massa e coloco direto na boca quando ninguém está vendo. Preparo fornadas de biscoitos sobre folhas de papel-manteiga usando uma colher de sorvete que me dá bolhas. Tem uma vitrine de vidro na frente dos fornos. Não é segredo que os garotos ficam olhando para nós, garotas, quando abaixamos para colocar ou tirar assadeiras do forno. Não consigo decidir se gosto disso ou não.

Quando a fila fica longa demais, corro para os fundos.

— Sanchez! Preciso de ajuda, estou morrendo aqui — digo.

Matt levanta os olhos da massa. Preciso me controlar ao máximo para não limpar a farinha do nariz dele. Não estamos mais juntos, o que é bom, mas às vezes tenho vontade de beijá-lo. Nat diz que isso é totalmente normal.

Ele bate continência.

— Entendido, capitã.

Matt e eu saímos por exatamente dois meses no nono ano. Estávamos na mesma turma de inglês, e o que começou como uma paquera diária tornou-se um namoro impetuoso de oito semanas de declarações, brigas e constrangimento. Ele adora fantasy games de futebol americano e filmes com caras bobos e engraçados. Odeio esportes e amo Shakespeare. Não tinha mesmo como dar certo. Ainda assim, continuamos amigos, e fui eu quem o ajudei a conseguir o emprego aqui no Honey Pot. Era divertido passar o tempo com ele — não foi um amor épico nem sofremos enormemente. Mas estou pronta para algo verdadeiro agora. Para um relacionamento sério. *Amor.*

Perto da hora do jantar, a fila diminui e temos um tempo para respirar.

— Cara, foi uma loucura — Matt diz.

— Foi mesmo.

A campainha do forno toca e ele vai tirar uma fornada de biscoitos. O ar é tomado pelo perfume doce e quente de macadâmia com chocolate branco. Estou prestes a pegar um quando te vejo de canto de olho. Você não me vê. Está entrando com seus pais no Applebee's, de cabeça baixa. Usa um cardigã comprido e fino, desabotoado, sobre uma camiseta do Muse. Você deve ser o único cara, à exceção de Kurt Cobain, que fica estiloso de cardigã. Meus olhos te acompanham. Vejo a mão de seu pai nas suas costas, sua mãe esticando o braço para segurar sua mão. Um nó se forma na minha garganta.

— Grace? *Chica?*

Quando viro, Matt está segurando uma caixa de papelão amarela.

— Aquela encomenda... quantos de macadâmia eles queriam?

— Meia dúzia — respondo.

Meus olhos voltam ao restaurante, mas você já se foi. Mando uma mensagem para Nat e Lys dizendo que te vi. Ambas respondem com emojis. Uma carinha confusa, um chapéu de festa e uma palmeira. Não consigo entender o que querem dizer.

Fico olhando para a entrada do Applebee's durante todo o meu turno, mas você não aparece mais. Fico nervosa. E se me achou totalmente perturbada por ter escrito aquela carta? E se nem chegou a ler?

Meu rosto fica corado quando penso que disse que você era a pessoa mais talentosa que já havia conhecido. Tinha como deixar mais óbvio que estou a fim de você?

— *Com licença* — alguém diz na frente do caixa.

Eu me viro, pronta para fingir simpatia, mas são apenas Nat e Lys.

— Afe, são vocês! Achei que aquela moça horrível da semana passada tinha voltado.

Resumindo: uma cliente me chamou de arrogante. Foi uma confusão.

Lys cruza os braços e apoia o queixo no balcão de vidro, tentando parecer solidária, com sombras azul e rosa brilhante nos olhos.

— É uma droga ser escrava do salário.

Embora não dê para imaginar só de olhar para ela, Lys vem de uma família com muito dinheiro. Ela provavelmente nunca vai precisar trabalhar, a menos que queira.

— Gosto de repetir para mim mesma que trabalhar constrói caráter — eu digo. Aponto para os biscoitos com a espátula. — O que vão querer?

— Chocolate. Estou menstruada — Nat diz.

Lys examina as bandejas.

— O de sempre.

Coloco biscoitos de chocolate com gotas de chocolate em um saquinho e de canela com açúcar em outro.

— Se eu trabalhasse aqui, seria bem gordinha — Nat diz. Ela é magra como uma vareta e tem uma postura perfeita, porque passou a infância dançando balé.

— Outro dia minha mãe me disse que tinha um pouco de queijo cottage, ou seja, celulite, na minha perna — digo —, então estou dando um tempo nessas delícias.

Lys me encara.

— Sua mãe disse mesmo isso?

Nat revira os olhos.

— Está surpresa? A Jean sempre fala essas coisas.

Matt passa pelas portas vaivém. Está vestindo calção e camiseta, e acena para a gente.

— *Adiós, chicas* — diz. — Já vou indo.

—Você não acha estranho trabalhar com ele? — Lys pergunta depois que Matt sai, indo em direção ao estacionamento.

Balanço a cabeça.

— Ficou tudo bem entre a gente.

Nat olha para trás, onde fica o Applebee's.

— Vou dizer de uma vez. Tentativa de suicídio à parte, Gavin Davis está de volta ao mercado.

Lys sorri para mim.

— E quando você vai cair de boca nele?

Nat quase engasga, mas eu dou risada.

— Que bonito, Lys. Sempre mantendo a classe.

— Cara. Você está apaixonada por ele há, tipo, três *anos* — ela diz. — É a sua chance.

Nat levanta a mão.

— Posso dizer uma coisa? — Nós duas assentimos. — Vá em frente, mas, como a mais responsável de nós três, acho melhor tomar cuidado.

— Por que você é a mais responsável? — Lys pergunta.

Nat a observa dos pés à cabeça, passando pela meia-calça de arco-íris, pelo tênis com plataforma e pelo laço cor-de-rosa no cabelo.

— Tudo bem, talvez você seja — Lys volta atrás.

Quebro um pedaço de biscoito de manteiga de amendoim recém-saído do forno.

— O que quer dizer com "tomar cuidado"?

— Ele precisa se recuperar — Nat comenta. — E talvez esteja um pouco... — Ela gira o indicador ao lado da cabeça, insinuando "louco".

Lys concorda.

— É verdade. O cara tentou se matar.

— Obrigada por terem fé em mim, mas não existe nenhuma chance de Gavin me olhar dessa forma, então nem preciso desse tipo de conselho.

Nat pisca.

—Você só acha isso por causa das bobagens que sua mãe fala.

Cruzo os braços.

— Como assim?

Ela conta nos dedos:

— Segundo ela, você tem celulite, não é fotogênica, não sabe cantar...

— Certo, certo. Já entendi. — Volto a olhar para o Applebee's.

Talvez você e seus pais tivessem saído pela outra porta. — Mas estamos falando de *Gavin Davis*. Ele vai ganhar um Grammy antes mesmo de terminar a faculdade. Além disso, comparada com a Summer...

Lys levanta a mão.

— Posso falar do ponto de vista de uma lésbica? Summer é legal e tudo o mais, mas não é tão bonita quanto vocês pensam. Nunca me masturbei pensando nela, por exemplo.

— AI, MEU DEUS! — Nat diz, arregalando os olhos, em choque. Duas manchas rosadas surgem em suas bochechas.

Lys arqueia as sobrancelhas.

—Vocês não são proibidos de dizer o nome do Senhor em vão?

Nat dá um soco de leve no braço de Lys, que assume uma posição de caratê e começa a citar *A princesa prometida*.

— "Olá. Meu nome é Inigo Montoya. Você matou meu pai. Prepare-se para morrer."

Nesse exato momento, uma cliente chega e eu tento em vão segurar o riso enquanto embalo uma dúzia de biscoitos para ela. A mulher olha feio para nós, como se fôssemos vândalas, e arqueia ainda mais as sobrancelhas ao olhar Lys de cima a baixo. É uma loucura uma lésbica socialista e uma cristã evangélica serem melhores amigas, mas aconteceu. Nos aproximamos no nono ano, quando fizemos um trabalho em grupo sobre musicais para a aula de teatro. Decidimos cantar "Duas pra um", música fabulosamente indecente de *Cabaret* (Lys fez o mestre de cerimônia), e nosso amor por Alan Cumming nos aproximou. Sinto que nossa amizade é como as roupas que vemos na *Vogue*: nada combina, mas o conjunto é totalmente incrível. Somos xadrez com bolinha e listras.

Assim que a cliente vai embora, olho para Nat e Lys.

— Escrevi uma carta para ele — digo enquanto começo a embalar biscoitos para vender a preço promocional no dia seguinte. O shopping fecha em quinze minutos.

— Para o Gavin? — Nat pergunta.

Assinto.

— E... hum... acho que ele nem leu. Ou, se leu, vai pensar que sou, tipo, a pessoa mais idiota do mundo. — Só de pensar nisso tenho dificuldade de respirar. — Estou morrendo de vergonha. Não sei o que deu em mim.

O celular da Nat vibra. Ela olha para a tela.

— Bem, você vai descobrir amanhã. Kyle está dizendo que o Gav vai voltar.

— Amanhã? — pergunto.

— É.

— Ai — murmuro. — Por que fui escrever aquela carta idiota?

— Porque você é legal pra caralho e gostosa pra caralho, e ele provavelmente sabe disso e só precisa de uma desculpa para ficar com você — Lys diz.

Nat balança a cabeça positivamente.

— Concordo com tudo o que ela disse, menos os palavrões.

Lys coloca a mão sobre a minha.

— Você sempre foi louca por ele. Agora está nas mãos do universo.

— Ou de Deus — Nat diz.

— Ou de Buda ou de Maomé ou do Dalai-Lama, tanto faz — Lys diz. — Aposto dez dólares que Gavin vai se apaixonar por você antes de se formar.

— Aposto dez dólares que ele não vai — digo, levantando a mão.

Nat amassa o saquinho de papel onde estavam os biscoitos e joga no lixo.

— Que vença a melhor.

Você está de volta à escola.

Eu te vejo no corredor, rindo com os outros garotos do teatro, com sua banda. Vocês são como um bando de cachorrinhos que não conseguem ficar quietos. De algum modo, você é capaz de viver nesses dois mundos: o dos caras descolados da banda e o dos nerds do teatro.

Já se passaram nove dias desde o ocorrido. Até onde posso ver, parece que você está de volta ao normal. Usa a camiseta do Nirvana e o chapéu inclinado em um ângulo particularmente estiloso. Isso me desconcerta. Eu estava esperando... o quê? Uma camiseta preta de gola alta e uma boina no lugar de suas roupas de sempre? Um coro grego te seguindo até a sala de aula? Você está com o cardigã de novo, e eu fico imaginando se a intenção é esconder os punhos. Sei que não sou a única que se pergunta se estão enfaixados, se há uma cicatriz em cada um.

Meu coração bate mais rápido e de repente me sinto ridícula. O que deu em mim para escrever aquela carta? E se você achar que passei dos limites, que sou esquisita? E se...

Você se vira.

Há dezenas de alunos entre nós, todos apressados porque o sinal está para tocar. Você está segurando as duas alças da mochila e para no instante em que me vê. Fica paralisado. Arregala os olhos (azuis, azuis como um mar tropical) e então o canto de sua boca se ergue, só um pouquinho.

Como os garotos fazem isso? Como fazem seu corpo inteiro entrar em combustão só de te olharem?

Abraço os livros, como Sandy em *Grease*, perguntando com os olhos a Danny Zuko: "E agora?".

Eu ainda não sei, mas esses momentos entre nós são uma coreografia no filme da sua vida. Isso que você está fazendo — o olhar, a paradinha, a admiração — foram roubados diretamente da produção da BBC de *Orgulho e preconceito*. Você está imitando Colin Firth e nem percebe. Está a dois passos de emergir de um lago com a camisa branca toda molhada. Só depois vou perceber as falas ensaiadas, os sorrisos planejados, os suspiros e as lágrimas que surgem nos momentos certos. Daqui a um ano, vou estar gritando "Vai se FODER" com o rosto enfiado no travesseiro porque não vou ter coragem de dizer isso na sua cara.

Mas, no momento, um garoto está me olhando do fim do corredor e, mesmo não dizendo nada, me reivindica.

Sou um novo território, e você fincou sua bandeira em mim.

QUATRO

Entro na sala de teatro assim que o sinal toca. Parece que há um sino retinindo dentro de mim também. Continuo repassando na cabeça seu olhar quando me notou. Seu sorriso. *Blim! Blim! Blim!*

Peter está praticando o sotaque britânico para a cena de Pinter que vai fazer essa semana — não me lembro de qual peça. Alyssa está ajudando Karen com as primeiras dezesseis contagens da coreografia da apresentação da primavera. Kyle está cantando "Olhos de lírio", de *O jardim secreto*, totalmente perdido em seu mundo. Eu o escuto por um momento, encantada. Ele tem o tipo de voz que faz tudo o que existe dentro de você se empertigar. Se Deus pudesse cantar, aposto que teria a voz de Kyle.

Atravesso a sala e me jogo ao lado de Natalie, que está sentada de pernas cruzadas no chão acarpetado, conversando séria com Ryan. Pelos olhares preocupados, suspeito que estão falando de você, analisando seu primeiro dia de volta. Quero dizer a ela que você ficou me olhando. Quero usar palavras para remontar aquele sorriso torto.

— Como ele está? — pergunto.

Nat balança a cabeça.

— Não sei dizer. Summer disse que os pais dele estão pirando. Não queriam que ele voltasse tão cedo.

— Bom, dã — digo. — Ele tentou... vocês sabem.

— É — ela diz em voz baixa.

É estranho pensar que sua vida vai voltar ao normal, que você vai ter lição de matemática, que vai correr na aula de educação física. Isso tudo ficou para trás.

A srta. B sai de sua sala, que fica bem ao lado. Não temos cadeiras nem mesas aqui, só muito espaço para atividades. Viramos para ela. A professora nos ajudou a entender o que aconteceu com você — aulas inteiras foram transformadas em sessões de aconselhamento psicológico.

— Quem vai fazer teste para *Chicago* hoje? Levantem a mão.

Olho em volta. Quase todos levantam.

— Excelente — ela diz, abrindo um largo sorriso. — Não se esqueçam de vir com a música decorada e com roupas confortáveis para o teste de dança.

Natalie aperta minha mão. Ela não tem motivos para ficar nervosa — é uma artista completa. Além disso, é bonita, mas não sabe disso, o que só a torna ainda mais bonita.

A srta. B passa as novas cenas para nós. Formo um trio com Nat e Lys, como sempre. Vamos fazer o papel de animadoras de torcida em *Vanities*. Finjo que não, mas estou empolgada com essa cena porque sempre quis ser animadora de torcida. Não importa que na condição de garota esperta e com pretensões artísticas eu devesse odiá-las. Ser animadora de torcida sempre me pareceu uma forma de mudar o destino, de me transformar em alguma coisa brilhante da qual ninguém consegue desviar os olhos. Nat e eu fomos à reunião delas no início do ano só para ver quais eram as exigências para o teste. No fim, descobrimos que éramos pobres demais. É preciso comprar batom de uma cor específica, sapatos especiais, uniforme, laços, roupas para o aquecimento... acho que existe um motivo para todas as garotas ricas estarem na equipe.

Mas nada disso — animadoras de torcida, popularidade, virar uma garota que brilha — importa, considerando que você voltou e que está mal.

— Acha que Gavin vai aparecer no teste? — pergunto a Natalie.

Ela balança a cabeça.

— Não faço ideia.

Como você ia se sentir sabendo que enquanto sorri, canta e dança, todos iam estar pensando no que você fez, na ideia que têm de você se reorientando em relação àquele acontecimento terrível?

— Vamos ensaiar — digo, levantando o roteiro.

Mergulhamos no faz de conta como se fosse uma piscina em um dia abafado. Entrar na pele de outras pessoas nos ajuda a esquecer e permite que finjamos, por um momento, que está tudo bem.

A sala do coral está cheia de atores. Sento um pouco afastada da srta. B, observando todo mundo que chega. Só não risquei um nome da lista ainda.

— Oi.

Alguém se senta ao meu lado, e eu me viro. De repente, fica um pouco mais difícil respirar. Posso riscar aquele último nome da lista.

— Gavin. Oi.

Tudo em mim se ilumina, como se fosse Natal.

Nunca ficamos sozinhos antes, nunca tivemos uma conversa de verdade que não incluísse outras pessoas. Durante os ensaios de *A importância de ser prudente*, você passava a maior parte do tempo com os garotos. À exceção de uma ou duas conversas que tivemos sobre música e direção, só tínhamos interações breves sobre assuntos idiotas e irrelevantes. A última coisa sobre a qual conversamos foram anos de jardim. Mas agora posso sentir aquela carta pairando entre nós.

Eu entendo...
Sei que no momento parece...
Você tem valor, mesmo achando o contrário...
Estou aqui...

— Está pronto para subir lá e mostrar todo o seu talento para a srta. B? — pergunto.

Você se aproxima com um ar de conspiração e quase encosta a testa na minha. Então pisca, e é a coisa mais sedutora que já vi.

—Vai ser fácil — diz.

Você usa o tom desencanado de sempre, mas, por melhor ator que seja, não consegue disfarçar a tensão. Entro na sua. Se quer fingir que está tudo bem, sem problemas.

— Como somos confiantes, não? — pergunto.

Você ri, e eu noto quando olha para as pernas e balança um pouco a cabeça. Logo esse gesto me será familiar. Querido.

— Pode falar bem de mim? — você pergunta.

—Vou pensar no seu caso. — Agora é minha vez de piscar.

— Isso aqui é maravilhoso.—Você estica o braço e puxa minha malha de leve. É coberta de lantejoulas, uma daquelas peças baratas da H&M.

—Você é o único cara hétero que eu conheço que diz "maravilhoso" e não soa estranho — digo.

Você sorri.

— É porque eu sou maravilhoso.

A primeira rodada de cantores sobe no palco. São quase todos péssimos, ainda que em diferentes níveis. Você chega a se encolher e escorrega pela cadeira, como se fosse fisicamente doloroso. Gosto do fato de que tenta manter isso na surdina — não é um babaca, só tem bom gosto.

Então você se vira para mim e me encara nos olhos.

— Obrigado — diz em um tom de voz suave. — Sua carta, ela meio que... me salvou.

Fico corada, e um prazer floresce em meu peito. Ainda não sei, mas logo vai crescer um jardim dentro de mim. Com espinhos.

— Ah.

Por que de repente só consigo pensar em expressões da aula de francês? *Je suis un ananas.* Eu sou um abacaxi?

— Quer dizer... — volto a falar. — Legal. Espero que tenha ajudado. Hum.

Mordo o lábio e olho para as fichas que estou segurando. Não são as palavras certas. Queria ser Tony Kushner ou outro bom dramaturgo para dizer a coisa certa, na hora certa.

— E ajudou — você diz.

Algo dentro de mim me diz que esse momento é importante.

A srta. B chama seu nome antes que eu possa dizer qualquer coisa. Você me entrega sua ficha (sua letra *é* surpreendentemente bonita) e caminha a passos largos para a frente da sala. Entrega sua música ao pianista, depois olha para nós com o que meu avô chamaria de "sorriso amarelo".

De repente, você se transforma em Billy Flynn, e é a escolha perfeita para o advogado conivente. Qualquer outro que quisesse esse papel provavelmente desistiu assim que soube que você faria o teste. Pode ficar com o que quiser, e com muitas outras coisas.

Esse é Gavin, Rei do Teatro: alegria da festa, o cara que não leva nada nem ninguém a sério. Principalmente a si mesmo. O Gavin da Banda é mais parecido com o Gavin real que vou acabar conhecendo: contemplativo, com um humor tão inconstante quanto placas tectônicas. Vulnerável.

Apesar do sorriso em seu rosto e do magnetismo que crepita à sua volta sempre que está no palco, posso sentir a apreensão na sala. Todos se inclinam para a frente nas cadeiras. Quase dá para ver uma placa de neon piscando sobre sua cabeça: SUICÍDIO, SUICÍDIO, SUICÍDIO.

Você canta "Glória", de *Rent,* e eu me pergunto se era essa a música que pretendia cantar originalmente ou se é sua maneira de nos dizer "já estou bem". Não é o tipo de música animada que todos os outros estão cantando, nem o rock melancólico da sua banda. É... linda. Delicada e pura, entremeada por uma elegância áspera. Quero te beijar agora mesmo.

Um som, e tinha o mundo aos seus pés
Glória, no olhar da menina, menina...

Sou essa menina.
Só não sei ainda.

CINCO

Todos os meus amigos homens são depravados. Eles adoram inventar nomes de atriz pornô para cada uma das meninas. Acho que muita gente da indústria pornô usa o segundo nome como o primeiro e a rua em que mora como o sobrenome. Por essa lógica, eu seria Marie Laye.

É ridículo, eu sei.

Você, Kyle, Peter e Ryan acham muito engraçado. Você cai na gargalhada, e te ver sorrir me deixa feliz, então não me importo que estejam planejando uma carreira paralela na indústria de filmes adultos para mim. Se eu não der certo como diretora, pelo menos terei um plano B.

Gavin Davis.

Não consigo te tirar da cabeça. O ar à sua volta está diferente, de certo modo sobrecarregado pelo que aconteceu. Você parece mais velho, como se tivesse mesmo passado por alguma coisa. Você nem tenta esconder suas cicatrizes. Quase as exibe, como uma medalha de honra. Marcas de batalha. Gosto disso. Você parece sábio. Como se tivesse descoberto a resposta para uma pergunta que vem fazendo há muito tempo. E quero saber qual é.

O que te escrevi duas semanas atrás faz meus dedos queimarem. Seguro as palavras junto aos lábios e penso que queria saber como é te beijar. Summer passou do estágio do medo e da tristeza para o da raiva — ela nem anda mais com a gente. Lys, que pretende ser psicóloga um dia, como os pais dela, acha que a garota está passando pelos diferentes estágios do luto.

Summer diz que você é controlador, que não gostava que tivesse amigos homens. Não acho isso legal, mas ela *gosta* de ficar dando corda para os outros caras. Até eu já percebi. "Gavin queria ficar comigo o tempo todo", ela diz. "Queria ser a coisa mais importante do meu mundo." Não entendo qual é o problema disso. Quer dizer... se você fosse meu namorado, não consigo imaginar não querer ficar com você todos os segundos de todos os dias. Se isso for loucura, pode me internar. Eu ia querer ficar grudada em você.

O sinal toca no fim da última aula, afastando meus pensamentos, me trazendo de volta ao presente, que não é nada agradável. Quero terminar logo com isso, mas a faculdade ainda parece muito longe. Meu coração afunda. Odeio essa parte do dia, quando sei que tenho que ir para casa.

Há um suspiro coletivo de felicidade quando o sr. Denson diz:

— Façam a lição de casa ou vão acabar sem casa. Digam comigo: trigonometria é bom.

Todos resmungamos:

— Trigonometria é bom.

Eu me dou conta de que não ouvi uma palavra do que o sr. Denson disse na última hora. Isso acontece o tempo todo. Eu me perco em pensamentos, sonho acordada durante aulas inteiras.

"Tira a cabeça das nuvens", minha mãe diz.

Moro a poucas quadras do colégio, então chego em casa bem rápido. O bom é que não preciso andar muito. O ruim é que chego antes do que gostaria, que é nunca. Sabe aquela sensação de depressão e melancolia dos domingos? É assim que me sinto ao chegar em casa. É assim que me sinto todos os segundos que passo com a minha família.

Não sei ao certo por que minha mãe me teve. Não fui um bebê acidental, tipo "ai, merda, estou grávida". Minha mãe me quis. E é por isso que parece tão estranho que não me queira agora. Sinto como se tivesse invadido sua vida, como se ela e o Gigante segurassem uma placa grande dizendo "não ultrapasse" e tivessem uma cerca elétrica em volta deles e de Sam. E estou sempre encostando na droga da cerca.

Eles não me querem aqui. Em nossas piores discussões, quando ameaço ir embora para morar com meu pai viciado, minha mãe diz: "Tudo bem, quero só ver". E eu não sei o que ela quer dizer com isso. Tipo: "Tudo bem, não estou nem aí"?. Ou está insinuando que a vida que me dá é muito melhor? E, se é isso, não parece muito impressionante. Um viciado em drogas não é um bom parâmetro para comparação.

Para minha mãe e o Gigante, sou um incômodo em primeiro lugar, uma criada em segundo e uma pessoa em terceiro, mas bem distante. Minha vida em casa é uma lista interminável de tarefas. Para citar algumas: esfregar o rejunte dos azulejos do banheiro, separar o lixo reciclável (amassando cada latinha antes), regar o gramado, tirar o pó, passar o aspirador, dobrar a roupa lavada, fazer o jantar, lavar as janelas (Deus me livre de deixar alguma marca), arrumar camas que não são minhas, lavar a louça e cuidar do meu irmão mais novo. Minha mãe não suporta sujeira. Tudo tem que estar impecável, no lugar certo, e é meu dever fazer isso independente da pilha de lição de casa que eu tiver ou de meus amigos quererem assistir a um filme ou fazer alguma coisa. O Gigante também entra no jogo. Tenho que lavar o carro toda semana, por exemplo, e com frequência as roupas dele também.

Minhas amigas e eu o apelidamos secretamente de Gigante porque ele tem uma personalidade bem "fim-fom-fum", tipo o gigante de *João e o pé de feijão*. Ele bebe vodca com tônica e tem uma voz de dar arrepios. Sua palavra é lei. Nossa casa é repleta de gritos e lágrimas, paredes que escondem a verdade de nossos vizinhos. Ele pode ser bem charmoso, sabe? Quando está do lado de fora da casa, é um ogro disfarçado, que se transforma em Vizinho Amigável ou Pai Dedicado. Trabalha como contador, e sua empresa dá mais despesas do que receita, mas sua verdadeira vocação, acho, é para o teatro: ele tem muito talento em fingir que é uma boa pessoa.

Moramos em uma casa térrea com três quartos. Eu dividia um com minha irmã mais velha, Beth, por isso durmo em um beliche. Escolhi a cama de baixo porque parece um casulo onde posso me esconder quando as coisas ficam difíceis demais.

Colei fotos dos meus amigos na parede ao lado da cama, em uma mistura de imagens de espetáculos e aleatórias. Tem uma sua sentado na beirada do palco, olhando fixamente para mim com um sorriso preguiçoso. Tenho fotos de meus ídolos também: Julie Taymor (a melhor diretora *do mundo*) e Walt Whitman. Além da minha citação favorita. O professor de inglês do nono ano tinha um pôster com essa frase acima da lousa: "Medicina, direito, administração, engenharia são necessários para manter a vida. Mas poesia, beleza, romance e amor... é para isso que vivemos". É basicamente meu lema.

A citação é de *Sociedade dos poetas mortos*, de uma das partes em que Robin Williams dá aula sobre Shakespeare. Ninguém teve que me fazer gostar do bardo. Decorei *Romeu e Julieta* quase inteiro. Entendo que se sintam aprisionados, desesperados para fugir. No oitavo ano, eu levava esse livro para todos os lugares, para ler e reler sempre que tinha um tempinho. O exemplar está bem detonado, mas provavelmente seria a primeira coisa que eu salvaria em um incêndio. As páginas estão frágeis e amareladas, tendo sido manchadas com a esperança que sangrava de meus dedos, uma garota nova em uma cidade nova procurando algo épico na vida.

Lembro o dia que me mudei de Los Angeles para cá. Minha mãe e o Gigante tinham acabado de se casar. Beth e eu ficamos acordadas até tarde no escuro, chorando. Era silencioso demais — sentíamos falta do som da estrada, dos helicópteros. O cheiro era estranho, de esterco, terra e sonhos destruídos. Fizemos uma lista de nossas coisas favoritas de Los Angeles e colamos na parede do quarto. Ainda está lá: Venice Beach, Café Fifties, pista de patinação no gelo, ficar na fila do Pink's para comprar um cachorro-quente, comida mexicana.

Deixo a mochila no chão assim que entro na casa, e logo Sam aparece saltitando. Mesmo eu o amando e embora ele não tenha nenhuma culpa, meu meio-irmão amaldiçoou minha existência. Minha mãe já me falou que meu trabalho (não pago e não reconhecido) durante o verão vai ser cuidar dele todos os dias, o dia todo, a menos que eu esteja no Honey Pot. Beth e eu costumávamos dividir o fardo, mas agora fica tudo nas minhas costas — cuidar do bebê, cuidar da casa, ser saco de pancada. Minha mãe tira vantagem da mão de obra gratuita para poder ficar mais tempo na Mineral Magic, uma empresa de maquiagem para a qual organiza festas, nas quais vende os produtos para as amigas, e para as amigas delas e para as amigas das amigas delas.

— *Gace!* — Sam grita.

Ele não consegue pronunciar o R. Estica os braços, sorrindo, e eu o abraço, pego no colo e giro. Gosto de como Sam joga a cabeça para trás e de ouvir sua gargalhada começando no fundo da barriga. No momento, ele não amaldiçoa minha existência: é adorável, doce e a única coisa boa dessa casa.

— Grace!

Minha mãe já está me chamando, impaciente, irritada. Tenho

coisas a fazer, eu sei. Viro Sam e o carrego de cavalinho até a cozinha. Minha mãe está seguindo seu ritual de sempre: pega copo, gelo, água, rodela de limão, um pacotinho de adoçante. Coloca tudo no copo, nessa ordem, mexe três vezes no sentido horário, três vezes no anti-horário. Ela me faz preparar isso o tempo todo. "Grace, estou com sede." Ela simplesmente grita isso do quarto quando estou fazendo lição de casa, como se eu fosse uma atendente de bar. Uma vez, ela me pegou mexendo quatro vezes — eu estava sonhando acordada com você e perdi a conta. Então gritou comigo por desperdiçar o limão, o adoçante e a água durante o período de racionamento enquanto jogava tudo fora, lavava o copo e o colocava sobre a bancada. "Começa de novo."

— Preciso que você arranque as ervas daninhas do quintal — ela diz. — Leva o Sam junto e fica de olho nele.

Nada de "Oi, como foi seu dia?". Nada de "Você tem muita lição de casa?" ou "Algum outro amigo seu tentou se suicidar?".

Desde a semana passada, quero falar com ela sobre você, porque às vezes os adultos sabem das coisas, mas ela está sempre ocupada com algum projeto novo, e agora sinto que não faz diferença. Odeio o ioiô que é a relação com minha mãe. Às vezes eu me sinto muito próxima dela, como se fôssemos dois soldados em uma trincheira, com as armas agarradas junto ao peito, prontas para atacar quando o inimigo chegar. Outras, *ela* é o inimigo.

Essa é minha tentativa de não ter a pior tarde do mundo:

— Tenho que fazer um monte de exercícios de matemática antes de ir para o trabalho...

Minha mãe levanta a mão.

— Devia ter pensado nisso antes e arrancado as ervas daninhas do quintal no fim de semana.

A raiva que existe dentro de mim fervilha sob a superfície da pele. Está exatamente onde quero que fique. Aguardando. Só tenho uma hora para a lição de casa antes de ir trabalhar. Agora, nem isso.

— Não é justo. Fiquei no Honey Pot e depois precisei terminar aquele trabalho enorme de inglês, lembra?

— Não quero saber.

Ela já está gritando. Nunca demora muito para começar a fazer isso. Sam afunda a testa em mim como se estivesse tentando se esconder. Minha mãe está sempre zangada. Quando fala comigo, range os dentes, rosna. Sou velha demais para apanhar, mas meu rosto, meus braços, minha nuca... tudo está disponível para um tapa. Queria evitar isso hoje. Queria não odiar minha mãe.

— Certo — digo, abaixando a voz de repente. A Filha Humilhada. Me seguro. Fico olhando para as botas. Mas não consigo esconder a frustração dessa vez.

— Estou prestes a proibir você de sair de casa.

— Desculpa — digo, arrependida, como se ela fosse Deus e eu estivesse pedindo perdão.

Se eu faltar hoje, posso perder o emprego. Só quero que isso acabe. O confronto constante é exaustivo. Minha mãe tem três humores principais: zangada, deprimida, enlouquecida. Por "enlouquecida" quero dizer que ela é capaz de reorganizar toda a decoração de Natal em julho, às três da manhã.

Estou tão cansada.

Quando tento explicar aos meus amigos como é horrível ficar aqui, quando tento explicar o medo constante de que o pouco de liberdade que tenho me seja tomado, fica parecendo frescura. Pobrezinha de mim. E não é a compaixão que eu quero, de qualquer forma. É uma raiva justificada. Preciso de alguém batendo à minha porta, pronto para dizer à minha mãe e ao Gigante que eles têm muita sorte. Só tiro notas boas. Sou virgem. Tudo o que tomo de álcool é um golinho de vinho quando minha avó leva Beth e eu à igreja. Nunca fumei maconha nem cigarro e nunca fiquei em um lugar em que isso estivesse rolando. Não atravesso a rua sem olhar, não mato aula, nunca minto para minha mãe. Em resumo, sou uma ótima filha. Mas eles não veem isso. Veem alguém ultrapassando os limites, e me parece que sua vida seria muito melhor sem mim.

Por favor, não me deixe de castigo. São as palavras que giram em minha cabeça no momento. Fiquei de castigo metade do mês passado porque não limpei o banheiro da suíte que minha mãe compartilha com Roy antes de ir para a casa de Nat. Estava atrasada e só passei um pano rápido, esperando que ela não percebesse. Mas é claro que percebeu. Havia um fio de cabelo na base do vaso sanitário ("Você chama isso de LIMPAR?") e um pontinho de mofo entre dois azulejos ("E ISSO? Não sou cega, Grace"). Meu castigo: duas semanas de cativeiro, que por acaso coincidiram com um projeto de reforma que o Gigante estava executando.

A voz da minha mãe é indiferente. Minhas desculpas não servem para nada.

— Quando terminar, pode ir.

—Você ainda vai me levar?

O shopping fica a meia hora a pé de casa, e minha mãe não me deixa tirar carteira de motorista porque diz que é uma responsabilidade de adulto e que não tenho maturidade para tal. (Sendo que eu só tiro notas altas! Sou virgem! Não bebo nem fumo!)

—Vamos ver como se sai no gramado.

Recolho os cacos de minha tarde, me apegando à esperança de chegar a tempo no trabalho e não perder o emprego. Concordo com um aceno de cabeça, deixando a submissão me envolver como um manto.

Tiro o vestido e coloco um jeans velho e uma camiseta, depois atravesso as portas de vidro de correr que dão para o quintal, pegando Sam no caminho. Uso força demais, e ele grita. Eu o repreendo, transbordando raiva. Então a culpa vem. Não sou melhor que minha mãe.

— Desculpa — sussurro para Sam quando saímos.

Eu o ajudo a subir no balanço, depois coloco as luvas de jardinagem e começo a arrancar as ervas daninhas.

Ter dezessete anos e pais ditadores é uma droga. A sensação é de que nada é seu, à exceção dos seus pensamentos e desses mínimos momentos privados.

"Não se faça de mártir", minha mãe diria.

Não estou chateada desse jeito porque tenho que fazer algo idiota ou cuidar do meu irmão por algumas horas depois da aula. É que o negócio chegou a um ponto em que tudo é ruim o tempo todo, então qualquer coisinha já me derruba. Às vezes, eu queria ter lábios machucados ou hematomas para mostrar ao psicólogo da escola — é difícil explicar a tortura que é viver nessa casa, o modo como a implicância constante, o serviço e os gritos acabam com uma pessoa. Antes, quando o Gigante deixava marcas em minha pele, eu era muito nova para saber o que fazer em relação a elas. Agora, adoraria mostrá-las a alguém e dizer: "Está vendo? Não posso mais viver assim". Estou aprisionada, sufocando. É como quando eu estava na piscina do meu primo e uma boia grande virou e me cobriu. Fiquei presa debaixo d'água com aquilo sobre minha cabeça e, por alguns segundos, tive certeza de que ia me afogar.

Não é cem por cento ruim, mas sempre há condições associadas ao que é bom. Aprendi a permutar. Tempo com meus amigos, roupas, ingressos de cinema, uma noite fora: tudo isso tem um custo. Me divertir numa sexta à noite vale um fim de semana inteiro fazendo tarefas domésticas e cuidando do meu irmão? Lembro que uma vez Lys tentou me explicar que isso não era normal, que pais fazem coisas boas pelos filhos porque querem, porque os amam.

Sem "você me deve" ou "o que ganho com isso?". Pareceu bom demais para ser verdade.

Sinto o sol quente em minhas costas enquanto arranco as ervas daninhas. Está muito quente para essa época, mesmo que estejamos acostumados a um calor insano nessa parte da Califórnia — trinta e dois graus, em março. O dinheiro anda curto, então ficar dentro de casa não é tão melhor assim. Minha mãe só liga o ar-condicionado à noite, no máximo. Sai caro demais deixá-lo ligado o dia todo. Faço uma pausa e olho para o céu — o mesmo que cobre Paris. Finjo por um minuto que estou lá, caminhando ao longo do Sena. Com saia e blusa chiques, carregando uma cesta de piquenique com baguete, queijo e vinho. Também estou de mãos dadas com meu namorado (Jacques? Pierre?), claro. Ou talvez esteja em Nova York, caminhando pela Quinta Avenida, de mãos dadas com você...

Minha mãe abre a porta e grita para eu prestar atenção, porque Sam está subindo alto demais no trepa-trepa. De tempos em tempos, tenho que tirá-lo de cima de algo: da mangueira, das ferramentas do jardim, da churrasqueira. Nunca vou terminar. Olho para o celular: quatro e quinze. Meu turno começa às cinco. Ligo para Beth. Ela está sempre ocupada, mas atende no primeiro toque.

— Oi — diz, e eu começo a chorar. — Ah — minha irmã diz com delicadeza. — O que eles fizeram dessa vez?

Conto que minha mãe disse que estou por um fio, que tenho medo de que ela e o Gigante não me deixem ir ao acampamento de teatro. Falo sobre você e sobre ter que arrancar ervas daninhas do gramado. Conto que estou exausta.

— Por que ela tem que dificultar tanto as coisas? — pergunto.

— Porque... é difícil para ela também. Com o Roy, sabe? — Beth diz. — Acho que a mamãe nem percebe como se comporta.

Beth acabou se tornando a voz da razão desde que foi para a

faculdade. É como se a distância permitisse que visse com mais clareza o que está acontecendo em casa. Não sei como me sinto em relação a isso. Não acho que seja certo isentar minha mãe da responsabilidade. Gostava de quando estávamos juntas no olho do furacão, de quando éramos companheiras de guerra.

—Você está se divertindo? — pergunto a ela.

Mesmo ela estando em Los Angeles, parece a um milhão de quilômetros de distância. Quero fofocar no meio das noites de calor, quando não se consegue dormir porque o único ar que entra pela janela é quente e cheira a esterco. Quero que lavemos louça lado a lado. Quero voltar a ir das lágrimas às gargalhadas tão intensas que fazem a barriga doer.

— Estou — ela diz. — E vai ser igual com você. Só falta um ano. Cabeça erguida, certo?

— Certo.

Quando termino, corro para a cozinha, faço a salada e arrumo a mesa. Olho para o relógio sobre o fogão: quatro e quarenta. Espero que minha mãe não me faça ir a pé. São alguns quilômetros, então nunca chegaria a tempo.

Corro para o quarto e visto a camisa branca e a saia preta que todas as garotas que trabalham no Honey Pot usam, depois pego o avental cáqui e minha bolsa. Quinze para as cinco.

Minha mãe sai do quarto e inspeciona o que fiz na cozinha enquanto fala com uma amiga ao telefone.

Então ri.

— Ah, não tem problema nenhum. A Grace pode cuidar do Sam enquanto vou até aí ajudar a planejar a festa. Sábado às seis? Perfeito.

Odeio quando ela faz isso, simplesmente acaba com meu fim de semana. Talvez eu tivesse planos para sábado às seis. Mas a conversa com a amiga parece estar chegando ao fim, e eu fico mais aliviada.

Minha mãe vai desligar e vou chegar a tempo. Ou não. Ela vai para a sala e ajeita as coisas que já ajeitei, vendo problemas onde não há.

Não seria a primeira vez que eu chegaria atrasada no trabalho (ou em qualquer outro lugar) por esse motivo. Estou morrendo por dentro (preciso ir, preciso ir!). Por que ela sempre faz isso? Minha mãe sabe que entro às cinco. Sabe que não posso chegar tarde no trabalho. Mas não posso falar nada, mesmo sendo muito difícil me conter. Não adianta. Ela ia me dispensar como se eu fosse uma mosquinha chata: *bzzz, bzzz, bzzz*. É difícil matar uma mosca, mas não é impossível, basta se esforçar.

Corro para o quarto e abafo meu grito com o travesseiro, só para botar para fora. Quando volto para a cozinha, ela desligou o telefone e está esfregando a tábua.

— Mãe? — Olho para o relógio. São cinco para as cinco. Eu devia ter ido a pé. — Podemos...

— Não vou deixar essa casa parecendo um chiqueiro — ela diz. — O que eu falei sobre arrumar sua bagunça?

É uma tábua, todo o resto está no lugar. Uma tábua que eu lavei depois de cortar cebolas e fazer uma salada para uma refeição que nem vou comer porque não tenho tempo. Prefiro ficar com fome ou comer meu braço esquerdo a ficar mais um pouco nesse maldito lugar. Vou me atrasar por causa de uma tábua? Como alguém explica isso para o chefe? "Sinto muito, mas tive um contratempo com uma tábua. Você sabe como é."

De resto, a casa está perfeitamente limpa. Daria para comer direto do chão, sério. Se alguém colocasse luvas brancas e passasse o dedo sobre a estante, as luvas continuariam impecáveis. Existem termos médicos para o problema que minha mãe tem, mas o único em que consigo pensar no momento é "louca de pedra".

Esses são os piores momentos, quando sei que não posso dizer nada mesmo com algo importante para mim em jogo. Quantas vezes já me atrasei ou perdi eventos por causa da louça suja ou da necessidade repentina de tirar o pó, organizar um armário ou regar o gramado? Aprendi a lição da pior maneira possível: incomode minha mãe, mesmo que apenas uma vez, e você não vai sair.

São quatro e cinquenta e oito — se sairmos agora, só vou atrasar cinco ou dez minutos. É possível. Dá para colocar a culpa no trânsito ou no relógio adiantado.

Quatro e cinquenta e nove. Minha mãe me entrega a chave.

—Vá colocar seu irmão na cadeirinha do carro.

Pego Sam e corro.

SEIS

Vejo você todo dia depois da aula durante quatro horas. Na maior parte desse tempo, fico debruçada sobre minha cópia do roteiro, fazendo anotações de tudo o que a srta. B quer que o elenco se lembre quando formos para um palco de verdade. Ser diretor de cena é um trabalho sério. Eu poderia estragar todo o espetáculo. Então, ao contrário de você e do restante do elenco, não tenho muito tempo para socializar.

    Você é Billy Flynn, claro. Nenhuma surpresa aí. A primeira vez que te vi atuar foi quando você fez Don Lockwood em *Cantando na chuva*. Eu ainda estava no nono ano e fiquei extasiada em meu assento na plateia. Quando você está no palco, ninguém consegue desviar os olhos. Você foi feito para *isso*. É um astro nato, tem algo que não dá para explicar.

    Alguma coisa está acontecendo entre nós dois agora, mas não sei exatamente o quê. Pego você me notando, prolongando olhares furtivos o bastante para que eu perceba. Você quer que eu te pegue no pulo. Seus sorrisos suaves me fazem corar. E, de repente, há abraços. Quando me vê, quando vamos cada um para um lado. Mais longos do que deveriam ser, seu calor se transferindo para mim. Com uma frequência cada vez maior. Agora você vem se sentar ao meu lado para fazer a lição de casa se não estiver na cena que está sendo ensaiada. Ou fingir que está fazendo a lição — na maior parte do tempo, fica escrevendo bilhetinhos engraçados para mim.

Quando entro na sala, os ímãs dentro de nós tornam quase impossível ficarmos a mais de alguns metros de distância. Mas não falamos sobre isso. Sobre nada disso. Não há telefonemas, encontros, nada. Só os ímãs.

Fico preocupada, achando que pode ser coisa da minha cabeça. Apenas uma fantasia. Afinal, estamos falando de Gavin Davis. Não sou o tipo de garota que fica com caras como você. E ainda assim...

Nat vem na minha direção e me puxa para um canto.

— Ouvi uma coisa — ela diz.

Arqueio as sobrancelhas.

— Não vai dizer que Deus falou com você de novo.

De vez em quando, Nat diz que Deus colocou algo em seu coração, o que, na língua dos cristãos, significa que Ele se comunicou diretamente com ela. Normalmente é algo que ela precisa fazer ou resolver. Lys acha esquisitaço, mas eu não sei. Até que é legal.

— Não — ela diz, depois fica com uma expressão arteira nos olhos. — Mas acho que é segredo.

— Te dou meu primeiro filho se me contar — digo, com pesar.

Ela ri.

— Tá. Gavin disse para Peter e Kyle que te acha gostosa.

Finjo estar ofendida, mas, por dentro, MORRI.

— É tão difícil assim acreditar?

— Ah, cala a boca. É claro que não é difícil acreditar. — Seus grandes olhos castanhos dançam. — Acho que ele está a fim de você.

— Não alimenta minhas esperanças — digo. Mas elas já estão altas. Vou quebrar a cara, com certeza.

— Meus fabulosos atores! — exclama a srta. B. Por alguma razão, ela decidiu falar com sotaque britânico hoje. — Se aproximem para que eu passe a programação. — Adoro nossa professora. Ela exala teatralidade. O mundo é seu palco. A srta. B. tem um sorriso de mil watts e um corte de cabelo estiloso; usa as mãos quando fala, como eu. Seu cabelo é preto com uma mecha branca na frente. Em resumo, ela é incrível.

Você chama minha atenção. Não consigo desviar os olhos, e abrimos sorrisos ridículos.

Nat segura meu braço e sussurra em meu ouvido:

— Acho que ele está se imaginando fazendo sexo com você *agora mesmo*.

Meu rosto fica vermelho. Bato no braço dela enquanto nos conduz para o lado oposto de onde você, Kyle e Peter estão deitados lado a lado, apoiados nos cotovelos, os Reis do Teatro da Roosevelt. Você vira a cabeça de leve para me acompanhar. Corta para seu sorriso doce. Corta para eu corando.

— Como suspeitei — Nat diz baixinho.

— Não tem nada acontecendo — eu digo com firmeza. Então por que sinto explosões dentro de mim, estrelas nascendo onde antes havia apenas escuridão?

A srta. B repassa a programação: mais cinco semanas de ensaios depois das aulas, então vamos para o teatro grande e sofisticado do centro. Eu poderia fazer xixi na calça de tanta empolgação. Assim que começarmos os ensaios noturnos e as apresentações, não vou precisar ir para casa até as dez da noite. É a única liberdade que tenho até a próxima peça, que é só em *outubro*. (É melhor nem pensar nisso.) Depois é a vez da sra. Menendez falar. Ela é nossa professora de dança e educação física, e coreógrafa todas as apresentações.

Quando a sra. Menendez passa a lista de todas as coisas que os dançarinos vão precisar comprar, agradeço aos céus por não fazer parte do elenco. É cansativo estar sempre sem dinheiro. A maior loucura financeira que minha família faz é comprar dois cheesebúrgueres pelo preço de um no McDonald's aos domingos. No meu último aniversário, tive que usar o dinheiro que meus avós me mandaram para levar minha família ao cinema, senão teríamos que ficar em casa sem fazer nada. Sei que tem gente morrendo de fome na África e é errado eu ficar reclamando, mas é difícil, uma vez que a maioria dos meus amigos não entende. Estou acostumada a ouvir "Dinheiro não dá em árvore, Grace". Sinceramente, não lembro qual foi a última coisa que minha mãe ou o Gigante compraram para mim. Ah, espera — ele me emprestou dinheiro para comprar um refrigerante no supermercado semana passada. Isso mesmo, ele *me emprestou* noventa centavos — eu juro.

Depois do ensaio, vou para casa caminhando o mais lentamente que posso. Devagar, levo entre oito e dez minutos, enquanto a um passo normal são cinco. Sempre temo aquele momento em que cruzo a porta. Nunca sei o que me espera. Talvez já esteja com problemas e nem saiba. Coloco os fones de ouvido e aumento o volume da trilha de *Rent*. Estou em Nova York, almoçando com meus amigos boêmios no Life Café...

Ouço uma buzina e me viro. Seu Mustang clássico azul-escuro metálico para, com o motor roncando.

— Ei, garota — você diz, com uma voz propositalmente assustadora e deixando os óculos escuros escorregarem pelo nariz. — Quer dar uma volta comigo?

Eu me debruço na janela e sorrio.

— Minha mãe me disse para não conversar com estranhos. — Levanto a mão quando você abre a boca. — Nem ouse fazer uma piada de mãe, Gavin Davis.

Você ri.

— Tudo bem. Vou resistir à tentação, só dessa vez. — Você abaixa o rádio, que está tocando algum tipo de indie rock suave e profundo.

— Então... — você diz.
— Então... — eu digo.
Sorriso. Rosto corado. De novo.
— Quer uma carona para casa? — você pergunta.
Meu estômago se revira.
— Ah, eu moro bem ali do outro lado. — Aponto. — Na rua sem saída.
"Sim!", quero dizer. "Me deixe entrar em sua carruagem com franjas no teto, em seu barco a remo nas profundezas da Ópera de Paris. (Dez pontos para você se adivinhar de que espetáculo é a referência.) Mas não consigo entrar no carro. E não sei explicar exatamente o porquê. "Sabe, minha mãe tem uma regra..." Estou cansada de ter que narrar a loucura que é minha vida em casa.
Você arqueia uma sobrancelha. Eu não sabia que pessoas de verdade sabiam fazer isso.
— Bom saber — você diz. — Onde você mora, quero dizer...
Frio na barriga!
— Não é para utilizar a informação para fins nefastos — digo.
— Não posso prometer isso. —Você sorri. — Sabe, eu bem que gostaria de tomar um refrigerante agora. —Você aponta para mim e depois para o banco do passageiro.
Surto. Você está me convidando para sair? É isso que está acontecendo?
Respiro fundo e tento resumir a situação:
— Então... não sei se Kyle, Nat ou alguém te contou sobre minha família esquisita. Uma das infinitas regras da minha mãe é que não posso andar de carro com ninguém que ela não conheça.
— Nem até o posto de gasolina no fim da rua? — você pergunta.
— Não.

— Que droga. E você não tem carteira de motorista? — você pergunta.

— Não — respondo. — Meus pais não querem pagar e blá-blá-blá.

— Que péssimo.

— É mesmo. Mas... Tanto faz, não tem problema.

— Não sai daí — você diz. — Promete?

— Hum. Tudo bem.

Você volta para o estacionamento da escola, depois vem andando até onde estou. Gosto de te ver fazendo isso, do modo como sua camiseta sobe um pouquinho e posso ver a pele de sua cintura. Da serenidade que você passa com seus óculos Ray-Ban e o jeans justo.

— Gavin, você não precisa me acompanhar até em casa — digo quando você chega perto de mim.

— Não estou fazendo isso. — Você pega o livro de matemática da minha mão. É o próprio Gilbert Blythe, de *Anne de Green Gables*. — Quanto tempo acha que demoramos para ir tomar um refrigerante a pé?

— Gavin... — Balanço a cabeça. — Sério...

— Meia hora para ir, meia hora para voltar?

Vinte e seis minutos, não que eu tenha contado. Confirmo.

— Mas não posso simplesmente... Preciso pedir permissão. E minha mãe... Talvez seja melhor não.

— Sou ótimo com pais. — Você pega minha mão e me puxa na direção de casa. Tão desencanado.

Você está segurando minha mão, você está SEGURANDO MINHA MÃO.

Não temos muito tempo para conversar no caminho, mas você não solta minha mão e fico preocupada de estar transpirando, mas tento não pensar nisso porque vou acabar transpirando ainda mais e você vai perceber — droga. É um inferno. Mas, tipo, com uma visão do paraíso.

Não sou religiosa, mas rezo para o que quer que seja para minha mãe não estar gritando com Sam ou brigando com o Gigante. Seria muito constrangedor.

Quando chegamos na entrada, no entanto, a casa está inesperadamente silenciosa. *Nunca* é assim. Destranco a porta e você fica no corredor, tão perto que posso sentir seu calor. Não consigo desfrutar dessa proximidade, no entanto. Estou prestes a ficar com urticária, porque se eu convidar algum amigo — principalmente do sexo masculino — para entrar em casa sem que haja mais alguém, me matam. Tipo, *muito*. Minha mãe não suporta receber visita a menos que tenha acabado de limpar tudo.

— Tem alguma foto constrangedora de quando você era bebê para eu ver? — você pergunta. Amo esse seu jeito arrastado de falar.

— Sinto muito — digo, pegando meu livro de matemática da sua mão. — Temos uma política de não exibir fotos de bebê por aqui.

— Acho que você está mentindo.

Reviro os olhos, abro a porta do quarto e jogo a mochila e o livro lá dentro.

— Sua casa tem cheiro de limão.

— É o desinfetante — respondo. A casa das outras pessoas tem cheiro de vida, comida, velas aromáticas, cachorro.

— Vocês não têm nenhum bicho de estimação? — você pergunta.

Dou risada.

— Acho que minha mãe teria um aneurisma se um animal morasse nessa casa. — Sou incapaz de imaginar o que ela faria se houvesse pelo de cachorro por aqui. — Acho que podemos ir.

É uma aventura pela qual posso ter que pagar depois, mas vai valer a pena. Quando estamos saindo, vejo um bilhete para mim na mesa de jantar, com a letra arredondada da minha mãe.

> *Fui até o mercado. A roupa lavada precisa ser dobrada e as varandas da frente e de trás precisam ser varridas. Você se esqueceu de limpar os rodapés da sala na sexta passada. Faça isso antes de chegarmos em casa. Coloque o assado no forno e faça uma salada.*

Os malditos rodapés. A sujeira invisível e os olhos de microscópio da minha mãe. Não adianta discutir com ela. É preciso esfregar até ela não conseguir ver mais nada.

— Isso é sério? — você pergunta, lendo por cima do meu ombro. Está tão perto que consigo sentir o cheiro amadeirado do seu perfume.

— É. — Odeio quando as pessoas descobrem sobre minha família.

Faço umas contas de cabeça. Nenhuma ida ao mercado demora mais de uma hora, mas a longa lista de tarefas domésticas sugere que minha mãe pretende passar um bom tempo fora, talvez fazendo outra coisa. Devo ter pelo menos uns vinte minutos, talvez mais. Posso dizer que o ensaio demorou se ela ou o Gigante chegarem em casa antes de mim. O que, tecnicamente, não seria mentira, porque saímos cinco minutos mais tarde.

É uma boa desculpa.

Empurro você porta afora.

—Vamos ter que andar rápido.

— Entrei no Livro dos Recordes por causa da velocidade da minha caminhada — você diz.

Nos vinte e sete minutos que passo com você essa noite, aprendo três coisas:

1. Você é a única outra pessoa que conheço que olha para o céu e imagina que está em outro lugar.
2. Nós dois choramos no final de *Hamilton*.
3. Você sempre quis me conhecer, mas se sentia intimidado.

— Intimidado? — pergunto. — Com quê? Minhas habilidade de direção de cena?

Você dá de ombros.

— É que você tem uma coisa... — Então começa a cantar Billy Joel: — *She's got a way about her, I don't know what it is, but I know that I can't live without her...*

Adoro estar perto de um garoto que canta o tempo todo. Ainda mais músicas antigas que só nossas mães conhecem.

É um primeiro encontro perfeito, mesmo eu sabendo que não é bem um encontro. Ando pela casa deslumbrada. Quando pego uma maçã para comer, giro o cabinho, fazendo uma brincadeira de quando eu era criança. Cada volta do cabinho é uma letra do alfabeto, que corresponde a um garoto. A de Andrew, B de Brian etc.

Ele quebra no G.

SETE

Saio cambaleando do banheiro e me arrasto para a cama, fraca. Acho que já vomitei tudo o que havia para vomitar. Estou no estágio da ânsia, que é o fundo do poço.

Começou no meio da noite, uma náusea tão forte que tive vertigem. Só ao meio-dia consegui mandar uma mensagem de texto para as meninas — não queria que a srta. B pensasse que eu estava abandonando o espetáculo. Quando não estou vomitando ou encolhida de dor, tento imaginar o que está acontecendo no ensaio. Posso te ver perambulando fora do palco, fazendo brincadeiras com os garotos, ou talvez sozinho no corredor, estudando suas falas. Vejo Nat e Lys ensaiando a coreografia do sapateado. E a srta. B um pouco cansada.

Durmo e acordo o dia todo. Quando olho pela janela, noto que o céu está ficando mais escuro — o ensaio logo vai terminar. Estou chateada por ter ficado o dia inteiro sem te ver. Você me mandou uma selfie na hora do almoço, parecendo totalmente deprimido. E escreveu: "Esse lugar é uma droga sem você". Algumas horas depois, durante uma de minhas muitas idas ao banheiro, você me deixou uma mensagem de voz com uma canção de marinheiro engraçadinha. Ouço pela quinta vez, com a cabeça apoiada em dois travesseiros. É uma evidência de como ficamos mais próximos nas últimas semanas. Pouco tempo antes, nem tínhamos o número de celular um do outro. Agora, tenho centenas de mensagens de texto suas. Guardo o celular e entro embaixo do edredom, afofando os travesseiros até ficar confortável.

A campainha toca e ouço minha mãe passar no corredor. Ela tem pavor de ficar doente — não consegue lidar com germes —, então sou praticamente uma prisioneira em meu quarto. Ficou falando comigo através da porta o dia todo, deixando de vez em quando uma bandeja do lado de fora com bolachas, um copo de água ou um antiácido, que me causa enjoo só de olhar. Não posso abrir a porta a menos que ela esteja bem longe. Acho que está quase chamando o Centro de Controle e Prevenção de Doenças.

Estou pegando no sono de novo quando ouço alguém bater na porta.

— Grace? — Minha mãe pergunta. — Está vestida?

— O quê? Claro. — Estou com um short de pijama bem largo e uma regata que minha avó comprou para mim quando foi para Wisconsin, com a frase "Alguém em Racine me ama". Porque sou muito sedutora. Preciso desesperadamente de um banho.

Ouço murmúrios do lado de fora, e a porta se abre. Me apoio nos cotovelos, meu cabelo parecendo um ninho de rato, meus olhos turvos.

É você.

— Só vou fechar a porta porque não quero que Sam fique doente — minha mãe diz.

Fico olhando para ela. Não sei como a convenceu a deixá-lo entrar nessa casa, muito menos no meu quarto.

— Oi, linda — você murmura depois que a porta se fecha.

A surpresa de te ver no meu quarto quase se sobrepõe ao fato de eu estar horrorosa. Espera, você acabou de me chamar de "linda"? Tateio em busca de um elástico de cabelo. Me dou conta de que estou sem sutiã. Torço para não cheirar a alguém que não parou de vomitar nas últimas quinze horas.

— Gavin, o que você está...

— Fazendo aqui? Até parece que eu não viria ver se você está bem. O que pensa que eu sou?

Você coloca sua mochila, uma sacola de compras e o violão no chão antes de tirar os sapatos e subir na cama. Senta de pernas cruzadas, de frente para mim, com as mãos nos meus joelhos.

— Hum, pode ser contagioso...

Você dá de ombros.

— Por você, vou arriscar.

Sinto uma pontada forte no estômago e me recosto nos travesseiros.

— Dói ficar sentada — digo.

Você se deita ao meu lado, com o cotovelo apoiado na cama e a mão segurando a cabeça. Fico em posição fetal e nos olhamos por um instante. Você não está de chapéu e seus cabelos caem sobre os olhos. Quero ajeitá-los, mas não faço nada.

— Todo mundo sentiu sua falta — você diz.

— Como foi o ensaio?

— Uma loucura. Caos total. Essa produção não sobreviveria sem você.

— Fico feliz por ser indispensável. — Sorrio. — Como convenceu minha mãe a te deixar entrar?

— Eu disse que precisava da ajuda dela para um gesto romântico grandioso — você diz. Para mim. Um gesto romântico grandioso *para mim*. — Também ameacei fazer uma serenata para ela.

Dou risada.

— Não acredito que você convenceu minha mãe com seu charme. É uma coisa bem difícil.

Você conhece as mulheres, Gavin. Eu tenho que admitir. Sabe exatamente o que precisamos ouvir, não é?

— Ela pareceu legal, mas... —Você franze a testa, procurando as palavras certas. — Meio assustadora.

Dou uma gargalhada.

— Então você a pegou em um dia bom.

Já te contei um pouco sobre a situação da minha família, mas não todos os detalhes sórdidos. Fiquei pensando em como te apresentar para minha mãe sem muito tumulto. Até que foi bom ter acontecido assim.

— Gostei do seu cabelo — você brinca, passando a mão nos fios emaranhados.

— Não é todo mundo que acorda parecendo o James Dean — digo.

Você ri baixo.

— Ainda está se sentindo péssima?

— Acho que estou no estágio seguinte, mas ainda não cheguei ao ponto em que me sinto melhor.

— Posso ajudar com isso.

Você se senta e vasculha a sacola de compras. Tira uma garrafa de refrigerante e um pote de plástico que parece ter sopa dentro.

— Canja?

— Pedi para minha mãe fazer — você diz. — É uma cura milagrosa.

Arregalo os olhos.

—Você pediu para sua mãe fazer canja para mim?

Você coloca o pote sobre a escrivaninha.

— É. Ela estava de folga do trabalho hoje. Juro que vai se sentir melhor depois de comer isso.

— Isso é... você é incrível.

— Ah, obrigado. — Seus lábios se curvam para cima. — Posso ter prometido te levar para jantar em casa quando não estiver mais contagiosa.

Meu estômago revira. Puta que o pariu, você quer que eu conheça seus *pais*.

— Prometo que eles não mordem. — Você levanta uma colher. — Está com fome?

— É melhor deixar para mais tarde — respondo. — A menos que goste que vomitem em você.

Você sorri.

— Esse é meu limite. — Você observa ao redor. — Então esse é o seu quarto.

Tento enxergar através dos seus olhos. Um pôster com uma foto de Nova York vista de cima, um pôster de *Rent* que comprei no eBay, um mapa de Paris. Uma estante cheia de livros de mistério de Nancy Drew e cópias antigas da *Vogue*. Bugigangas no peitoril da janela — conchas de Malibu, brinquedos do McLanche Feliz que Sam me dá de presente.

— Gostei — você diz. Seus olhos vão parar na colagem de fotos ao lado da cama. Você chega mais perto. Depois de um minuto, vê sua foto. Meu rosto fica vermelho.

— Esse dia foi legal — você diz.

Tínhamos acabado os ensaios técnicos de *A importância de ser prudente*, pedimos pizza, comemos no pátio e depois jogamos futebol americano — mas sem bola.

Você aponta para uma foto minha mergulhando com Beth.

— Quem é essa?

— Minha irmã, Beth. Ela é dois anos mais velha que eu. Estuda na Universidade da Califórnia, em Los Angeles.

— A UCLA é a faculdade dos meus sonhos — você diz.

— Sério?

— Fiz um teste para o curso de teatro lá no outono. Logo devo saber o resultado.

Preciso desse lembrete. Independentemente do que esteja acontecendo entre nós, não vai durar. Você vai se mudar para Los Angeles quando eu estiver começando o último ano do ensino médio. Mas não quero pensar nisso.

— Vai conseguir.

Você dá de ombros.

— Talvez. — Você pega o refrigerante. — Acha que consegue tomar isso sem vomitar?

Faço que sim, agradecida.

— Minha mãe só me trouxe água.

— Qual é a dela? Parecia achar que eu precisava de um traje de proteção para entrar aqui.

Suspiro.

— Essa é minha mãe. Ela tem um problema com germes. — Estendo a mão e aperto seu braço. — Obrigada por cuidar de mim.

Você sorri.

— Está sendo a melhor parte do meu dia.

Mordo o lábio, buscando algo em que fixar meu olhar, qualquer coisa que não sejam seus olhos.

— O que tem nessa sacola? — pergunto, apontando para ela.

— Ah, é.

Você pega a sacola de tecido e volta para a cama, colocando-a ao meu lado.

Então tira uma pilha de livros ilustrados dela.

— Quando eu era pequeno e ficava doente, minha mãe lia para mim. Era uma boa distração.

Ao contrário da minha mãe, que, desde que me dou por gente, fica a uns bons três metros de distância de mim quando estou doente.

— Você vai ler para mim?

Porque, ai, meu Deus, isso é muito fofo...

Você assente.

— Qual história quer ouvir primeiro?

Olho em seus olhos e você sorri. Depois estica o braço e acaricia meu rosto. Por um segundo, não consigo respirar.

Você me mostra *Boa noite, Lua*.

— Esse é meu preferido.

— Então começa por esse — digo.

Você apoia a cabeça nos meus travesseiros, depois estende o braço, de modo que fico deitada em seu ombro, com a mão apoiada em seu peito.

— Está confortável? — você pergunta.

Confirmo.

— Assim está perfeito.

Posso sentir seu coração batendo sob minha mão. Você tosse de leve, então começa. Sua respiração faz alguns fios do meu cabelo voarem.

— "Em um grande quarto verde, havia um telefone..."

Perco a conta de quantas histórias você lê para mim. Faz vozes diferentes para cada um dos personagens. Se tem música, canta. Você me puxa para mais perto, e eu acabo com a cabeça sobre seu peito. Seu cheiro é como uma droga para mim — aquele perfume e qualquer outra coisa que faz de você... *você*. Se eu não tivesse vomitado até as tripas o dia todo, talvez tivesse coragem de te beijar. Mas é melhor não.

— Está se sentindo melhor? — você pergunta depois de fechar *Uma lagarta muito comilona*.

Faço que sim e olho para você.

— Espero que não fique doente.

Você sorri, passando a mão em meu cabelo.

—Valeria a pena.

Quero permanecer nesse momento, ficar em suspensão para sempre. Ainda não sei que essa ternura entre nós vai se extinguir. Não tenho ideia do quanto vai me machucar.

Você fica mais uma hora, tocando violão enquanto como. A canja da sua mãe é deliciosa.

Às nove, minha mãe bate na porta.

— Grace? Você precisa descansar se quiser ir para a escola amanhã de manhã.

— Está bem — grito do quarto.

Você se levanta.

— Essa é a minha deixa.

Você insiste em me deixar confortável, depois aperta minha mão.

— Como você pode estar doente e continuar linda assim? — você diz.

— A bajulação é tudo na vida.

Você balança a cabeça.

— Boa noite, srta. Carter.

— Boa noite, sr. Davis.

Você fecha a porta e eu me deito de lado, desligando o abajur. Meu travesseiro cheira a você e ainda está quente onde estava deitado. Eu o abraço.

Pego no sono em segundos.

OITO

Depois daquela noite, me permito pensar que você pode mesmo estar gostando de mim.

Mal posso acreditar, mas acho que é verdade. Primeiro os olhares ardentes, que tomam conta de mim. Os abraços que você não dá em mais ninguém. O fato de ter começado a aparecer perto do meu armário entre as aulas. As mensagens de texto dizendo coisas como "Obrigado por tornar meu dia melhor" e, como piada, quando estava andando atrás de mim, "Bela bunda, srta. Carter". Pequenos presentes: refrigerante durante o ensaio, uma pequena luminária com clipe para que eu possa enxergar minha prancheta nos bastidores, comida quando faço turnos longos no Honey Pot.

E uma música.

Você pega minha mão e me puxa para uma sala de aula vazia antes do ensaio. Está com o violão na outra mão.

— Escrevi uma música para você — diz, sem rodeios.

Fico te olhando. Será que ouvi Gavin Davis me dizer que escreveu uma música para mim?

— Ainda está meio crua — você continua. — Não consegui dormir ontem à noite e... —Você esfrega a nuca e suas bochechas começam a ficar rosadas.

— Você está *ficando vermelho*? — pergunto, meio rindo, meio me derretendo.

— Cala a boca. — Você sorri e toca os primeiros acordes. O som me lembra um pouco de Ed Sheeran.

— *Nunca pensei que...* —Você para. Pigarreia. — Nossa, você está me deixando nervoso.

Sorrio e me sento ao seu lado, tão perto que poderia beijar seu pescoço, se quisesse — e quero.

— Assim está melhor? — pergunto com os lábios próximos ao seu ouvido. Quem é essa atrevida que está se revelando e onde ela esteve todo esse tempo?

Você estende a mão e eu deixo que me puxe, de modo que ficamos de frente de novo.

— Quero ver seu rosto — você me diz com aquele sorriso torto perfeito. — É a melhor parte.

Você solta minha mão, abaixa os olhos, respira fundo. E:

Nunca pensei que fosse encontrar uma garota assim
Alguém que faz eu me sentir novo em folha
Ela nunca fica de nariz em pé perto de mim
Nunca tenta me mudar, porra
Nunca vai embora sem dizer adeus

Você dá de ombros e afasta os dedos das cordas.

— É só a primeira estrofe. Ainda precisa de muito trabalho.

Fico olhando para você e algo parecido com pânico passa em seu rosto.

— Exagerei — você murmura. —Você odiou? Sei que o segundo verso está uma merda.

Balanço a cabeça, encontro minha voz e digo:

— Eu... eu amei. É... Gav, eu...

Um sorriso bobo se abre em seu rosto.

— O que foi? — pergunto.

— Amo quando me chama de Gav.

Eu nem tinha percebido que estava chamando você pelo apelido.

Agora estamos assim. Nas últimas semanas, patinamos sobre o que quer que isso seja, entrando de cabeça em um mistério em forma de coração. Estão começando a notar. Há muitos olhos arregalados, principalmente os de Nat e Lys.

— Então. Você e Gavin. Conta tudo — Nat diz, abrindo um espacate perfeito.

Estamos trabalhando em uma nova coreografia para a aula de dança, e eu fico estragando tudo porque não consigo parar de pensar no último abraço que você me deu. Foi muito mais demorado do que um abraço entre amigos.

— Não tenho ideia do que está acontecendo — respondo com sinceridade. — Acho que ele gosta de mim, mas...

— Você *acha*? O garoto está louco por você, qualquer um pode ver — ela diz.

— É? — pergunto, sorrindo.

— Hum. *É.* — Ela balança a cabeça. — Quem diria... você e Gavin Davis.

É como se eu tivesse ganhado na loteria dos garotos.

Sorrio.

— Quem diria.

Você diz que sou a única que te entende. A única que não te julga. Conversamos sobre qualquer coisa. Mas não estamos juntos. Não nos beijamos, com exceção de no rosto ou em algumas ocasiões em que beijou minha mão, todo galante. É quase como se soubéssemos que, se nos beijarmos *de verdade*, vai ser definitivo. Não vamos mais poder enganar nossos pais, nossos amigos, *nós mes-*

mos. No momento, podemos dizer que estamos indo devagar, que é claro que sabemos que talvez não seja bom para você começar um relacionamento agora. Você *prometeu* aos seus pais que não ia namorar ninguém até se formar. O que, por sinal, vai acontecer em poucos meses — e isso nos leva ao outro motivo pelo qual não deveríamos nos transformar em um casal: caras que estão na faculdade não costumam ter namoradas do ensino médio.

Mas depois aconteceu isso:

— Quero muito te beijar — você diz. Está encostado nos armários, segurando meus livros enquanto tento abrir a porta. Fico paralisada. — Mas não podemos. Quer dizer... somos, tipo... namorigos.

Me perco na senha do armário e tenho que recomeçar.

— Namorigos?

Trinta e nove, dez, vinte e dois...

— É. Você sabe. Amigos que são quase namorados. Namorigos. E namorigos não se beijam, porque senão... seriam namorados.

— *Você é tão esquisito.*

— *Você é tão perfeita.*

Então, a cada semana chegamos mais perto de... alguma coisa. Posso sentir, como a maré me puxando.

Na noite de estreia, eu te puxo para um canto escuro dos bastidores. Estamos na metade de abril e o tempo está chuvoso, com trovões barulhentos e insistentes. Minha avó sempre diz que é Deus jogando boliche. Todos estão preocupados que o público não apareça por conta do clima. Passei metade da tarde tentando acalmar atores nervosos. Mas agora preciso que *me* acalmem.

— Qual é o verdadeiro motivo? — pergunto, sem rodeios.

Você franze a testa.

— O verdadeiro motivo do quê?

— De não estarmos juntos.

Você alisa sua gravata de Billy Flynn e olha para trás, na direção do palco. Não tem ninguém por perto. Então espalma as mãos na parede atrás de mim, me encurralando. Um clássico gesto de sedução.

— Grace, pode acreditar quando eu digo que não tem nada que eu queira mais do que você.

Estamos tão próximos que seus lábios quase tocam os meus.

— Então *por quê?*

— Estou tentando salvar você de mim.

— O que isso significa?

Você desvia os olhos.

— Se você vir... quem eu sou de verdade... pode não querer...

Coloco os dedos sobre seus lábios.

— Fica quieto — sussurro.

Alguém tosse baixo atrás de nós, mas em vez de pular para longe de mim, você pressiona os lábios junto a meus dedos antes de se virar.

— Oi, Nat — você diz.

Ela olha atrás de você, na minha direção, como se pedisse desculpas.

— Sinto por... hum... interromper. A srta. B está te procurando. Ninguém consegue encontrar o último figurino da Roxie.

Aceno com a cabeça e me afasto de você.

— Tá.

Está escuro demais para ela ver meu rubor, o orgulho em meus olhos. *Pode acreditar quando eu digo que não tem nada que eu queira mais do que você.*

Nat e Lys me cercam depois do espetáculo e me puxam para a sala de adereços. Estamos cercadas por prateleiras cheias de objetos de cena — revólveres, velas, facas, um frango de borracha. É como se estivéssemos prestes a iniciar uma partida de Detetive. Abro a boca, mas Nat levanta a mão como se dissesse "pode parar".

—Vocês dois estavam, tipo, *se pegando* lá atrás? — ela pergunta.

— Não! Não rolou beijo, juro. Eu contaria a vocês.

— E o que ele está esperando? — Lys pergunta. Ela abre a bolsa enorme e tira um boá de plumas de dentro dela, que enrola dramaticamente no pescoço.

— É complicado — digo. — Porque... vocês sabem. Os pais querem que ele fique sozinho até ele se formar.

Nat franze a testa.

— Ele ainda... pensa em se matar?

— Nossa, não. Ele está ótimo — respondo. Ou pelo menos espero que esteja. Você diz que estar comigo é como tomar um elixir da felicidade.

Nat e Lys trocam olhares.

— O que foi? — pergunto.

— Sabe que torcemos muito para você ficar com Gavin, mas andamos conversando e achamos que talvez você deva pensar em como, tipo... ele é extremamente... intenso — Nat diz. — Tem certeza de que está a fim de encarar?

— Não queremos que você se magoe — Lys acrescenta. — A Summer continua meio perturbada com tudo o que aconteceu.

— Eu *vivo* por algo intenso — respondo. — Quero alguém que escreva músicas para mim, que seja artístico, *boêmio*, que me entenda. Alguém do nosso mundo.

Lys morde o lábio.

— E se ele fizer com você também?

— Tentar se matar? — pergunto, com o estômago embrulhado. Ela assente.

— Ele não vai fazer — digo.

Contamos tanta coisa um ao outro, mas você ainda não chegou àquele dia. Tenho medo de perguntar. Não sei se é uma caixa de Pandora — talvez devêssemos simplesmente deixar para lá. Você está bem agora. Seguiu em frente, superou... o que quer que tenha te levado a fazer aquilo. Não é?

Parece que Nat vai dizer mais alguma coisa, mas Kyle abre a porta usando uma máscara de Jason que encontrou em um dos camarins e nós gritamos.

Ele tira a máscara, rindo.

— Boa noite, mocinhas.

— Seu babaca — ouço você dizer do lado de fora da sala, mas está rindo com os outros garotos.

A srta. B nos acompanha até o estacionamento. Entro no carro de Nat, já que você está indo com Peter e Kyle. Aceno para você, que está olhando o celular e não me vê. Um segundo depois, ouço uma notificação chegar.

O verdadeiro motivo é que eu não te mereço.

Meu coração dá aquele pulo que sempre dá quando você diz ou faz algo tão perfeito. Respondo de imediato.

É um motivo idiota e você sabe disso.

Vou para a faculdade ano que vem.

Ainda faltam seis meses.

Meus pais não me deixam namorar.

Então mente. Parece funcionar para todos os amantes do mundo.

Não deu muito certo com Romeu e Julieta.

Era uma história para ensinar uma lição. Prometo que não vou tomar veneno se você for expulso de Mântua.

Juro que não sou idiota o bastante para acreditar que você tomaria veneno de verdade.

Então estamos conversados. Próximo motivo?

—Você está falando sacanagem para ele? — Lys pergunta.
Fico corada.
— Não faço essas coisas.
— Ainda — Lys diz.
— Acho que esse garoto está ficando entre a gente — Nat diz. — Amigas vêm em primeiro lugar.
Reviro os olhos.
— Isso não tem nada a ver. Amo vocês, sabem disso.
—Vou apelar para o túnel do tempo — Lys diz antes de começar a cantar Spice Girls. — *If you wanna be my lover, you gotta get with my friends... Make it last forever, friendship never ends.* — Nat se junta a ela, dançando no assento enquanto dirige.

Elas estão cantando Spice Girls aqui.

Nossa! Que dureza.

Quando Lys termina, recebe seus aplausos então se aproxima e dá um beijo molhado na minha bochecha. Tenho quase certeza de que o batom brilhante dela sujou meu rosto.
— Só não queremos que o Gavin roube você — ela diz.
— E não queremos que você seja o estepe de ninguém — Nat acrescenta. Ela e Lys trocam um olhar. Me dou conta de que já discutiram sobre isso.

— Ei, o que deu em vocês para ficarem conversando sobre isso pelas minhas costas?

Aquela palavra, "estepe". Eu a detesto. Sempre que passa pela minha cabeça, eu a afasto, mas aqui está ela, de volta a um lugar de destaque.

— Não conversamos pelas suas costas — Lys diz. — É só que a gente ama você, como você sabe. E alguns caras são bombas-relógio.

— Gavin não é uma bomba-relógio — retruco.

— Mas talvez esteja mesmo procurando um estepe — Nat diz, me encarando com seus olhos castanhos cheios de ternura quando paramos em um semáforo vermelho. Não há julgamento nela, nada além de amor. Minhas melhores amigas estão apenas tentando me proteger, algo pelo qual você vai odiá-las um dia.

— Talvez — digo. — Bom... talvez as coisas tenham começado mais ou menos assim. Mas agora é... especial. Tipo, muito verdadeiro.

— Só lembra que o cara tem uns probleminhas — Lys diz. — E que não é seu papel tentar resolver.

Eu me viro.

— Você está começando a falar como uma psicóloga profissional.

Ela fica radiante.

— Obrigada.

Sou um estepe? É isso?

Você demora muito para responder. Algo dentro de mim começa a ruir. Então:

Desculpa, o Kyle estava tentando roubar meu celular.
Você não é um estepe. Pode acreditar.

Talvez Nat e Lys estejam certas. Talvez devêssemos ir mais devagar.

Qual é o verdadeiro motivo?

Estou começando a ficar sem respostas.

Então...

Então...

Me recosto no assento e suspiro.
— Garotos são estranhos.
— Com isso todas nós concordamos — Nat diz ao virar na minha rua.
— E você me deve dez dólares — Lys diz.
Eu me viro.
— Por quê?
— Fizemos uma aposta. Eu disse que Gav ia se apaixonar por você...
Sorrio.
— Essa é uma aposta que fico feliz em perder.
Ligo para minha irmã assim que chego em casa.
— E aí? — ela diz. Não está bêbada, mas quase. Posso ouvir as vozes e a música ao fundo. A vida universitária é um sonho.
— Diga a verdade — peço. — Sou um estepe?
— Para o Gavin?
— E quem mais?
— Provavelmente é — ela diz. — Olha, não conheço o Gavin, mas ele parece um adolescente dramático.
— E o que seria um adolescente dramático?

— O que parece. Meio emo e tal.

Reviro os olhos.

— Em primeiro lugar, Gav detesta emos...

— O que estou dizendo é que o cara é shakespeariano. E não se empolga, porque não estou usando o termo no bom sentido — ela explica. — Pessoas que tentam se suicidar têm problemas. Ele está tomando remédio?

Dou de ombros.

— Não sei. É algo muito pessoal. Não posso sair perguntando.

— Hum, pode, sim. Se esse cara quer ficar com você, vai precisar de alguma garantia de que ele não vai dar uma de Byron.

Decido que não é uma boa hora para contar que meio que amo Byron.

— Quero ficar com ele — digo.

— Ah, *sério*? Dã! — ela diz. — Ele é um roqueiro muito gato. Talvez você devesse conversar com a Summer, descobrir o que aconteceu entre eles. Espera um minuto. — Minha irmã afasta o celular e ouço conversas abafadas, depois: — Preciso ir. Só... segue seu coração, mas fica de olhos bem abertos. Beleza?

— Beleza. Te amo, Bets.

— Também te amo, Gracie.

Antes de ir para a cama, recebo outra mensagem sua:

São 11h11, faz um pedido.

Meu pedido é você.

NOVE

Estou apaixonada por seus pais.

Quase tremo de nervoso quando chego na porta da sua casa, preocupada que eles achem minhas botas cor-de-rosa e meu penteado de princesa Leia esquisitos, mas é tarde demais para voltar para casa e me vestir como uma garota normal. Estou usando um vestido rendado de que sei que você gosta, jaqueta jeans e meia-calça preta com coraçõezinhos cor-de-rosa que comprei na promoção. Ouço o som de um piano e o tilintar de panelas e frigideiras. Assim que bato na porta, sua cachorra, Frances, começa a latir. Fico me perguntando se ela é capaz de farejar meu medo.

Você abre a porta, com o cabelo ainda molhado. Me observa de cima a baixo e sacode a cabeça.

— Como vou fazer para não pular em cima de você durante o jantar? — você murmura, e dou risada. Ninguém nunca pulou em cima de mim. Agora tenho um novo objetivo de vida.

— Tenho a sensação de que seus pais não aprovariam isso.

Você me convida para entrar e eu me sinto em casa no mesmo instante. Parece uma daquelas casas de livros infantis, em que os animais moram em árvores, embaixo da terra ou onde for, e tudo é confortável e seguro. Há poltronas macias, quadros bonitos nas paredes, tapetes grossos sobre o piso de madeira. Cheira a lasanha, e eu adoro o fato de que tem uma malha no encosto de uma cadeira e um jogo de xadrez começado sobre a mesa da sala. Sua mochila está ao lado do sofá e tem uma pilha de revistas em uma mesinha de canto. É uma bagunça deliciosa. Frances pula na minha frente, querendo chamar a atenção, então me ajoelho, acaricio suas orelhas e deixo a labradora me lamber.

— Ah, aqui está ela — seu pai diz quando para de tocar o piano na sala. Então levanta e noto que é muito alto e que você se parece muito com ele. Em vez de estender a mão para mim, ele me puxa para um abraço de urso.

— Muito prazer — digo, corando.

— O prazer é todo meu. — Ele olha para você. — Não sei o que você viu nesse cara.

Dou risada.

— Ah, ele não é tão ruim assim.

Você abre um sorriso.

— Eu falei que ela era perfeita — você diz, e eu fico sem palavras.

Sua mãe sai da cozinha usando um avental que diz "Beije a cozinheira".

— Grace! Espero que a Frances não tenha babado muito em você.

— Só o suficiente — respondo.

Ela também me abraça.

— Você é uma graça! O jantar está quase pronto. Vou deixar Gavin te mostrar o resto da casa.

É como eu sinto que uma casa deve ser. Em uma parede, há uma daquelas fotografias em sépia que se tira na Disney, com você vestindo roupas de faroeste. Tem uma estante inteira de jogos de tabuleiro. Estão empoeirados — e muito! Os brinquedos destruídos e velhos de Frances ficam pelo chão. Tem outra estante, cheia de livros — de mistério, ficção científica e fantasia. Do lado de fora tem uma piscina. Adoro que haja ervas daninhas no gramado e que os móveis lá fora já tenham visto dias melhores. Fica claro que sua mãe não te obriga a passar horas esfregando coisas, arrancando mato e varrendo.

— É aqui — você diz, abrindo a porta do seu quarto — que a magia acontece.

Você tem um violão e três guitarras. Um pôster do Jimi Hendrix e um do Nirvana, claro. Um calendário de gatinhos que os garotos compraram para te dar de Natal, de brincadeira. Ainda está em janeiro, embora seja abril. Não tem muitos livros na estante, mas pego O alquimista para ver. Tem uma folha de caderno dobrada dentro dele.

— É seu livro preferido?

Você fica um pouco vermelho.

— Meus pais me deram quando eu estava... depois de... você sabe.

— Ah.

Merda. E agora, o que eu falo?

Você pega o livro das minhas mãos e o folheia até encontrar uma página marcada, então o devolve.

— Pensei em você quando li isso — diz, apontando para uma passagem sublinhada.

Ninguém consegue fugir do seu coração. Por isso é melhor escutar o que ele diz.

— É lindo.

Quero muito saber o que seu coração disse. Quero saber por que essas palavras te fizeram pensar em mim.

Você concorda e segura o pedaço de papel.

— Não tão lindo quanto isto.

— O que é isso?

Você abre um sorriso suave e me entrega o papel. Eu o abro. E vejo minha própria letra.

Eu entendo...
Sei que no momento parece...
Você tem valor, mesmo achando o contrário...
É a pessoa mais talentosa que eu já...

Minha carta. Vincada e desgastada, como se tivesse sido lida centenas de vezes.

Engulo em seco.

— Fiquei com tanto medo que me achasse estranha por escrever isso.

— De jeito nenhum. Sabe, meus pais queriam que eu ficasse mais uma semana sem ir para a escola, mas não consegui. Precisava te ver.

Olho para você e meu coração parece um mergulhador esperando a hora de pular.

— Sério?

Você encosta a testa na minha.

— Sério.

— Gavin! Grace! O jantar está pronto! — sua mãe anuncia.

Você pega minha mão e me leva para a sala, perto da cozinha. Há uma assadeira enorme de lasanha no centro da mesa, além de salada e pão.

— Espero que esteja com fome, porque fiz o suficiente para alimentar dez Graces — sua mãe diz.

— Parece delicioso. Muito obrigada.

Você aperta minha mão e nos sentamos. É como sempre imaginei que seria um jantar em família. Em vez do Gigante criticando a comida da minha mãe ou me interrompendo sempre que tento dizer alguma coisa, há risadas e boa conversa. Os adultos realmente ouvem o que os outros têm a dizer. Seu pai chama sua mãe de deusa da cozinha e você concorda com sinceridade. Ela continua agindo como as mães da televisão, tentando colocar mais comida no seu prato e passando as mãos no seu cabelo.

— Quanto tempo vocês têm antes de ir para o teatro? — sua mãe pergunta.

É difícil acreditar que só temos mais duas apresentações. O tempo voa mesmo.

Você olha para o relógio de cuco na parede (sua família tem *um relógio de cuco* — como não amar?).

— Umas duas horas — você diz. — Mais ou menos. Grace precisa chegar mais cedo que eu. Só preciso estar bonito e lembrar algumas coisas. Ela que faz todo o trabalho de verdade. — Você pisca para mim, e eu espero que seus pais não percebam como isso me deixa.

— O Gavin nos contou que você está praticamente dirigindo o espetáculo, Grace — seu pai diz.

— É incrível. Mas o elenco torna tudo mais fácil. São todos ótimos.

— Está empolgada com a festa amanhã à noite? — sua mãe pergunta. — A mãe do Kyle me disse que está se empenhando ao máximo.

De repente, toda aquela sensação boa se esvai.

— Na verdade, eu… estou de castigo. — Posso sentir meu rosto ficando vermelho. — Então eu só… vou para casa depois da peça.

— Ah, que pena — sua mãe diz.

— Não tem problema — minto.

— Pergunta o que ela fez — você diz, sem se importar em esconder a raiva em sua voz.

— Gav... — digo em voz baixa. — Está tudo bem.

— Não está. — Você larga o garfo, balançando a cabeça, e eu adoro que fique irritado por mim. — Ela está de castigo porque se esqueceu de ligar a máquina de lavar louça. A *máquina de lavar louça*.

Seu pai inclina a cabeça de lado, como se estivesse tentando solucionar um problema complicado de trigonometria.

— Hum... o quê? — ele pergunta.

— Pois é — você diz. — Ela está se matando de trabalhar nessa peça e...

— Gav. Não é nada de mais — digo. Viro para seus pais, esperando que eles não resolvam te afastar de mim por causa da minha família. — Minha mãe precisava de algumas das louças para um evento de trabalho que estava organizando. Vocês sabem como é... ela quase se atrasou porque teve que lavar à mão as... não importa, está tudo bem.

Quando te contei isso na hora do almoço e disse que não tinha problema, você não pareceu convencido. Já me conhece tão bem. "Não precisa fingir comigo", você disse. "É uma droga, e sua mãe está agindo como louca, fim de papo." Tenho tanto medo de que minha família te espante.

— Bom. — Sua mãe se levanta. — Está claro que a única coisa que podemos fazer é tomar sorvete.

Você se vira para mim e sorri.

— É assim que minha família lida com uma crise.

Tomamos sundaes lotados de chantili, calda e cerejas. Sua mãe me conta um pouco sobre a infância dela. Também tinha pais rígidos.

— Mas o Aaron me ajudou a superar isso — ela diz, apoiando a cabeça no ombro do seu pai.

— Espera, vocês começaram a namorar na escola? — pergunto.

— Um horror, não? — seu pai diz, dando uma piscadinha.

Conversamos com eles por mais uma hora. Não fico de saco cheio nem entediada. Eles são divertidos e gentis. Quando chega a hora de ir embora, sua mãe me abraça e eu me dou conta de que não lembro quando foi a última vez que minha mãe me abraçou. Meus olhos ardem com as lágrimas que começam a se formar, e eu pisco para dispersá-las antes que alguém possa ver.

— Vai dar tudo certo, Grace — sua mãe sussurra. — Se quiser conversar, sabe onde me encontrar.

Me sinto segura na sua casa. Há muito amor. Ninguém chora até pegar no sono ou se pergunta o que aconteceria se enchesse uma mochila de roupas, fosse embora e não olhasse para trás.

— Acha que seus pais considerariam me adotar? — brinco no caminho para o teatro.

— Sim, mas eu não ia deixar. Um relacionamento incestuoso é algo bastante complicado — você diz.

Dou risada.

— É, acho que ia ser meio repulsivo.

— Você foi ótima com eles. Aposto que quando eu chegar em casa eles vão ficar: "Grace isso, Grace aquilo".

— Vocês nunca brigam? Já arrumou algum problema com eles ou coisa do tipo?

Você nega com a cabeça.

— Acho que não. Meus pais são bem tranquilos. O respeito é mútuo. Fica tudo bem.

— Nem consigo imaginar uma coisa dessas.

Você fica em silêncio por um minuto.

— Queria poder te proteger deles — você diz em voz baixa.

Coloco a mão sobre a sua.

— Você protege. — Sorrio. — Sempre que estamos juntos, me ajuda a esquecer. Você... me deixa extasiada.

Seus lábios se curvam para cima.

— Foi um comentário safado?

Bato no seu braço.

—Você sabe muito bem o que quero dizer.

Você para em um semáforo vermelho e beija a palma da minha mão. Prendo a respiração. Sinto seus lábios quentes junto à minha pele e me arrepio inteira.

—Você também me deixa extasiado.

Encosto a cabeça em seu ombro, como sua mãe fez com seu pai, e me pergunto se um dia seremos como eles, sentados à mesa de jantar com nosso filho adolescente e a garota por quem ele está apaixonado.

Agora olho para aquela garota que te adora, que acha que está segura com você, e quero gritar para que pule do carro e corra o mais rápido possível. Porque você não vai deixá-la extasiada por muito tempo.

DEZ

Quando eu era criança, minha mãe chamava eu, ela e minha irmã de *Las Tres Amigas*. Todo sábado de manhã, que chamávamos de Dia da Aventura, levantávamos e fazíamos algo inesperado. Andávamos de bicicleta na orla da praia. Íamos de carro para o Topanga Canyon, devidamente abastecidas de refrigerante. Passeávamos no shopping. Mesmo sem ter dinheiro para comprar nada, comer alguma coisa e ver as vitrines já era suficiente.

    Havia uma casa roxa horrorosa no bairro em que morávamos em Los Angeles. Toda vez que passávamos por ela, gritávamos: "Creeedo, a casa roxa!". Eu adorava aquilo. Dizíamos as palavras devagar, saboreando cada uma delas. *Creeedo… a… casa… roxa.* Cantarolávamos nossa alegre repulsa em uníssono. Não me lembro de nada da casa além de que era roxa — de um tom berrante, vivo, de decoração de Halloween em pleno mês de março. Era uma coisa só nossa, parte do que nos tornava *Las Tres Amigas*. Quando o Gigante entrou em nossa vida, a casa roxa foi embora. E as aventuras de sábado. E os sorrisos. Aprendemos a viver sem essas coisas. De cabeça baixa, com a boca bem fechada e mãos cruzadas sobre o colo. Nos transformamos em seres hesitantes, aguardando golpes na pele, palavras penetrando os ossos.

    Beth e eu perguntávamos POR QUE, POR QUE, POR QUE e minha mãe só dizia: "Eu o amo".

E eu pensava: *Mas e "Creeedo, a casa roxa"?*

Foi o Gigante que nos fez mudar para cá, nos obrigando a deixar o resto da família e Los Angeles, onde havia maravilhas a cada esquina. Ele nos fez vir para o sovaco da Califórnia, um subúrbio entre San Francisco e Los Angeles que parece tirado de *Nossa cidade*. Beth e eu nos acostumamos a fazer tudo o que queria. Ele dizia que precisávamos merecer nosso sustento.

Eu e minha irmã ainda tínhamos que implorar. Por dinheiro, por tempo livre, por uma carona para o trabalho. Ele nos dizia que éramos garotas de sorte, que tudo vinha muito fácil para nós. Isso enquanto empurrava Beth rumo a um transtorno alimentar depois que ela parou de jogar vôlei. O corpo dela logo passou a ter mais curvas e o Gigante não gostou nada daquilo. Minha irmã é linda, com cabelo longo e volumoso, e grandes olhos castanhos. Canta lindamente. Quando ri, usa o corpo todo, se inclinando para a frente, colocando a mão na barriga e balançando a cabeça. Mas o Gigante só via uma garota gorda.

Isso era um jantar comum:

Minha irmã vai pegar a manteiga.

— Tem certeza de que precisa de mais? — o Gigante diz em tom jocoso, lançando um olhar penetrante para a barriga dela.

O rosto de Beth fica vermelho. Minha mãe ri, desconfortável, e dá um tapinha nele — parece brincadeira, até que vejo a tristeza e o desespero em seus olhos.

Mas ela não diz nada.

Minha irmã afasta a mão da manteiga e olha para o prato. Seus longos cabelos escuros caem para a frente, escondendo seus olhos.

Vergonha. Funciona toda vez.

— Ele é um idiota — digo a Beth depois desses jantares.

— Ele que se foda — ela diz.

— Acho que quem fode ele é a mamãe — digo.

Damos gargalhadas maldosas. Somos Nós contra Eles.

Mas não importa o quanto eu diga a Beth para ignorar o Gigante, o quanto a faça rir — as palavras dele encontram um lugar dentro dela. Primeiro vêm as roupas largas que ela usava para esconder o corpo, depois os membros finos, o jeans caindo na cintura.

Nossa casa se tornou um lugar inseguro, e tem sido assim desde então.

Uma segunda-feira à noite, já bem tarde, o telefone toca. O Gigante grita da sala para eu atender, mesmo estando no meu quarto no fim do corredor e ele a poucos metros do aparelho. Largo o livro de história com má vontade e vou até lá.

O Gigante se vira no sofá, onde está assistindo a um jogo de golfe. Deve ser o homem menos atraente do mundo. Não, não é verdade. Acho que sua aparência é razoável, mas para mim é feio. Tem cabelo loiro e fino, e cavanhaque da mesma cor. Se tivesse chifres e um tridente, seria um sósia do diabo.

Não dizemos nada um para o outro, apenas trocamos um olhar desconfiado antes de eu passar.

Pego o telefone e, assim que digo "alô", ouço uma voz áspera.

— Oi.

— Pai. — Posso ouvir a incerteza em minha voz, quase uma pergunta. "Pai? É mesmo você? Quantas mentiras vai me dizer dessa vez?"

Imagino o que vou te dizer sobre meu pai, se algum dia perguntar. As coisas importantes primeiro: ele entrou para a Marinha de Guerra depois do Onze de Setembro e foi mandado três vezes para o Iraque e uma para o Afeganistão. Quando voltou do primeiro período de serviço militar, não era mais meu pai. Alguém havia substituído aquele homem despreocupado por outro muito zangado e triste. Ele e minha mãe se divorciaram pouco depois, quando eu tinha uns seis anos.

Não sei o que aconteceu durante a guerra, mas transformou meu pai em um viciado. Uísque. Cocaína. Heroína. Depois que ele foi para a clínica de reabilitação pela primeira vez, ouvi o termo TEPT: transtorno do estresse pós-traumático. "A guerra acabou comigo", ele disse uma vez, quando eu tinha oito ou nove anos.

Não o vemos muito.

— Como estão as coisas?

— Bem.

Não tenho muito para dizer a alguém que não passa de uma sombra na periferia da minha vida. Alguém que quebra promessas com a mesma frequência com que as faz. Ele mora em outro estado e não passa de uma voz ao telefone. Às vezes até que é um cara legal; outras, é infantil, ansioso e furioso. Eu preferia não amá-lo, mas amo. É difícil esquecer alguém que é sangue do seu sangue, mesmo quando usa uma britadeira para perfurar seu coração.

— Ah, que bom, que bom — ele diz. — Arranjei um emprego novo. Na área de construção civil. O salário é uma merda, mas não pago imposto, então está bom assim.

— Legal.

Mas meu coração fica apertado. As palavras dele se misturam, como se tivesse que falar rápido para que não escampem. Não consigo distinguir se está bêbado ou drogado. Acho que sei por que me ligou.

— Eu não diria "legal". Eu... estou com uns problemas, mas vai ficar tudo bem. — Ele faz uma pausa. — Não tenho dinheiro. Para aquele negócio. Do teatro. Sinto muito, querida.

As lágrimas vêm, quentes e ligeiras, mas consigo contê-las. Tinha consciência de que o acampamento de verão era um sonho muito distante, mas, quando ficou sabendo, meu pai insistiu que poderia ajudar. Eu já devia saber que não podia confiar nele. Meu pai não é capaz de se manter em um trabalho por mais do que apenas algumas semanas — o suficiente para pagar pelo curso.

— Que problemas? — pergunto, já aborrecida. *Lá vamos nós*, penso.

— Ah, você sabe, o médico da porra do Departamento de Veteranos me deu uns remédios. O puto não sabe que porra está fazendo.

Isso é normal. Ele fica zangado rápido. Muda uma chavinha e você tem *a porra de um fuzileiro naval da porra dos Estados Unidos* nas mãos. Não posso fazer nada além de ouvir, então passar o telefone para minha mãe para eles poderem discutir a pensão, ele acabar explodindo com ela, ela responder com gritos e um dos dois bater o telefone na cara do outro.

Meu pai começa a falar do Departamento de Veteranos e, vinte minutos depois, sonho acordada. Estou em Nova York, caminhando pelo Washington Square Park. Sou aluna da NYU e estou a caminho da aula de teatro… Você está lá, de mãos dadas comigo. Se aproxima e me beija com suavidade, tipo…

— Me deixando com sono — meu pai diz.

Será que você estava falando sério quando disse que não amava mais a Summer, que nem tinha certeza se havia sido amor de verdade? Porque…

— *Alô?* — meu pai grita.

— Desculpa — respondo. — O que foi?

— Eu disse que a porra do remédio está me fazendo pegar no sono na droga do trabalho e eu…

— Pai — digo com seriedade. — Você precisa parar de tomar esse remédio. Ou pelo menos tomar à noite.

— É. Talvez. Ei, sua mãe não para de me encher por causa da

pensão. — Meu pai faz isso, mistura os assuntos quando fala. — Acha que consegue tirar ela do meu pé?

Estou acostumada. Ele diz uma coisa, ela diz outra. Mas tenho que dar o braço a torcer: minha mãe não fica falando mal do meu pai nem me mete nas discussões deles. Isso é admirável. Ela deve se esforçar muito para se conter. Eu me pergunto se é porque uma parte pequena e muito escondida da minha mãe ainda o ama. Ou talvez ela simplesmente se sinta mal por ele. Os dois se casaram muito jovens, e parece que só ela se tornou um adulto.

— Estamos meio sem grana, pai. Deve ser por isso que ela está pedindo a pensão — respondo.

Não importa que um pai deva contribuir para o sustento dos filhos. Isso não acontece há muito tempo.

—Você está namorando? — ele pergunta, do nada.

Você pega minha mão e a vira para cima. Beija a palma.

— Não. Não estou.

E não estou mesmo. Infelizmente.

— Bem, vou te dizer uma coisa. O que os garotos querem é que você chupe o pau deles. É melhor do que sexo.

Meu estômago revira. Por que ele me diz essas coisas? Que nojo.

— Pai...

Ele ri.

— Estou falando sério!

O que será que ele tomou?

— Pai! Eca, chega.

—Você precisa entender isso. Garotos só querem saber de peitos e sexo.

— Não é verdade. Nem todos.

Penso em você sentado nos bastidores com seu caderno preto,

escrevendo músicas e movimentando os lábios de leve. Em quando me empresta um fone de ouvido para podermos ouvir juntos. A forma como exagera na coreografia para me fazer rir. Seu perfeccionismo quando se trata de música.

— Todos, sim. Pode perguntar a eles. Peitos e sexo, o dia todo, todos os dias.

— Pai. É sério, não quero falar sobre isso. É, tipo, totalmente inapropriado.

Ele só ri.

Tenho quatro lembranças nítidas do meu pai, e elas são:

Quando eu tinha uns sete anos, passei o fim de semana com meu pai. Ele morava em San Diego na época, perto da base militar. Fomos à praia e ficamos lá o dia todo, porque praia é sinônimo de paraíso para ele. Eu me diverti muito. Mas depois voltamos para casa e eu me dei conta de que meu corpo todo estava ardendo. Minha pele branca tinha ficado completamente vermelha. Algumas bolhas haviam se formado sobre as queimaduras. Chorei a noite toda. Meu pai tinha se esquecido do filtro solar, mas não da geladeirinha de isopor cheia de cerveja.

Quando eu estava no sexto ano, meu pai foi para o Afeganistão de novo. Antes de partir, eu o vi entrar em uma sala cheia de fuzileiros navais, que se levantaram para saudá-lo. Fiquei muito orgulhosa. Depois, fomos tomar sorvete — o meu era de menta com gotas de chocolate.

Mais tarde, naquele mesmo dia, minha mãe me arrastou para onde estavam os homens que iam partir. Ela gritou: "Cadê o dinheiro? Você não pode simplesmente ir embora e deixar as meninas na mão!". Isso foi no deserto. Fazia frio à noite e dava para ver milhares de estrelas no céu. Cobras se escondiam debaixo da areia. Era preciso tomar cuidado, ou elas metiam as presas em sua pele, mais rápido que um raio.

Minha lembrança mais recente de meu pai é de uma visita no verão, quando eu estava no sétimo ano, indo para o oitavo. Ele tinha bebido muito e estava na sala de seu apartamento, sentado em uma cadeira de praia, porque era a única que podia comprar.

"Matei gente... pessoas ruins. Estavam enterrando bombas perto da estrada, matando nossos homens a torto e a direito, ferrando com a gente", ele disse com os olhos marejados, o rosto todo concentrado em pessoas e lugares que eu não podia ver. "Vi muitos amigos morrerem. Eles simplesmente... se foram."

Minha mãe entra na cozinha e eu coloco a mão sobre o telefone.

— É o papai — digo, implorando com os olhos para ela me salvar. Minha mãe suspira e estende a mão, pedindo o telefone. Eu o deixo falando sozinho (agora sobre política) e corro para encontrar um canto onde chorar, nos fundos da casa.

É tradição.

Quero muito ligar para você, contar sobre o acampamento e meu pai. Quero ouvir sua voz me dizendo que vai ficar tudo bem. Mas será que minha situação vai te fazer perder o interesse em mim? Será que vai te fazer sair correndo? Sei que minha família não é normal. Somos uns fodidos. Sei que existem muitas garotas que não são ferradas e poderiam te fazer feliz.

Sento no quintal e fico arrancando folhas de grama enquanto penso. Minha cabeça brinca de amarelinha, pulando de você para meu pai e vice-versa. Não penso na viagem, mas em você chegando por trás de mim nos corredores da escola e me abraçando. Penso em como segura minha mão nos bastidores, em segredo, para ninguém ver. Você pertence a um mundo diferente daquele em que minha casa está. Um mundo em que sou vista, mais gentil. Com corações que batem em sincronia.

Arrisco ligar para você, que atende no primeiro toque.

— Como está minha garota preferida? — você pergunta.

— Uau! — exclamo. — Meu status subiu desde a última vez que nos falamos.

— Desde a última vez que nos falamos? Nada disso. Você é minha garota preferida já faz um tempo.

— É mesmo? — pergunto.

— É mesmo.

Caio no choro. Não consigo me conter. Você me pergunta o que há de errado e, depois que conto tudo — sobre meu pai, o acampamento e como tudo anda péssimo —, quer me encontrar. Mas não dá.

— Amanhã tem aula — digo. — Minha mãe tem uma regra...

— Por que todas essas regras? — você resmunga.

Como não pode ir para minha casa, faz a segunda melhor coisa. Pega o violão e canta "Somewhere Over the Rainbow" para mim, acrescentando um quê angustiado de Kurt Cobain na música. Não consigo nem acreditar que Gavin Davis está cantando para mim ao celular. Que está chateado porque não pode me ver. Que sou sua garota preferida em todo o mundo.

— Está se sentindo melhor? — você pergunta após terminar a música.

— Estou ótima. Maravilhosa. Você é incrível.

Você ri baixo.

—Você desperta isso em mim. Só coisas boas. —Você faz uma pausa. — Quero que a gente fique junto. Você sabe disso, né?

Sinto fogos de artifício explodirem dentro de mim. Aperto o celular contra o ouvido, como se isso aproximasse você de mim.

— Quer? — sussurro.

— É claro que quero — você responde. — Só não quero ir rápido demais e estragar tudo, sabe?

— Sei — digo em voz baixa. — Eu sei.

Conversamos por mais uma hora enquanto fico no quintal, encolhida no trepa-trepa de Sam. Você me conta piadas infames e segredos, e toda a tristeza parece ir embora, como se o som de sua voz tivesse o poder de expulsar as coisas ruins.

Desligamos quando minha mãe me chama, mas pouco antes de eu ir para a cama você me liga de novo.

— Eu te conheço — diz. — Você vai deitar e vai ficar pensando no acampamento a noite toda. Não é?

Reluto em admitir que sim.

— Não vou deixar — você diz. Ouço o dedilhar do violão.

Minha vida se tornou um conto de fadas. Padrasto malvado, príncipe disfarçado.

Fico com o celular na orelha e te deixo tocar várias músicas para mim, até finalmente cair no sono ao som de sua voz, das palavras que dizem tudo o que você ainda não pode me dizer.

ONZE

Duas semanas depois:

Ouço uma batida na janela do meu quarto e acordo assustada. Mas é você, que aponta na direção da porta de vidro. São três da manhã. Estou só de short e regatinha de algodão. Sem sutiã. Deveria vestir outra coisa, mas não o faço.

Tento escutar minha mãe e o Gigante. Eles dormem profundamente. A porta desliza em silêncio, e seus olhos passam por meus pés, joelhos, coxas e mamilos sob o tecido fino. Você fica encostado na passagem.

— Você está me torturando de propósito.

Sorrio. Mordo o lábio. Chego mais perto. (Quem é essa garota?)

— Está funcionando? — murmuro.

— Sim — você sussurra. Seus lábios estão próximos, mas não me inclino para a frente. Nunca nos beijamos. Ainda não.

— Está a fim de uma aventura? — você pergunta, com os olhos brilhando.

Faço que sim. Porque tenho quase certeza de que vai envolver um beijo. Só pode ser.

Mas também vai envolver mentir e sair escondida. Ainda me lembro da primeira vez que menti, quando era criança — da vergonha e do medo por causa de um simples biscoito. A preocupação em ser descoberta — e depois ser descoberta de fato — fez com que não valesse a pena. Então concluí que mentir não era bom para mim.

A única vez que o Gigante me pegou mentindo — eu disse que teria uma reunião do teatro depois da aula, mas na verdade saí para tomar refrigerante com as meninas —, fiquei de castigo um mês inteiro. Então eu simplesmente... dizia a verdade. Quase sempre. Mas depois que você chegou, me pego mentindo o tempo todo. Mentirinhas que me rendem minutos a mais com você. Não me sinto mal com isso. Me sinto livre. Ser uma menina comportada não estava funcionando para mim. Então deixei a menina má assumir. Cada mentira é algo meu, que minha mãe e o Gigante não podem tirar de mim. Cada mentira me lembra de que sou uma pessoa, com direitos, desejos e capacidade de fazer escolhas próprias. Cada mentira é poder — controle sobre minha vida.

Então saio escondida em busca disso, em busca de *você*, com muito pouca roupa. Você pega minha mão e corremos pela rua, até onde estacionou, bem longe da minha casa.

— Não me distrai enquanto dirijo, sua atirada.

Levanto a mão.

— Prometo.

As ruas estão vazias. A noite é nossa. Você entra em um dos condomínios em construção e para em frente da estrutura de uma casa inacabada. Pega um cobertor e me leva para dentro. Então o estende em um canto escuro, onde o luar não alcança. Sobre nós, o céu. Há apenas vigas onde o telhado da casa um dia vai ficar. Você me puxa para o cobertor sem deixar espaço entre nós, nem mesmo um centímetro. Você me deseja, posso sentir. Pressiona seu corpo no meu e sinto que está excitado. Mordo o lábio e você geme.

— É melhor se afastar um pouquinho — você diz.

Amo o fato de estar te torturando.

— Por quê? — Chego mais perto e você fecha os olhos por um segundo.

— Porque estou a dois segundos de te pegar de jeito — você responde.

Na verdade, não tenho nenhum problema com isso, mas dou risada e me afasto. Ficamos deitados de costas, olhando as estrelas. E então somos surpreendidos por uma estrela cadente. No susto, você pega minha mão.

— Nunca tinha visto uma — digo.

Você sorri.

— É um sinal.

— De quê?

— De que devemos ficar juntos.

Você leva meus dedos aos lábios e sua boca se movimenta sobre minha pele. Não tira os olhos de mim enquanto beija um dedo de cada vez. Então solta minha mão, aproximando a boca da minha. Não consigo respirar. Você coloca os dedos em meus lábios e se debruça sobre mim, analisando-os.

— É melhor você me beijar logo, Gavin Davis.

O canto de sua boca vira para cima.

— Ah, é?

— É.

Você ri baixinho e apoia o peso do corpo nos cotovelos, passando os olhos pelo meu rosto. Estou morrendo. Quero gritar. Você sorri.

— Essa é a melhor parte — você sussurra, esfregando o nariz em mim.

— Qual? — pergunto.

— O antes.

Você leva a boca ao meu ouvido.

— Tem certeza de que quer isso?

— Tenho. — Não há a menor hesitação em minha voz.

Você roça os lábios no lóbulo da minha orelha, então vai para o queixo. Quando eles finalmente encontram os meus, estamos ávidos. Queremos mais, mais e mais. Sua boca se choca com a minha e eu a abro para te deixar entrar. Seu gosto é tão bom. De canela. Rolamos, e agora estou em cima de você, te beijando como se fosse a única chance que terei de sentir seus lábios nos meus. Suas mãos sobem por minhas coxas, sob minha blusa.

— Me diga quando parar — você sussurra enquanto tira minha regata e depois a própria camiseta.

Não quero parar, nunca.

Esqueço meus pais, as regras e todas as promessas vazias que fizemos um ao outro de ir devagar. Mal consigo pensar. Estou tonta. Suas mãos estão em todos os lugares. Sou uma porta que se abre totalmente para te deixa entrar. Nos beijamos e beijamos e beijamos.

— Porra — você sussurra —, deixei as camisinhas no carro.

Estremeço e te abraço forte.

— É melhor a gente não avançar mais mesmo. Até... até decidir o que somos.

Não vou perder a virgindade com alguém que não é meu namorado. Não importa o quanto gosto de você. Além disso, POR QUE VOCÊ NÃO É MEU NAMORADO?

— A voz da razão — você murmura, encontrando meus lábios novamente.

Todo aquele desejo das últimas semanas recai sobre nós como uma chuva, nos ensopando. É mais uma coisa que vou aprender enquanto estiver com você — não agora, só um pouco mais tarde: há muitas formas de se afogar.

É hora do almoço e estamos na sala de teatro. Você está quase saindo da escola — só os alunos do último ano podem fazer isso — e Lys te viu me dando um beijo no rosto, sussurrando frases carinhosas no meu ouvido.

— Ah, nem fodendo — Nat diz de onde está, esparramada no chão, usando a mochila como travesseiro.

Você olha para ela, franzindo a testa para a cara feia que minha amiga fez.

— Hum?

— Você falou palavrão? — pergunto para Nat, dando uma risadinha irônica. Ela costuma dizer que é o "cúmulo da impolidez". E o fato de usar palavras como "impolidez" é parte do que faz dela minha melhor amiga.

— A situação exige — Nat diz, sentando. Ela ajeita o cabelo e se vira para Lys. — Acho que chegou a hora de colocar aquela nossa conversa na roda.

Lys concorda, séria.

— É. Chegou mesmo.

Elas se levantam e atravessam a sala.

— Você vem com a gente — Nat diz, e te pega pelo braço.

— Vou? — você pergunta.

— Sim. — Lys cruza os braços. Ela consegue parecer ameaçadora apesar do vestido estilo *Alice no País das Maravilhas* que está usando, acompanhado de meia-calça branca e os tênis com plataforma de sempre. — Queremos saber quais são suas intenções com a nossa melhor amiga.

Reviro os olhos.

— Ai, gente.

Tudo bem. Mas, falando sério, quais *são* suas intenções? Porque essa coisa de ficarmos nos escondendo já está cansando. Mas tenho medo de dizer isso. Não quero que se assuste e vá embora.

— Garanto que são as melhores possíveis — você responde.
— Ahã — Nat diz, e começa a te puxar para fora da sala.
— Meninas! — digo. — Que besteira.
—Você vai agradecer depois — Lys fala, virando para trás.
Você olha para mim.
— Se não me encontrar até o fim do intervalo, chama a polícia.
Você dá aquele sorriso torto (tão lindo) e logo está fora da sala.
Quando o sinal toca meia hora depois, você ainda não voltou. Sinto a preocupação se acumulando no peito — espero que minhas amigas não estejam estragando tudo. Mas nem sei o que existe entre nós para estragar. Já estou indo na direção da aula de inglês quando alguém — você — pega minha mão, sem diminuir o passo.
—Você sobreviveu? — pergunto.
Estamos de mãos dadas em público. Isso é uma coisa boa. Elas não devem ter te assustado tanto assim.
— Sobrevivi — você responde. — Embora tenham ameaçado cortar meu pinto fora se eu te magoar.
— É bem o estilo delas.
Você ri.
— Aquelas meninas não brincam em serviço.
— Acho que nem quero saber mais.
— Basta dizer que ficaram satisfeitas com minhas respostas.
Você me tira do meio do fluxo de alunos e me puxa para a área vazia fora do prédio de ciências. Não tem ninguém por perto. Seus lábios estão nos meus em segundos. Você me pressiona gentilmente contra a parede e escorrega a língua para a minha boca enquanto suas mãos entram por baixo da barra da minha blusa. Quando encosto o corpo no seu e você geme e intensifica o beijo, o som vibra na minha boca. O sinal toca, mas não me importo. Não tenho nem medo de ser pega.
— Eu te quero demais — você murmura, enquanto seus lábios

sobem por meu pescoço. Estremeço. Acho que te desejo na mesma medida. Até mais. Nunca quis alguém assim. Me sinto um pouco fora de controle. Tenho que me segurar para não enfiar a mão na sua calça. Posso sentir seu sorriso junto à minha pele. Então você se afasta e me lança um olhar dissimulado.

— O que foi? — pergunto, ofegante.

Você aperta minhas mãos.

— Tenho uma surpresa pra você. Hoje à noite.

Mordo o lábio, incerta.

— Não sei, Gav. Não posso ficar saindo escondida. Se meus pais descobrirem, estou morta. Eles não são como os seus. Meu pescoço estaria em risco.

Você e seus pais são o trio perfeito. Eles te adoram e te dão muita liberdade. Da última vez que estive na sua casa, seu pai sentou ao piano e começou a tocar músicas da Lady Gaga, então sua mãe insistiu que dançássemos. Não é o tipo de gente que coloca o filho de castigo pelo resto da vida. Não tem sujeira invisível nem um gigante na sua casa. Você não consegue nem compreender como é.

— Por favor — você implora com sua voz sedutora, fazendo biquinho com a cabeça baixa e um olhar intenso.

— Você está se aproveitando de mim — brinco. — Sabe que não resisto a esse olhar.

— Isso é um sim? — você pergunta, com um brilho nos olhos.

— Não é um não — suspiro. — Mas a surpresa não pode ser durante o horário comercial?

Você balança negativamente a cabeça.

— De jeito nenhum. Minhas surpresas acontecem apenas em horários compatíveis com rockstars. Começamos à meia-noite em ponto.

Não me ocorre ficar irritada por você não parecer se preocupar com as consequências de suas surpresas ou por não considerar minha angústia. Esse é você, construindo seus castelos no céu, me tirando de perto do Gigante, da minha mãe. Depois de anos presa dentro de casa, estou finalmente sendo resgatada. Nos contos de fadas, a princesa não fala para o príncipe encantado que ele chegou em uma hora ruim.

Não vejo como você é bom em me manipular com sua beleza, suas provocações e sua leve, porém insistente, pressão. Vou levar meses para não ceder mais. Todas as vezes. No momento, vejo apenas *você*.

E não consigo parar de olhar.

— Não está arrependido por ter se apaixonado por alguém que precisa estar em casa às onze? E que tem pais psicóticos?

— Que nada. Isso me dá mais material para escrever — você diz.

— Não entendo — sussurro.

— O quê?

— Você pode ter qualquer garota dessa escola... e alguns dos garotos também. Por que eu?

Você inclina a cabeça para analisar meu rosto.

— Você me entende — você responde. — Ninguém me entende como você. — Você encosta a testa na minha. — E o fato de que é a garota mais gostosa da escola ajuda.

Dou risada.

— Eu estava concordando até você dizer isso.

— Espera. — Você se afasta. — Você não vê mesmo o que eu vejo?

Um calor sobe por meu pescoço, chegando em minhas bochechas, uma vermelhidão que se espalha conforme você me observa.

— Gavin. Isso é... — Jogo as mãos para cima. — Claramente uma mentira.

— Você acha isso por causa dos idiotas dos seus pais. Eles não reconhecem o seu valor. Não *enxergam* você.

Desvio os olhos, refletindo. Lembro que usaram uma foto em que eu não estava para fazer os cartões de Natal. Minha mãe disse que não encontrou uma boa com todos nós, então escolheu uma com ela, o Gigante e o Sam.

— Não sei — digo em voz baixa.

— Eu sei. Você é perfeita. — Você coloca o dedo sob meu queixo e me vira de modo que voltamos a ficar de frente um para o outro. — E estou falando sério.

Passo o restante da última aula com a boca na sua. Só paramos de nos beijar quando o sinal toca.

— Te vejo hoje à noite — você murmura.

Sorrio, embriagada de você.

— É melhor ser algo bom.

Você sorri.

— E é.

DOZE

Ouço uma batida leve na janela.

Estava esperando por isso. Saio da cama totalmente vestida, usando meu menor vestido de verão, porque estamos em maio e as noites são quentes. Aceno e você sorri, tocando a aba do chapéu como um perfeito cavalheiro.

Paro à porta do quarto, tentando escutar algum ruído. Silêncio. Olho pela janela, quase pronta para desistir, mas você já foi. Deve estar esperando por mim perto da porta de vidro. Fizemos isso quase todas as noites desde que você me beijou, então já temos um esquema.

"Vale a pena fazer isso por ele?", Beth perguntou ao telefone quando contei sobre as escapadas.

Vale a pena correr riscos por você? Vale a pena arriscar ficar de castigo pelo resto da vida por você?

"Sim", respondi. "Acho que vale."

Ninguém poderia compreender o que eu e você sentimos um pelo outro, quão profundo é. Não demorou muito para você se tornar a pessoa mais importante da minha vida. A *coisa* mais importante. Não digo isso a ninguém, principalmente a você, mas tenho quase certeza de que é minha alma gêmea. Gosto de imaginar nossa velhice juntos, nossas mãos enrugadas, cheias de manchas e veias aparentes, mas ainda entrelaçadas. Gosto de pensar que não vai conseguir parar de olhar para mim, mesmo quando estiver usando lentes bifocais e eu tiver catarata.

Saio do quarto e atravesso o corredor acarpetado na ponta dos pés, com o cuidado de não pisar nas áreas que rangem.

— Para onde vamos dessa vez? — pergunto em voz baixa quando você e eu saímos de casa.

Seus olhos deslizam até os meus e seus lábios se curvam para cima.

—Você vai ver.

Ziguezagueamos pela rua, pulando de sombra em sombra. Isso se transforma em um jogo — quem consegue pular mais longe? Cinco minutos depois, estamos na frente da escola. Você me puxa na direção das sombras ao lado da biblioteca pouco antes de uma viatura passar. Em nosso bairro tranquilo, não é incomum policiais pararem jovens depois das dez. É quando aparece um aviso no noticiário: "São dez da noite. Você sabe onde seus filhos estão?".

Quase choro de medo — não quero nem começar a pensar no castigo se fosse descoberta. Estou abusando da sorte, sei disso.

— Gav, talvez não devêssemos...

— Já estamos quase lá — você sussurra, apertando minha mão.

Eu me afasto, balançando a cabeça.

— Sério, você não faz ideia de como seria ruim para mim.

— Do que tem medo? — você pergunta, passando o dedo em meu queixo.

— De tudo.

Estar com você é como uma queda livre, sem nenhum local para aterrissar à vista.

— É exatamente por isso que precisamos seguir em frente — você diz, dando um beijo na minha testa. — Não vai se arrepender.

Queria ser corajosa como você. Queria ter um coração de

aventureira. Fico imóvel por alguns segundos. *Ele vale a pena?*, me pergunto.

— Tudo bem — sussurro.

— Essa é minha garota.

Minha garota.

Estremeço, sorrindo enquanto você me conduz para o anfiteatro externo.

A lua está quase cheia, e banha o colégio todo com uma luz prateada. Sem os alunos e o caos geral, a escola parece misteriosa, até mesmo mágica. Tenho a sensação de que poderia estar dirigindo uma cena de *Sonho de uma noite de verão*. Eu ia te colocar na frente do palco, à direita, onde está mais claro. Você me puxa naquela direção.

— Fica aqui — você diz, me soltando.

Você vai mais para o fundo do anfiteatro e pega o violão em um canto escuro — aquele que você chama de Rosa.

Se eu estivesse nos dirigindo, teria me posicionado mais à frente no palco, de modo a não ficar de costas para a plateia. Preparar luz suave, amarela e azul, sobre mim e você, com o restante do palco escuro. É tão bom que deveria estar na Broadway.

> Gavin e Grace ficam se olhando de lados opostos do palco. Ela cruza os braços, abraçando o corpo em uma timidez repentina. Ele sorri quando a garota se aproxima.
>
> GAVIN
> (Dedilha o violão e canta de forma melancólica, como Jack White.)
>
> Paredes brancas
> Negro coração

Na minha cabeça
Só destruição

Num papel amassado
Tinta azul escura
Palavras de amor
Encerram minha tortura

O limite da sanidade
Tempo de tormentos
Eu amo essa garota
Não preciso de argumentos

Mãos quentes
Beijos e abraços
Só ela consegue
Juntar meus pedaços

Suas palavras são cola
Só ela me consola
Seu olhar inspirador
Reacende meu motor

Mãos quentes
Beijos e abraços
Só ela consegue
Juntar meus pedaços

Então segure meu braço
E seja verdadeira
Eu também te faço

Se sentir inteira?

Vamos agora
Vamos, amor
Ficar juntos
Do jeito que for

O limite da sanidade
Tempo de tormentos
Eu amo essa garota
Não preciso de argumentos

O limite da sanidade
Tempo de tormentos
Eu amo essa garota
Não preciso de argumentos

Não preciso de argumentos

(Gavin para de tocar. Dá os últimos passos que faltam para atravessar o palco, apoia o violão no chão e se ajoelha.)
Grace, seja minha namorada.

(Grace começa a chorar. Gavin se levanta e a pega no colo. Ele a gira e a garota joga a cabeça para trás, rindo.)

GAVIN
(Sussurra junto aos lábios dela.)
Isso valeu o risco de ser descoberta?

(Ela levanta a aba do chapéu dele e o beija.)

                    GRACE
Valeu.

                    VOZ NÃO IDENTIFICADA
Ei!

                    GAVIN
Merda.

(Ele coloca Grace no chão e os dois saem correndo do palco de mãos dadas, enquanto um segurança aponta a lanterna para eles. Correm pela escola, passando pela biblioteca e pelo refeitório. Quando chegam ao carro de Gavin, Grace deita sobre o capô, rindo.)

Então estamos oficialmente juntos.
Não estou nas nuvens — estou acima delas. É surreal, essa felicidade. Tenho medo de que o universo perceba e te afaste de mim. Porque não é justo se sentir tão bem.
Não tenho ideia dos sacrifícios que me esperam. Sou tão ingênua, Gavin. Até demais.
— Ei — você murmura. — Preciso perguntar uma coisa.
Estamos sentados em seu carro. Faz poucas horas que você cantou para mim, mas o céu já está clareando. Vou precisar ir embora logo.
Dou um beijo em seu nariz.
— Fala.
— Agora que estamos juntos, acho que deveríamos compartilhar, tipo, o que fizemos com outras pessoas.
Demoro um minuto para entender o que está dizendo.

— Quer dizer... a parte física?

Você confirma.

— É melhor tirar isso da frente, sabe?

Estamos cada um em seu assento, deitados de lado, com as mãos entrelaçadas sobre o freio de mão.

— Sei lá, Gav...

Você aperta mais minha mão.

— Bom, você não deve ter feito tanta coisa assim... né?

Dá para ouvir uma pitada de pânico em sua voz. Balanço a cabeça.

— Não, na verdade não.

— Então... — Quando não digo nada, você se senta. — Quero que possamos contar tudo um para o outro, sabe?

Penso em minha mãe e no Gigante, em todos os segredos que têm; todos os "não conte para sua mãe" dele e todos os "o que os olhos não veem o coração não sente" dela. Não quero ser como os dois. Nunca.

— Não é nada de mais — você diz, então levanta minha mão e dá um beijo nela. — Eu começo.

Você me conta sobre Summer. Que fizeram tudo menos transar. Fico chocada que ainda seja virgem. Nunca teria imaginado.

— Por que não foram até o fim? — pergunto. — Por que não transaram?

Você fica mexendo na chave, sem tirar os olhos dela.

— Summer é religiosa. E... nunca pareceu certo. — Você me encara nos olhos.

Respiro fundo e te conto sobre os três garotos que beijei. O mais velho, que eu deixei colocar a mão debaixo da minha blusa e dentro da minha calça quando estava no oitavo ano.

Você fica pálido.

— Você fez... alguma coisa com ele?

Aquela noite linda, perfeita, de repente se estragou. Posso ver a guerra que se passa dentro de você refletida em seus olhos. Você está se perguntando se quer mesmo ficar comigo. Talvez me largue antes da primeira aula. Que é só daqui a quatro horas.

— Sim — sussurro.

Conto que eu nunca tinha visto um pênis e que o segurei. "Olha o que você faz comigo", o garoto havia dito.

— Vou matar esse cara — você sussurra.

— Gav. Ele está, tipo, bem longe daqui.

— Como sabe? — você pergunta. — Vocês têm algum contato?

— Não. De jeito nenhum. Foi um casinho de verão. No acampamento. — Estendo o braço e aperto sua mão. — Faz muito tempo. Um século.

Me sinto culpada de repente, como se tivesse te traído. Você não olha para mim e parece estar a quilômetros de distância, como se o que eu fiz com os outros tivesse colocado um muro entre nós. Me sinto suja, estragada. Eu me pergunto se acha que sou uma puta. Do nada, caio no choro.

Você olha para mim, espantado.

— Grace! Ai, meu Deus, desculpa. Calma. — Você me puxa para o seu colo. — Não chora, linda — você sussurra. — Toda essa merda já terminou. Somos só você e eu agora. Isso é tudo o que importa.

— Mas dá para ver que você está com nojo de mim — digo, chorando.

— Com nojo?

— Porque, tipo, fiz coisas com outros caras.

Você alisa meu cabelo.

— Não estou com nojo. Estou bravo. Mas não com você. É que detesto pensar em outra pessoa te tocando desse jeito.

Levanto a cabeça e você me beija, com suavidade e doçura.

Quando se afasta, encosta a testa na minha e diz as palavras que vão selar meu destino no ano seguinte.

— Eu te amo.

Fico boquiaberta.

— Não diz isso se não... Quer dizer, não precisa falar só para eu me sentir melhor.

— Grace. Eu te amo. Entendeu?

Seus olhos azuis estão escuros, repletos de sentimento. Lágrimas se formam. Sob essa luz, você é todo linhas de carvão e sombras de veludo. Algo se rompe dentro de mim, e as palavras escapam.

— Também te amo. — Sorrio. — Quer dizer... dã.

É assim que o pior ano da minha vida começa: em um Mustang com os vidros embaçados e um garoto lindo chorando.

TREZE

Eu costumava sonhar que havia sido trocada na maternidade. Durante anos, fantasiei que era filha de um magnata grego do setor de navegação ou princesa de um país pequeno, porém muito rico. Talvez uma jovem herdeira — uma Vanderbilt ou Rockefeller — houvesse me tido quando adolescente e me deixara no hospital, e a mulher que chamo de mãe e o homem que chamo de pai não tivessem percebido que eu não era a filha deles, ou talvez, ou talvez, ou talvez...

Meu avô foi atleta. Minha mãe foi atleta. Minha irmã foi atleta. Futebol americano, tênis, vôlei. Altos, esguios, com os olhos no placar, assim eram eles. Eu? Frágil e encurvada, sonhadora, com os olhos nas estrelas e a cabeça nas nuvens.

Não me encaixo.

Ninguém da minha família é intelectual. Não tenho uma tia louca que mora na Europa e pinta quadros. Meu pai não flertou com o jazz. Aqui, onde moro, não existem torres de marfim. Ninguém usa palavras como "serendipidade" ou "existencialismo". Ninguém usa echarpes esvoaçantes, lê Brecht ou usa um anel comprado em Barcelona. Ninguém fez parte de uma banda, de uma peça, de um *pas de deux*.

Sinto falta — uma falta que chega a doer — das ruas de Nova

York, de Paris à noite, da Moscou no inverno de Lara e dr. Jivago. Sinto saudades das ruas de pedra, da névoa em volta dos postes de luz, beijando a chuva. São coisas que não posso encontrar em Birch Grove, então as reproduzo reunindo tudo o que é Outro ao meu redor, como uma galinha com seus pintinhos. Ouço a música da gôndola veneziana de Mendelssohn no escuro, à luz de algumas velas. Ela me faz chorar. Me faz ansiar por um tempo e um lugar sobre o qual não sei nada. Fecho os olhos e estou lá. Leio poesia, meus olhos percorrem as linhas com avidez, meu coração bate no pentâmetro iâmbico: "Agora, o inverno de nosso desgosto".

Quando me sinto aprisionada, com medo, solitária, só preciso olhar para o céu e pensar: é para isso que as pessoas de Marrocos olham quando veem o céu. E da Índia, Tailândia, África do Sul. Coreia, Chile, Itália. O mundo, lembro a mim mesma, será meu se eu tiver a coragem de agarrá-lo quando me for dada a oportunidade. "Está em mim, não sei o que é, mas está em mim." Walt Whitman disse isso há muito tempo, porque ele era um profeta que entendia como é ser eu.

Esse é meu eu secreto. A parte de mim que considero delicada como uma violeta arrancada de um campo. É o eu que fica acordado na cama até tarde da noite e imagina como é Verona, como seria dizer: "Jura amar-me para sempre, e hei de dizer: não sou mais Capuleto". É o eu que faz aula de francês e sonha com viagens a Paris. "*Je m'appelle Grace. J'ai dix-sept ans. Je veux le monde.*"

A primeira vez que você me magoou foi quando pegou esse eu secreto e o esmagou entre o polegar e o indicador, como um inseto. Não teve a intenção, mas foi como me senti.

Estamos sentados na beirada da piscina da sua casa, com as pernas na água. É meio de maio. Primavera. Recomeços. O sol está se pondo, o dia está quente. Você é meu sol, brilhando tanto que só consigo te olhar de soslaio. Me permito pensar que talvez eu seja sua lua — luminescente, enigmática. Até que:

—Você não é muito profunda. —Você diz essas palavras cortantes pensativamente, para si mesmo, quase como se estivesse surpreso. Eu as recebo como um soco nas costelas.

Por dentro, sou a Garota em Pedaços: ocorrem explosões, e não no bom sentido — um ataque surpresa, inesperado, achata qualquer coisa em mim que tivesse ousado se destacar perto de você. Como eu já suspeitava, não sou artística o suficiente para estar nos braços de Gavin Davis.

Por fora, sou a Namorada Maçante, uma garota qualquer. O calor sobe por meu rosto e eu desvio os olhos para a parte rasa da piscina. *Rasa*.

Penso no aplicativo de dicionário em meu celular, que tenho que usar o tempo todo quando estou lendo coisas como *O mestre e Margarida* ou *O despertar*. Ou naquela vez em que errei o significado de "sulfúreo" em uma prova de vocabulário. E em como não consigo entender por que amam tanto Jane Austen. Você tem razão: não sou profunda.

— É — digo. — Eu sei.

As palavras doem, mas o Gigante me diz a mesma coisa há anos, através de sinônimos como "tosca", "burra", "use a porra da cabeça, Grace".

E minha mãe: "Quer estudar nas boas faculdades do país? É melhor ser realista".

Eu não sabia como pronunciar "ínterim". Li em um livro, não lembro qual, e confesso que pensei que era inteRIM, e não ÍNterim. Sei que costuma significar "intervalo de tempo entre dois fatos ou entre dois momentos distintos", como em "Muita coisa aconteceu nesse ínterim, entre nos conhecermos e o momento horrível que estou vivenciando agora", mas nunca tinha ouvido a palavra em voz alta. Minha família não tem esse nível de vocabulário, ainda que minha mãe às vezes diga que as coisas que faço são "asininas" ou que estou sendo "obtusa". Passei um bom tempo sem saber a diferença entre uma epifania e um epítome. Aprendo palavras com a leitura, então pronuncio algo errado quase todos os dias. Quando alguém percebe, me sinto uma ignorante. Como se estivesse usando um chapéu de burro enquanto todo mundo usa chapéus de feltro e boinas. Acredita que faziam isso com as crianças? "Ei, seu burro. Enfia essa merda na cabeça enquanto rimos da sua ignorância."

É o que está acontecendo nesse momento. Me sinto nua. Não foi um problema para você explodir a armadura que uso com todo mundo, o escudo que passei anos construindo com dor e constrangimento. Você tem o poder de me machucar tanto, Gavin. Como em *O despertar da primavera*: "Ah, eu vou ser ferido… Ah, você vai ser minha ferida". Talvez o único modo de realmente saber que se ama alguém é verificar se essa pessoa é capaz de acabar com você com uma única frase.

Você olha para as músicas que escreveu no caderno de capa de couro preto que sempre carrega, aquelas que você leu para mim um minuto atrás e não entendi. Você ficou decepcionado — eis você, tentando abrir seu coração, compartilhar sua essência, e sua namorada, a pessoa que mais deveria te entender, não te entende. Não estou à sua altura. É uma decepção para mim também. Achei que seria capaz de compreender as palavras que você tirou do fundo da alma. Mas não sei o que significam.

Você suspira e tenta de novo:

Eu, sozinho
Você, se contorcendo entre
rosas de sangue
Eugenia

Euforia
Eucaristia

O que é "eugenia"? É uma rosa de sangue? Será que isso significa que estou, tipo, atacando você com espinhos? O que fiz de errado? Ou será que é sobre Summer?

Essa sou eu: não estou entre as mais inteligentes. Não sou das mais espertas.

Você pega minha mão e olha nos meus olhos. Estou tentando ao máximo não chorar, porque sei que os homens odeiam isso, mas as lágrimas escorrem.

— Merda — você diz. — Linda, sinto muito. Eu não quis... tipo, você entendeu errado...

Você me abraça e me puxa para mais perto.

— Só estava dizendo que somos diferentes. Gosto disso — você sussurra. — Não sei expressar o quanto me faz bem.

— Como posso te fazer bem se não entendo suas letras? — pergunto. Estou chorando na camiseta com a inscrição ROCKSTAR que te dei de presente e cheira levemente a talco de bebê. Fecho os olhos.

— Preciso de alguém que me apoie independente de qualquer coisa — você diz. — Preciso de alguém *confiável*.

Isso não faz eu me sentir melhor. É como dizer que sou um Volvo, ou algo parecido. Não quero ser confiável. Quero ser uma Ferrari — insinuante, rápida, sedutora. Você se inclina para trás e passa as mãos no meu cabelo com cuidado. Eu queria cortá-lo como o de Lys, mas você não deixa, diz que gosta dele como está. Eu devia ter cortado, Gav. Devia ter feito o que eu queria. Mas não fiz.

— Nós nos encaixamos... como um quebra-cabeça, sabe? — você diz.

Sempre achei que eu não me encaixava em lugar nenhum, mas com você talvez isso possa mudar. Talvez.

— Mas... — Olho para você, impotente. — O oposto de profunda é *rasa*. Você acha que sou boba, que não tenho nada na cabeça...

— Eu não quis dizer profunda como... nesse sentido. Quis dizer... —Você franze a testa e desvia o olhar por um instante. Então tira o chapéu e passa a mão pelo cabelo. — Você é perfeita, Grace. É isso que o idiota aqui estava tentando dizer. Eu quis dizer que você não é, tipo, uma pessoa perturbada. Você é boazinha e gentil, então aquela merda não faz sentido para você. — Seus olhos ficam encobertos. — *Eu* sou perturbado.

— Gavin...

— Não, eu sou. Que tipo de pessoa diz uma coisa dessas para a garota por quem está apaixonado? Não te mereço.

Você merece alguém melhor. Esse é o problema. Nem consigo imaginar ser digna de estar ao seu lado.

Você se levanta e estende o braço.

Pego sua mão, sem dizer nada, e te acompanho até um canto do quintal que seus pais não conseguem ver da porta de vidro. Você se senta na grama e me senta sobre si, com as pernas uma de cada lado do seu quadril. Quando termina, estou desorientada, mas sei que quero mais, mais, mais. Esqueço que você não me acha profunda e a dor que sinto. Seus beijos me fazem esquecer tudo.

CATORZE

Não consigo parar de pensar no que você disse. Isso me incomoda por uma semana, como se alfinetasse minha pele. *Você não é muito profunda.* Você me pergunta o que há de errado e digo que nada, que está tudo bem. Sorrio, sorrio. E é verdade. Só que não.

Eu me pego prestando atenção em cada palavra que digo, me perguntando o que falam sobre mim. Procuro decepção em seus olhos, fico nervosa quando você toca uma música nova para mim. Estou pisando em ovos há dias. Você viajou esse fim de semana para visitar seus avós, então passo o sábado com as meninas, secretamente aliviada por ter uma folga de você. Uma folga de quem sou quando estou com você.

— Acho que devemos comer umas bobagens — Nat diz ao entrar no drive-thru do Wendy's.

— E tem outra opção aqui? Batata frita com chili para mim — respondo. — E um sorvete.

— Lys? — ela pergunta.

— O mesmo.

Ela faz o pedido e nós juntamos o dinheiro para pagar, depois seguimos para a casa de Lys, que fica em um condomínio sofisticado um pouco depois da cidade.

— Você ainda é virgem? — Lys pergunta de repente, se inclinando para a frente.

— Estamos curiosas.

— Minha nossa, de onde veio isso? — pergunto.

— Ah, até parece que não íamos perguntar — Nat diz.

— Sim. Ainda sou virgem.

— Achei que já teria rolado a essa altura — Lys afirma. — Quer dizer... quando ele estava com Summer, ficava bem claro que sentia tesão por ela, mas com você é, tipo... uma obsessão.

Sorrio.

— Ótimo.

Na noite passada você insistiu que pegássemos no sono juntos, então fizemos uma chamada de vídeo pelo celular. Fui a primeira a dormir. Quando acordei de manhã, te vi encolhido pelo celular, com os cabelos caídos sobre os olhos. Sem camisa. Você é uma graça dormindo.

Olho para Nat.

— Falando em garotos obcecados... o que está rolando entre você e Kyle?

— É, amiga. Ele está todo meloso com você ultimamente — Lys afirma.

Nat não consegue tirar um sorriso do rosto.

— Talvez... a gente tenha se beijado ontem à noite.

Gritos.

— O QUÊ? Detalhes *já*! — exclamo.

— Bom, não do jeito que você beija Gavin. Só de leve — Nat conta.

— De língua? — Lys pergunta, sem rodeios.

Nat fica roxa como uma beterraba.

— Sim. Um *pouco*.

— O que Jesus tem a dizer sobre isso? — brinco.

Nat mostra a língua para mim.

— Não perguntei para ele.

— Quero ter alguém para beijar! — Lys se recosta no assento de forma teatral.

Estico o braço para trás e aperto a mão dela.

— A garota certa para você está em algum lugar por aí.

— É. Tipo na Antártida — Lys resmunga.

Quando chegamos na casa dela, vestimos os biquínis e entramos na jacuzzi.

—Você está bem? — Nat pergunta.

Eu estava devaneando, pensando na conversa por celular que tivemos de manhã, me perguntando se disse algo idiota.

— O quê? Tudo bem, claro — respondo, afundando um pouco mais na água.

— Não é verdade — Lys diz. Ela inclina a cabeça de lado e fica me analisando. — O que aconteceu?

Não quero ser desleal a você, mas preciso desabafar.

— O Gav... falou uma coisa semana passada que... bem, não é nada, mas... vocês acham que sou profunda?

— Profunda? — Nat questiona.

—Tipo... acham que posso ser filosófica ou, sei lá, *profunda*?

Nat estreita os olhos.

— O que Gavin te falou?

— Nada.

Lys aponta para mim.

— Mentirosa.

Afundo mais na jacuzzi e sinto a água borbulhando ao meu redor.

— Ele... disse que eu não era profunda.

— Que porra é essa? — Lys pergunta. — Está falando sério?

— Ele não quis dizer no sentido negativo.

Nat balança a cabeça.

— Não tem sentido positivo nisso. Como pôde te dizer uma coisa dessas?

Eu não devia ter falado nada.

— Não é nada de mais. Sério, ele só... falou por falar.

— Não tenta justificar o que ele fez — Lys diz. — Foi uma coisa bem idiota.

Sei que elas estão certas, mas não posso fazer nada. Não posso mudar o passado. Sei que você voltaria atrás se pudesse.

Nat procura minha mão debaixo d'água.

—Você é uma das pessoas mais profundas que conheço. Ele é um idiota. Um idiota *lindo*, mas um idiota. Você leu *Guerra e paz* só por diversão e, tipo, ouve podcasts de política. Ontem disse que queria dirigir uma peça do Brecht e depois me explicou o *Manifesto comunista*.

— E é capaz de citar *Folhas de relva* e distinguir compositores clássicos — Lys disse. — Lembra quando estávamos fazendo compras e você ficou falando sobre como amava Vivaldi?

Sorrio um pouco.

— Lembro, porque você ficou me enchendo depois.

— Isso porque você é a burguesinha que eu mais amo.

O celular de Nat vibra. Ela seca a mão em uma toalha e alcança o aparelho.

— Os pais do Peter viajaram e ele vai fazer uma festinha hoje à noite. Vamos? — ela pergunta.

— Quem vai? — questiono.

Ela dá de ombros.

— Acho que toda a galera do teatro.

Lys assente.

—Vamos. — Ela olha para mim. — Essa daqui precisa relaxar um pouco.

— Estou bem — digo. Meu celular vibra também. Olho pra a tela e sorrio.

— O que foi? — Nat pergunta.

Levanto o celular para elas verem. É uma foto dos seus avós, embaixo da qual você escreveu: *Vamos ser assim daqui a oitenta anos*.

Lys finge vomitar.

— O que foi que eu disse? — ela pergunta. — O cara está totalmente obcecado por você.

— Ainda não consigo acreditar que estou com Gavin Davis. Como isso aconteceu?

Nat franze a testa.

— Ele é que tem sorte de estar com você.

A casa de Peter fica a cerca de quinze minutos da cidade. Ocupa um terreno de quase dez mil metros quadrados e parece de fazenda. Quando chegamos lá, todas as luzes estão acesas e a música está no último volume.

— Se meus pais descobrirem, vão me matar — digo.

— O que os olhos não veem o coração não sente — Lys diz, ajeitando a peruca rosa que está usando. — Como estou?

— Maravilhosa — respondo. — E eu?

Estou usando uma calça capri dos anos 50, sapatilhas e uma blusa anos 40.

— Bem Audrey Hepburn — Nat diz.

Lys se inclina para a frente.

— Só quero comentar que Nat está usando o vestido mais sensual que tem.

Ainda é conservador, elegante e comportado, mas fica justo em seus quadris e na bunda.

— O Kyle vai adorar — digo.

Nat fica vermelha.

— Não é curto demais?

Dou um tapinha no braço dela.

— É curto na medida certa.

Deve ter umas cinquenta pessoas na festa, e eu conheço a maioria delas — colegas do teatro, o pessoal do coral e algumas pessoas aleatórias da escola. Fico à porta por apenas um minuto, desfrutando da sensação de ser uma adolescente normal. Pelo menos uma vez na vida, não estou passando a noite de sábado cuidando de Sam ou da casa.

— Ei, vocês vieram! — Kyle diz quando nos vê. Ele está usando cartola e gravata-borboleta, seu traje tradicional de festa. — As bebidas estão na cozinha. — Ele se vira para Nat. — Podemos...

— Vocês podem ir se agarrar. Te vemos depois. — Lys pega minha mão e me puxa dali, enquanto ambas rimos da expressão chocada no rosto de Nat.

A bancada da cozinha está coberta de garrafas de bebidas, e há uma geladeirinha de isopor ao lado, cheia de cerveja. Pego uma coca enquanto Lys prepara o que parece um drinque particularmente forte com tequila e soda.

Vamos para a sala, onde um duelo de dança improvisado está acontecendo, envolvendo a turma do teatro contra a do coral.

Peter nos vê e faz sinal para nos aproximarmos.

— Esses idiotas do coral estão acabando com a gente. Espero que vocês tenham uns passos ensaiados.

Lys me entrega o copo quando começa a tocar "Single Ladies", da Beyoncé.

— Pode deixar comigo.

Eu me espremo no sofá, quase sentando no colo de Peter, enquanto Lys desfila até a pista e chega arrasando. Eu não tinha ideia de que ela havia memorizado toda a coreografia. Dou tanta risada que quase choro. Ela se afasta para dar a vez para a garota do coral com quem disputa. Peter apenas balança a cabeça.

— Nem adianta! — ele grita. — Essa já ganhamos! — Ele pega o celular. — Hora da selfie! — Juntamos os rostos e sorrimos. — Vou postar agora mesmo. A legenda vai ser "Lindos pra caralho".

Solto uma risadinha.

— Legal.

Lys se aproxima de nós dançando.

— Não me odeiem porque sou o máximo — ela diz com o rosto todo suado.

Dou risada e devolvo a bebida a ela.

—Você foi incrível.

Ela pega o copo e dá um belo gole.

— Sua vez.

Largo a bebida e finjo estar me alongando.

"Baby Got Back" começa a tocar e eu me jogo na pista. Peter vai comigo e exibimos nossos melhores passos, meio disco e meio hip-hop. Parecemos dois idiotas, balançando a bunda e tentando descer até o chão o máximo possível sem cair. Ele finge me dar uns tapas e faço cara de horrorizada. Quando voltamos para nos sentar, eu te vejo. Está parado no círculo de pessoas que assiste ao duelo de dança, olhando fixamente para mim.

— Gavin!

Corro até você, que não retribui meu abraço. A princípio nem noto, porque ainda estou elétrica por causa da dança e do fato de que estou passando uma noite longe do Gigante.

— Eu não fazia ideia de que você já tinha voltado! — sussurro junto ao seu rosto. — Por que não me ligou?

Me afasto e pego sua mão. Já contei como eu amava suas mãos? Seus dedos fortes e finos de quem toca violão se curvando sobre os meus, se enroscando em mechas de cabelos, me acariciando e provocando arrepios. Nesse momento, eu não sabia que essas mãos iam me machucar. Estava tão acostumada a me tocar como se eu fosse feita de vidro — com tanto cuidado, tanta gentileza.

— Pensei que você fosse dormir na casa da Lys — você diz. Agora consigo ouvir o tom de acusação em sua voz, mas ainda não sei por quê.

— E ia. Aí Kyle disse para Nat que o Peter ia dar uma festa. Qual é o problema?

— Qual é o *problema*? — você repete.

Nunca te vi zangado antes. Fico espantada com esse outro Gavin, com sua boca irritada, seus olhos frios. Esse Gavin que me encara furioso.

— Eu...

Você pega minha mão e me puxa para o andar de cima. Você, Kyle e Peter vivem um na casa do outro. Você se sente muito confortável aqui, então entra no que deve ser o quarto dos pais de Peter e fecha a porta. Há uma pequena luminária acesa sobre a mesa de cabeceira ao lado da cama imensa. A decoração country é meio brega, com corações de madeira e plaquinhas com versículos bíblicos. Uma citação gravada ocupa a parede sobre a cama. Gostaria de ter dado mais atenção a ela:

O amor é paciente, o amor é bondoso. Não inveja, não se vangloria, não se orgulha. Não maltrata, não é egoísta, não tem sua ira despertada com facilidade, não guarda rancor. O amor não se alegra com a injustiça, mas se alegra com a verdade. Tudo sofre, tudo crê, tudo espera, tudo suporta. O amor nunca perece.

— Que porra é essa, Grace? — você pergunta.

Fico confusa.

— O que foi? Por que está tão irritado?

— Eu te vi sentada no colo dele, dançando como se estivessem prestes a transar.

— Espera um pouco, você está falando do *Peter*?

Se você não estivesse tão irritado, seria engraçado. Desde que nos conhecemos, Peter é como um irmão para mim. Peter, cujo guarda-roupa consiste em camisetas com propagandas. Peter, que tem sérios problemas com acne e fala de boca cheia. E Gavin Davis está com ciúme dele?

— *Sim* — você explode. — Estou falando do Peter. E da porra da minha namorada estar me apunhalando pelas costas...

— Espera aí, Gav. — Eu me aproximo e coloco as mãos em seus ombros. — O Peter é só um amigo. E eu não estava fazendo nada escondido. Não fazia ideia de que tinha voltado. Nem sabia da festa até algumas horas atrás.

Você dá de ombros e vai para o outro lado do quarto com as mãos na cintura, olhando para o chão.

— Não sei se posso fazer isso, Grace.

São palavras cortantes. Você não tem como saber, mas foi exatamente isso que meu pai disse para minha mãe antes de ir embora para sempre.

Tudo sofre, tudo crê, tudo espera, tudo suporta. O amor nunca perece.

— Gavin. — Minha voz falha. Em algumas semanas você vai se tornar o centro do meu mundo. Só a ideia de ter que encarar o Gigante e minha mãe sem você cantando para eu dormir à noite ou afastando as lágrimas com beijos já acaba comigo. — Estou... completamente apaixonada por você. Isso... isso não é nada. Nada.

Você olha nos meus olhos, relaxando um pouco.

— Não foi o que pareceu.

Hesito, então atravesso o quarto e pego em sua mão. Você não se afasta.

— Sinto muito. Não sei o que estava pensando — digo. Você

tem o direito de ficar chateado. Se eu te visse dançando daquele jeito com outra garota, teria perdido a cabeça. Sou uma péssima namorada. — De verdade, não significou nada.

Você suspira e olha para as mãos.

— Summer fazia coisas assim só para me torturar — você diz. — Não tenho ideia do motivo. Era sempre... uma disputa de poder com ela. Tipo, ela ficava dando em cima de uns caras na minha frente. E mentia sobre aonde ia. Uma vez, eu a vi no shopping com um cara da sala de matemática dela. Summer disse que eram só amigos, mas... —Você balança a cabeça. — Não foi o que pareceu.

Tenho que fazer a pergunta que ninguém parece saber responder.

— Foi por isso que terminaram?

Você aperta minha mão.

— Eu descobri que os dois ficavam, tipo, conversando no celular à noite, ela e o cara do shopping. Quando a confrontei, Summer simplesmente... enlouqueceu. Falou um monte de merda para mim, e eu não aguentei. Quando cheguei em casa, me sentia... insignificante. Desesperado. E...

Sua voz está trêmula. Você desvia os olhos e tosse. É o mais próximo que chegamos de falar sobre aquela noite.

— Sou um covarde — você murmura.

— Ei — sussurro. Coloco a mão com cuidado em seu rosto e o viro de volta para mim. — Nunca vou te magoar desse jeito.

Você não diz nada, e eu te abraço. Você parece magro demais, frágil. Percebo que em alguns dias terei que ser forte o bastante por nós dois. Você retribui meu abraço, apertado.

— Nunca vou te magoar desse jeito — repito.

—Tá — você diz em voz baixa.

Então me solta e se senta na cama, depois me puxa para o colo.

— Fico louco quando vejo outros caras encostando em você — diz.

Gosto de como é possessivo. De como me quer só para você. Acho que meus pais iam ajoelhar e agradecer aos céus se eu desaparecesse.

— E desde quando outros caras encostam em mim? — Você me olha. — Além do Peter hoje, digo.

— Eles te abraçam, tipo, o tempo todo.

— Como amigos!

— Eu só... Podemos ter uma regra? Tipo, nada de tocar em ninguém do sexo oposto?

—Você não confia em mim — afirmo com desânimo.

— Confio. Mas não confio neles. Sei que te acham bonita. Você não tem ideia de como chama a atenção.

Fico corada.

— Gav...

— Estou falando sério. — Você ajeita meu cabelo atrás da orelha. — Me promete isso. Nada de tocar.

Não consigo pensar quando estamos muito próximos. Com seu perfume tão bom e seus olhos sensuais.

— Bom, se é tão importante para você...

— É.

Você coloca a mão no bolso e me entrega algo embrulhado em papel de seda.

— Comprei um presente para você em uma loja perto da casa da minha avó — você diz.

Sorrio.

— Não precisava me dar nada.

Você encosta o nariz no meu.

— Adoro te dar presentes.

Desembrulho o papel de seda e encontro uma pulseira de prata com a forma do símbolo do infinito.

— Porque esse é o tempo que quero ficar com você — ouço você dizer, passando o dedo sobre a pulseira.

Coloco a pulseira e te puxo para mais perto de mim. Mostro o quanto amei o presente — o quanto amo *você* — com os lábios e as mãos, com o coração acelerando, com todo o meu ser.

— Estou pronto — você murmura junto ao meu pescoço. — Quando você quiser.

Eu me afasto por um segundo, encarando seus olhos.

— Tudo bem se eu ainda não estiver pronta?

— É claro. — Você sorri. — Acho que não vai conseguir resistir a mim por muito tempo.

Dou risada.

— Provavelmente não.

Descemos as escadas e você pega uma cerveja. Em questão de minutos, alguém coloca um violão em suas mãos. Eu me encolho ao seu lado no sofá enquanto você toca tudo o que as pessoas pedem. Algumas semanas antes, eu teria sido apenas mais uma admiradora na festa, parada no semicírculo formado à sua volta. Adoro como, de tempos em tempos, você se aproxima e me beija, sem se importar que seja na frente de todo mundo.

Ainda não sei, mas essa vai ser uma de minhas lembranças mais felizes de nós. É antes dos gritos e da choradeira, antes das ondas de culpa e dos silêncios desconfortáveis. Antes de eu deixar de querer ser a garota que você beijava.

QUINZE

— Doritos são essenciais para a vida — você diz.

Estamos no mercado, comprando comida para uma noite de filme na sua casa. Tanto sua mãe quanto a minha aceitaram que estamos juntos, embora seus pais não quisessem que você namorasse de novo tão pouco tempo depois do término com a Summer. O duro é que minha mãe impôs uma série de regras determinando a frequência com que podemos nos ver, enquanto a sua nos vigia como um falcão. Ela até gosta de mim, mas não vai permitir que outra garota parta seu coração sob nenhuma circunstância. Uma vez ela me disse, enquanto você estava no banheiro: "Fico assustada com o tanto que vocês dois já se amam".

Minha mãe acha que essa coisa de ensino médio/faculdade só pode acabar em lágrimas. Ela não gosta da ideia de eu querer passar tanto tempo com você.

"Você está na escola", ela diz. "Não devia se concentrar tanto em só um garoto." Mas penso em como seus pais são felizes, e eles se conheceram no ensino médio. Além disso, até parece que vou aceitar conselhos amorosos da minha mãe. Ela casou com meu pai e com o Gigante. Isso já diz tudo.

Minha mãe diz que só podemos nos ver três vezes por semana, e mesmo se você aparecer por apenas cinco minutos para levar um refrigerante para mim já conta. Ela é uma ditadora fascista, mas temos nossas estratégias. Somos tão bons que o Exército devia nos contratar. Eu te convido para jantar toda semana. Você faz minha mãe rir, adora o Sam (que você chama de "carinha", o que o deixa empolgado), ajuda com a louça. É cordial com o Gigante e tenta não o desagradar (o que é muito fácil de fazer, como sabe). Minha mãe vai acabar cedendo e me deixando te ver mais vezes. Sei que vai.

Mais tarde, vou perceber que ela deveria ter sido mais firme — ia me poupar muitas mágoas. Vou perceber que tanto minha mãe quanto eu somos trouxas, eternamente vencidas pelo charme masculino e pela solidão. Ela e eu cavamos nossa própria cova. Depois deitamos nela, cruzamos os braços e esperamos que os homens jogassem terra sobre nós.

— Odeio Doritos — digo enquanto você coloca o pior sabor, nacho picante, no carrinho de compras.

Você me encara, perplexo.

— Diz que está brincando.

— Não estou. Desculpa.

Você balança a cabeça, aflito.

— Nossa. Não acredito que não me disse isso antes. Não sei se nosso relacionamento vai sobreviver a isso...

Dou risada, e você joga mais um pacote no carrinho, me desafiando a protestar, depois pega minha mão enquanto "Thinking Out Loud", de Ed Sheeran, toca nos alto-falantes da loja.

And, darling, I will be loving you 'til we're seventy...

— O que está fazendo? — grito quando me puxa para dançar tango no corredor.

— Estou dançando, ué!

Você me gira e eu dou risada, mas não consigo deixar de notar que todos estão olhando para nós no corredor dos salgadinhos. Não são olhares de reprovação, mas estamos chamando a atenção. Meu rosto fica quente e eu mantenho a cabeça baixa. É por isso que você é ator e eu não — não suporto gente me olhando.

Quando a música para, você me dá um beijo no rosto.

—Você está morrendo de vergonha, né?

Confirmo, e você se vira para os clientes do mercado.

— Obrigado! — diz, se curvando. — Estaremos aqui a noite toda.

— Ai, meu Deus. — Eu te arrasto pelo corredor.

— Ah — você diz, rindo —, foi tão ruim assim?

Paro e reflito. Foi? Você é a pessoa mais desinibida que conheço. Devem achar que sou igual, porque faço teatro, mas estão redondamente enganados. De repente, me preocupo com a possibilidade de te decepcionar. Summer não liga para o que os outros pensam, mas eu... eu ligo. E muito.

— Foi — digo. — Acho que... É. Não gosto que fiquem me olhando.

— Vou me lembrar disso. — Você não fala como quem diz "tudo bem, não vou te pressionar". Fala como se estivéssemos prestes a embarcar em um experimento grandioso. Uma aventura de proporções épicas.

Isso acontece alguns dias depois.

O baile de formatura é em algumas semanas e todos só falam nisso. Não tenho certeza de que você vai me convidar porque me disse que talvez nem vá. É apenas para alunos do último ano, e quase todos os seus amigos mais próximos estão no penúltimo, como eu.

Então recebo a primeira pista na sexta de manhã, entregue por Kyle. Sei que o recado é seu porque já conheço sua caligrafia muito bem. Você gosta de me passar bilhetinhos durante o dia — tenho uma caixa cheia deles em casa.

De um lado do papel que Kyle me entrega está escrito "QUER". Do outro, há instruções:

Vá até a biblioteca andando feito um pinguim. Alguém vai te entregar a próxima pista lá.

— Ele está falando sério? — pergunto a Kyle, que sorri.
— Não sei o que está escrito aí, só sei que Gavin está de olho em você.

Viro a cabeça, mas nem vejo sinal de você. Com que frequência isso acontece, eu olhando ao redor e me perguntando se está me observando? Em menos de um ano, não vou fazer isso com esperança. Vai ser com medo. Paranoia. Vou enxergar conspirações em beijos, segundas intenções em abraços.

— Não acredito que ele vai me obrigar a fazer isso — balbucio.

Sei que você vai me convidar para o baile. Dá para concluir, já que a primeira pista é "QUER". Mas, em vez de ganhar flores ou até uma música — você é um rockstar, então por que não? —, tenho que andar como um pinguim.

A escola está lotada. A biblioteca fica do outro lado. Saber que você está observando me deixa ainda mais constrangida. Vou parecer uma idiota na frente do cara que estou desesperada para impressionar.

Solto o rabo de cavalo em uma tentativa de esconder o rosto com o cabelo. Olho para o chão e começo a andar como um pinguim, balançando o corpo de um lado para o outro como Charlie Chaplin.

Pinguins não são muito rápidos. Quando chego à biblioteca, estou suada e meu rosto está todo vermelho.

Peter está parado ao lado das portas de vidro e gargalha — de um jeito digno do palco — quando me vê sofrendo para chegar onde está. Entre todas as pessoas, você escolheu o piadista do grupo para testemunhar meus passos de pinguim.

— Isso não tem preço! — ele grita, me acompanhando com o celular. Ótimo, agora ele vai postar um vídeo da minha humilhação para o mundo todo ver.

Só balanço a cabeça e torço para ninguém ter conseguido ver meu rosto direito.

Peter me entrega mais um pedaço de papel, mas só depois que imploro com voz de sr. Pinguim, que, de acordo com ele, é muito aguda e esnobe. Para receber a pista seguinte, sei que você vai exigir que eu me esforce. A continuação é "IR". E as instruções:

Fique de quatro e lata como um cachorro na sala de teatro durante o horário de almoço. Alguém vai te entregar a próxima pista.

Quando chego à sala de teatro, meu estômago está se revirando de nervoso. Não sei se devo ficar zangada com você ou não. Você sabe como sou introvertida. Mas está sempre me dizendo que preciso aprender a viver perigosamente. Quero ser mais como você: colocar a cabeça para fora do carro e sentir o vento no rosto, gritar monólogos shakespearianos na quadra durante a aula de educação física.

Mas não sou assim. Serei boa o suficiente do jeito que sou?

Largo a mochila e fico de quatro. *Sempre há espaço para melhorar*, penso.

— O que você está fazendo? — Lys pergunta.

— Nem queira saber — respondo.

Engatinho. Lato.

Quero chorar.

Nat fica possessa.

— Isso é tão idiota — ela diz, para ninguém em particular.

Ryan corre até mim. Ele se abaixa e sorri, mas tem alguma coisa em seus olhos, um quê de empatia que não consegue esconder.

— Pista número três — Ryan diz em voz baixa.

É pena o que vejo nos olhos dele? Nem sei mais a essa altura. Passei tanto tempo olhando em *seus* olhos, aprendendo a *sua* linguagem. Não me dei conta de que havia passado a me enxergar desse jeito, através dos seus olhos. Só assim.

Pego o papel: "COMIGO".

Cante o hino nacional em frente à sala da próxima aula. Alguém vai te entregar a pista seguinte.

Faço o que você pede. Faço tudo, e, no fim do dia, quero trocar de nome e me mudar para a Guatemala, ou o mais longe possível. Digo a mim mesma que vale a pena quando você aparece na minha última aula com a palavra final nas mãos. Então pega o violão e de repente os garotos da banda e todo mundo que está por perto se reúne à sua volta enquanto começa a cantar uma versão punk de "My Girl".

Quando termina, metade da escola aplaude o show improvisado e você me abraça com força.

— Estou tão orgulhoso de você ter feito todas essas loucuras. Deve mesmo me amar. Estava com medo de que desistisse.

Escondo o rosto em seu pescoço, ainda morrendo de vergonha.

— Você estava, tipo, me testando?

— Eu não diria *testando*... — Você sorri. — Mas você passou.

— Gavin!

— Não fique brava, eu te amo! E vamos ao baile de formatura! —Você me beija antes que eu possa dizer qualquer coisa.

Com seus lábios nos meus, a música ainda em meus ouvidos, esqueço que nunca cheguei a dizer "sim", que tudo isso — o baile, nós — era algo dado. Você me disse para ser sua namorada. Não esperou que eu respondesse se queria ir ao baile. Te entreguei meu coração em uma bandeja de prata, e você o devorou, pedacinho por pedacinho.

Você entrega sua identidade ao policial. De novo.
Nem chegamos ao baile ainda.
—Você estava ziguezagueando um pouco ali. Andou bebendo?
Meu rosto fica vermelho e eu me afundo no assento, usando o vestido do baile que você insistiu em escolher. ("Sei o que fica bem em você. Além disso, tenho que garantir que seja fácil de tirar", você acrescentou com um sorriso travesso.) Não me deixou pagar. Acho que ouviu quando eu disse às meninas que teria que fazer hora extra para cobrir as despesas do baile. O vestido é longo — você disse que os muito justos e curtos eram para vagabundas que queriam provocar ciúme nos namorados. Dependendo da luz, ele tem um brilho rosa, alaranjado, dourado. Quero me esconder debaixo dele, transformá-lo em um forte. Levo a mão ao colar que você me deu: fitas entrelaçadas com pedrinhas que combinam com a roupa.
— Não, eu não bebi, policial. Juro pela vida da minha mãe — você diz. — Minha namorada estava... hum...
Eu me viro para a janela e abro o sorriso mais charmoso de que sou capaz para o policial.
— Eu estava dando um beijo nele — digo. — No rosto, mas ele se distraiu. *Sinto muito*. Prometo que não vai se repetir.
O policial franze a testa enquanto observa seu smoking e meu vestido de festa.
— Baile de formatura? — ele pergunta.
Você confirma.
— Sou o formando. E responsável demais para beber.

O policial ri.

— Tudo bem — ele diz, devolvendo o documento. — Sigam com cuidado. — O policial fica olhando fixamente para nós. — E continuem assim.

— Esse é o tipo de história que vamos contar aos nossos netos um dia — você diz, voltando a dirigir.

Arqueio as sobrancelhas.

— *Nossos?*

Um sorriso se insinua em seu rosto.

— Acho que vamos ter uns dez.

Fico toda derretida por dentro. Você quer ficar comigo para sempre.

O baile é mágico. Você é um perfeito cavalheiro. Em todas as fotos, pareço mais feliz do que nunca — estou sempre gargalhando, sorrindo ou beijando seu rosto. Durante as músicas lentas, você canta suavemente em meu ouvido; durante as agitadas, me puxa para perto.

— Como consegue? — você pergunta.

— O quê?

— Ser a garota mais bonita aqui.

Algo em você de smoking me dá vontade de fazer um striptease no meio da pista de dança. Amei o fato de ter tirado a gravata-borboleta quase imediatamente e ter aberto os dois primeiros botões da camisa. Suas mangas estão levantadas até os cotovelos, de modo que posso ver os músculos dos seus antebraços, resultado de tanto tocar violão. Ah, o jeito como você carrega o paletó pendurado no ombro, segurando com um dedo como um astro dos filmes dos anos 80. É perfeito.

As garotas me olham com inveja. Sei que estão se perguntando como te conquistei. Sou a garota mais sortuda do mundo.

Depois do baile, você me leva para o banco de trás de seu Mustang e nos beijamos tanto que meus lábios ficam inchados. Alguém bate no vidro e aponta uma lanterna para nós.

— Fora — o guarda diz.

Olho pela janela enquanto você pula para o banco do motorista. Nosso carro é o único que restou. Quando chegamos, o estacionamento estava cheio.

Vamos a um dos nossos pontos preferidos para um pouco de pegação: o estacionamento da igreja mórmon (um dos preferidos de todos os adolescentes da região, aliás — quem diria?), que fica em um bairro chique do outro lado da cidade, sem muitos postes de luz. Só que um morador nos dedura.

Os policiais chegam *de novo*. Depois que nos liberam, ambos caímos na gargalhada.

—Tenho umas coisas bem libertinas para escrever em meu diário hoje à noite — brinco.

—Você tem um diário?

Faço que sim com a cabeça.

— Desde que estava no jardim de infância.

— Nossa. E escreve sobre mim?

— É claro que escrevo. Mas não se preocupe, está bem escondido.

Vamos parar em uma parte escura de uma rua do seu bairro, mais uma vez no banco de trás. É surpreendentemente confortável. Você levanta meu vestido e o embola ao redor dos meus quadris. Passo as mãos em seus cabelos. Seus lábios, sua língua, seus dedos... estão em mim. Eu devia ficar constrangida com o que você pode ver e saborear, com os gemidos que saem de minha boca, mas não fico. Fecho os olhos e um tremor de puro êxtase passa por mim. Percebo isso, sei o que é. Te amo tanto.

Abro os olhos e você limpa a boca em meu joelho, sorrindo junto à minha pele.

— Amo fazer isso com você.
— Sério? — sussurro.
— Está brincando? *Claro*.

Natalie diria que é *nojento*. Minha mãe... não quero nem pensar no que ela faria.

Sei que não é verdade, mas não consigo deixar de pensar que ninguém na história já sentiu isso por outra pessoa. Como é possível desejar tanto alguém? Ou sentir que essa pessoa é uma parte sua?

Eu me sento e procuro seu cinto.

—Vem cá — sussurro.

Me lembro de ter ouvido uma vez, na aula de geometria, uma animadora de torcida falar sobre Justin Timberlake. "Queria ter filhos com ele", ela disse. Achei tão estranho.

Mas penso exatamente isso, do nada. Quero ter filhos com você. Quero você dentro de mim. Quero me dissolver em sua pele para que a gente possa ficar juntos o tempo todo.

— Eu te amo — sussurro junto aos seus lábios.

Um sorriso torto e embriagado se forma em seu rosto.

— Eu te amo mais.

Quando você disse que estava obcecado por mim, senti orgulho. E continuou: "Não consigo parar de pensar em você. Às vezes não consigo dormir até escrever uma música sobre seus lábios, sobre o som da sua voz, o modo como seu dedo do meio é levemente inclinado para a esquerda".

Paramos antes que fosse impossível. Quando retomo o fôlego, sinto alívio. Não quero que nada estrague a noite. Por mais que te deseje, não quero perder a virgindade na noite do baile. Não quero que minha primeira vez seja um clichê.

Voltamos para o banco da frente e vamos para minha casa. O rádio está sintonizado na estação universitária. Está quase no meu horário de chegar em casa — minha mãe me deixou ficar fora até meia-noite. A regra dela é bem boa. Nos impede de ir para o condomínio em construção, aquele onde nos beijamos pela primeira vez. Você sabe que não quero transar ainda, mas falamos sobre isso o tempo todo. Não está me pressionando. Eu te desejo na mesma intensidade que você me deseja. Não sei por quanto tempo vou conseguir me conter. Só que estou com medo. Sexo me parece um passo enorme, do qual não há volta. Não quero ser uma das garotas da escola que já transa. Parece... errado. Como se de repente eu fosse pertencer a uma raça alienígena. Todas as minhas amigas são virgens. Não quero ser a primeira. E não quero que nada mude entre nós. Tenho medo do que pode acontecer.

"Quero ser seu primeiro", você disse outro dia. Depois mudou de ideia: "Quero ser seu único".

Ainda não consigo acreditar que você nunca transou. "Quero te deflorar", eu disse, brincando. Você riu muito e falou que ninguém te faz rir tanto quanto eu.

Estamos quase chegando em casa quando sinto a atmosfera mudar de leve e feliz para algo... ruim. Não tenho ideia do que aconteceu. Você aperta o volante com mais firmeza. Sem que me dê conta, todo o meu corpo fica tenso. A felicidade evapora. É assim que costumo me sentir em casa, mas não com você. Nunca com você.

— Eu gostaria muito de ler — você diz em voz baixa. — Seu diário. — Então se vira para mim. — Posso?

— Como assim? — Balanço a cabeça. — Seria estranho.

Você dá de ombros.

— Se você não está escondendo nada, qual é o problema?

Fico sentada em silêncio. Pensando. Não sei o motivo, mas aquilo não me parece certo.

Você coloca a mão em meu joelho.

— Só quero ficar o mais próximo possível de você.

Parte do medo que há dentro de mim se dissolve. Você me ama. Quer me conhecer bem, e eu quero o mesmo em relação a você. Mas mesmo assim. Não consigo deixar de enxergar o erro na pergunta. O mero fato de tê-la feito...

— Eu sei — digo. — Mas... é meu *diário*.

Você franze a testa.

— Eu leio meus poemas para você, e minhas músicas. É como se fosse um diário.

É verdade. Só que você pode escolher quais quer ler. No diário... eu escrevo tudo. Todas as minhas perturbações estão lá. Matt está lá. Você já o odeia, odeia o fato de eu trabalhar com meu ex e de que ele me vê mais do que você.

— Confio em você. Por que não confia em mim? — você pergunta.

— Eu confio.

— É que... não acho que posso ficar com alguém que não é sincero comigo. Summer... tinha muitos segredos.

"Summer" é a palavra mágica. Acho que você sabe disso. Não quero pensar que sou como a garota que te levou a uma tentativa de suicídio. É dessa forma que a vejo — como a culpada por você ter cortado os pulsos. Não sou como ela. Vou te manter em segurança. E o contrário também vale.

Então cedo.

Te leio trechos do meu diário no dia seguinte. Você está sentado sobre o capô do carro e eu estou em pé na sua frente. Seus braços estão em volta da minha cintura. Depois de várias partes, você me solta. Está zangado, mas por quê? Deixei de fora as partes que falavam de Matt, como quando tive vontade de beijá-lo aquela vez em que estava com farinha no nariz. Então o que pode ter te deixado bravo?

— Sei que está pulando algumas partes — você diz, então pega o diário. — Deixa que eu leio.

Você tem razão — estou escondendo algumas coisas. Partes em que me pergunto se você é realmente o garoto certo para mim. Trechos em que cito seus defeitos. Tipo, acho muito idiota você gostar tanto do He-Man. Você tem os bonequinhos da década de 80 e está sempre falando "Eu tenho a força!" com seus amigos. Mas talvez isso me incomode porque uma vez você me disse que não sou tão bonita quanto a She-Ra. Tenho certeza de que estava brincando, mas mesmo assim... Detalhes idiotas como esse.

Se eu não te entregar o diário, você vai saber que estou escondendo coisas. E vai me obrigar a contar. Você me perguntou algumas semanas atrás se eu já tinha me masturbado e eu menti. Quando viu isso em meu rosto, me pressionou a contar como faço e o que acho disso.

"É melhor que pense só em mim", você disse. E não estava brincando — às vezes acho que você colocaria câmeras de segurança na minha mente se pudesse.

Eu te entrego o diário, mas sou rápida. Abro em uma página que diz o quanto te amo e que poderíamos nos casar um dia. É verdade, e quero que saiba.

Depois que termina de ler isso, você me puxa para mais perto. Está radiante.

— Viu? — você sussurra, roçando os lábios em meu cabelo e em meu pescoço. — Não foi tão ruim assim.

— Não — concordo, aliviada. — Não foi.

Nunca mais escrevo no diário.

DEZESSEIS

Gosto que me conte seus segredos. Às vezes você fica tão triste que mal consegue suportar. Não sabe por que se sente assim, e morre de medo que seus pais descubram. "Eles me vigiam o tempo todo", você diz. "Cada palavra, tudo o que eu faço. É como se estivessem me analisando. Acham que vou... tentar me machucar de novo."

Você confessa que a tristeza está te devorando vivo. Que a única coisa que te salva é a música... e eu. *Eu*.

— Já se sentiu tão aprisionado que mal podia respirar? — pergunto uma tarde. Estamos na sua casa, fingindo estudar, mas na verdade nos beijando sempre que sua mãe sai da sala.

— O tempo todo — você responde. — Amo meus pais, mas essa cidade, essa vida... é a versão deles do paraíso. Não consigo entender.

— Eu sei, Nat e Lys também são assim — digo. — Às vezes sinto que sou a única pessoa da escola inteira que tem um sonho. Tipo, um de verdade.

Nat e Lys têm sonhos, é claro. Mas são normais. Nat quer ser enfermeira, Lys quer ser psicóloga.

— E seu sonho é...?

— Ser uma artista pobretona — respondo sem pestanejar.

— Rá! Eu sabia que ia falar isso.

Dou um tapinha em seu braço.

— Como assim?

— Huuum... deixa eu pensar... — você diz, passando a mão no queixo. — Quantas vezes mesmo você já viu *Moulin Rouge*?

— Tá. Mas até você tem que admitir que seria uma vida legal.

— Grace, está me dizendo que seu objetivo de vida é ser uma prostituta morrendo de tuberculose?

Não vou ser convencida.

— Se for a única forma de viver na Paris da *belle époque*, então sim. Quero ser uma prostituta morrendo de tuberculose.

— Você é louca.

— Vem comigo — digo. — Você pode morrer de sífilis. Vai ser tão divertido!

Você ri, balançando a cabeça. Seu chapéu cai no chão e você o pega enquanto se vira para um público imaginário e aponta para mim.

— Senhoras e senhores, encerro meus argumentos. — Você levanta o braço e acaricia meu rosto, abrindo aquele seu sorriso suave só para mim. — Preciso de você. É a única parte boa do meu dia, sabia?

Afasto sua mão, já ficando corada.

— Que exagero.

Você pega minhas mãos e se aproxima.

— Você é tão boa nisso.

— No quê?

— Em lidar comigo.

— Gav, eu não *lido* com você. Você é... — Mordo o lábio.

— Adoro quando faz isso — você diz.

— O quê?

Você balança a cabeça.

— Não vou dizer. Você vai ficar com vergonha e não vai fazer mais, então com o que vou ficar sonhando acordado durante a aula?

Frases de efeito, essas suas malditas frases de efeito... Por que não consigo enxergar que são perfeitas demais? As coisas seriam diferentes se eu não tivesse caído em todas elas?

— Então... Tenho novidades — você diz. — Já sei há um tempo, mais de um mês, mas tive que pensar muito, então... é.

Meu estômago se contorce.

— É sobre a faculdade?

Você assente. Tento sorrir. Sabia que esse momento chegaria. Nós dois sabíamos.

— Certo — digo em voz baixa.

— Não fica triste.

— Não estou.

Você me empurra com cuidado.

— Mentirosa.

— Tudo bem. Estou um pouco triste. Talvez muito. Fala de uma vez e acaba com isso.

— Não entrei na UCLA.

Fico olhando para você.

— O quê? Como é possível?

Você dá de ombros.

— Quem perde são eles.

Me sinto culpada por ficar feliz.

— E o que você vai fazer?

— Acho que você vai gostar de saber que vou ficar por aqui. Vou fazer a faculdade estadual.

Pisco.

— Mas era para você se mudar para Los Angeles, virar um rockstar e esquecer que eu existo.

Você encosta a testa na minha.

— Eu nunca esqueceria você.

— Quando começasse a ter fãs, poderia esquecer.

Você ri e roça meus lábios.

—Você é a única fã de que preciso.

— Estou me esforçando ao máximo para não ficar feliz com essa notícia — digo.

— Por quê? Pretendia terminar comigo em setembro? — você brinca.

— *Não*. Mas você odeia este lugar. Vai ficar triste.

— Não vou ficar triste com você por perto. É só mais um ano, Grace. Quando você se formar... podemos ir aonde quisermos. — Você sorri. — O céu é o limite.

Na noite passada, minha mãe me proibiu de comer ovos por um mês porque me esqueci de lavar a frigideira que usei para fritá-los. Alguns dias atrás, ela ameaçou me impedir de participar da apresentação de dança da escola se eu largasse a roupa na secadora de novo. O absurdo de tudo isso logo passou a ocupar o primeiro lugar entre as razões pelas quais minha mãe é louca.

São quase oito horas, e às oito e meia vou prestar o exame de admissão nas universidades para me preparar para o ano que vem. O local da prova fica a vinte minutos de distância e preciso chegar um pouco antes para me preparar. Minha mãe concordou em me levar, porque eu não queria ter que acordar em pleno sábado em uma hora que você considera ser, e eu cito, *o cu da madrugada*. Mas ela disse que não íamos sair até eu dobrar toda a roupa limpa (as cuecas e camisetas do Gigante), e agora estou prestes a chorar, porque preciso fazer a porra da prova e odeio a megera da minha mãe.

— As roupas estão dobradas. Podemos ir?

Ela olha para a pilha de roupas, dobra novamente as peças que estão por cima e então assente.

Corro para fora e pulo no carro. Pouco antes que minha mãe vire a chave na ignição, *isso* começa:

— Acho que não tranquei a porta da frente. Vai confirmar.

— Eu te vi trancar...

— Grace, vai lá.

Eu a vi trancar, porque sabia que isso ia acontecer, sabia. Exagero no drama ao tentar abrir a porta, que está bem trancada, então volto para o carro. Minha mãe me ignora e sai. O rádio está alto demais, minha cabeça gira e eu sei que vou me ferrar na prova. É a última semana de aula. Não quero ficar com isso na cabeça o verão todo.

Estamos na metade da rua quando minha mãe para o carro.

— Droga — ela diz. — O portão dos fundos. Duvido que Roy tenha trancado quando levou o lixo para fora.

Minha mãe começa a fazer o retorno. O relógio no painel marca oito e cinco. Aponto para ele.

— Mãe, por favor. Vou me atrasar.

— Entraram no quintal dos Henderson na semana passada — ela diz.

— O portão deles é baixo! — afirmo. — E são oito da manhã. Tenho certeza de que todos os ladrões estão dormindo...

Ela me ignora. Voltamos para casa. Saio antes que ela mande e corro até o portão, que, como eu já imaginava, está trancado. Volto depressa para o carro.

— Pronto, está tudo fechado. Vamos — eu grito.

— Não use esse tom de voz comigo, mocinha. Vou ficar aqui parada até que você aprenda a ter um pouco de respeito — ela diz.

Lágrimas se formam em meus olhos, e eu mordo o lábio. Se começar a chorar, vou ficar com dor de cabeça; vou dizer algo de que posso me arrepender.

— Desculpa — murmuro.
— Como é?
— Desculpa. — Dessa vez falo mais alto, enterrando a resistência bem fundo, onde minha mãe não pode ver. Sou a Filha Totalmente Arrependida.

De repente, ela abre a porta e tira a chave do contato.
— Mãe! Eu pedi desculpas!
— Meu babyliss — ela diz, olhando para trás e correndo para a porta. — Eu deixei ligado, tenho certeza.

Não, você não deixou!!!!!

Oito e dez.

Oito e quinze.

Já estou chorando. Lágrimas borram minhas fichas de estudo, cada uma delas com uma palavra complicada, mas as únicas palavras que passam por minha cabeça são:

Transtorno.

Obsessivo.

Compulsivo.

Estou cansada de sujeira invisível.

De portas que se destrancam sozinhas.

De vincos em lençóis esticados.

De ferros frios queimando.

Como estou proibida de usar o celular (longa história envolvendo uma vassoura esquecida na varanda da frente), escrevo uma mensagem de texto imaginária para Natalie:

Não vou conseguir chegar. Boa sorte. Odeio minha vida.

Ouço a porta bater. A dança começa. Minha mãe tranca a porta, desce os degraus, vira e verifica a porta. Ainda está trancada. Ela anda até a rua e para. Começa a se virar, então olha nos meus olhos.

Continuo em silêncio. Lágrimas escorrem por meu rosto. Dá para ver a batalha que ela trava consigo mesma. "Verifique a porta de novo", seus pequenos demônios lhe dizem, "mais uma vez". Suplico com os olhos para que entre no carro. Ela suplica com os olhos para que eu compreenda. Mas não consigo. Não vou.

Minha mãe levanta o indicador, como quem diz "Mais uma vez. É melhor prevenir do que remediar".

Quinze para as nove.

Chegamos ao local da prova. Eles me dizem que estou atrasada. Que não posso fazer a prova. Eu me viro para minha mãe.

— Eu te odeio — digo em voz baixa.

Ela sabe que estou falando sério.

— Que pena — minha mãe diz. O tom é de desprezo, mas posso ver tristeza em seus olhos. Ela não vai admitir a culpa, no entanto. Não vai admitir que precisa de ajuda.

Não falamos nada no caminho de volta para casa.

DEZESSETE

O gramado inclinado na frente do auditório da escola está lotado. O sol arde, deixando vermelho todo mundo que tem pele clara. Estou espremida entre Natalie e Alyssa, esperando o início do show de talentos de fim de ano. Esperando você acabar com todo mundo.

É o último dia de aula. As provas acabaram. Não seria a Roosevelt sem essa tradição anual. Mesmo sendo apenas um evento escolar, a sensação é de festival: o verão chegou e dá para sentir o entusiasmo do ano letivo terminando. Somos animais enjaulados perto da liberdade. Pelo menos é o que dizemos a nós mesmos. "A liberdade é uma ilusão", Lys diz. "O homem inventou as férias de verão para nos fazer esquecer de que nos reprime no resto do ano."

— É tão idiota continuarem chamando isso de Guitarra Imaginária — ela diz, dando uma mordida no hambúrguer que comprou em um dos food trucks estacionados em volta da escola. — Tipo, estão tocando guitarra de verdade.

Eu e você já tivemos essa conversa antes, sobre o fato desse show de talentos anual ter passado a ser ao vivo no seu primeiro ano, quando você e sua banda resolveram ligar os microfones e os amplificadores.

— Só gostaria de ressaltar que meu namorado revolucionou

todo o sistema do show de talentos — digo. — Conseguem imaginar como seria chato se todos se apresentassem com playback?

Nat revira os olhos.

— Bom, deve ser engraçado ver Peter, Kyle e Ryan tentando imitar o One Direction.

— Gav tentou convencer os garotos do contrário. Agora é com eles — afirmo.

Pobre Ryan, convencido a entrar no esquema dos outros. Em vez de ser apenas o baixista descolado da Evergreen, ele será lembrado como aspirante a boy band número três.

Você caiu na gargalhada quando eles disseram que dublariam a música "What Makes You Beautiful" e ainda fariam uma coreografia. A única pessoa disposta a ser o quarto membro do conjunto foi um garoto do nono ano.

— Mal posso esperar — digo. — Principalmente porque vou tirar um milhão de fotos e usar para chantagear os três pelo resto da vida.

Nat ri.

— Eu disse ao Kyle que ele tem sorte de eu não dar um pé nele.

Os dois estão oficialmente juntos desde a festa do Peter.

Lys concorda.

— Tem mesmo.

Meu celular vibra. Leio a mensagem que você mandou.

Buuu!

Onde você está?

Em um local supersecreto reservado para rockstars.
Eu até contaria, mas depois teria que te matar.

Consegue me ver daí?

Ah, sim. Seus peitos ficam lindos com essa blusa.

Você só pensa nisso?

Desculpa, não prestei atenção. Estava ocupado imaginando minha namorada sem roupa.

— Ele está nervoso? — Lys pergunta.
Dou risada.
— Não, acho que não.
Você nunca parece ficar nervoso. Aceita toda a atenção numa boa, como se fosse seu dever. Acho que sempre deve ter sido assim.

O primeiro número começa, com três meninas cantando uma música antiga do Destiny's Child. Fico irritada com a pouca roupa que usam. Me pergunto se ficaram dando em cima de você nos bastidores. E se você correspondeu.

—Vacas — Lys balbucia.
Queria poder dizer que não ri, mas ri. Nat deu um tapa nela.
—Você é a pior feminista de todas — ela sussurra. — Não leu *Os monólogos da vagina*?
Lys abre um sorriso perverso.
—Vamos deixar registrado que Nat acabou de dizer "vagina" em público.

Quando você e o resto da Evergreen sobem no palco, a escola vibra.

É o meu namorado, penso, orgulhosa, enquanto os garotos assobiam e as garotas gritam. Não fico com ciúmes dessa vez — você é meu.

Você é sempre lindo, mas, entrando no palco, com a guitarra

na mão e os cabelos no rosto, está maravilhoso. Parece mesmo um rockstar.

Quando chega ao microfone e puxa a correia da guitarra no ombro, sua camiseta dos Ramones sobe um pouco, permitindo que eu veja um pedacinho de pele. Já toquei, beijei, lambi essa pele. Esses ossinhos estreitos do quadril, inesperadamente delicados.

Você aproxima o microfone, então olha para a plateia. Sei que está me procurando. Aceno, e você abre um sorriso e acena também. É como ter uma placa de neon sobre a cabeça que diz NAMORADA. Amo tudo isso. Você está usando o colar que te fiz — uma palheta em um cordão de couro. Leva a mão a ele, talvez para dar sorte. Por mim.

A banda começa com um cover de uma das minha músicas preferidas, "California Dreamin'". Você não contou aos garotos por que a escolheu, mas sei o motivo, e é uma das coisas mais fofas e românticas que alguém já fez por mim. É uma ótima versão — fiel à original, mas com personalidade. Vocês conseguiram captar bem o clima californiano — Sublime misturado com Chili Peppers, com um quê de reggae, o baixo mais punk como o do Green Day. São todas as minhas coisas preferidas em uma música só. De vez em quando, você levanta os olhos e canta para mim, com a boca perto do microfone.

Prendo a respiração o tempo todo e sei que não sou a única. Vejo suas mãos nas cordas, o modo como os tendões se esticam sob a pele. Você parece possuído pela música. Ela toma conta de você, que a deixa entrar. Então inicia um solo de guitarra repleto de anseio, desejo, a necessidade bruta que vejo em seus olhos toda vez que tiramos a roupa.

A forma como canta com voz rouca a parte do "*Well, I got down on my knees and I pretend to pray*" é tão sedutora que mal posso suportar. O público vibra, e você sorri um pouco, do jeito que faz depois que nos pegamos um pouco. Satisfeito. Um nó de desejo se forma em minha barriga, e eu me imagino correndo para os bastidores, agarrando você e te levando para a sala de aula vazia mais próxima.

Quando a música termina, vocês são aplaudidos de pé — os únicos da tarde com essa recepção. Grito e aceno enquanto a banda sai do palco, se transformando novamente em alguns garotos estranhos, porque acabou o efeito da poção que é a música. Você é diferente, no entanto. Simplesmente sai, como se nada daquilo importasse agora que o som parou. Nem volta a olhar para o público, mesmo sendo um astro nato, que não precisa de poção.

Sinto sua falta no fundo do peito, como sempre acontece quando uma porta se fecha atrás de você, quando desligamos o telefone.

Mais tarde, vamos nadar na sua casa. Todo mundo está lá, inclusive sua mãe, cuja função, ao que parece, é não deixar a pizza acabar. Vamos para seu quarto depois que os outros vão embora. Seus pais dizem para deixarmos a porta aberta, e fazemos isso, mas não importa, porque eles estão na sala assistindo a um filme e da última vez que você desceu para pegar uma bebida na geladeira, eles estavam dormindo.

—Você foi incrível hoje — digo junto aos seus lábios.

Estou sentada em seu colo, com uma perna de cada lado. Suas mãos estão ocupadas desamarrando a parte de cima do meu biquíni. Você não diz nada — elogios te deixam constrangido —, mas canta "California Dreamin'" baixinho enquanto seus lábios descem pelo meu pescoço na direção do meu peito. Meus braços envolvem seu corpo e minhas mãos estão em seus cabelos. Me coloco lentamente de joelhos, de modo que sua mão consiga escorregar mais fácil para dentro da parte de baixo do biquíni.

— Comprei camisinha — você sussurra no meu ouvido. — Só por precaução...

— Não podemos... Seus pais...

Gaguejo, e você ri de leve quando me deita sobre a cama e abre o botão da sua calça. Ficamos juntinhos, nus. Você chega mais perto de mim.

— Tem certeza? — sussurra.

Quero perder minha virgindade com você. Só não sei quando vai ser a hora certa. Acho que vou *saber*. Que vou *sentir*.

— Não com seus pais em casa — sussurro.

Encontro dentro de mim a Grace que tem a cabeça no lugar. Mas ela não é mais como antes. Eu te viro e você fica deitado, então desço lentamente por seu torso, passo pela região que cobicei quando você estava no palco. Desço ainda mais.

Você enrola as mãos em meus cabelos e eu sorrio junto à sua pele, me sentindo poderosa, como se fosse a única coisa que importa para você no momento. Finalmente sou tudo para alguém.

Quando acaba, limpo a boca e olho para você. Queria poder pintar. Não, queria poder esculpir. Quero te transformar em argila e passar as mãos em todas as partes. Quero você sob minhas unhas e colado à minha pele. Quero saber exatamente do que é feito, o que há por dentro.

Olho para você. Olho e olho.

Quando te vejo de beca e capelo, choro.

Estou entre Nat e Lys. As duas colocam o braço no meu ombro, como em um acordo silencioso. Isso me faz chorar ainda mais.

Você acena atrás das arquibancadas, onde os formandos estão alinhados.

Lys tenta chamar minha atenção.

— Como estão as coisas com seus pais?

— Eles ainda estão muito zangados comigo — digo, secando os olhos.

E é por isso que estou proibida de te ver o verão todo, seu último verão antes de ir para a faculdade.

Você bate na minha janela e eu estou na porta do quarto em segundos. Por baixo da saia, uso a lingerie de renda que me deu.
Estou passando pelas portas de vidro quando acontece.
— O que está fazendo?
O Gigante. Ai, meu Deus. Ser descoberta logo por ELE.
Solto a maçaneta. Seu rosto está quase tão branco quanto o rosto maquiado de um mímico.
Eu me viro e digo a primeira mentira que me vem à cabeça.
— Não estava conseguindo dormir, então liguei para o Gavin. Só vamos ficar conversando na varanda até eu ficar com sono.
— É melhor você ir para casa agora mesmo, Gavin — *o Gigante diz. Então se vira para mim.* — Parabéns. Você acabou de perder seu verão.

— Pelo menos eles não me proibiram de ver vocês — afirmo.
Isso chegou a ser considerado.
As meninas me abraçam mais forte, um casulo de amor de melhores amigas. Tenho minha nova versão de *Las Tres Amigas*. Nada de "Creeedo, a casa roxa", mas ainda serve.
A cerimônia passa mais rápido do que eu imaginava — meses de apreensão para uma hora e meia de despedidas.
— Vejo vocês em alguns minutos — digo para Nat e Lys enquanto corro para as arquibancadas.
Consigo te ver antes de você ir para uma festa com os formandos. Combinamos de nos encontrar no campo de beisebol antes de você encontrar seus pais.
— Ei — você diz, secando minhas lágrimas. Odeio que minha maquiagem esteja toda borrada. — Eu te amo. Nada vai mudar isso.
Assinto, triste.

— É que eu te amo tanto. E se...

Você leva os lábios aos meus, com suavidade e doçura. Eu te abraço, voraz. Não me importo com quem pode nos ver.

— Preciso ir — você diz, se afastando. — Não vou ficar sem te ver o verão todo de jeito nenhum. Vamos dar um jeito. Eu prometo.

Durmo na casa da Nat e ela, Lys e eu passamos a noite comendo pipoca e chocolate. Se não fosse pelas duas, estaria desconsolada. Conversamos sobre sua ida para a faculdade e como deve ser um mundo totalmente diferente, mesmo sendo tão perto. Não... um planeta totalmente diferente.

— Ele vai ser esse roqueiro lindo em cima de quem todas as garotas da faculdade vão se jogar — afirmo com tristeza.

Lys concorda.

— É. Sinto muito, mas... é. — Nat bate nela, então Lys diz: — O que foi? É verdade.

Nat enlaça meu pescoço.

— É óbvio que ele está apaixonado. Acho que vocês vão sobreviver ao próximo semestre... se você quiser.

— É claro que eu quero — respondo. Não consigo imaginar um cenário em que não estejamos juntos. — Certo, não vamos mais falar de garotos. É deprimente demais.

— Concordo — Nat diz. — Vocês acreditam que estamos oficialmente no último ano da escola?

Lys pega o pacote de pipoca doce.

— Pois é! Vamos dar o fora logo mais.

O futuro se aproxima. Me dou conta de que as possibilidades são infinitas. Tinha me esquecido disso nesses meses que passei com você. Meu mundo minúsculo encolheu ainda mais e ficou do tamanho da circunferência de seus braços.

— Estou me perdendo? — pergunto de repente. — Me transformei *naquela* garota?

"Aquela garota" é quem larga as amigas por causa de um cara, alguém cuja vida se resume a ele.

Nat hesita. Toma um gole grande de refrigerante.

— Bom — ela diz, pesando cada palavra com muito cuidado. —Talvez um pouco.

Pego a mão dela, depois a de Lys, e aperto as duas.

— Que droga. Desculpa.

Nat balança a cabeça.

—Você está feliz, não está?

— Com Gavin? Sim — respondo. — Mas meus pais estão complicando as coisas com ele.

— Então é só isso que importa.

Feliz. A essa altura do ano seguinte, Gavin, não vou estar feliz. Não vou estar desesperada para te ver. A essa altura do ano seguinte, vou estar pronta para dizer adeus.

DEZOITO

Sua família é perfeita.

Gosto de ficar observando vocês juntos — sua mãe te provocando, beijando seu rosto para dizer que está tudo bem quando você leva as brincadeiras a sério. Adoro que faça barulho ao te beijar. *Muá!* Significa que te ama mesmo, caso você não saiba. Adoro seu pai, distraído e gentil, sempre entrando no cômodo em que estamos à procura dos óculos (ou talvez nos vigiando, não sei). Você é filho único, e isso é obvio. Você é o mundo deles. Seus pais te adoram, assim como todas as outras pessoas. São seus primeiros fãs.

— Grace, queria poder te colocar em uma das malas — sua mãe diz. — Você é tão pequena, aposto que caberia.

— Uma mala de mão seria melhor — você diz. — Assim ela não teria que ficar nos fundos do avião, com o resto da bagagem.

Seu pai ri. Ele acha que você é o garoto mais esperto do mundo. Também acho.

Você se aproxima e beija minha cabeça com uma expressão séria.

— Não acredito que sua mãe não deixou. Eu tinha certeza de que... — Você interrompe a frase, suspirando.

— Eu sei. — Desvio os olhos quando minha garganta começa a se fechar. Ando chorando muito ultimamente.

Estou tão apaixonada por você, Gavin Davis. Amo seus cabelos emaranhados e o fato de usar as mesmas roupas o tempo todo. Amo poder te ouvir tocando violão quando vou à sua casa. Amo que você seja a única pessoa que sabe que morro de cócegas na dobra interna do cotovelo.

— É um crime — seu pai concorda.

Eles vão te levar para passar dez dias no Havaí e se ofereceram para pagar minha parte como presente de formatura para você, mas minha mãe não deixou. *Havaí*. Praia tropical, poucas roupas e você, você, você.

É mesmo um crime. Odeio minha mãe. Sei que é uma coisa horrível de dizer, mas é verdade. Acho que ela tem inveja, porque tenho um namorado que não passa por cima de mim, sou mais jovem, magra e feliz. Porque tenho muitos e muitos orgasmos. Às vezes, eu a pego me olhando com verdadeiro desprezo. E ela tem me criticado muito mais. Diz que fico com pneuzinhos quando me inclino para a frente, que não tenho joelhos bonitos o bastante para usar saias e vestidos curtos, que minha cor preferida (vermelho) me deixa apagada. Ficou irritada até quando eu me pesei e descobri que tinha perdido uns quilos. "Espera até seu metabolismo desacelerar", disse. "Você puxou ao seu pai. Sabe como são as mulheres da família dele."

— É bom sentir saudade de vez em quando — digo. Estou treinando para me manter firme. Mantendo a cabeça erguida, como diria Beth.

— Esse é o espírito — sua mãe diz, colocando uma coca na minha frente. Ela sabe que não tomo refrigerante em casa porque é considerado um luxo para minha família.

— Obrigada, Anna — agradeço. Ela se recusa a me deixar chamá-la de sra. Davis. "Você faz parte da família agora", diz. "Gavin te ama, então nós te amamos. Simples assim."

E é mesmo. Seus pais agora são como pais para mim. Me dão conselhos, se preocupam comigo, me alimentam. Sua mãe até insiste para fazermos coisas juntas. Como ir à manicure ou almoçar. Coisas que ouço dizer que as outras mães fazem com as filhas, mas eu nem tinha certeza. Quando você contou a eles o que aconteceu na manhã que perdi a prova preparatória, sua mãe começou a chorar. Você me fez prometer que, daquele dia em diante, você ia me levar de carro para qualquer evento importante.

Ela aperta minha mão.

— Quando vocês se casarem, não vamos ter mais que lidar com essa loucura.

A essa altura, já estou acostumada com a franqueza de sua família, mas não fazia ideia de que eles gostavam tanto de mim.

Você sorri ao ver a surpresa em meu rosto.

— É, nós falamos de você pelas costas. — É tudo o que me diz.

Fico corada. Você sempre vai ser capaz de me fazer corar, independente de qualquer coisa. Então senta ao meu lado e enterra o rosto em meu ombro. Há dias não ficamos sozinhos, não podemos nos tocar. "É sua última chance", minha mãe disse depois da noite em que o Gigante confiscou meu verão. "Da próxima vez você vai ter que terminar com ele."

Acho que vou morrer se tiver que terminar com você. A ideia de ver outra garota em seus braços, deitada ao seu lado... acaba comigo.

— Anna, os pais da Grace não são loucos. — Seu pai alterna o olhar entre seu rosto triste e o meu. — Bom, talvez um pouco.

— Que droga — você resmunga.

A tentativa de oferta de paz da minha mãe é me deixar vir à sua casa para me despedir. Depois volto a ficar de castigo pelo resto do verão. Você tem pais incríveis que me receberam de braços abertos, que me consideraram parte da família, e eu tenho uma mãe que me tranca e joga a chave fora. É como se eu fosse a Rapunzel sem a torre romântica e o cabelo maravilhoso.

— Se eu fosse uma mãe melhor — Anna te diz —, você também estaria de castigo depois do que fez, indo à casa de Grace no meio da noite.

— Não pode me colocar de castigo — você diz. — Já fiz dezoito anos.

Tenho a impressão de que *nunca* terei dezoito anos.

— Posso te colocar de castigo até os quarenta, se eu quiser — ela diz, tentando esconder um sorriso.

Você vira para mim.

— Sua mãe e o Gigante não...

Seu pai bate com o jornal em seu braço.

— Não chame o padrasto da Grace assim. — Mas dá para ver certo brilho nos olhos dele.

— Sua mãe e *cof* o Gigante *cof* Roy — você sorri para seu pai que balança a cabeça, retorcendo os lábios — não percebem que quando te colocam de castigo também sou punido?

— Acho que eles não estão preocupados com isso — digo.

Ouço uma buzina na rua — a van que vai levar vocês ao aeroporto chegou. O som é como um soco no estômago.

Você pega minha mão e me puxa para o quarto.

— Voltamos já — diz para seus pais quando eles começam a levar as coisas para fora.

— Não quero virar avó! — sua mãe grita.

— Engraçadinha — você diz.

Ela está brincando, mas é o jeito dela de nos lembrar de nossos limites e responsabilidades. Sua mãe não varre o sexo para debaixo do tapete. Seus pais conversam conosco a respeito e sabem que somos ambos virgens. Sua mãe até me levou a uma associação que se dedica à saúde reprodutiva para aconselhamento, porque sabe que a minha nunca faria isso. Parece tudo terrivelmente constrangedor, mas não. Seus pais são... legais.

Quando estamos sozinhos em seu quarto, você me empurra contra a parede e me beija com avidez. Sinto gosto de café e açúcar. Agarro seus cabelos e me esfrego em você.

— Queria poder entrar embaixo da sua pele — você murmura junto aos meus lábios. — Ficar o mais perto possível de você.

Com que frequência isso acontece? Suas palavras se transformam em música para mim? Você vai cantar essa quando voltar:

Queria poder entrar embaixo de sua pele
Ficar o mais perto possível de você
Morar dentro de seu coração
Fazer nele meu lar.

Nos beijamos um pouco mais e então você se afasta, colocando a mão sob minha camiseta e segurando minhas costelas. Adoro que seu quarto já me seja familiar: os violões nos suportes, os amplificadores, o pequeno aquário com dois peixinhos dourados.

— Você vai se apaixonar por uma australiana de biquíni de lacinho — digo. — Sei que vai.

Nenhuma garota resiste ao poder do seu chapéu de feltro preto ou da sua voz. Você vai levar o violão. Ela vai te ouvir tocando e vai ser como naquelas histórias com sereias que atraem os humanos com sua música sobrenatural. Minha nossa, você vai escrever músicas sobre ela e depois me dizer que são sobre mim.

— Por que australiana? — você pergunta, tentando não sorrir.

—Você está sendo muito boba. Sabe disso, não é?

Dou de ombros.

— É apenas o que minha intuição diz. Australiana. Biquíni de lacinho. Amarelo, ainda por cima.

— Vem cá.

Você me abraça e eu me afundo em você. Então me balança para a frente e para trás, me chama de "linda", "meu amor". Gosto de como fica antiquado quando quer ser carinhoso. A van buzina mais uma vez — é a sua deixa para ir embora. Eu me afasto e você tira a camiseta em um instante.

— Dorme com isso todas as noites — diz, entregando a camiseta para mim. — Promete que vai fazer isso.

— Gav, não posso ficar com sua camiseta do Nirvana.

Você sorri.

— Sei que ela vai estar em segurança.

Você pega uma caixa pequena que estava escondida atrás de um de seus amplificadores e a entrega para mim enquanto escolhe outra camiseta da pilha de roupas no chão.

— E usa isso todos os dias — diz, indicando com a cabeça a caixa que agora tenho nas mãos.

— Gav...

Outra buzinada.

— Rápido. — Seus olhos brilham daquele jeito de quando sabe alguma coisa que eu não sei. — Quero ver você usando antes de ir.

Dentro da caixa, encontro uma pequena estrela prateada pendurada em uma corrente.

— Me lembra da nossa estrela cadente — você diz.

— É linda. — Te abraço com força. Você coloca o colar em mim e vamos para a porta da frente de mãos dadas.

Pouco antes de entrar na van para o aeroporto, você se vira e segura meu queixo — não com força, mas como se faz para que uma criança preste atenção. Acho estranho ser tocada por você desse jeito. Como se fosse meu pai.

Um alarme dispara no fundo da minha mente, mas eu o ignoro. (Por que ignorei? Por que não consegui enxergar quem você era?)

— Confio em você, Grace. Mesmo quando eu estiver a um oceano de distância e todos os caras da cidade estiverem comprando biscoitos com você no Honey Pot, sei que não vai me trair.

De repente, fico nervosa, mesmo sem motivo.

Concordo com a cabeça.

— Promete que não vai ficar com a garota de biquíni amarelo de lacinho?

Você ri.

— Prometo. — Você se aproxima para me dar um beijo, esperando que eu te encontre no meio do caminho. — Liga toda noite.

—Vou ligar.

Então você vai embora.

Vejo a van dobrar a esquina e começo a caminhar para casa. Não estou mais chorando. Nem estou triste. Só confusa.

Por que tenho a sensação de que de repente foi tirado um peso de meus ombros?

DEZENOVE

Há uma regra no teatro que diz que, se uma arma aparecer no primeiro ato, ela tem que ser disparada no segundo ou no terceiro. A ideia é que não tem como o público ver uma arma e se esquecer dela. Alguma coisa precisa acontecer. Depois de um verão inteiro sem poder te ver, começo a perceber que *você* é a arma, que você vai disparar, e não sei ao certo qual de nós vai ficar de pé no final. Talvez uma parte de mim sempre estivesse esperando alguma coisa acontecer. Você é bom demais; isso tudo é bom demais. Não é minha narrativa — não era para eu ser a garota que fica com o cara desejado por todas. Então espero você terminar, cair em si. Enquanto isso, tento corresponder às suas expectativas.

Você está triste. Diz que é como uma onda negra que te afoga, e que só sobe à superfície quando estamos juntos. Sou seu oxigênio, seu sopro de ar puro.

Mas não sou suficiente.

Você está zangado. Consigo ver, mesmo com as emoções que giram dentro de você. Elas não te deixam em paz até escrever uma música. Quando você a canta pra mim, sinto toda a sua dor. Às vezes você soca paredes, portas, qualquer coisa para romper a pele que contém os demônios.

— Preciso te ver, Grace. Isso é insano!

Estamos falando no celular quando adolescentes normais estariam juntos, indo ao cinema, se beijando no carro. Só passou metade do verão infernal — faltam trinta dias para eu poder voltar a te ver oficialmente.

— Eu sei — sussurro. — Desculpa por meus pais serem tão loucos.

Há uma pausa longa, então você diz:

— Isso não está dando certo.

Primeiro: choque. Um soco no peito. Estamos tão próximos. Me separar de você seria como arrancar pedaços da minha própria carne. Eu sangraria por toda parte. Minha mãe ficaria furiosa com a bagunça.

Mas no fundo: alívio. Posso parar de me sentir tão mal por meus pais serem extremamente rígidos. Posso parar de achar que estou te segurando. Esperei o verão todo para que você terminasse comigo. Já imaginava. Todas as vezes que nos falamos, a conversa terminou com você incomodado. Já estou começando a ver como nossos mundos são diferentes. Minha vida é cheia de regras, enquanto a sua não tem nenhuma. Vivo a vida em preto e branco, enquanto a sua é colorida. Você fica fora de casa até a hora que quiser, entra e sai a seu bel-prazer. Não existe regra nenhuma em sua vida, à exceção, talvez, de não matar e não roubar. Não posso ir a nenhum dos seus shows, a nenhuma das festas para as quais você é convidado. Não posso nadar em sua piscina ou assistir a filmes no seu sofá ou me sentar ao seu lado em um restaurante.

— Se... se você quiser terminar... hum... eu entendo — sussurro.

Era esperar de mais que alguém me amasse desse jeito por muito tempo.

Sou um peso morto.

O futuro que me espera é solitário e triste. Chega de dançar nos corredores do mercado. Chega de serenatas. Chega de surpresas a cada esquina. Chega de ser salva do Gigante. Nosso amor segue a velocidade da luz, não nos preocupamos com mais ninguém. Transformamos um ao outro em tudo. Criamos um pequeno universo particular.

Não é suficiente. Não para você.

— Por que tive que me apaixonar por você? — É um rosnado. Vem de algum lugar profundo, como se você estivesse se fazendo essa pergunta há muito tempo.

— Sinto muito — digo em voz baixa.

Pelo que, exatamente? Por existir? Não sei. Mas essas são as palavras que saem da minha boca sempre que você está chateado, já presumindo que a culpa seja minha. Ainda não estou totalmente ciente de que não precisa haver um motivo para você estar infeliz. A tristeza nada em suas veias, mergulha bem no meio do seu peito sem nenhuma ajuda minha.

— Eu já sou maior de idade — você diz. — O que vou dizer para as pessoas na faculdade? "Ah, desculpa, você não pode conhecer minha namorada porque ela tem que estar em casa antes da hora que a festa começa. Ah, ela não pode ir aos meus shows porque não tem dezoito." Quer dizer... Nossa. O que estamos fazendo?

— Estou te prendendo — digo.

Você fica quieto. O que significa que concorda. O disco do Muse de repente para de tocar ao fundo, como se Matt Bellamy tivesse perdido a voz.

Respiro fundo.

— Desculpa...

— Pare de falar isso, porra!

Desculpa.

Recuo. Se tivesse rabo, ele estaria entre as minhas pernas.

Ouço uma batida e você xingando em voz baixa. Acertou alguma coisa, e agora o machucado em sua mão vai ser culpa minha. Você vai pensar em mim sempre que o vir.

— Não se machuca — sussurro. — Eu te amo.

Nada.

— Gav... — minha voz falha. Mordo a língua com força para não chorar, mas um soluço escapa.

Sua voz imediatamente fica mais suave. Você não aguenta minhas lágrimas. Diz que partem seu coração.

— Linda, não chora. Desculpa. Eu só... Merda. Sinto muito. Acho que estou perdendo a cabeça. Nossa, sou um idiota.

Agora as lágrimas caem rapidamente. Você diz que me ama, que está descontando a raiva que tem da minha mãe e do Gigante em mim.

— Não te mereço — você diz.

— Não, *eu* não te mereço. — É verdade. Você é bom demais para mim. Esses cinco meses em que ficamos juntos foram um acidente.

— Linda, não. Olha. — Você suspira. — Eu só... quero ficar com você. Você está chorando e nem posso te dar um abraço. Isso está me *matando*.

—Achei que você quisesse terminar — digo.

Não tenho ideia do que está acontecendo.

— Eu ficaria péssimo sem você.

Me derreto. Lá vou eu, pelo chão da cozinha.

No silêncio que se segue, sinto que nos aproximamos, como se todas as partes de si que me deu e todas as partes de mim que te dei estivessem unidas. Então:

—Voltei a pensar naquilo — você diz, calmo.

— Do que está...

Então compreendo. *Naquilo*. Suicídio.

— Estou indo aí — digo.

—Você está de castigo!

— Não me importa. Estou indo aí.

Visto roupa de academia e minto para minha mãe, dizendo que vou correr para queimar as calorias de todos os biscoitos que ando comendo no Honey Pot. Ela sempre está de dieta, então nem pensa duas vezes.

Chego à sua casa em tempo recorde — cinco minutos.

Quando abre a porta, te envolvo com os braços.

— Eu te amo — digo repetidas vezes.

— Sou muito perturbado. Desculpa — você diz.

— Não, você é perfeito.

Seus pais não estão em casa. Não sabemos quando vão voltar. Não ligamos. Você me puxa para dentro e me beija até eu ficar tonta, depois praticamente me arrasta para o quarto.

— Amor, acho melhor a gente conversar sobre isso — digo. — É coisa sér...

— Preciso de você. Preciso estar o mais perto possível de você. É a única coisa que faz eu me sentir real.

Você coloca as mãos sob minha camiseta.

— O mais perto possível — você repete.

— Não sei se estou pronta — sussurro, repentinamente assustada.

— Preciso de você, Grace — você repete, então leva os lábios ao meu ouvido. — Por favor.

Você teve que aguentar tanta merda da minha família. Eu te devo isso. E quero me entregar a você, quero mesmo. Não sei bem o que está me impedindo. Olho em seus olhos, caio naquelas piscinas azuis e me perco nelas.

— Tá — sussurro.

Isso não vai acontecer em câmera lenta, como em um filme em que a garota e o garoto decidem que aquela vai ser a noite, então ele enche o quarto de velas, tentando, desajeitadamente, criar um clima. Não. É precipitado e agora, agora, agora. Em segundos, não há camadas entre nós. O sol se põe sobre nossa pele e eu estremeço, porque você é lindo e meu, um desses garotos desamparados que fazem biquinho em uma pintura a óleo. Um anjo enrolado em faixas coloridas de tecido, um jovem príncipe em seu palácio.

Beijo as cicatrizes em seus pulsos. Você respira fundo.

— Te amo — digo novamente, como se as palavras fossem remédio, como se fossem te manter na terra pelos próximos cem anos.

Você me deita na cama e se posiciona sobre mim.

Então pega uma camisinha de uma caixa ao lado da cama.

Fecho os olhos e respiro fundo.

—Você está bem? — me pergunta.

Passo a ponta dos dedos em seu rosto; eles tremem um pouco, porque estou com tesão, assustada e cheia de um desejo que ameaça me esmagar.

— Estou.

Você entra em mim e sinto dor. Mordo o lábio para não gritar, então você abaixa a cabeça e encosta a testa na minha.

— Amo quando faz isso — você sussurra, beijando meus lábios.

Você é gentil, pergunta como estou de tempos em tempos, sussurra poesias em meu ouvido. Seus dedos se movem sobre mim como se eu fosse as cordas de seu violão, a música, tudo. Quando começo a sentir prazer, enrolo os braços e as pernas em você e aperto, então viramos um navio no mar, sozinhos e cercados por nada além do luar.

Depois, ficamos deitados lado a lado, olhando fixamente um para o outro.

— Para sempre — você diz enquanto beija a palma da minha mão.

— Para sempre — concordo.

★

O Gigante está sendo legal comigo, o que só pode ser um sinal do apocalipse. Depois vem, tipo, uma praga de gafanhotos. Ele me viu chorando enquanto varria a varanda dos fundos. Agora estamos sentados no quintal e ele me deu um sorvete, o que, para o Gigante, é o equivalente à assinatura do Tratado de Versalhes.

— E aí, o que aconteceu? — ele pergunta. — Problemas com o namorado?

Problemas com o namorado? Desde quando o Gigante se importa? Ele não diz isso de um jeito maldoso, mas é claro que não vou discutir nosso relacionamento com ele… Ou vou?

Engulo em seco.

— Mais ou menos.

Olho para o Gigante enquanto abre o sorvete. Ele está usando a polo de sempre e calça cáqui, e semicerrando os olhos por conta do sol. Sei que não posso confiar nele. Ao mesmo tempo, preciso falar com alguém. Não há muitas oportunidades para conversas sinceras por aqui.

— Pode falar — ele diz.

Sinto o eco de um sentimento caloroso e indistinto. De repente fico extremamente triste. *Ter um pai é assim?*

— Gavin e eu tivemos uma briga besta sobre uma situação totalmente hipotética e agora ele está dizendo que não acredita que eu o amo de verdade… É tão idiota.

— Qual foi o motivo da briga?

Há semanas, ninguém em casa fala comigo de verdade, além de dar ordens, gritar e fazer as ameaças de sempre. Aquilo é legal. É mesmo muito legal, então resolvo fingir que o Gigante de fato se importa, que de repente viu a luz e percebeu que tem sido um péssimo padrasto. Note como aceito migalhas, Gavin. Como sou grata.

— Ele estava falando que um dia, quando a banda dele estourar e estiver em turnê, vamos nos divertir na estrada. Aí eu disse, tipo, que seria legal, mas que eu provavelmente vou estar no meio do ensaio de alguma peça. Como é um futuro hipotético, imaginei que poderia estar trabalhando como diretora e tal. Então ele falou: "Espera aí, você não vai me acompanhar nas turnês?". E eu respondi: "É claro que vou, se não estiver trabalhando em nenhuma peça, mas, tipo, a Taylor Swift ficou em turnê durante sete meses esse ano, e eu preciso fazer minha arte, sabe?". Daí ele ficou irritado e disse que eu não o estava apoiando, e, tipo, como eu podia ficar sossegada enquanto ele estivesse cercado de fãs. Então eu disse que aquilo era muito narcisista da parte dele. E depois, *e depois*, ele disse que já tem fãs, e imagino que sejam as meninas que vão aos shows da Evergreen. Mas o que eu posso dizer sobre isso?

É irônico conversar com o Gigante sobre essas coisas, porque parte do problema é ele não me deixar ir a nenhum show. Só consigo pensar em garotas de saia curta querendo dar para meu namorado. Estou enlouquecendo. E você está me castigando, porque depois que falou das fãs, comecei a abrir o blog da Evergreen e ver um monte de fotos suas com garotas bonitas. Elas não estão em *todas* as fotos, mas tem muitas com elas gritando na plateia e depois posando com você. E todas postam coisas nas redes sociais quando estão no show, dizendo um monte de merda sobre quererem você. E eu só posso ficar em casa sem fazer NADA. Você está irritado porque não quero mais sair de casa escondida e diz que é o único que se sacrifica pelo relacionamento. Sua nova estratégia é me mostrar exatamente o que estou perdendo.

— Parece que ele está tentando te deixar com ciúme — o Gigante diz.

Obrigada por dizer o óbvio.

— Bom, está funcionando.

O Gigante levanta as pernas e apoia os pés na cadeira à frente dele.

— Gavin é um bom garoto — meu padrasto diz —, mas vou te dizer uma coisa: com um cara como ele, do tipo que quer que você o siga como um cachorrinho, é preciso tomar cuidado.

— Por quê?

O Gigante franze a testa e dá mais uma mordida no sorvete.

— Minha irmã e eu costumávamos ser muito próximos — ele diz. Sei que o Gigante tem uma irmã, mas nunca a conhecemos. — Então ela se casou com um filho da puta controlador. Jeff. No começo, foram coisas pequenas, como o que Gavin está fazendo com você. Ele queria ficar com ela o tempo todo, esperava que largasse tudo por ele. Odiava que saísse com os amigos, coisas assim. Depois quis que ela largasse o emprego e ficasse em casa, mesmo eles não tendo filhos. Minha irmã amava o trabalho, mas disse que queria fazer o marido feliz. O desgraçado bateu nela uma vez, e eu quebrei a cara dele. Mas ela não quis ir embora, e o cara não deixou mais ela falar comigo depois disso. Faz cinco anos que não tenho notícias da minha irmã. Minha mãe disse que eles têm dois filhos.

— Minha nossa! — exclamo. Como a irmã dele pode não enxergar que o marido faz mal para ela?

O Gigante acena com a cabeça.

— Faça como quiser, Grace. Mas estou avisando: caras como o Gavin... são traiçoeiros.

Quando termina o sorvete, ele se levanta e amassa a embalagem. Minha mãe abre a porta de vidro e coloca a cabeça para fora. Franze a testa quando me vê.

— Aí está você — ela diz, irritada. — Preciso que cuide do seu irmão. Tenho que passar no mercado.

—Vou junto — diz o Gigante. — Preciso comprar carvão para a churrasqueira.

O momento de intimidade termina. Sam corre para fora e abraça minhas pernas. De repente, me sinto culpada por criticar você para o Gigante. Acabei de me abrir com o cara que nos manteve separados o verão todo, em troca de um sorvete.

— Obrigada — digo para o Gigante quando ele se vira para acompanhar minha mãe. — Mas o Gavin... ele é um cara legal. Acho que o que disse não significou nada. Quer dizer, ele me ama.

Sinto necessidade de te defender. Você não é traiçoeiro e, por mais que eu aprecie que o Gigante tenha tentado ajudar, não posso aceitar conselhos sobre relacionamento de um cara que chama a esposa de vadia e controla cada centavo que ela ganha. A descrição do tal do Jeff poderia muito bem se aplicar a ele mesmo. O Gigante não tem consciência. Por que eu deveria ouvir o que ele tem a dizer sobre você?

Ele balança a cabeça.

— Quem vai se dar mal é você.

Fico observando enquanto ele entra. Logo quando pensei que poderia ser um pouquinho legal que fosse...

Você tem sorte por eu não ter um pai com uma espingarda, daqueles que diriam que acabariam com sua raça se você partisse meu coração. Tem sorte por ter sido o Gigante a me alertar sobre você, e não alguém que eu respeitava, em quem confiava. E tem sorte de ter me ligado antes de eu ter assimilado tudo o que ele me disse.

Meu celular vibra. Eu o pego do bolso e vejo que é você. Faz dezesseis horas que brigamos.

Levo o aparelho à orelha.

— Oi.

— Sou um idiota, e você é a melhor coisa que já aconteceu comigo. Desculpa — você diz.

Fico em silêncio. Não consigo tirar aquelas fotos do blog da banda da cabeça.

— Grace? — Há medo em sua voz. Você acha que posso ter coragem de terminar com você. Não se preocupe, Gavin. Isso não vai acontecer pelos próximos dez meses.

—Você me traiu? — sussurro.

— Ai, meu Deus, Grace. Não. É claro que não. Eu te amo. *Nunca* faria isso.

Sam está no balanço e grita para empurrá-lo mais forte. Ele sacode as perninhas e ri quando chega no alto. Eu me pergunto se já fui tão despreocupada assim.

— Aquelas fotos...

Você suspira.

— Eu estava tentando te deixar com ciúme. Nada mais estava funcionando.

— Que merda é essa, Gav?

— Eu sei. É idiota. Eu só... Preciso de você lá, Grace. Não posso tocar sem você. Por isso surtei com aquela conversa sobre a turnê. Você é minha musa. Não faz ideia do que significa ter você presente. E me dei conta de que nunca deixei isso muito claro. Você é essencial para mim. Tanto que nem tem graça sem você.

Odeio que tenha dito a coisa perfeita, Gavin.

— Ainda não posso ir aos shows — digo. — Minha mãe falou que se eu sair escondida de novo vai me obrigar a terminar com você.

—Vamos tomar cuidado — você diz. — Por favor, linda. Preciso de você. Não estou tentando te pressionar, juro. Se disser que não, nunca mais toco no assunto. Prometo.

Suspiro.

— Quando é o próximo show?

Último ano

VINTE

O longo verão finalmente termina, e voltamos a poder nos ver três vezes por semana. Você rouba me visitando no trabalho, mas não é um tempo de qualidade que passamos juntos. Você conseguiu um emprego no Guitar Center, o que quer dizer que há momentos em que estou livre, mas você, não. Agora é sábado, e estamos nos preparando para sair quando recebo um telefonema inesperado de minha irmã.

—Vira.

Beth está do outro lado da rua, recostada no carro. Gritos e mais gritos. Ela parece diferente... mais velha. Mas ainda tem perfume de laranja.

— Adivinha quem você vai conhecer — digo.

— Ele é moreno, alto e bonito? — ela pergunta.

— Sim, e é meu. Nem vem.

Ela ri e eu passo o braço no dela para levá-la até a varanda, onde Sam te convenceu a ficar desenhando com giz. Você fica tão bem com ele.

— Legal, carinha — você diz, sorrindo enquanto olha o monte de rabiscos dele.

— Tã-nã! — diz ele com mais um floreio.

Você cai na risada.

—Toca aqui.—Você levanta a mão e Sam bate nela.

— Te amo, Gab — diz ele, envolvendo seu pescoço com os braços gordinhos.

—Também te amo, carinha.—Você o aperta até ele gritar.

Ao te ver sendo tão bonzinho com ele, sinto vontade de te agarrar.

— Bom — digo, fazendo um gesto em sua direção como se fosse o prêmio de um game show —, este é o Gavin.

Você se vira e demora um segundo para reconhecer minha irmã das fotos que viu em casa.

— Essa é *a* Beth Carter? — pergunta, levantando.

—A própria — diz ela.

— Beff! — grita Sam. Ele sai da varanda e corre para os braços dela.

Você abre seu sorriso preguiçoso e aperta a mão da minha irmã. Ela observa seu jeans skinny e a camiseta surrada de banda. O chapéu. O carro de bad boy.

—Você me cheira a encrenca — diz Beth, de um jeito que não consigo saber se está brincando ou não.

— Encrenca é meu sobrenome.

Você não curte muito jogar boliche, mas minha irmã fica feliz demais quando joga, então insisto para irmos. Beth vai passar o fim de semana com a gente. É uma visita rápida enquanto dedetizam o apartamento dela. Você fica chateado porque planejava um encontro romântico, mas faz quase seis meses que não vejo minha irmã. Por mais que você implore, não vou dispensá-la.

— Acho que gostei desses cupins — digo a ela mais tarde enquanto conferimos as diferentes bolas de boliche à nossa disposição. — Afinal, te trouxeram aqui...

Ela ri.

—Você sabe por que não venho.

Só mais uma coisa pela qual culpar o Gigante. Então me lembro que ele dividiu seu sorvete comigo. Talvez não seja um caso perdido.

A pista de boliche é antiga — parece que nada mudou desde os anos 70. Os painéis de madeira que revestem as paredes têm recortes de bolas e pinos. Um cheiro de nachos velhos e gordura paira no ar. Do lado oposto ao do balcão principal há um fliperama do PacMan e algum jogo de tiro. Também tem uma daquelas máquinas de ursinhos. Música antiga sai do alto-falante, e o som das bolas de boliche batendo nas pistas brilhantes de madeira ecoa.

— Certo — você diz, se aproximando da gente com os sapatos de boliche em uma mão e a bola na outra. — Estamos na pista sete. Insisti para pegar o número da sorte.

Sorrio.

—Você acha que vamos precisar de sorte?

— Se você jogar boliche tão bem quanto canta... *sim* — você diz, rindo. Me deixou colocar a trilha sonora de *Rent* no carro enquanto vínhamos para cá. Cantei todas as músicas, fazendo as diferentes vozes.

Dou um tapa no seu braço. Tento fingir que o que disse não feriu meus sentimentos. Beth nos lança um olhar preocupado, mas você não nota. Reviro os olhos. Parece que ela está prestes a dizer alguma coisa, mas sou salva por Nat e Lys, que gritam quando a veem.

Todo mundo se abraça. Vamos para a pista sete e você me puxa pela mão para ficarmos um pouco para trás.

— O que foi? — pergunto.

—Acho que vou cair fora.

— O quê? Mas a Beth está aqui. Ela queria te ver. E, tipo, ver a gente... juntos. Sabe?

— Aproveita sua noite com as meninas. Vou encontrar o pessoal. —Você aperta minha mão. — Até amanhã.

— Está chateado por causa do encontro?

Você faz que sim com a cabeça.

— Mas entendo.

— Elas vão pensar que brigamos.

Você dá de ombros.

— Não me importo com o que pensam.

— Eu me importo — digo. — Me importo com o que Beth pensa. Ela é minha irmã mais velha. Vamos, Gav... por favor.

Você suspira.

— Certo. Mas você fica me devendo uma.

Dou um beijo em seu rosto.

— Te amo.

— Tá, tá.

A noite toda é muito esquisita. Parece que você e Beth não se dão bem. Ficam implicando um com o outro por causa do placar, da música, dos filmes. Me irrita que vocês não se esforcem para se entender, nem mesmo por mim. Penso em seus pais e em como sou legal com eles. Estou exausta só de ficar entre vocês dois, e irritada porque todas as minhas bolas caem na canaleta.

— Ei, acho que sei qual é seu problema — diz um dos caras que trabalha na pista de boliche quando estou voltando da lanchonete. Deve ter mais ou menos minha idade, ou poderia estar na faculdade, como você.

Junto as mãos como se estivesse rezando.

— Me ajuda, por favor!

Ele ri e me guia até um suporte, então me entrega uma bola de três quilos.

— Esta é minha bola preferida aqui na pista — diz ele. — É brilhante e cor-de-rosa.

Arqueio as sobrancelhas.

— É mesmo?

Ele assente.

— O glitter aumenta a velocidade dela. — O cara sorri quando dou risada. —Você não consegue nem erguer direito a bola de quatro quilos que está usando e...

— O que está rolando? — você diz, aparecendo atrás de mim.

—Tim está me dando umas dicas. — Logo depois de dizer isso, percebo que cometi um erro: passei a ideia de que já nos conhecemos, quando na verdade só li o nome dele no crachá.

— Bom, Tim, seria bom se você ficasse bem longe da minha namorada — você diz com a voz calma e controlada.

O cara franze a testa.

— Estou só fazendo meu trabalho.

Seguro a bola de três quilos contra o peito.

— Gav, ele só estava...

Você aponta para o balcão, onde uma fila está se formando enquanto outro funcionário corre de um lado a outro pegando sapatos.

— *Aquele* é seu trabalho. —Você acena para ele. —Tchau.

Tim olha para mim mais uma vez, em seguida balança a cabeça e se aproxima do balcão. Escuto quando ele murmura "idiota", mas acho que você não, o que é bom, porque está com uma cara de ódio e a impressão que dá é de que logo vai começar uma briga séria aqui.

— O que deu em você, Gavin? — pergunto quando viro para você.

Vejo Beth, Nat e Lys pelo canto dos olhos. Estão prestando atenção em nós, descaradamente.

— Grace, não se faça de desentendida. Você estava de gracinha com ele bem na minha cara, porra.

Beth chega em um segundo.

— Opa. Não fala assim com a minha irmã. O que está pensando?

Você estreita os olhos para ela.

— O que *você* está pensando?

Eu me coloco entre vocês dois.

— Gente, não é nada de mais. Sério mesmo...

— É, sim — Beth diz. — Olha, tenho evitado me intrometer no seu relacionamento...

— Ótimo, porque não é nem um pouco da sua conta... — você diz.

— Mas, para ser sincera, nunca achei uma boa ideia — minha irmã continua, te ignorando. — E essa merda que acabou de acontecer é o tipo de coisa que o Gigante faz com a mamãe.

Beth ataca meu ponto fraco. Fico olhando para ela. Nunca, em hipótese alguma, eu gostaria de ser comparada à minha mãe nesse sentido. Ela está falando sério?

Você se vira para mim.

— Sua irmã está dizendo que sou o diabo e você fica quieta?

Meus olhos se enchem de lágrimas. Me viro e saio correndo para o banheiro, como a bela covarde que sou. Nat e Lys entram segundos depois. Estou na pia, secando os olhos furiosamente com o papel áspero. Pareço horrorosa, com a maquiagem toda borrada.

Elas não dizem nada, só me abraçam. Meu mundo todo virou do avesso. Há alguns minutos você era meu namorado incrível e agora... nem sei quem você é. Ontem mesmo ficamos brincando com aquela coisa de "Eu te amo mais", "Não, eu te amo mais". Não havia duas pessoas mais apaixonadas do que nós dois naquele momento, tenho certeza. Acho que declaramos empate depois de uma hora, quando já estávamos nus no chão do quarto.

— *Eu te amo mais* — *você sussurra ao desabotoar minha camisa.*

— *Não, EU te amo mais* — *digo enquanto desafivelo seu cinto.*

Você sorri e encosta os lábios no meu pescoço. Prendo a respiração e jogo a cabeça para trás.

— Não — *você murmura junto à minha pele.* — Com certeza EU te amo mais.

Você sobe a mão pelas minhas costas, abre meu sutiã e o joga de lado. Levo a mão ao seu zíper.

— Nada disso. EU te amo muito mais.

A porta se abre e Beth entra.

— Oi.

— Estou mesmo agindo como a mamãe?

Vejo algo parecido com pena tomar conta do rosto dela.

— Um pouquinho. Ele fala com você daquele jeito o tempo todo?

— Foi a primeira vez — digo, atordoada. Aquilo acabou de acontecer mesmo? — Sei lá, a gente anda brigando um pouco porque nunca conseguimos nos ver. Mamãe e o Gigante são ridículos, você sabe disso.

Ela concorda, solidária, então se vira para Nat.

— Pode nos dar uma carona para casa? Gavin foi embora.

— Espera aí — digo, com o coração pulando dentro do peito. — Ele *foi embora*?

Passo por ela e corro para o estacionamento. Você está saindo da vaga.

— Gavin!

O vidro da janela está fechado e a música, no último volume. Tenho que pular na frente do carro para chamar sua atenção. Você pisa no freio.

— Meu Deus, Grace! — você diz quando dou a volta até o lado do motorista.

— Desculpa — digo. — Por tudo. Não sei o que deu na Beth...

Você deixa o carro ligado, mas sai e encosta nele.

— Ela é uma vaca mesmo.

— Gav! Você nem conhece minha irmã.

Você ri.

— E agora nem quero.

— Isso é tão idiota — digo. — Não está vendo? Aquele cara só estava sendo simpático.

— Não, ele estava tentando comer você.

Começo a chorar de novo, a frustração vencendo a calma. Você me puxa contra seu corpo.

— Desculpa por ter falado daquele jeito — você diz. — Não estava com raiva sua, só dele.

— Bom, agora acabou. Podemos... seguir com a nossa noite?

Você balança a cabeça em negação.

— Acho que não, Grace. Mas vai se divertir com sua irmã. Até... o dia em que seus pais me deixarem te ver de novo.

Não há nada a fazer a não ser te dar um beijo de boa-noite e voltar para as meninas.

Mais tarde, já em casa, Beth sobe no beliche de cima, onde costumava dormir, e deixa as pernas para fora, balançando-as.

— Aquilo foi demais — diz ela, seca. Seu cabelo escuro e comprido está preso em um coque malfeito. Ela mantém os olhos fixos em mim.

Me deito com tudo na cama e resmungo.

— Ele não costuma ser daquele jeito, juro. É que as coisas andam complicadas. Com as aulas e tal.

Temos discutido muito desde que a faculdade começou. Você está se dando conta de como é difícil namorar uma garota do ensino médio.

— *Eu não sabia que seria tão complicado* — *você diz.* — *Quando conto para as pessoas que minha namorada está na escola, elas me olham como se dissessem: "Que merda é essa?". Como se eu fosse um pedófilo ou coisa assim.*

— Desculpa.

Por que estou me desculpando? Não posso controlar o fato de ter dezessete anos, assim como você não pode controlar o fato de ter dezoito. Mas é como se eu sentisse que preciso me desculpar. Como se tivesse feito algo errado só por ser quem sou.

Você suspira e apoia a mão na minha coxa.

— Bom, pelo menos estamos transando.

Olho para você e dou risada.

— Não me olha desse jeito. Sabe o que estou dizendo — *você fala.*

Eu sei? Porque não tenho tanta certeza. O que represento para você agora? Uma vergonha? Uma bunda qualquer? Porque é assim que me sinto. Mas não digo nada, só me aconchego em seu colo e finjo que está tudo bem. Porque, se as coisas não estiverem boas entre nós, imagina o resto.

— Ele está te enchendo porque você está na escola? — minha irmã pergunta. Ela sempre foi boa em saber o que os outros estão pensando.

Suspiro.

— Gav disse que as pessoas reagem como idiotas quando descobrem.

Beth assente.

— Isso faz sentido. Sei lá, quando entramos na faculdade, deixamos todo o resto para trás. O ensino médio fica parecendo tão *infantil*, ainda que tenha sido pouco tempo antes.

— Acha que ele vai terminar comigo? — pergunto.

Minha irmã dá de ombros.

— Não sei. Depende. — Ela hesita, então desce a escada e se senta ao meu lado na cama.

—Você está feliz com ele? Porque me parece estressada.

— Eu...

Estou prestes a dizer "Claro que estou feliz, tudo está ótimo", mas então percebo... que não sei se isso é verdade.

— Acho que estou um pouco confusa — digo por fim. — Entre as coisas aqui em casa e Gavin na faculdade, tudo parece estranho.

— Quer um conselho? — ela pergunta.

— Sempre.

— Acho que ele é bonito, e o fato de ser um roqueiro descolado contribui para seu interesse. Mas Gavin... não é um cara *legal*. Entende o que estou dizendo?

— Não, não entendo — digo, com a voz séria.

— Ah, vai. E aquele comentário sobre o jeito como você canta?

Meu rosto fica vermelho.

— Era só brincadeira.

— E quando perdeu o controle por causa daquele cara?

— O Gav é... superprotetor.

Você começou a fazer cada vez mais comentários sobre caras nos últimos tempos, e não sei dizer se não confia em mim ou se não confia neles.

Beth ri.

— Bom, é um jeito de definir. — Ela passa o braço por cima dos meus ombros. — Estou com uma sensação ruim. E você sabe que nunca erro com essas coisas.

Infelizmente, ela não erra mesmo.

— Amo o Gavin — digo.

— Eu sei. O problema é esse.

Meu celular vibra. É você.

—Volto daqui a pouco — digo.

— Não demora muito, quero passar um tempo com a minha irmã. Tem sorvete!

Prometo não demorar. Atendo o celular a caminho do quintal.

— Oi — digo quando sento em uma cadeira.

— Oi.

Ficamos os dois calados por um minuto.

— Foi nossa primeira briga? — você pergunta.

— Bom, meio que estamos brigando bastante ultimamente. Eu diria que foi nossa primeira briga *séria*.

— Acho que sei como evitar esse tipo de coisa — você diz.

— Como?

— Vamos estabelecer uma regra... Tipo, não posso ficar sozinho com nenhuma garota e você não pode ficar sozinha com nenhum cara. Assim, evitamos esse tipo de merda.

Já estou seguindo sua regra de não tocar em ninguém do sexo oposto. Não abraço um amigo há meses. Foi mais difícil do que pensei, o que me fez perceber que talvez você estivesse certo quando criou essa regra. Percebi que eu encostava muito nos outros. Mas não sei se estou a fim de outra regra.

— Isso é meio impossível se uma conversa em público conta como "sozinha" — digo.

— Bom, era só ter agradecido e dito que tem namorado — você diz. — Em vez de dar corda para ele.

Fico em silêncio por um tempo. Se eu disser que não gosto da regra, você vai achar que quero ficar com outros caras. Se eu concordar com o que propôs, você não vai poder estudar com as gostosas da faculdade, o que vai me deixar mais tranquila.

— Tá — digo —, vamos tentar e ver no que dá.

Você está construindo um muro ao nosso redor, mantendo longe todo mundo que conheço e amo. Em pouco tempo, vai ficar muito difícil pular esse muro.

VINTE E UM

Estou no teatro, na terceira fileira da orquestra, observando Peter estragar tudo de novo. A srta. B ficou doente, então comando o ensaio no lugar dela.

— A fala! — grita ele, protegendo os olhos das luzes do palco enquanto me procura no teatro.

— Peter, vamos estrear *semana que vem* — digo. — O que você vai fazer quando tivermos plateia?

Ele é o protagonista de *As bruxas de Salém*. Não é minha peça preferida, mas a srta. B teve que escolhê-la por causa do currículo de literatura.

— Grace, só me diz a fala — diz ele.

Suspiro e olho para o roteiro.

— *Pode falar um minuto sem cairmos no Inferno de novo? Estou cansado do Inferno!*

Ele repete a fala e eu faço uma anotação de que tem que usar mais intensidade. Peter arrebentou no teste, mas o Proctor dele está bem durão.

Alguns minutos depois, ele pede a fala de novo. Imagino que sou a srta. B quando me levanto e caminho em direção ao palco.

— Não vou te dizer — digo.

— Como assim, porra? — pergunta ele.

— Não fala comigo desse jeito — digo, canalizando Beth: firme, calma, no controle. *Sou uma diretora foda*, entoo em minha mente. — Você precisa dar um jeito de se virar na cena caso esqueça uma fala.

— Pooooorra — diz Lys, assentindo e aprovando. Sempre que a olho, tenho que me controlar para não rir: fica impagável com touca de puritana.

Peter me lança um olhar de ódio, então segue com a cena, improvisando ou se guiando pelos outros atores, conforme necessário. Penso na redação que tenho que escrever para me candidatar à Universidade de Nova York. Preciso entregá-la em poucas semanas. Talvez devesse discorrer sobre como a superação de adversidades em minha vida pessoal tem me ajudado a ser uma diretora melhor. Morar com minha mãe e com o Gigante me permite aguçar minhas habilidades de gerenciamento de conflito e faz com que eu esteja sempre preparada para a catástrofe. Já sei que vou ter que ficar na coxia passando as falas para esse tonto.

Passo orientações ao final do ensaio. Tenho uma folha de caderno cheia de sugestões de melhorias. Todo mundo me leva a sério — até mesmo o idiota do Peter. Acho que é um dos momentos em que mais estou orgulhosa de mim mesma na vida.

Você me busca depois do ensaio e eu estou feliz da vida. As coisas andam meio esquisitas entre a gente desde a visita da minha irmã, mas, de modo geral, estamos melhorando. É outubro, e nos acostumamos um pouco com sua ida para a faculdade.

— ... e aí a Lys soltou um "pooooorra", basicamente porque sou foda — digo.

Você ri.

— Claro que é... eu já sabia disso.

Paramos no Denny's para comer alguma coisa, depois você me leva para casa.

— Espero que haja alguma aula na faculdade que ensine a lidar com atores como Peter — digo enquanto me acomodo a uma mesa. — Introdução ao gerenciamento de divas ou coisa do tipo.

— Se houver, você vai mandar muito bem.

A garçonete se aproxima para anotar nosso pedido e servir café. Coloco creme e três saquinhos de açúcar no meu, mas você toma o seu puro.

Me inclino para a frente.

— Quando ia me contar que enviou um e-mail para minha irmã?

Você toma um gole de café.

— Imaginei que ficaria sabendo.

Apoio a mão em seu braço.

— Olha, você ganhou muitos pontos como namorado. Obrigada.

— Fui um idiota com a Beth. E como ela provavelmente vai ser um membro da família um dia, pensei que seria bom que não me odiasse. — Fico corada, e você sorri. — Não faça essa cara de surpresa. Não tem como não passarmos o resto da vida juntos.

— Para de ser assim perfeito — digo, então tomo um gole grande de café para desfazer o nó na minha garganta.

Eu poderia ter acabado como minha mãe, com alguém como meu pai ou como o Gigante, mas o universo me deu você.

— Como conseguiu o e-mail dela? — pergunto, voltando a você sendo um cunhado de primeira.

— No seu celular.

— Foi bem esperto.

Você sorri.

— É. Deu certo?

— Acho que sim. Ela está disposta a te dar outra chance.

— Era só o que eu queria.

Nosso pedido chega e eu despejo um monte de calda em cima das minhas panquecas. Você rouba um pedaço, e dou um tapa na sua mão.

— Então... quem é o Dan? — você pergunta.

— Quem?

— Dan. Vi uns e-mails dele na sua caixa de entrada.

—Você leu meus e-mails?

— Não de propósito. É que apareceu quando eu estava procurando o e-mail da Beth.

Franzo a testa.

— É um cara da aula de literatura. Estamos fazendo um trabalho em dupla.

— Entendi. —Você dá uma mordida em seu hambúrguer e eu pego uma de suas batatas fritas. Fico pensando enquanto mastigo.

—Você já leu meus e-mails antes? — pergunto.

Tento perguntar de maneira casual, mas percebo a ansiedade. O tom de "Que merda é essa?". Você tem a senha do meu celular, assim como eu tenho a sua. Mas nunca me ocorreu espiar seus e-mails ou suas mensagens de texto.

Tento me convencer de que está tudo bem, de que não temos segredos. Mas não adianta... Parece errado. Bem errado. Olha, Gav, eu devia ter ouvido minha intuição. Devia ter me lembrado de que as mulheres da minha família sabem das coisas antes que aconteçam, como minha avó, que sabia quem estava ligando antes mesmo que o telefone tocasse. Eu devia saber que ter feito isso significava que você era um lobo em pele de cordeiro.

— Não. —Você ergue as mãos quando te encaro. — Juro! Mas a curiosidade foi mais forte dessa vez.

— Porque você não confia em mim.

— Confio — ele diz. Balanço a cabeça e espeto as panquecas com raiva. — Grace, juro que confio. Só que... não resisti. Mas eu só estava procurando o e-mail da Beth. Juro. —Você arqueia as sobrancelhas. — E você não tem nada a esconder. Ou tem?

— Que pergunta é essa, Gav?

— É brincadeira!

— Não acredito em você.

Você se inclina para a frente e beija a ponta do meu nariz.

— Eu te amo até o infinito, tá? Pode comer em paz.

Eu te amo até o infinito. É de um dos livros que você levou à minha casa quando eu estava doente. Essa frase ficou com a gente. E agora me faz amolecer. Como você sabia que aconteceria. Você é cheio de cartas nas mangas. Um baita jogador.

— Você está me devendo uma música — digo, apontando o garfo em sua direção. — Algo romântico sobre como confia em mim.

Você sorri.

—Vou começar a compor hoje à noite.

Quando se é uma garota boba e apaixonada, é quase impossível ver os sinais de alerta. É muito fácil fingir que eles não existem, que tudo é perfeito.

Os deuses do rock bonitões com beijos de tirar o fôlego sempre se safam de tudo.

É a última noite de apresentação de *As bruxas de Salém*, e somos aplaudidos de pé. O elenco faz a srta. B e eu subirmos ao palco e nos presenteia com enormes buquês de rosas. Fazemos uma leve reverência, e encontro seus olhos na primeira fila. Você é quem mais grita, erguendo os braços acima da cabeça para aplaudir.

Amanhã, vou voltar para ajudar a desmontar o cenário e tirar tudo de dentro do teatro que a escola alugou, mas, hoje à noite, minha mãe me deixou ficar fora de casa até meia-noite por causa da festa do elenco. Estou com um vestido preto bonitinho estilo anos 60, meia-calça vermelha e meu coturno. Como é Halloween, acrescentei uma tiara de orelhas de gato e passei delineador preto nos olhos. Andei ocupada demais para pensar em uma fantasia. Além disso, você acha que é besteira. Tem esfriado muito à noite, então vou até a coxia e visto uma jaqueta de couro que comprei no brechó por cinco dólares, depois pego minha bolsa para te encontrar na entrada do teatro.

— Vamos para a casa do Peter. Você vai com a gente? — pergunta Nat.

Ela e Lys estão no elenco. Nat está vestida como Audrey Hepburn em *Bonequinha de luxo*, e segura uma cigarrilha comprida como a da personagem. Lys está fantasiada de dilema existencial, com um macacão preto e perguntas como "Deus existe?" e "Qual é o sentido da vida?" coladas ao corpo. Também está com botas de salto alto com lantejoulas e uma peruca loira, porque é a Lys.

Balanço a cabeça.

— Encontro vocês lá. Gav está aqui, vou com ele.

Nat franze a testa, e eu reviro os olhos.

— Já falei que ele está se sentindo muito mal por causa do que aconteceu com minha irmã.

Já faz mais de um mês desde aquela noite em que fomos todos jogar boliche, mas Nat e Lys ainda não superaram.

Lys faz um gesto como se estivesse trancando a boca e jogando a chave fora. Mostro a língua e as duas me mandam beijos antes de sair com o resto do elenco.

Eu encontro você no saguão. Você me agarra em um abraço forte e me gira.

— Senti tanta saudade — você diz, passando o braço pelos meus ombros enquanto saímos do estacionamento.

— Eu também.

Não nos vemos há mais de uma semana. Meu último ano do ensino médio e o seu primeiro ano da faculdade estão acabando com a gente. Parece que, sempre que estou livre, você não está. E, quando você está, é tarde e não posso sair de casa.

Você me observa de cima a baixo, analisando minha roupa.

— Sempre se veste assim quando não estou por perto?

— Assim como? —Você passa as mãos pelo meu vestido.

— Isso é bem... curto.

Arqueio as sobrancelhas.

— É...

Você me puxa para mais perto.

— Usa essas roupas só para mim, tá? Não quero que os garotos da escola fiquem imaginando coisas.

— O quê? Amor, está falando sério? —Você não diz nada. Dou risada, porque está sendo bobo, mas você franze a testa. — Bom, o que achou do espetáculo?

— Foi legal — você diz.

Fico um pouco desanimada.

— Só isso? Eu estava esperando algo tipo "incrível", "mudou minha vida", "fenomenal"...

Você ri.

— Bom, isso vale para *você*. Mas sabe como é... foi só uma apresentação do ensino médio. Nada de mais. Sei lá... Peter interpretando Proctor? Me poupe.

Paro de andar, e você tira o braço do meu ombro. Estamos do lado de fora, nos degraus largos que levam à entrada, você alguns abaixo de mim. Olho para você, que olha para mim, confuso.

— O que foi? — pergunta.

— "Só uma apresentação do ensino médio"? — repito. — É um comentário meio babaca.

Agora você entendeu.

— Ah, calma, não quis dizer isso. É que... você sabe. Não é mais minha praia.

—Você está na faculdade há dois meses, Gav. De repente deixou de ser sua praia?

Você praticamente parou de atuar para se concentrar na banda, o que é legal, mas eu não sabia que isso queria dizer que você não gostava mais de teatro. Ou, pelo menos, do *meu* teatro.

— Te amo — você diz suspirando. — Desculpa. Eu me expressei mal. Estou muito orgulhoso de você. —Você se ajoelha e une as mãos num gesto mais do que dramático. — Me perdoa?

Esboço um sorriso.

— Levanta, seu tonto.

—Vou entender isso como um sim. —Você se levanta e arruma minhas orelhas de gato. — O que acha de irmos a algum lugar onde você possa tirar tudo, menos essas orelhinhas?

— Temos que ir na festa do elenco. — Sorrio. — Mas vou compensar depois.

Entramos no carro e você bate com a chave no volante. Percebo que quer dizer alguma coisa e que talvez seja séria. Meu estômago se revira. Nas últimas vezes em que estivemos juntos, chegamos perto de brigar, mas, no último minuto, um de nós recuou e ficou tudo bem. Fico me perguntando se isso vai acontecer hoje de novo. Se vamos continuar fingindo que nada mudou.

— Não quero ir à festa do elenco — você diz.

— Por quê?

Você suspira.

— Porque estou na faculdade, Grace. Não quero ir a uma festa boba com um monte de nerds do teatro que não sabem se divertir.

—Você está dizendo que não suporta uma festa sem um monte de bebida?

Você nunca foi de beber antes da faculdade — só tomava uma

cerveja ou algo do tipo em uma festa. De repente, começou a me ligar de madrugada bêbado e a chegar de ressaca para me ver. Você pega um cigarro do maço que está em cima do painel, outro hábito novo.

— Fala sério. Espera que eu me anime com pizza e o jogo da garrafa? Ou melhor, com uma competição de dança e o Peter se esfregando em você?

— Sério que você vai desenterrar isso? — Balanço a cabeça, indignada. — Pode me deixar lá e ir embora, então, se de repente somos todos babacas demais para andar com o grande Gavin Davis.

— O que quer dizer com isso?

Ranjo os dentes.

— Nada. Não importa. Está tarde demais para conseguir uma carona com outra pessoa. Se puder me levar, volto para casa com a Nat e a Lys.

Você abaixa o cigarro.

— Espera aí, quer mesmo ir a essa festa depois de passar uma semana sem me ver?

— Gav, é a *festa do elenco*. Por favor, você sabe como é importante. Trabalhei muito nessa peça e quero comemorar. Lembra que perdi a última por causa da minha mãe? — Abro a janela do carro quando a fumaça do cigarro vem na minha direção. — E apaga essa porcaria.

Você resmunga alguma coisa inaudível e joga o cigarro pela janela, então sai do estacionamento rápido demais.

— Gavin!

Você não diz nada, só aumenta o volume do rádio e dirige. Permanecemos em silêncio enquanto deixamos o centro da cidade e seguimos em direção à casa de Peter, que fica a uns dezesseis quilômetros. Ver a última apresentação da peça, o desfecho de todo o meu trabalho, me encheu de adrenalina, mas agora estou cansada.

Observo você pelo canto dos olhos. As luzes do painel refletem em seu rosto. Os faróis cortam a noite, que ficou mais escura agora que estamos na área rural. Confiro a hora no celular. Tenho que estar em casa daqui a duas horas e meia.

— Isso é tão idiota — digo. — Por que estamos brigando, afinal?
— Não sei — você diz.

Solto o cinto de segurança e me inclino em sua direção, levando os lábios a seu rosto, sua orelha e seu pescoço. Você sorri e leva a mão aos meus cabelos, descendo os dedos por eles.

Então sai da estrada e para perto das árvores.

— O que está fazendo? — pergunto quando desliga o carro.

Você sorri.

— O que *você* está fazendo?

Eu me inclino e beijo a ponta de seu nariz.

— A festa... — sussurro.

Você ergue o queixo e meus lábios encostam nos seus.

— Que se dane a festa — você diz.

Deixo que me beije mais um pouco. Fico tentada, mas me afasto.

— Gav, sou assistente de direção. Tenho que ir. *Quero* ir.

Eu devia ter pegado carona com Nat e com Lys. Me sinto presa nesse carro com você. Pela primeira vez desde que começamos a namorar, quero estar em um lugar sem você.

— Por favor, me leva — digo. — Pego uma carona para casa com a Nat se não quiser ficar.

— Não te vejo há uma semana.

— Não é justo...

— Sabe o que não é justo? Não é justo eu ter uma namorada que não posso nem ver porque os pais dela proíbem. Não é justo que ela não possa ficar fora de casa até mais tarde e que não vá a nenhum dos meus shows. Não é justo que eu veja mais os atendentes da Starbucks do que ela.

— Não posso controlar nada disso — respondo. — E saí escondida de casa *três vezes* para ver seus shows desde que as aulas começaram.

Você vira a cabeça para o outro lado e olha pela janela. Seguro sua mão e viro seu rosto delicadamente, para que me encare.

— Ei. Quero ficar com você o tempo todo. Mas *tenho* que ir a essa festa. Não ir seria como desprezar o elenco e a equipe toda. Você sabe disso.

Meu celular vibra, mas, antes que eu consiga ler a mensagem de texto enviada por Lys, você pega o aparelho e o guarda no bolso.

— Por favor, podemos ficar só nós dois? — você pergunta, baixinho.

— Gav, dá meu celular.

— A festa ou eu... qual vai ser?

Um avião nos sobrevoa, suas luzes vermelhas piscando. Eu o observo fazer um arco no céu antes de responder. Queria estar dentro dele.

— Não podemos fazer as duas coisas? — pergunto, com a voz retraída. — Chegar a um acordo?

Você confere seu celular.

—Você precisa estar em casa em duas horas, mais ou menos. Se formos até a casa do Peter, vamos demorar meia hora dirigindo. E aí você vai ficar quarenta e cinco minutos na festa e deixar quinze para mim? É só o que vou ter da minha namorada esta semana?

— Se você fosse comigo, ficaríamos juntos.

Você explode.

— Fiquei na porra desta cidade por sua causa, mas você não pode nem perder uma festa! —Você bate com força no volante. — Que merda, Grace!

— Espera aí. *O que você disse?*

Você sai e bate a porta. Fico no carro sozinha por um minuto, fervendo de raiva. Penso em Nat, em Lys e no resto do elenco e da equipe na festa. Não acredito que estou aqui, no acostamento, brigando com você. Não posso nem enviar uma mensagem para avisar, porque você pegou meu celular. Respiro fundo e saio do carro, então dou a volta até onde você está, recostado do lado do motorista.

— Gav, o que quis dizer com essa história de que ficou aqui por mim?

Você olha para mim, então balança a cabeça.

— Nada. Deixa pra lá.

— Nunca te pedi para ficar. Por que diria...

— Não fui para Los Angeles para que a gente ficasse juntos. Entendeu?

Olho fixamente para você.

— Está falando sério?

Você suspira.

— Não queria te contar. Nunca. Sabia que isso só ia fazer você se sentir mal...

— Por que eu ficaria mal? — Engulo em seco. — Você não entrou na UCLA... certo?

A faculdade dos seus sonhos.

— Certo, Gavin?

Você fica em silêncio.

Espero, te olhando, e de repente começo a ficar ofegante.

— Entrei — você diz baixinho.

Algo dentro de mim despenca.

— Mas tínhamos acabado de começar a namorar — digo, quase que para mim mesma.

Você dá de ombros.

— Eu já estava apaixonado por você quando recebi a carta de aprovação. Nem cheguei a cogitar a possibilidade de ir. Você é mais importante. Sempre.

Sei que, se entrar na Universidade de Nova York, não serei forte o suficiente para fazer o que você fez. Vou pegar o primeiro voo para lá. Penso na ficha de admissão que já comecei a preencher. A redação que já reescrevi umas quinhentas vezes. A promessa da srta. B de fazer uma carta de recomendação para mim.

—Você desistiu da faculdade dos seus sonhos por mim — sussurro, surpresa. Não fazia ideia de que me amava tanto.

— Eu abriria mão de qualquer coisa. —Você passa as costas dos dedos pelo meu rosto. — Qualquer coisa.

Minha mente roda, como se eu estivesse em um daqueles gira-giras do parque, indo mais rápido, mais rápido e mais rápido, fazendo de tudo para não cair na areia.

— Eu não pedi... não esperava que... fizesse isso.

— Eu sei. —Você esboça um sorriso. — Acho que eu sou mesmo um romântico.

— Mas quando eu me mudar para Nova York...

Você fica ali, esperando. Não estou captando alguma coisa, algo que eu... *Ah*. Me recosto no carro, e a compreensão do que está acontecendo me perpassa, fria como o oceano Pacífico. De repente, fica mais difícil respirar. Pensar. Sentir.

Então sinto tudo de uma vez.

Como pode pedir isso a mim? Antes, era esse sonho que me fazia seguir em frente. E você quer tirá-lo de mim. Ninguém mais do que você sabe o quanto preciso ir para Nova York.

— Gavin...

Você ainda está imóvel. Observando. Esperando.

— Eu te amo — sussurro. — Amo muito você, mas...

— *Mas?* É assim agora? — você pergunta. — "Eu te amo, *mas*"? Mas o quê, Grace?

Começo a chorar. Lágrimas enormes rolam, mas nem sei por quê. Pesar. Sinto algo assim. Mas sei o que espera agora. Não posso ir para Nova York, não é? Porque, se eu for, não te amo tanto quanto você me ama. E aí vamos terminar.

Depois de um minuto, você estende a mão na minha direção.

— Olha, amor, está tudo bem. A banda está começando a conseguir uns shows legais em Los Angeles — você diz enquanto me envolve em seus braços. — Se você entrar numa faculdade lá, juro que peço transferência. Podemos alugar um apartamento juntos. Já pensou?

Estou soluçando, meu corpo todo treme. Você só me abraça, murmurando bobagens como se eu fosse um bicho assustado. Eu me agarro a você, apesar de ter me apunhalado com uma faca suja, de repente, do nada. Mas aí uma voz baixa dentro de mim começa a ficar mais alta. Mais alta. Grita, e eu me afasto de você, recuando, hesitante. A poeira gira à frente dos faróis e as nuvens encobrem a lua. Carros passam, indiferentes ao drama na lateral da estrada. Poderíamos vender ingressos.

Sei que tenho que lutar por isso. Não seria minha vida se eu não tivesse que partir para a briga pelo que quero. O universo não facilita para mim. Não dá a mínima. Com sorte, vai colocar uma espada na minha mão antes de me jogar na merda.

— Gav. — Engulo em seco e respiro fundo. — É o meu *sonho*. Toda a minha vida quis morar em Nova York e estudar teatro. Faz… faz parte de mim. Você sabe disso.

Um carro solitário passa por nós na estrada, a luz do farol abrindo caminho na escuridão. Escuto o rock pesado no último volume.

— Os cursos de Los Angeles são tão bons quanto — você diz. — Além disso, a indústria cinematográfica está lá. — Você pega minhas mãos e entrelaça os dedos nos meus. — Já conversei com os caras da banda. Eles não estão a fim de ir para Nova York. O cenário de Los Angeles é melhor para nós, mais barato, é mais fácil de entrar nas casas noturnas… Tentei, juro que tentei.

— Quando você pretendia me contar isso?

— Pensei... Não sabia que você estava planejando ir para Nova York com tanta seriedade. Pensei que acabaria mudando de ideia. Ou que não passaria na NYU.

Era um teste? Porque, nesse caso, não passei.

—Você acha que não consigo entrar? Tipo, não sou inteligente o bastante?

Você não é muito profunda.

— Não! É só que... —Você suspira e tira o chapéu, então passa os dedos pelo cabelo. — Sei lá, falamos sobre morar juntos.

Fomos à Ikea uma vez, só por diversão. Escolhemos toda a mobília para nosso apartamento imaginário, e você me comprou um coração de pelúcia horroroso com braços esticados e um sorrisão. Deu o nome de Fernando a ele, e quando foi me visitar naquela vez em que não havia ninguém em casa tentamos esconder o negócio embaixo da cama, porque era esquisito transar na frente dele.

— Achei que o apartamento e todo o resto seriam para depois da faculdade. Quer dizer, é claro que vamos morar juntos um dia.

— Um dia — você diz, com a voz séria. — Daqui a cinco anos? Sério?

— E se namorássemos à distância...?

Você balança a cabeça.

— Essas coisas não dão certo. Todo mundo da faculdade que estava namorando no começo do semestre já terminou, e ainda nem fizemos as primeiras provas. Sabe o que dizem que acontece durante o feriado do Dia de Ação de Graças? O "adeus do peru". Todo mundo que está na faculdade termina o namoro. Não chegaríamos nem ao Natal.

— Chegaríamos, sim. Não somos como essas pessoas — digo.
— Somos almas gêmeas. Não vai acontecer com a gente.

É meu sonho. Meu futuro. Minha vida. Como posso abrir mão disso?

— Vamos chegar lá um dia — você diz. — Prometo. Nova York não vai sair de lá.

Minha cabeça está latejando. Tiro as orelhas de gato idiotas. Não acredito que estou falando sobre a coisa mais importante da minha vida como uma personagem de *Cats*.

— Provavelmente estamos brigando por nada. Pode ser que eu nem entre na...

— Não se inscreva — você diz. — Por favor.

Não digo nada.

— Quatro anos é muito tempo, Grace. Você não vai ver nenhum dos meus shows. Não vou conhecer seus amigos. Eu não poderia passar para te pegar depois do ensaio e te levar ao Denny's. Você iria a bares e baladas e eu não estaria lá para dançar com você, comprar bebida e cuidar para que chegue em casa em segurança. Teríamos vidas totalmente separadas. Olha, já é difícil agora, quando moramos a cinco minutos um do outro.

Sinceramente, nunca tinha pensado nisso dessa forma, e acho que tem razão. Não quero passar os próximos quatro anos do outro lado do país. Quero estar com você. Já consigo imaginar: a diferença de fuso dificultando as ligações, você incomodado ao ver fotos minhas nas redes sociais com caras que não conhece. E aí uma garota bonita e legal que curte artes começa a ir aos seus shows e acaba chamando sua atenção. Você a encontra em festas, talvez faça alguma aula com ela. Até que, uma noite qualquer, bebe um pouco demais, e ela está bem ali, com os lábios parecendo tão macios...

Você encosta a testa na minha.

— Escolhe a gente. Não vai se arrepender.

— "Pois onde está, aí está o mundo" — sussurro.

Ele esboça um sorriso.

— *Romeu e Julieta?*

— *Henrique VI.*

É irônico, não é, Gav, eu citar um amante desafortunado no exato momento em que somos condenados para sempre? Não percebi isso no momento, claro. Só sabia que era importante. Uma virada.

Me atenho firmemente à imagem em que entro no metrô e perambulo pelo Village, então a deixo passar. Não valeria de nada se você não estivesse ali para dividir o momento comigo. Eu ficaria arrasada, assim como você.

— Preciso de um minuto — digo, e me aproximo de uma árvore perto de onde estacionou.

Precisamos nos sacrificar por quem amamos. Foi o que minha mãe fez quando a Beth e eu éramos pequenas, antes do Gigante, se alternando entre três empregos para manter nossa barriga cheia. Foi o que Fantine fez por Cosette em *Os miseráveis*. *Eu tinha um sonho pra viver, um sonho cheio de esperança.* Eu te amo. E a questão principal é que você tem que estar com sua banda, e os caras não querem ir a Nova York. Não é culpa sua. Você não está me pedindo para mudar para Omaha. Tem um monte de teatros em Los Angeles, e talvez eu possa fazer carreira no cinema. Conseguir um estágio ou algo assim. Não tem que ser para sempre.

Então por que a sensação é de que estou me afogando?

— Certo — digo quando caminho de volta até você. — Nada de Nova York.

Você me beija com intensidade.

— Eu te amo tanto.

Algo em mim está se apagando, algo que já sei que não vou conseguir recuperar. Mas você vale a pena. Vale, sim. Direi isso a mim mesma por vários outros meses. E, quando perceber que você não vale a pena, vai ser tarde demais.

—Também te amo.
— Ainda quer ir à festa?
Nego com a cabeça.
—Você tem razão. Não dá tempo.
— Está triste?
Confirmo com um aceno de cabeça.
— Um pouco.
Muito.
Meus olhos ficam marejados. Você seca minhas lágrimas com a ponta dos dedos.
—Vamos nos divertir tanto em Los Angeles... prometo.
Então você me fala sobre comer tacos e ver o pôr do sol na praia. Um apartamento cujo guarda-roupas vamos dividir. Diz até que podemos ter um cachorro. Vamos acordar lado a lado toda manhã, e às vezes você vai me levar o café da manhã na cama.
—Vai ser perfeito — você diz.
— Perfeito — concordo. Então digo a mim mesma para acreditar nisso.

VINTE E DOIS

Estou no meio de um sonho — algo relacionado a uma lontra e minha prova de história na segunda-feira. De repente, acordo. Você está inclinado sobre mim, sorrindo. O quarto está escuro e num primeiro momento penso que entrou sem que notassem, mas aí vejo que a porta está aberta e que a luz do corredor está acesa.

— O que foi? — É tudo o que consigo perguntar.
— Feliz aniversário — você diz, afastando as cobertas.
Eu me sento, esfregando os olhos.
— O que está acontecendo?
Você aponta o relógio.
— É, oficialmente, seu aniversário.
— É?
— Sim. Você nasceu exatamente às três e vinte da madrugada do dia 14 de novembro, há dezoito anos. — Você fica de pé e sorri. — De quanto tempo precisa para se arrumar?
— Para quê? — pergunto, desconfiando na hora.
— Vamos partir em uma aventura. Secreta.
— Minha mãe sabe disso?
— Já consegui driblar seus pais, não se preocupe!
Você estende as mãos e me ajuda a levantar, então me puxa con-

tra seu corpo por um segundo e logo me solta. Estou totalmente desperta agora, sorrindo.

— O que preciso vestir nessa aventura?

— Roupas normais. Mas leve um casaco.

—Você está muito misterioso.

Você joga um beijo no ar para mim ao sair do quarto.

—Vou te esperar na sala.

As coisas estão esquisitas entre nós desde a noite da festa do elenco. Estou tentando não me ressentir por ter me pedido para ficar na Califórnia. Eu que quis, você não me forçou, mas ainda assim parece que não tive escolha. Só não quero acabar como minha mãe, em relacionamentos fracassados e sem amor; isso é mais importante do que ir para a Nova York. Encontrei você, o Cara Certo, e seria idiotice te deixar escapar. Só que é difícil desistir da cidade. Não quero mais ouvir *Rent* — não consigo. Joguei fora todos os panfletos da NYU. Digo a mim mesma que você vale tudo isso.

Termino de me arrumar, então pego a bolsa e o casaco. A porta do quarto da minha mãe e do Gigante está fechada. Apago as luzes ao atravessar o corredor.

— Como você entrou? — pergunto.

— Sua mãe deixou uma chave embaixo do tapete para mim. — Você segura minha mão. —Vamos.

Tem café para mim no carro, com muito creme e açúcar, do jeito que eu gosto. Parece que somos as únicas pessoas acordadas assim cedo — não tem um único carro na rua.

— A rua fica meio assustadora esse horário — digo. — De um jeito meio apocalíptico.

Você ri.

— Levantar assim cedo prova o quanto te amo.

Tomo um gole de café.

— E aí? Aonde vamos?

O único lugar aberto é o Denny's, mas não parece valer a pena acordar às três da madrugada para ir lá. Entramos em uma rua familiar e você para na frente da casa da Nat.

— Tá, agora estou *muito* curiosa — digo.

Ela e Lys saem da casa aos pulos.

— Feliz aniversário! — elas dizem em uníssono e se acomodam no banco de trás.

Nat levanta uma caixa cor-de-rosa.

— Trouxe donuts.

— O que está acontecendo? Estou morrendo de curiosidade — digo, sorrindo.

Você parte na direção da estrada.

— Vamos para o norte — você diz.

— Preciso que seja um pouco mais específico.

— Ah, vamos brincar de vinte perguntas — Nat diz, unindo as mãos. Ela me dá uma coroa cheia de pedras cor-de-rosa brilhantes. — E a aniversariante tem que usar isto.

Dou risada, mas obedeço.

— Tá, primeira pergunta: esse lugar fica longe daqui?

Lys mexe a cabeça, confirmando.

— Sim e não.

— Mais de duas horas? — pergunto.

— Sim — você responde.

— Fica perto do mar?

— Sim — diz Nat.

Começo a sorrir antes mesmo de fazer a pergunta seguinte.

— Tem uma ponte bem grande lá?

— Sim! — todos dizem.

— Ai, meu Deus, vamos mesmo para San Francisco?

— Vamos! — você diz.

— Gente! — grito. — É o melhor aniversário da minha vida!
— Bom, só se vira adulto uma vez — diz Nat.
— Sua mãe me fez prometer que você não faria uma tatuagem — você diz.
— Sério?
Você ri.
— Sério.
Lys me dá o celular.
— Olha só, fiz uma playlist de aniversário.

As playlists da Lys são coisa séria. Ela passa horas se dedicando a elas, para encontrar a combinação perfeita de músicas em determinada ordem. Às vezes, escolhe um tema, mas é sempre uma mistura eclética. A última que fez para mim tinha bluegrass, Rihanna e Beatles, além de Radiohead e Yo-Yo Ma.

Conecto o celular dela ao som do carro. A primeira música é "Birthday", dos Beatles. Dou risada enquanto você cantarola e dança sentado. Abrimos a caixa de donuts e escolho primeiro: chocolate com granulado, é claro.

O percurso de três horas passa rápido. Não há trânsito tão cedo e estamos abastecidos de açúcar e cafeína. A primeira coisa que fazemos ao chegar na cidade é tomar café da manhã em um restaurante antigo no Mission District. Panquecas, batata rosti, bacon e mais café. Estamos na frente de um prédio todo pintado de grafites — tem flores cheias de detalhes, um sol enorme, ondas do mar. Gosto dessas coisas.

— Nem sei dizer como é bom estar a quase trezentos e cinquenta quilômetros da minha família — afirmo, comendo o resto das minhas batatas.

Você passa um braço ao redor do meu corpo e me puxa para mais perto.

— Concordo.

—Veja da seguinte maneira — diz Lys. — A essa hora, ano que vem, você vai estar em Nova York, arrebentando no curso de artes cênicas.

Sinto que você fica tenso ao meu lado. Não contei a Nat e Lys ainda. Sei que elas vão ficar bravas. Vão me achar louca. E talvez estejam certas. Mas a questão é: o que é mais importante? Um lugar ou uma pessoa? O amor da minha vida ou a cidade que nunca dorme? Acima de qualquer coisa, não quero que minhas amigas te odeiem. Elas não entenderam por que não fui à festa de elenco, ou mesmo por que você achou normal eu não ir.

"Segundo vacilo", Nat disse. A simpatia delas por você se perdeu em algum momento entre o dia do boliche e a festa do elenco. Mas acho que a viagem para San Francisco foi uma boa ideia. Sinto que estão amolecendo.

— Por falar em artes cênicas — diz Lys, olhando para você —, já contou para ela?

Você nega com a cabeça, e um sorrisinho aparece em seu rosto.

— O que foi? Mais segredos? — pergunto, batendo o ombro no seu.

Você enfia a mão no bolso da jaqueta e me dá quatro ingressos — para uma apresentação de *Rent* hoje.

— Está falando sério? Meu Deus! — Eu te abraço e você ri, então me abraça também, forte. Te dou um tapa. — Seu tonto! Você me disse que estavam esgotados.

Você ri.

— Eu não queria estragar a surpresa!

— Ah, vocês são tão bonitinhos — diz Nat enquanto Lys tira uma foto de nós dois.

— Vou postar agora mesmo — ela diz. — A legenda vai ser: "Ex-aluno da Roosevelt, Gavin Davis, conquista prêmio de namorado do ano".

É um dia perfeito. Antes da apresentação, vamos ao Fisherman's Wharf e tomamos sopa de mariscos dentro do pão. Tiramos fotos com a Golden Gate ao fundo, enquanto o vento sopra nossos cabelos. Vamos à Chinatown e ao Castro, onde compro óculos escuros cor de laranja bem malucos.

— É tipo uma Disney gay! — diz Lys, sorrindo ao ver camisetas com frases de orgulho gay e as cores do arco-íris em tudo. Ela compra um broche com a inscrição "Born This Way" com as cores do arco-íris.

Rent é incrível, lógico. Não me permito pensar na faculdade, na promessa que fiz a você.

—Vamos chegar lá um dia — você murmura encostando os lábios no meu cabelo durante o intervalo. — Prometo.

Aperto sua mão e balanço a cabeça, concordando.

— Eu sei.

Nenhum dia além de hoje, eles cantam. Fico me perguntando se cometi o maior erro da minha vida ao não enviar minha ficha de inscrição para a faculdade. Mas aí você pega minha mão, beija a palma e eu digo a mim mesma — de novo — que tomei a decisão certa.

Tomei, sim.

Consigo ouvi-los gritando da rua.

Primeiro, a voz grave do Gigante, um rosnado ameaçador. Depois, a voz mais suave e incerta da minha mãe.

Você acabou de me deixar em casa, cansada e feliz depois do dia em San Francisco. Assim que ouço os dois, diminuo o ritmo e paro a poucos metros da porta, tensa.

— Ela já paga a conta do celular, compra as próprias roupas — minha mãe diz. — É só uma menina...

— Não, não é. Ela tem dezoito anos. Passei a ajudar minha família com dezesseis. Você está mimando sua filha.

Fico ali na calçada, sem conseguir me mexer.

— Grace está no *ensino médio*. Não vou fazer com que pague aluguel, Roy, é...

— Quem é o dono desta casa? — ele grita. — De quem é o nome no contrato?

— Roy...

— Quem paga a hipoteca todo mês?

— Por favor...

— *Quem*, droga?

—Você — diz ela, tão baixinho que mal consigo ouvir.

— Cem dólares por semana — diz ele. — Ela precisa aprender a ser uma adulta responsável.

— Eu entendo — ela diz, com a voz trêmula. Nunca vi minha mãe me defender desse jeito. — Mas por que não deixamos que Grace guarde esse dinheiro para a faculdade? Ela vai precisar de tanta coisa...

— Conversa encerrada.

— Mas...

— Sai da minha frente, porra. Tive um dia difícil.

Ouço o barulho de um armário sendo fechado com força e de gelo sendo jogado em um copo. Eu me recosto na porta da garagem e fecho os olhos. Por que não posso ter um dia, *um único dia*, em que o Gigante não destrua minha vida?

Me forço a seguir até a entrada. O vento frio sopra por entre as folhas da grande árvore do quintal, os galhos nus balançando como punhos irritados. Abro a porta e entro. O Gigante está sentado no sofá, assistindo a um jogo de golfe. Minha mãe está na cozinha, lavando a louça. Ela se vira quando entro.

— Como foi? — pergunta. Seu sorriso não parece sincero.

— Ótimo. Bem divertido. Obrigada por ter me deixado ir.
— Tem um presentinho para você na cama — diz ela. — Não é muito, mas...
— Obrigada.

Me sinto paralisada, atônita. O Gigante quer mesmo que eu comece a pagar aluguel? Quando a próxima apresentação começar, vou ter que diminuir minhas horas no trabalho. Não vou conseguir nem quatrocentos dólares por mês.

Entro no quarto, de repente me sentindo exausta. Queria que fosse a manhã de hoje de novo, com você me acordando para partirmos para uma aventura.

O presente de aniversário que minha mãe me deu está em uma sacola com flores estampadas. Acho que minha avó colocou o presente de aniversário da minha mãe nela alguns anos atrás. Encontro uma blusa de lã verde-escura, quase da mesma cor dos meus olhos, macia e com botões de madeira. Engraçado... Sempre tenho a impressão de que minha mãe não me entende, mas seus presentes são sempre perfeitos. Ela deve me conhecer melhor do que imagino. Experimento a blusa. É confortável, e as mangas vão um pouco além dos punhos. Eu a deixo de lado e me preparo para dormir. Minha mãe espia dentro do quarto enquanto estou afastando as cobertas.

— Serviu? — pergunta ela, olhando para a blusa sobre a cadeira.

Confirmo.

— É bem bonita. Obrigada.

Parece que ela quer dizer alguma coisa, mas só balança a cabeça.

— Fico muito feliz que seu aniversário tenha sido legal. Sinto muito por não termos feito nada.

O Gigante vetou nossas ideias de festa, alegando que não era feito de dinheiro e que dólares não davam em árvores.

— Mãe — digo, quando está prestes a fechar a porta. Ela me encara nos olhos. — Ouvi vocês conversando. Sobre dinheiro.

Minha mãe suspira.

— Não queria te contar no seu aniversário. Sinto muito... Não pude fazer muita coisa.

— Eu sei. Obrigada por me apoiar.

Depois que ela fecha a porta, eu me jogo na cama e ligo para você.

— Oi — você atende com a voz calma. — Pensei que já tivesse dormido.

Conto o que o Gigante disse. Você fica chocado.

— Qual é o problema dele, porra? — pergunta, irritado.

— Não sei.

Conversamos por alguns minutos, mas estou caindo de sono, então digo que vou te ligar de manhã. Parece que passaram só alguns minutos quando meu celular começa a vibrar. Duas da madrugada. É você.

— Abre a janela, linda.

— O quê?

— Estou aqui fora.

Eu me sento, desorientada. Como era esperado, vejo você espiando pela janela. Cuidadosamente, levanto a persiana e você entra, então me abraça. Me derreto.

— Os dois vão me matar se te encontrarem aqui — digo.

— Eles estão dormindo há horas — você diz, um pouco mais alto do que um sussurro. — Vai ficar tudo bem.

Seguro sua mão e te puxo para a cama. Ficamos emaranhados por um bom tempo, pele contra pele, lábios unidos. Temos que tomar cuidado, porque minha cama faz barulho. Nós nos tocamos, nos abraçamos e nos beijamos em silêncio, e os únicos sons que fazemos são suspiros, arfadas e gemidos baixos. Quando gozo, você leva a mão aos meus lábios, porque é tão bom que por um segundo eu me esqueço de que não estamos sozinhos em sua casa, nem no banco de trás do carro, e acabo gemendo. Você sai de cima de mim e me puxa contra seu corpo. Sinto seu cheiro: sabonete e algo que é só seu. Seus cabelos estão despenteados, e fico feliz demais passando as mãos neles.

— Sempre vou cuidar de você, Grace — você sussurra. — Sempre.

Quando acordo de manhã, você se foi. Tem um envelope apoiado no meu despertador. Dentro, encontro quatro notas de cem dólares. E um bilhete.

O aluguel de novembro. O Gigante que se foda. Te amo.

VINTE E TRÊS

É assim que te amo mais:

Você está no palco, remexendo o corpo enquanto dedilha as cordas. Faz uma dança intensa e extática com sua guitarra, e em seguida encosta os lábios no microfone e canta sobre nós, sobre como é fazer amor comigo. Está escuro demais para alguém me ver corando. Me sinto orgulhosa e envergonhada ao mesmo tempo.

Mais perto, mais perto, quero entrar
Só você pode me guardar
Vidros embaçados, o banco de trás do carro
Você é toda minha, meu amor

Essa é uma das músicas mais conhecidas da Evergreen. Tem um baixo sensual e uma batida que faz os quadris se remexerem. Você canta como se reprimisse um longo gemido. Sua guitarra entra de poucos em poucos segundos, como se não conseguisse se conter. Faz lembrar o jeito como de repente se inclina e me beija na boca quando estou no meio de uma frase.

— Nossa, ele é tão lindo — uma garota perto de mim comenta com a amiga.

Sorrio sozinha. É divertido ser sua namorada. Eu devia fazer uma camiseta com os dizeres "namorada do Gavin".

Kyle — a carona que você encontrou para mim, quebrando sua própria regra a respeito de ficar sozinha com um garoto — olha para as garotas que estão salivando e dá uma gargalhada.

— Porrada! Porrada! Porrada! — ele entoa.

Dou risada.

— Cala a boca.

— Fica de olho no seu namorado, Grace — ele provoca. — Parece que essas meninas não estão para brincadeira.

Ouço as músicas, escuto como você me ama. Quando me procura na multidão e lança um sorriso secreto só para mim, todas as merdas pelas quais meus pais me fazem passar de repente valem a pena.

— Essa próxima canção é para minha linda namorada Grace — você diz. — Podem gritar para a minha namorada?

Todo mundo obedece e grita. Eu balanço a cabeça, rindo, quase chorando porque não dá para você ser mais maravilhoso. Você não tira os olhos dos meus enquanto canta. Parece que somos as únicas pessoas no lugar. No *mundo*.

Sua pele na minha
Se entregue e libere o amor
Se entregue e libere o amor
Quero ser seu hino, linda
Quero ser sua canção

A multidão acompanha. Você tem cada vez mais fãs. De repente, tudo se torna real, e você é mesmo um rockstar. Garotas vão pedir para autografar os seios delas. Afasto esse pensamento e canto junto. Quase todas as músicas são sobre nós, e me pergunto se alguém de fora da banda percebe isso. Provavelmente Kyle. Mas não sei o que ele pensa a respeito. Qual é a imagem que suas palavras passam? O que ele e a Nat têm é leve comparado ao que nós dois temos. Doce, inocente. Não somos nada disso.

Você toca mais algumas músicas que nunca ouvi. Falam sobre estar exausto, terrivelmente triste, com tesão. Falam sobre confusão, amor e a sensação de que alguma coisa não está bem. O baixo do Ryan parece as batidas de um coração: frenéticas, fortes. A bateria do Dave me faz lembrar de você golpeando o volante do carro quando está irritado, jogando coisas pelo quarto quando está com ciúme. Começo a sair do encantamento das primeiras músicas, mas aí você toca a mais linda de todas, uma canção de ninar que escreveu para minhas noites mais difíceis em casa. Quando termina, jogo um beijo e você o pega sorrindo e guarda no bolso. A familiaridade desse gesto me acalma. Ainda somos nós.

Confiro meu celular — são quase duas horas da manhã. Rezo para minha mãe não entrar em meu quarto por nenhum motivo. Pode esperar: do jeito que tenho sorte, vai ter um incêndio na casa hoje. Consigo imaginar a cara do Gigante quando perceber que o volume embaixo das cobertas na minha cama é um monte de travesseiros perfeitamente moldados.

Vocês encerram com um cover de "Happiness is a Warm Gun", dos Beatles. É de tirar o fôlego e um pouco assustador. Você canta com tanto desejo — quase consigo vê-lo com a arma nas mãos. Detesto essa música. Faz com que eu pense em você e naquela banheira cheia de sangue. Na primeira vez que usei o banheiro da sua casa, não conseguia parar de olhar para ela. Não acreditei que não tivesse ficado manchada. Não conseguia relacionar o que havia acontecido dentro dela com os sabonetes e os xampus com cheiro de fruta.

A última nota desaparece na voz apaixonada da plateia, então você sai. Os aplausos são intensos. Toda garota deste lugar te deseja. Fico preocupada, achando que não pareço legal o suficiente, merecedora o suficiente. Estou com um batom vermelho forte. Uma saia curta. Saltos. Uma camiseta justa. É tudo para você.

O local parece um teatro. Há um bar se estendendo por um dos lados, onde eu tomo uma coca com o Kyle enquanto esperamos você e a banda desmontarem os aparelhos. Há pôsteres na parede — Pearl Jam, Arctic Monkeys, Modest Mouse. Todo mundo aqui é mais velho, e fico me perguntando se chamo a atenção por isso. Este é seu mundo, e não tem um lugar para mim aqui. Ainda não.

Sinto mãos na minha cintura e cabelos suados no meu pescoço. Você, você, você. Eu me viro, envolvo seu pescoço com os braços e jogo o corpo contra o seu.

— Você foi incrível — digo, empolgada.

Neste momento, você é *o* Gavin Davis, o cara de quem eu gostava à distância. Inalcançável, mas agora estou aqui, com a língua dentro de sua boca. Nunca sou assim. Você adora. Segura minha cintura com mais força e sinto sua excitação. Não me importa que todo mundo esteja olhando.

Meio que quero que olhem.

Kyle tosse.

— Hum, pessoal. Isso é muito romântico e tal, mas...

— Está com inveja? — você pergunta, brincando, mas só um pouco.

Normalmente, isso ia me incomodar, mas gosto de ver que você está sendo territorialista hoje. Gosto de te sentir suado e rosnando para quem se aproxima demais de mim.

Kyle ri, desconfortável.

— Hum... deixa pra lá, cara.

Você me solta e o abraça.

— O que é isso, cara? Só estou pegando no seu pé.

Observo você aceitando abraços, parabéns e bebidas grátis. Suas letras reverberam em mim, algumas reclamando do fato de ser o centro das atenções:

Lama até o pescoço, afogado em sujeira, tenho que sumir daqui

Você acaba comigo, gosta de me detonar, me empurra no precipício e sorri quando me vê despencar

Eu me deito, fecho os olhos para não ver e penso em todos os modos como posso morrer

Como é possível que o mesmo cara que escreveu essas músicas esteja se divertindo tanto agora? Não consigo entender. Mas há outras letras, que pegam minhas mãos e me giram até ficar tonta.

Meu Deus, eu a desejo tanto, ela é minha, é minha, toda minha

Me beija de novo, diz que me ama, me prende e não solta

Ela é perfeita, melhor a cada dia. Eu a amo, não me importa o que digam

— Vamos ao Denny's — você fala, pegando minha mão. Então se vira para Kyle. — Topa?
— Não, cara, preciso ir embora. Ótimo show! — Ele se despede de mim e vai para o estacionamento.
— Gavin Davis — diz uma garota com um vestidinho preto e botas de salto que chegam até os joelhos. Ela abraça você, deixando as mãos se demorarem no seu corpo. — Você é um *puta* rockstar.
Adoro ver que você não a abraça. Assim que ela te solta, você pega minha mão.

— Obrigado, Kim. — Você aponta para mim com a cabeça. — Esta é minha namorada, Grace.

Os olhos cor de mel dela me observam, então seus lábios se contraem levemente.

— Oi — diz ela. — Gavin e eu fazemos aula de computação juntos.

— Legal — digo, claramente querendo encerrar a conversa. Então me viro para você e puxo sua mão. — Tem café e comida gordurosa à nossa espera.

—Verdade. Até mais, Kim — você diz, e me deixa te puxar dali.

Vamos ao Denny's e você me abraça o tempo todo, cuidando para eu não me sentir deslocada com os caras da banda e as namoradas deles. Depois, vamos para sua casa, passando depressa pela porta do quarto dos seus pais.

Você abre sua vitrola antiga e coloca *Abbey Road*, dos Beatles. "Because" começa a tocar, então você me abraça e dança comigo, cantando junto.

Love is all, love is you.

Deitamos na sua cama, e o momento é perfeito, só respiração, lábios e seu corpo contra o meu.

Por um instante, somos infinitos.

VINTE E QUATRO

Na metade do meu turno no Honey Pot, estou pingando suor. É Black Friday e em vez de decorar a minúscula árvore de Natal no meu quarto ou de comer as sobras da ceia do Dia de Ação de Graças estou presa aqui o dia todo, dando energia aos consumidores. Assim que atendo todos na fila, organizo as anotações que fiz para a prova de história da segunda-feira. Passamos das grandes epidemias para o Renascimento. Adoro ver a causa e o efeito, o modo como os pontos se ligam ao longo dos tempos. *Isso* aconteceu por causa *daquilo*. Como nós. Se você não tivesse tentado se matar, não estaríamos juntos agora. É esquisito pensar que teve que passar por tamanha dor para nos apaixonarmos.

Você aparece em um momento mais tranquilo da noite, enquanto os clientes famintos esperam na frente do Hot Dog On a Stick (que consegue ter os piores uniformes do mundo).

— Oi, linda — diz.

Olho para a frente e sorrio, já enfiando biscoitos de aveia e passas em um saquinho para você.

— O que te traz aqui? — pergunto, fingindo surpresa.

— Ah, sabe como é. Eu estava por perto.

Arqueio as sobrancelhas.

— Que coincidência.

— Pois é.

— Matt. — Grito para os fundos enquanto tiro o avental coberto de massa. — Vou fazer meus quinze minutos de intervalo. Pode cuidar de tudo?

— Só se me trouxer um espetinho de salsicha — ele diz.

— Ela vai estar ocupada demais para isso — você corta, já pegando minha mão e me tirando de lá.

— Gav, que grosseria — digo.

— Sabia que ele olha para sua bunda quando você tira os biscoitos de dentro do forno?

Sorrio e respondo com uma fala do *Rent*, mas com uma voz não muito boa:

— *Dizem que tenho a melhor bunda do bairro, é verdade?*

— Isso não é piada, Grace. Se acontecer de novo, vou ter que fazer alguma coisa a respeito.

Quase dou risada.

— "Fazer alguma coisa a respeito"? De repente estamos em *Amor, sublime amor*? Amor, é coisa da sua cabeça...

— Não é.

— Bom, então veja como um elogio. Você quer uma namorada que tenha uma bela bunda, não quer?

Você não diz nada, só franze a testa e nos leva na direção dos bancos no meio do shopping, perto da enorme vitrine de Natal. Deixo o assunto de lado, como faço na maior parte das vezes que você fica com ciúme. Não quero estragar os poucos minutos que temos com briguinhas bobas. Durante a semana, não temos muito tempo juntos. A banda está indo bem e faz alguns shows por semana, e você ainda estuda em tempo integral e trabalha no Guitar Center. Eu tenho minha rotina superpesada de aulas e o trabalho no Honey Pot, sem falar nas tarefas de casa, que incluem dar uma de babá e fazer o que quer que minha mãe e o Gigante mandem.

— Está tão gostoso aqui — digo quando me largo na cadeira. O Honey Pot é como uma fornalha. Sempre tem biscoitos assando.

Você assente, distraído. Mexe nas chaves do carro sem olhar para mim.

— O que foi? — Repasso o dia em minha mente. Não consigo pensar em nada que possa ter feito para te irritar. Tento não ficar ansiosa e ignorar o nó na minha garganta.

Você ajeita o chapéu, então olha para baixo, unindo e separando as mãos. Quando fica inquieto desse jeito, sei que tem alguma coisa errada. Já aguento o suficiente em casa. Por que as coisas não podem ser simples com você? Nat e Kyle nunca brigam. Eles só se divertem, são bonitinhos e normais.

— Alguém postou uma foto da cena que você fez com o Kyle na aula — você diz. — Vi hoje cedo.

— É mesmo? Acho que nos saímos superbem. Sei lá, não tem muito como errar encenando *Descalços no parque*...

Você dá uma risada irônica.

— Acha que sou idiota?

— Oi?

Me faço de boba, mas sei o que está rolando. Sinto o rosto esquentar e desvio os olhos para o Papai Noel. Tem uma menininha chorando muito no colo dele, e um dos elfos começou uma dancinha ridícula para fazê-la sorrir. Por que ninguém admite que ela só está incomodada e quer sair do colo daquele cara assustador?

— E aí, foi bom? Como ele se saiu?

— Gavin. Não. Não tem nada rolando. Tentamos dar um beijo técnico, mas todo mundo disse que ficou falso demais. Até mesmo a Nat, que é a namorada dele.

Você levanta o olhar, com os olhos fixos nos meus.

— Fazer uma cena de beijo com um dos meus *melhores amigos*... é algo que só uma puta faria, não acha?

Arregalo os olhos.

— Quê? — sussurro.

— Uma puta — você repete. — É isso que você é? Por acaso esqueceu que tem namorado?

Puta. É como um golpe forte e inesperado. Dói. Fico parada por um instante, olhando para os enfeites brilhantes de Natal pendendo do teto, para a neve falsa nas vitrines das lojas. *Puta.* Bing Crosby está cantando sobre um Natal com neve, tem uma promoção na Gap, e não acredito que isso acabou de acontecer. Não consigo.

— Como pode dizer isso *para mim*? — sussurro com voz trêmula.

Você desvia o olhar, um pouco envergonhado.

— Desculpa. Mas estou cansado e aí vi Matt olhando para você. É demais para mim, Grace. Estou perdendo o controle.

— Preciso ir — digo.

Você assente, contraindo os lábios.

— Como sempre.

Ergo as mãos, frustrada.

— Eu trabalho. Não posso deixar o Matt sozinho lá.

Você se levanta.

— Beleza. Vou sair com o pessoal. Até mais.

Fico observando você se afastar, sem olhar para trás. Suas mãos estão soltas ao lado do corpo. Você se arrasta, parecendo um zumbi. Não é o andar de um rockstar. O que está acontecendo com você? Há dias está com olheiras profundas. Acordo de manhã e vejo mensagens enviadas às três, quatro, cinco da madrugada. Dizendo que está deprimido, que precisa sair da cidade, que detesta o pessoal falso da faculdade. Quero acreditar que não disse aquilo para valer. Mas acho que disse, sim.

Quando volto para o trabalho, Matt está recostado no balcão, bebendo um copo de leite gelado. Nem gosto de leite, mas o que vendemos é uma delícia.

— Desembucha — diz ele, vendo minha cara de desânimo.

E é o que faço. Apesar de ser meu ex e de provavelmente ser inadequado, vomito todas as preocupações, todas as frustrações. Eu tinha esquecido como é fácil falar com Matt. Conto a ele coisas que não posso contar a você ou Natalie. Mas especialmente você. Fico achando que colocou o Peter para me espionar na escola.

— Seu namorado é esquisito — diz Matt, sem pestanejar.

— Não é, não.

Talvez eu não devesse ter dito nada.

— Sabe por quanto tempo ele ficou te observando antes de vir falar com você hoje?

Acho que não quero saber a resposta. Você admitiu que às vezes "fica de olho em mim" quando saio com meus amigos, mas não me conta que está por perto. Uma vez, passou a madrugada na frente da minha casa, dormindo no carro, só para ter certeza de que eu ficaria bem. Você não quis me acordar porque eu tinha uma prova importante no dia seguinte, mas disse que havia tido um sonho horroroso comigo morrendo em um incêndio, então achou melhor ficar por perto, só para garantir. Comemos donuts e tomamos café antes de você me deixar na escola. Achei fofo, mas, quando contei a Nat e Lys, elas reviraram os olhos e disseram "louco" em vários idiomas.

— Ele ficou ali pelo menos uma hora — diz Matt. — Perto da lanchonete.

Estremeço. Não quero acreditar nele, mas parece bem o que você está fazendo nos últimos tempos: sendo dramático.

— E agora?

Olho para trás só para ter certeza de que você não voltou. Se ouvisse essa conversa...

— Termina com ele.

— Não. Eu amo o Gavin.

Você é a única pessoa que me ama. Se terminássemos, quem sobraria? As coisas estão difíceis entre nós agora, mas minha vida seria dez vezes pior sem você. Às vezes, a única coisa que me permite sobreviver ao que acontece em casa é saber que tenho um encontro com você no fim da semana ou simplesmente lembrar que está sentindo minha falta tanto quanto sinto a sua. Posso não ser muito importante para minha mãe e para o Gigante, mas sou tudo para você. E isso é viciante. Ser tudo para alguém. Deixar que alguém seja tudo para você. Você é a única droga da qual sou dependente.

Ainda assim, seria bom não ter que pisar em ovos com você o tempo todo — já faço isso o suficiente em casa. Nunca sei quando vou te tirar do sério. E aquele comentário sobre eu ser uma puta machucou de verdade.

— Olha — Matt começa a dizer —, sei que sou seu ex e tal, então pode parecer meio esquisito falar isso, mas... ele ficar te vigiando desse jeito, não deixar que ande com outros caras... é coisa de gente extremamente possessiva.

Contei a ele sobre a vez em que peguei uma carona até o ensaio com Andrew, um dos atores de *As bruxas de Salém*. Você apareceu em casa de surpresa, mas já tínhamos saído. Ficou tão bravo que passou dias sem falar comigo. Só me perdoou quando entrei pela janela do seu quarto usando um vestido sem calcinha por baixo.

Fecho a loja com Matt e saio para esperar minha mãe perto da entrada do shopping. Só que ela não está ali — você está. Recostado em um poste, com a cara triste. Quando me vê, se endireita e dá um passo hesitante na minha direção.

— Oi. Perguntei para sua mãe se podia vir te buscar. Estou me sentindo mal por... por tudo.

— Pensei que você tivesse saído com seus amigos.

— E saí, mas você ficou chateada e... sei lá, acho que não queria deixar as coisas como estavam. — Você se aproxima. — Você não é uma puta. Nem acredito que disse aquilo. Vou me arrepender pelo resto da vida.

Mordo o lábio.

— Foi bem horrível.

— Eu sei. Sou o maior idiota do mundo. — Você me puxa para perto, com as mãos nos meus quadris. — Me perdoa? Por favor?

Não consigo olhar para você. Me concentro nos carros espalhados pelo estacionamento, no semáforo fechado na esquina. No poste ao nosso lado, que despeja luz fluorescente na calçada. Só consigo pensar que desisti de Nova York por você.

— Não sei, Gav.

Como é possível que seja o namorado que me deu quatrocentos dólares quando o Gigante exigiu que eu pagasse aluguel *e* o namorado que me chamou de puta?

— Juro que faço qualquer coisa para consertar isso — você diz.

— Sei lá, é o tipo de coisa que o Gigante diria para minha mãe. É bem zoado.

— Eu sei — você diz, baixinho. — Fico louco de ciúme. E sinto muito. É só que morro de medo de te perder.

— Bom, me chamar de puta não é uma boa maneira de me manter ao seu lado.

— Eu sei. — Você abaixa a cabeça. — Não é desculpa, mas, ultimamente, tenho me sentido mal pra caralho. Você… é a única coisa boa que tenho na vida. — Você me encara com os olhos marejados. — Não sei o que faria sem você.

"Termina com ele", o Matt disse. Considero a possibilidade, só por um instante. Você leva a mão à minha nuca e me puxa para mais perto.

— Grace. — Você sussurra meu nome como uma oração, uma cura.

E, apesar de tudo estar me dizendo para ir embora, eu te deixo pressionar os lábios contra os meus. O estacionamento está escuro, e você me puxa para o banco de trás do seu carro.

Os beijos delicados se tornam mais intensos. Pela primeira vez, percebo que não estou a fim.

Seus lábios, mãos e pele... não quero nada disso. De repente, me sinto claustrofóbica. Aquela palavra, "puta", martela na minha cabeça enquanto você sobe as mãos pela lateral de minha saia e puxa minha calcinha. Quem é essa garota deitada no banco de trás de um carro cheirando a suor e McDonald's? Quem é esse garoto que cheira a cigarro e não olha nos olhos dela? Esse é meu grande romance épico? Foi com isso que sonhei a vida toda?

Eu me levanto, depressa.

— Gavin, não posso. Não dá.

Você me olha confuso.

— Não pode o quê?

Faço um gesto para o banco de trás e nós dois.

— Isto. — As palavras saem de repente. Eu nem sabia que estavam ali antes de dizê-las. — Não sei mais quem sou! — Literalmente retorço as mãos. As pessoas fazem essas coisas *mesmo*. Não é coisa dos filmes.

Percebo qual é o problema. Não é seu ciúme, os mundos diferentes em que vivemos, as regras dos meus pais, mas o fato de eu ter me tornado um dente-de-leão. Você dá um sopro e eu vou para todos os lados.

— Você é minha namorada — você diz, com a voz firme.

Tem razão. Sou só isso agora. Sou a Namorada de Gavin Davis. Só importa que você esteja feliz. Só desejo te ver feliz. Encontrar uma maneira de ficarmos juntos.

— Quero ser mais do que isso — sussurro.

Você se afasta de mim e eu me retraio, flexionando os joelhos contra o peito, recostada na porta. Seu chapéu está no chão, seus cabelos se enrolam ao redor das orelhas. Mesmo neste momento, sinto vontade de passar as mãos neles.

Você sobe o zíper da calça, então abre a porta e sai. Então se inclina e olha para mim.

—Vou te levar para casa.

—Tá.

—Tá. —Você bate a porta.

E eu sinto... alívio. Não vou ter suas mãos na minha pele, pressionando cantos escuros que não reconheço à luz do dia.

Permanecemos calados durante todo o trajeto. Dez minutos agonizantes.

Você para em uma rua lateral, a um quarteirão da minha casa.

— Precisamos conversar.

Já abri a porta do passageiro, e estremeço ao sentir o vento frio do outono. Cheirando a terra e fogueiras.

— Gav, estou cansada. Só quero ir para casa.

— Por que está agindo como uma vaca? — você pergunta.

Volto para dentro do carro e bato a porta.

— Por que *você* está agindo como um imbecil?

— Só estou cuidando de você, Grace. Não tem ideia do que os caras pensam. O que a porra do Kyle pensa. Ele está tentando te tirar de mim...

— Ele é o namorado da minha melhor amiga! E um dos *meus* melhores amigos. Não tem *nada* rolando.

Você balança a cabeça, discordando.

— Linda, você confia demais nas pessoas. Não sabe o que se passa na cabeça dos caras...

— Por que não consegue confiar em mim? — resmungo.

— Não é em *você* que eu não confio. É *neles*.

— Quanta bobagem — digo.

Faço menção de ir embora, mas você me segura e me puxa contra seu corpo. Com força. Eu te empurro com as mãos espalmadas em seu peito, mas você aperta mais, me machucando.

— Gavin, *para*...

Você me beija com tanta força que nossos dentes se chocam. Você me força a abrir a boca, e sinto seu gosto de canela e cigarro. Fico tentando te afastar, mas você me segura com mais força. De repente, estou retribuindo, com as mãos em seu rosto. Você suspira e diminui a pressão.

— Eu te amo, eu te amo — você diz quando paramos para respirar.

Não sei de quem são as lágrimas em seu rosto, se são minhas ou suas, porque nós dois começamos a chorar, e eu subo em você porque preciso estar perto, preciso me lembrar do que temos, e isso — você dentro de mim, uma parte minha — é a única coisa que faz sentido.

O que rola não é delicado. É punitivo, rápido e muito bom. Você arde dentro de mim, um fogo que consome tudo pela frente. Quando termina, nós dois estamos ensopados de suor. Meu corpo parece dolorido e marcado.

— Então sexo para fazer as pazes é *assim* — você murmura contra meu pescoço. — Talvez devêssemos brigar com mais frequência.

Encosto a testa na sua.

— Odeio brigar.

— Eu sei. Eu também. — Você suspira. — Essa coisa toda de faculdade e escola é mais difícil do que pensei que seria. Morro por não estudar mais com você. Parece que não faço parte da sua vida, e isso me deixa doido.

—Você é a coisa *mais importante* na minha vida — digo.

— Jura?

Confirmo com a cabeça.

— Juro.

Você corre as mãos pelo meu cabelo, enrolando as mechas com os dedos.

— Sinto muito. Por tudo.

— Eu sei. — Saio de cima de você e me sento no banco do passageiro, procurando minha calcinha. — Preciso ir para casa. Minha mãe vai ficar possessa com o atraso. — Pego a bolsa e abro a porta.

— Grace?

— O que é?

— Ninguém no mundo te ama mais do que eu. Você sabe disso, né?

Balanço a cabeça em confirmação, te dou mais um beijo e saio do carro. Não sei o que acabou de acontecer. Estou tremendo, assustada e confusa. Sei que antes eu me sentia segura com você... mas agora não.

VINTE E CINCO

Todos os anos, perto do Natal, Lys e eu dormimos na casa da Nat para trocar presentes, assistir a *Simplesmente amor* e comer doces típicos. Este ano, vamos trocar livros, apesar de Lys só ler para a escola (fizemos uma votação e a maioria venceu). Nat e eu nos divertimos muito comprando os dela.

Escolhemos um romance quente (*A chama e a flor*, um clássico histórico) e um livro infantil (*Quero meu chapéu de volta*, porque ela é doente e, quando leu o livro para o Sam, riu tanto com o final que chegou a chorar).

Lys me dá o *Kama Sutra*.

— Besta — digo, batendo com o livro nela.

Nat me dá uma edição bonita de *Folhas de relva*, porque sabe que amo Walt Whitman.

Ela ganha uma edição comentada de *Anne de Green Gables* de mim e *Cinquenta tons de cinza* de Lys. Fica escandalizada, claro.

—Você foi em uma livraria de verdade? O caixa *viu* esses livros?

Lys sorri.

— Claro.

Em pouco tempo, ela está se retorcendo das maneiras mais esquisitas enquanto leio as orientações do *Kama Sutra* em voz alta. Parece uma versão com putaria do jogo Twister.

— Ahhh — digo. — Essa posição se chama Flor de Lótus. *Sente-se no seu parceiro e envolva a cintura dele com as pernas...*

Nat leva as mãos aos ouvidos e começa a cantar uma marcha patriótica. Rolo de rir no chão, com lágrimas escorrendo pelo rosto enquanto Lys faz seus contorcionismos. Ela grita quando cai, rindo tanto que seu rosto fica vermelho. Tem a melhor risada do mundo — parece uma criança gargalhando. Vem de algum lugar de dentro dela, um poço sem fundo.

Comemos pizza e bebemos refrigerante demais. Pintamos as unhas de vermelho e devoramos uma dúzia de biscoitos que peguei do Honey Pot. Quase faço xixi na calça quando Lys finge estar praticando sexo oral em uma bengalinha de açúcar.

Fica tarde, e chega a hora das confissões. Respiro fundo e conto a elas do que você me chamou — "vaca", "puta". Também falo que ficou me observando enquanto eu trabalhava.

— Que porra é essa? — Lys me encara. É esquisito ver alguém com tanta raiva no rosto usando um vestido de flanela com estampa de arco-íris.

— Ele disse *mesmo* todas essas coisas? — pergunta Nat.

Confirmo.

— Ele falou sem pensar, mas...

— Isso *não* é desculpa, nem de longe — diz Lys. — Queria cortar o pinto dele nesse momento.

— Hum. Não faz isso — digo.

Nat se inclina para a frente.

— Isso é sério, Grace. Era exatamente assim que meu pai agia com minha mãe antes de ir embora. E, depois dos xingamentos, vieram as agressões.

— Gavin *nunca* bateria em mim!

Digo a mim mesma que os hematomas em meus braços daquela noite no carro foram acidentais — você não pretendia me segurar tão forte. Só não queria que eu saísse do carro.

— Minha mãe também dizia isso.

— E não pensa que esquecemos o dia do boliche — Lys acrescenta.

— Nem de que você faltou à festa do elenco para ficar com ele — diz Nat.

— Tá, mas isso já é coisa antiga. Já disse que ele sabe que fez besteira — explico. — Ele não agiria assim se a Summer não tivesse sido tão...

Nat levanta a mão.

— Alto lá. Não importa o que rolou entre o Gavin e a Summer. Mesmo que tenha ferrado com ele, isso não quer dizer que pode te tratar como se você fosse ela.

— Não *existe* desculpa para dizer essas merdas — diz Lys.

Sei que elas têm razão. Acho que contei porque uma parte de mim sabia de tudo aquilo, mas precisava ouvir.

— Não sei o que fazer — digo.

— Faz o que o Matt te disse: termine com o Gavin — Lys diz.

Balanço a cabeça em negativa.

— Ele não estava falando sério. — Elas ficam olhando para mim. — Amo o Gavin. Tipo... demais.

Meu maluco lindo, sensual, talentoso e idiota. Meu deus do rock enigmático e problemático. Não posso desistir de você. Não vou.

— Grace. Ele te chamou de "puta" — diz Nat. — Entendo que você ame o Gavin. De verdade. Ele é um cara incrível. Mas o ciúme todo, o modo como te observa... é assustador.

— Aterrorizador — Lys acrescenta.

— Além disso — diz Nat —, não quero ser adiantada, mas o namoro provavelmente vai terminar quando você se mudar para Nova York. Relacionamentos à distância não duram, todo mundo sabe disso. Já pensaram no que pretendem fazer?

Não consigo encará-la, por isso analiso minhas unhas, passando o polegar em cima de cada dedo.

— Já — digo baixinho.

— E...? — diz Nat.

Finalmente encaro os olhos dela.

—Vou ficar na Califórnia.

Nat me encara.

— Por favor, diz que está brincando.

— Não me inscrevi na NYU. Só em faculdades perto de Los Angeles.

Lys olha para mim como se eu tivesse falado em russo.

— Mas... Nova York é... O quê?

Dou de ombros.

— Posso esperar mais alguns anos. Vou acabar chegando lá. E tem boas escolas de teatro em Los Angeles. USC, UCLA, Fullerton...

A campainha toca. Já passa um pouco das onze.

— Quem pode ser? — Nat resmunga.

—Talvez o Kyle — digo, aliviada por termos uma distração.

— Ele sabe que não pode interromper a noite das meninas — diz ela.

Queria muito que você não tivesse me chamado de puta. Não consigo imaginar o Kyle fazendo isso com a Nat. Nem ela tolerando isso.

Lys e eu a acompanhamos até a porta. A mãe dela já está na cama e os irmãos estão na sala de TV. Nat fica na ponta dos pés para alcançar o olho mágico.

— Ai, meu santinho — diz.

Tenho certeza absoluta de que a Nat é a única adolescente do mundo a usar expressões como essa.

Ela se vira para mim.

— É seu namorado.

Percebo o tom de reprovação na voz e balanço a cabeça em negativa. Prometi a elas que não ia ficar falando com você durante a noite das meninas.

— Juro por Deus que desliguei meu celular — digo baixinho.

A campainha toca de novo.

Nat olha para mim, então tomo uma decisão depressa. Pego a mão de Lys e a puxo para o corredor.

— Boa! — Nat sussurra.

A porta se abre e eu observo você e Nat pelo espelho na parede oposta. Você está usando uma jaqueta preta de couro e seu chapéu com a aba abaixada. Eu me afasto antes que me pegue observando.

— Oi. Preciso falar com a Grace — você diz.

— Estamos meio ocupadas agora — diz Nat. Ela mantém a porta só entreaberta e a mão na maçaneta. Como se pudesse fechá-la na sua cara a qualquer segundo. Sei que é o que quer fazer.

— Preciso falar com a Grace — você repete, devagar, como se não falasse em sua língua materna.

— Olha, independente do que seja, tenho certeza de que pode esperar doze horas…

Você suspira.

— Natalie. Tive um dia bem complicado. Podemos parar com os joguinhos? Quero ver minha namorada, porra. Por favor.

Preciso me certificar de que você está bem. Parece exausto. Alguma coisa deve ter acontecido. Atravesso o corredor e chego à porta.

— Oi — digo.

Você olha feio para Nat antes de virar para mim.

— Podemos conversar por um minuto? Aqui fora?

Olho para Nat, como se precisasse de permissão.

Ela contrai os lábios.

—Você tem dez minutos, depois queremos a Grace de volta.

Você não responde. Só se vira e começa a atravessar o jardim da frente, até onde seu Mustang está estacionado.

Nat se vira para mim.

— Não acho que isso seja romântico... É só possessivo, controlador e *grosseiro*.

Lys assente.

— Concordo.

Suspiro e calço as botas.

—Volto em dez minutos. Prometo.

Atravesso o gramado e imediatamente noto que devia ter vestido um moletom. Está congelando aqui fora. Vejo minha respiração condensar no ar.

Você está encostado no capô do carro, de braços cruzados. Um poste da rua te ilumina como se estivéssemos no palco. As casas ao nosso redor estão enfeitadas com luzes de Natal e bonecos de Papai Noel infláveis. Seria meio romântico se você não parecesse tão irritado.

— O que foi? — pergunto. — O que aconteceu?

Você está estranho desde aquela noite no estacionamento do shopping. Não estamos brigando, mas as coisas andam tensas.

— Nada. Só precisava te ver. Qual é a da Natalie?

— Prometi a ela que seríamos só as meninas esta noite. Lembra?

— Não é motivo para agir como uma vaca.

— Não fala assim dela — digo, com a voz séria. — É minha melhor amiga.

— Olha, eu tentei te ligar umas dez vezes, mas caiu direto na caixa postal. Não tinha outra maneira de falar com você.

— A noite das meninas é sagrada — digo. — E você não precisava ter sido grosso com ela.

— A garota não queria me deixar ver você!

Fico só te observando até você revirar os olhos e dizer:

— Tudo bem, desculpa.

Você nota que estou tremendo de frio, então tira sua jaqueta e a coloca sobre meus ombros. Está quente e tem seu cheiro.

Você segura minhas mãos e me puxa para mais perto.

— Não fica brava. Eu te amo.

Penso em minhas melhores amigas dizendo que devo terminar com você. A palavra "puta" fica rodando na minha cabeça sem parar. Afasto as mãos.

— Contei às meninas o que aconteceu naquela noite, quando você me encontrou no trabalho. — Mordo o lábio. — Elas ficaram bem bravas. Pode ser por isso que Natalie não pareceu muito simpática.

Você olha para mim.

— Por que falou sobre aquilo com elas? É um assunto particular, só diz respeito a *nós dois*.

— Porque, apesar de termos feito as pazes ou sei lá o que, ainda estou chateada. Você me chamou de puta, Gav. Não consigo esquecer.

— Não foi o que eu quis dizer — você insiste. — Já expliquei isso. Eu estava bravo. — Você estende a mão e me puxa para mais perto. — Você não pode usar isso contra mim eternamente.

Encaro seus olhos.

— Se um dia voltar a falar comigo daquele jeito, vou sumir. Entendeu?

Você hesita.

— Entendi.

Você parece tão triste e arrependido que é impossível não segurar seu rosto e te dar um beijo.

— Estamos numa boa agora? — você pergunta com um olhar de súplica.

— Estamos. — Ergo a aba de seu chapéu para poder ver seus olhos direito. — Mas por que veio até aqui?

— Sei que é a noite das meninas e tal, mas queria te roubar por umas horinhas. Prometo te trazer de volta.

— Gav... não vou deixar minhas amigas. Temos coisas muito importantes e femininas para fazer.

Você abre seu sorriso torto e sensual.

— Certeza? Meus pais não estão, tem uma árvore de Natal em casa... e até escrevi uma música de Natal bem sedutora para você.

Eu me inclino para a frente e beijo seu nariz.

— Não me provoca, seu safado.

Você me segura com mais força. O brilho em seus olhos desaparece.

— Grace, mal te vi essa semana. São só algumas horas. Você vê as duas todo dia na escola. Tenho certeza de que vão entender.

— E eu tenho certeza de que *não* vão. Eu te amo, mas preciso entrar. Está frio pra cacete aqui.

— Você disse "pra cacete"?

— Disse.

Você balança a cabeça, rindo baixinho.

— Que boca suja.

O alívio percorre meu corpo — essa risada significa que não vamos brigar.

Esboço um sorriso.

— Acho que você sabe *bem* como minha boca é suja.

Ouço uma movimentação atrás de mim, e me viro bem quando Nat meio que sussurra meio que grita da janela do quarto:

— Acabou o tempo!

Você mostra o dedo do meio para ela.

Dou um tapa em seu braço.

— Gavin!

Natalie — boazinha, pura, comportada como ela só — retribui o gesto.

E aí, como se para provar para ela quem manda, você me puxa para si e, em vez de um beijo arrebatador, só toca com os lábios o canto da minha boca, a ponta do meu nariz e minhas pálpebras fechadas, enquanto sussurra trechos de "All I Want for Christmas Is You". Quando me solta em seguida, dou um passo para trás, embriagada de você de novo. A luz do poste faz chover um pó dourado em cima de você. Com seu chapéu de filme *noir* e sua jaqueta de couro, você parece um garoto aprontando uma travessura deliciosa.

— A partir de agora, seus fins de semana são meus, exceto em circunstâncias muito especiais — você diz. — E fica atenta ao celular.

— Não vem me dar ordens, Gavin Andrew Davis.

Você esboça um sorriso.

— Eu te amo, Grace Marie Carter. — Me viro, mas dou só um passo antes que segure minha mão. — Me liga antes de dormir.

Quando entro, Nat e Lys estão sentadas de pernas cruzadas, como dois budas à minha espera.

— O que o Gavin queria? — pergunta Lys.

— Que eu largasse vocês e saísse com ele.

— E você falou não — diz Nat. — Né?

— Claro. Que tipo de amiga acha que sou? — Pego um chocolate com recheio de manteiga de amendoim em formato de árvore do nosso monte de doces. — Vocês ficaram falando de mim enquanto estive fora?

— É óbvio — diz Lys.

— Não acredito que você não se inscreveu na Universidade de Nova York — diz Nat. Ela pega um dos ursinhos de pelúcia da cama e o abraça.

— Eu amo o Gavin. Estamos praticamente noivos — digo. — Não quero ficar do outro lado do país por quatro anos.

—Você está se esquecendo da parte em que ele te chamou de

puta? Ah, sim. E vaca, se me lembro bem — diz Nat, contraindo os lábios.

— Ele está se sentindo muito mal por isso. Por tudo, juro.

— Foi o que você disse da última vez — diz Lys, baixinho.

— Sinto muito, mas ele perdeu o selo de aprovação das melhores amigas — diz Nat.

— Por favor, não odeiem meu namorado. Seria muito ruim se vocês não se dessem bem.

Lys passa um braço por cima do meu ombro.

— Então é melhor que ele não nos dê mais motivos para isso.

VINTE E SEIS

Só fico sabendo como as coisas estão ruins entre minha mãe e o Gigante no começo de fevereiro. Alguma coisa bem esquisita está acontecendo, mas só me chegam sinais, como se estivesse observando o relacionamento deles entre as frestas de uma cerca de madeira.

Raramente vejo os dois no mesmo cômodo. Na maioria dos dias, ele volta tarde e irritado do trabalho.

"Juro que se me perturbar mais uma vez com o conserto do carro, Jean..."

"Tá, pode me largar. Vamos ver como você se sai na vida real."

"Talvez já esteja na hora de você levantar a bunda do sofá e arrumar um emprego."

Até que, uma noite, largo meu livro de história, enojada, e vou até a sala.

— Não fala com ela desse jeito — digo, com a voz trêmula.

Não consigo ficar parada enquanto ele reduz minha mãe a Esposa Calada e Submissa.

O Gigante se vira e acaba derramando a bebida do copo que tem na mão. O abajur ao lado do sofá lança uma sombra dele na parede ao lado da lareira. Ele se aproxima de nós. *Fim-fom-fum*.

— Cala a boca, Grace.

Viro para minha mãe, mas ela só fica parada, olhando para um porta-retratos que tem ali, em uma tentativa de me ignorar. Nele, Beth, minha mãe e eu estamos pulando em uma cama elástica e dando gargalhadas. Numa época pré-Gigante.

— Mãe... — digo. Ela olha para mim e só balança a cabeça.

Sam começa a chorar. Eu o pego no colo, segurando-o junto a mim. Levo meu irmão para meu quarto, para longe da discussão.

Parece que toda noite há gritos atrás das portas fechadas, e o som de vidro se quebrando. Já peguei minha mãe organizando os armários da cozinha duas vezes durante a madrugada. Semana passada, foi a garagem — uma reforma completa que ela começou em uma quarta à meia-noite, quando não conseguia encontrar o kit de costura. Ela parou de acordar cedo — às vezes ainda está na cama quando volto da escola. Uma hora, está sorrindo de orelha a orelha ("Roy me deu flores, não são lindas?"). Depois está com olheiras e se movimenta pela casa como uma velhinha ("Só estou cansada, nada de mais").

É tarde de sábado e tenho que ir trabalhar, mas não posso deixar meu irmão sozinho. Minha mãe está no banheiro há mais de uma hora.

— Mãe?

Dou uma batidinha na porta do banheiro. Nada.

Bato de novo, mais alto dessa vez.

— Mãe? Preciso ir.

Encosto a orelha na porta. O chuveiro ainda está ligado.

Abro uma fresta.

— Mãe?

Consigo ver o contorno borrado dela no vidro embaçado do boxe.

— *Mãe*. — Agora estou irritada. — Preciso ir trabalhar. Já dei o almoço para o Sam e...

Então escuto algo mais alto do que a água: soluços. Não consigo pensar. Abro a porta do boxe com tudo, em pânico, pensando em você, em lâminas e em sangue. Minha mãe está sentada no chão frio, encostada num canto, com os joelhos encolhidos contra o peito, o cabelo molhado grudado na cabeça. Ela vira para a frente, com os olhos vermelhos e uma careta.

— O que aconteceu? — pergunto. — Você está bem?

Minha mãe só balança a cabeça, negando, encostando a testa nos joelhos. Os soluços a fazem encolher os ombros, como se ela estivesse tentando voar mesmo sem asas.

Já estou com a roupa do trabalho, mas não me importo. Entro no boxe e me agacho na frente dela. Em poucos segundos, fico encharcada. A água quente deve ter acabado há muito tempo. O jato forte que cai agora está congelante. Levanto a mão para desligá-lo. No silêncio repentino que se faz, noto que sua respiração está ofegante. Minha mãe treme descontroladamente, batendo os dentes. Parecem pérolas sendo esfregadas umas nas outras.

— Ei — digo baixinho. Eu me esqueço de todas as vezes em que ela disse que eu chorava de maneira dramática. Esqueço que já fui castigada pelas minhas lágrimas. — Está tudo bem. Seja o que for, está tudo bem.

Estico as mãos e seguro os cotovelos dela. A pele está fria, muito fria.

Só a vi desse jeito uma vez. Quando eu tinha dez anos, houve um breve período em que ela e meu pai consideraram voltar a morar juntos. Ele passava as noites em casa e nos levava para jantar fora. E então, um dia, meu pai se foi. Assim como a lata dentro da qual minha mãe vinha guardando dinheiro havia meses. Estávamos economizando para ir ao Sea World.

Ela começa a balbuciar alguma coisa.

— O quê? — pergunto, e me inclino para a frente.

— Desisto — diz, baixinho.

A palavra sai de sua boca pesada e sem vida. Lágrimas enchem meus olhos.

— Não desiste, não — murmuro. — Você nunca desiste.

Penso nela antes do Gigante, antes que ele destruísse nosso mundo. Minha mãe jogava contas vencidas no lixo e nos levava ao McDonald's, ou caminhava animada conosco por quase dois quilômetros quando não tínhamos gasolina. Cantávamos músicas de Natal mesmo sendo abril.

Estico as mãos na direção dela sem perceber e passo os dedos por seu cabelo, castanho como o meu. Não me deixo pensar que dias antes ela puxou o meu com força. "Estou cansada do seu jeito, Grace Marie." Nem lembro mais por que ela estava tão brava. Devia ter me esquecido de tirar o lixo ou algo assim.

— Mãe. — Dou uma chacoalhada nela, que ergue a cabeça.

— Ele fica bravo, não importa o que eu faça — minha mãe diz, não para mim, mas para si mesma. *Fim-fom-fum*.

Seu rosto volta a se contorcer e ela recomeça a chorar. Queria que Beth estivesse aqui. Ela saberia o que fazer. Olho para minha mãe, sem ação.

— O que ele fez?

Ela balança a cabeça. Estico o braço e pego uma toalha.

— Vou te secar.

O rímel e o delineador que se espalharam por sua pele fazem parecer que ela está com olheiras. Minha mãe se esforça para ficar de pé, apesar de suas pernas estarem fracas demais para sustentar seu corpo. Passo o braço por seus ombros enquanto ela enrola a toalha no corpo. Não consegue parar de tremer.

Quando sai do banho, olha para mim.

— Você não tem que trabalhar?

Confirmo com a cabeça, então olho para meu uniforme ensopado. Vou me atrasar. Sinto que preciso ficar com minha mãe, mas não posso faltar, porque sou eu quem vou fechar a loja.

— Vou trocar de roupa — digo. — Já venho.

Ela assente. Vou até meu quarto e tiro as roupas molhadas, então pego as de ontem do cesto da lavanderia. Sam está tirando um cochilo e o Gigante está jogando golfe, por isso a casa está em silêncio. Quando termino de me trocar, volto para o banheiro.

Minha mãe está de roupão, com o cabelo enrolado em uma toalha. Eu me lembro de quando Beth e eu juntamos dinheiro para comprar esse roupão grosso para ela de presente de Dia das Mães, alguns anos atrás.

— Desculpa — ela diz, fazendo um gesto vago em direção ao chuveiro.

Minha mãe mantém os olhos no espelho enquanto tira a maquiagem.

Faz muito tempo que não conversamos abertamente sobre alguma coisa, mas decido tentar a sorte.

— Mãe, por que você não se separa? Ele é, tipo... horrível. Você merece coisa melhor. Nós duas merecemos.

Ela não vira para mim. Olha fixamente o espelho.

— Não é tão fácil assim — diz.

— Mas...

— Pode me emprestar vinte dólares? — ela pergunta. Seus olhos encontram os meus no espelho. — Roy não vai me dar mais dinheiro até o fim da semana.

O Gigante dá uma mesada para ela. Como se fosse uma criança. Ele controla tudo.

— Claro — digo. — Pode deixar.

Ela não vai me devolver. Na verdade, vai fingir que essa conversa — e o banho antes dela — não aconteceu. Não vai ser a primeira vez.

— Eu o amo — diz ela. — Quando você for mais velha, vai entender.

Como eu poderia entender? Que tipo de pessoa toleraria essa merda?

— Se ele bater em você, juro por Deus que chamo a polícia, mãe.

Nunca vi o Gigante a agredindo, mas não seria surpresa.

Ela abre um sorriso triste.

— Roy não bate. Não precisa.

E eu me lembro de algo que ele disse algumas noites atrás: "Pode ir. Mas de jeito nenhum você vai ficar com a guarda dele". Minha mãe nunca vai deixá-lo. Pelo menos não enquanto o Sam estiver na escola.

Penso em você, em como me segura como se eu fosse algo precioso e raro, nos presentinhos que sempre me dá, no modo como canta ao celular para eu dormir à noite. E de repente me sinto desesperadamente triste pela minha mãe. Talvez ela nunca tenha experimentado o que temos. Talvez nunca experimente.

Engulo o nó na garganta.

—Vou pegar o dinheiro.

Dou a ela duas notas de vinte, então vou andando para o trabalho, com o vento frio de fevereiro atravessando minhas roupas e me deixando anestesiada. Não penso em como vou fazer para pagar o aluguel deste mês.

Quando chego no trabalho, Matt lança um olhar preocupado em minha direção enquanto dispõe biscoitos frescos nas bandejas.

— O que aconteceu, *chica*?

Vou até os fundos da loja e começo a chorar. Ele corre em minha direção, ignorando os clientes que acabaram de chegar. Sem dizer nada, me puxa para um abraço apertado. Eu me agarro a ele, agradecida. Matt cheira a açúcar e ao perfume almiscarado que sempre usa.

— Quer que eu fique hoje para fechar? — pergunta ele. —Vai para casa, se precisar.

— É o último lugar aonde gostaria de ir — murmuro contra o ombro dele.

— Quer conversar?

Nego com a cabeça. Ele me abraça mais forte por um segundo, em seguida me solta e esboça um sorrisinho.

—Você é bonita até quando chora, sabia?

Não consigo evitar sorrir.

— Para com isso.

— Grace?

Olho para a frente e você está ali, de pé na porta, entre a cozinha e a loja. De braços cruzados e parecendo descontente.

Eu me viro para Matt.

— Pode nos dar um minuto?

Ele concorda.

— Claro. Volta quando quiser.

Você entra e passa pelo Matt sem olhar para ele. A porta se fecha em seguida.

— Ele estava se jogando para cima de você — é a primeira coisa que você diz para mim depois que o Matt sai. — Que merda é essa?

— Eu estava triste — digo. Fico brava porque parece que você nem se importa. Achei que só o Gigante ignorasse minhas lágrimas.

— Matt só estava sendo gentil.

— Aquilo não me pareceu *gentileza* — você diz. Seus olhos azuis estão tempestuosos; seus lábios estão tão contraídos que quase desapareceram.

Penso em minha mãe nua, com o rosto retorcido como papel amassado, e perco a paciência.

— Quer saber de uma coisa? Não me interessa o que pareceu. Se você não notou, *estou chorando*. O dia está péssimo e você está sendo um ciumento idiota.

Nós nos encaramos por um instante, então você atravessa a cozinha em segundos e me abraça.

—Você tem razão — diz. — Desculpa.

Suspiro e inspiro, sentindo seu cheiro. Não nos vemos há dias. É como estar em casa, no bom sentido.

— O que aconteceu? — você pergunta com a boca em meu cabelo.

Balanço a cabeça.

— Não quero falar sobre isso.

— Sua família?

— É.

Você desce os dedos pela minha coluna, como se estivesse tocando violão, tirando a tensão do meu corpo.

— Numa escala de um a dez — você diz —, quanto gosta deste emprego?

— Acho que seis. Às vezes sete ou oito. Por quê?

— Talvez você pudesse trabalhar no Guitar Center comigo.

Sorrio e olho para você.

— Não entendo nada de guitarras.

— Eu te ensino.

— Eu seria uma distração. Acabaríamos sendo demitidos. — Eu me afasto de seus braços e pego o avental. — Além disso, já estou aqui há bastante tempo. Eles me deixam mudar de horário na época das apresentações. Gosto de todo mundo...

— Não quero que continue trabalhando aqui — você diz, delicadamente. — Tá?

Você enfia as mãos nos bolsos. Morde o lábio. Seus olhos estão focados em mim, atentos.

— Por quê? Por causa do Matt?

Você assente.

— Como ia se sentir se eu trabalhasse com a Summer?

— Sei lá. Não gostaria, mas...

— Grace. Você ficaria maluca se ela olhasse para mim do jeito como o Matt olha para você.

— O Matt não olha para mim de um *jeito*.

— Olha, sim. Já te disse que ele fica secando sua bunda quando você se abaixa para tirar os biscoitos do forno. E ele te toca o tempo todo.

— Como é que é?

— Por favor. — Você dá um passo à frente. — Se não quiser trabalhar no Guitar Center... vá para outro lugar. Eu faria isso por você.

— Mas acabei de ganhar um aumento. Os horários são bons...

— Não se preocupa com o dinheiro — você diz. — Posso cobrir a diferença.

— Gav, não posso deixar você fazer isso.

—Você diz que me ama mais do que tudo, mas não quer deixar este emprego de merda. O que quer que eu pense?

— Ei! — Eu me aproximo e passo os braços por sua cintura. — Eu te amo mais do que tudo, sim.

— Tá. Deixa quieto.

Você se afasta na direção da porta.

— Gavin! Para com isso.

Você me ignora e vai embora.

Mais tarde, já deitada na cama, observo a estrutura de madeira do beliche em que estou. Ainda há algumas estrelinhas grudadas na madeira. Eu me lembro de tê-las colado quando nos mudamos para cá. Elas não brilham mais no escuro. Agora, são só plástico barato.

Ouço uma batida na janela. Afasto as cobertas devagar. Não sei se quero conversar com você agora.

Abro a janela e você olha para mim, arrependido. Dou um passo para trás e você pula a janela para entrar no quarto.

— Eu não devia ter ido embora — você sussurra. — Desculpa.

Nós nos sentamos na cama, e você segura minhas mãos.

—Você... pensou naquele assunto? — pergunta.

Confirmo com a cabeça.

— Pensei.

— E...

— Gav, não vou largar meu emprego. É péssimo que você não confie em mim...

— Como vou confiar se você desrespeita nossas regras? Combinamos de não tocar em ninguém do sexo oposto, aí você vai lá e beija o Kyle...

— Numa cena!

Não acredito que você está voltando a esse assunto.

— E deixa o Matt abraçar você...

Tampo sua boca com a mão.

— Gavin, meus pais!

Você fecha os olhos e eu abaixo a mão.

— Não quero brigar — sussurro.

Você arregala os olhos para mim.

— Então larga o trabalho.

Continuo encarando seus olhos.

— Não.

É muito bom te dizer não. Parece que você vai falar alguma outra coisa, mas só balança a cabeça.

—Tá certo, Carter, você venceu.

Eu me inclino para a frente e te beijo, me sentindo poderosa por ter vencido.

—Você mesmo não sobreviveria sem todos os biscoitos de graça — falo.

—Você tem razão — você diz, meio a contragosto, então tira os sapatos e sobe na cama comigo. — Agora me conta por que estava chorando.

E, assim, não brigamos e voltamos a nos amar. Você me abraça com força enquanto te conto sobre minha mãe. Fico tentando imaginar se ela está aconchegada com o Gigante ou se está sozinha em seu lado da cama, com os olhos abertos.

— Me sinto muito mal por ela — sussurro.

Minha mãe não tem ninguém que faça as nuvens se afastarem e o sol aparecer. Ela não tem você. Eu te abraço mais forte e beijo seu rosto todo.

— Por que isso? — você pergunta, e eu percebo que está sorrindo.

— Porque quero.

Você beija minha testa e logo sua respiração fica calma e estável.

Passo um bom tempo acordada, ouvindo as batidas do seu coração.

VINTE E SETE

Desde que me recusei a largar o emprego, você e eu brigamos todas as vezes em que conversamos. Agora estar com você é como andar na corda bamba todo dia, o dia todo. Estou sempre tensa, achando que vou cair. Quando não atendo uma ligação ou não respondo uma mensagem na hora, você fica maluco. Troquei a senha do celular porque fiquei com medo de você ler os e-mails da Nat e da Lys. Elas estão com uma campanha forte para que eu termine com você. Também quero aproveitar para ver se você é tão irracional e ciumento quanto elas dizem. Certa noite, quando estamos em um restaurante, vou ao banheiro e deixo o celular em cima da mesa de propósito. Quando volto, está espumando de raiva e pergunta o que estou escondendo. Conto que foi um teste e que você não passou. Me recuso a te dar a nova senha, encurtamos o encontro e ficamos três dias sem nos falar.

"Termina essa merda de namoro", dizem Nat e Lys.

Não consigo. Simplesmente... não consigo. As pessoas que são infelizes juntas devem terminar. Claro. Mas bem quando acho que vou conseguir, algo bom acontece. Algo que me faz lembrar de que você é minha alma gêmea. Como convencer o responsável pelo sistema de som do shopping a deixar você cantar uma música para mim durante meu turno no Honey Pot.

— *Atenção, pessoal do shopping. Esta música é dedicada à minha biscoiteira preferida.*

Matt e eu nos entreolhamos.

— Que merda é essa? — ele pergunta.

— Acho que... — Ouço os primeiros acordes de "Hino" e então tenho certeza. — É o Gavin.

— *"Quero ser seu hino, linda... Quero ser sua canção"* — você canta.

Uma cliente na fila aponta para os alto-falantes acima de nós.

— Vocês conhecem esse cara?

Fico vermelha e confirmo.

— É meu namorado.

— Ele tem uma bela voz — ela diz.

Sorrio, orgulhosa.

— Tem mesmo.

Estamos no meio de fevereiro — só faltam quatro meses para a formatura. Agora que os ensaios para a peça da primavera estão à toda, não passamos mais tanto tempo juntos. Acabo ficando aliviada por não poder te ver, o que sei que não é um bom sinal. Mas ainda assim não consigo abrir mão de você. Fiz o maior sacrifício da minha vida quando deixei de me candidatar à Universidade de Nova York por sua causa. Não pode ter sido em vão.

Estamos encenando *Noite de reis*, uma das minhas peças preferidas de Shakespeare. A mãe da srta. B está doente, então a substituo com frequência, já que sou sua assistente. Adoro cada segundo do trabalho: a escolha do elenco, os ensaios, o trabalho individual com os atores, as reuniões com a equipe, a definição dos cenários. Percebo uma coisa importante sobre mim mesma que nunca tinha me dado conta, ou que talvez não fosse verdade antes: gosto de dirigir porque é algo só meu. Me agrada ser parte de algo que não tem nada a ver com você. Faz com que eu me sinta... eu mesma de novo.

Depois de algumas semanas de ensaios, vou para Ashland, Oregon, numa viagem especial para os alunos de teatro que só acontece uma vez a cada quatro anos. Como uso todo o meu salário para pagar o aluguel, tive que pegar o dinheiro emprestado com minha avó. Ela disse que não quer que eu devolva, que vai ser nosso segredo. Esse é mais um motivo pelo qual é minha parente preferida. Durante um fim de semana inteiro vamos mergulhar em Shakespeare, assistir a apresentações e participar de oficinas. O melhor de tudo é que estaremos em uma cidade feita especificamente para os malucos por teatro.

Você está furioso porque vou fazer essa viagem, um dia depois do Dia dos Namorados, que, em vez de um momento de amor e carinho, passou a ser o aniversário de sua tentativa de suicídio. Você me levou para jantar, mas estava distraído e meio bêbado. Fiz a besteira de comentar que a viagem vinha em boa hora, e que seria bom passarmos um tempo afastados. Agora, você tem certeza de que vou terminar com você quando voltar. Me implorou para não ir, disse que ia me levar para lá depois da formatura.

"Nós somos mais importantes do que essa viagem", você disse. "Tenho um show e preciso de você lá."

Mas estou determinada.

Na manhã seguinte, pego minha mala e corro para o estacionamento da escola, atrasada por ter passado metade da noite acordada, preocupada com a gente. Como sou uma das últimas a chegar, acabo me sentando com Gideon Paulson, e não no fundo, com Nat e Lys. Ele é um ano mais novo, e não conversávamos muito antes. Mas ele é o conde Orsino, um dos protagonistas de *Noite de reis*, por isso nos aproximamos nesse semestre. E nos tornamos bons amigos. Mas não posso te contar isso. Gideon me cobre e me ajuda a organizar o pessoal na ausência da professora, além de repassar as falas com os atores que estão com dificuldade. Ele era do coral, mas acabou entrando na aula de teatro avançado em janeiro e agora faz parte do nosso grupinho. É incrível como fazer uma peça aproxima as pessoas rápido.

Gideon é o tipo de garoto de que gosto. Curtimos as mesmas coisas, com a diferença de que ele é obcecado por mangás e filmes de kung fu, e nada disso me interessa. Mas tudo bem, porque ele gosta de Radiohead, lê até mais do que eu e quer viajar pelo mundo um dia. Conforme nosso ônibus passa pelo deserto do Vale Central e pelo verde do norte da Califórnia, nós ficamos largados no assento, minha cabeça perto da dele enquanto criamos um itinerário imaginário para uma volta ao mundo.

— Certo — diz ele, empurrando para cima os óculos que escorregam pelo seu nariz. — Temos uma decisão importante a tomar aqui. Suíça ou Praga?

— Praga tem que entrar — digo.

— É mesmo? E posso perguntar o motivo?

— Sou meio tcheca. Tem até uma estátua de um de meus ancestrais em uma cidadezinha perto dali.

Gideon concorda, todo sério, enquanto acrescenta Praga ao itinerário.

— Certo — diz ele. — Não vou atrapalhar uma pessoa querendo descobrir suas raízes. Mas então fico com a primeira escolha na Ásia.

— Claro — respondo.

Em uma pesquisa no celular, descobrimos que fica mais barato dividir um quarto em uma casa de família, já que não existem muitos albergues na Ásia.

—Você é espaçoso? — pergunto.

Ele sorri.

— Ah, sim. Melhor você levar um saco de dormir.

E é então que eu noto que estamos de papinho. Sinto aquele leve arrepio que costumava sentir com você. De repente percebo que meu joelho está tocando o de Gideon e reparo no modo como o cabelo dele se enrola acima das orelhas. Gideon está usando uma camiseta com caracteres chineses e escreveu FODA-SE A GUERRA no bico do All Star de cano alto. O visual é a cara dele — um iconoclasta nerd. Gosto do fato de que usa uma bolsa a tiracolo em vez de mochila. Aumenta a vibe hipster estudioso que ele emana. Adoro caras estilosos — você é prova disso.

Nossas mãos se tocam quando ele escreve "monte Fuji" no mapa que estamos fazendo. Fico paralisada, com uma parte de mim bem ciente do calor que seu toque deixa.

Quero que aconteça de novo.

Merda.

Passamos as próximas quatro horas detalhando nosso itinerário com cuidado, anotando nomes de cidades e rotas, rindo de nossas barrigas roncando. A parada do almoço deve ser em breve, mas não quero que chegue, porque estou me divertindo muito ficando de gracinha com Gideon. Merdamerdamerda. Sempre fui assim: me apaixono depressa. Na primeira vez que te vi, eu parecia um daqueles personagens de desenho animado com corações nos olhos. Num minuto, eu não sabia da sua existência; no seguinte, comecei a pensar em você e não consegui parar por *três anos.*

— Precisamos pegar a Transiberiana — ele diz.

— Mas assim não vamos ter muito tempo em Moscou e São Petersburgo — argumento.

Ele franze a testa.

— Atravessar a Sibéria de trem faria de mim um cara foda.

— Acho que nadar na Grande Barreira de Corais já garante isso.

— Ah, então você aceita *tubarões brancos* numa boa, mas não pode ir ao Saara por causa dos escorpiões? — ele pergunta, sem acreditar.

Dou risada, e Peter se vira no assento à nossa frente. Eu não tinha percebido ele e Kyle sentados ali. Acho que estava... distraída.

—Você sabe que o Gavin nunca vai deixar você fazer uma viagem ao redor do mundo com outro cara, né? — Peter pergunta, porque é um idiota intrometido.

Gideon ri.

— *Deixar?* Isso é meio 1840, não acha? — Ele se vira para mim. — Esse cara está de brincadeira.

Ignoro Gideon e me aproximo da janela, olhando para Peter. Espero que não tenha notado como estávamos perto.

— É uma viagem totalmente hipotética — digo.

Mas me pego suando frio. Será que Peter e Kyle vão te contar que sentei ao lado de um garoto no ônibus? Isso conta como estar "sozinha" com outro cara?

Peter só arqueia a sobrancelha.

— Se você está dizendo...

Ele se vira para sentar de novo. Gideon olha para mim, inclinando a cabeça. Então vira a folha do caderno e escreve com sua caligrafia desleixada em uma página limpa:

Tudo bem?

Tudo.

Como Gideon percebeu que meu bom humor desapareceu de repente? Foi quase mais rápido que eu.

Ele estava brincando quando disse que seu namorado ficaria bravo?

Quando Gideon coloca assim claramente, eu me lembro de como essa regra é absurda. Não há nada de errado em passar um tempo com outra pessoa. Ou abraçar alguém. Não faço isso há quase um ano, a não ser por aquele dia com Matt, quando chorei no trabalho.

Não. Gavin é...

Mordo o lábio e olho para Gideon, o que é um grande erro, porque ele tem os olhos mais castanhos e gentis do mundo, e meio que mergulho neles. Eu me sinto aquecida, como se tivesse tomado uma xícara enorme de chocolate quente. Com marshmallow.

Gosto do rosto dele, que mistura traços romanos alongados e bochechas delicadas e arredondadas, como se fosse uma criança. Gosto dos dentes brancos e certinhos, enquanto o resto dele é desgrenhado e estranho, mas de um jeito encantador.

Gideon pega a caneta da minha mão.

Possessivo?

Está ali, bem claro.

Um pouco.

O ônibus freia. Arranco a folha do caderno na qual ele escreveu e faço uma bola com ela.

Gideon arqueia as sobrancelhas.

— Destruindo a prova?

— Elementar, meu caro Watson.

Nat segura minha mão quando saímos do ônibus e partimos em direção à parada com cinco restaurantes de fast-food diferentes. Gideon segue na frente com Peter e Kyle.

— Cara. Você e Gideon? — ela pergunta. O sorriso dela é enorme, dá até nojo.

— Ah, meu Deus, para com isso — digo. — Ele é meio bobo.

Eu me sinto péssima dizendo isso, porque não é o que acho. Mas estou começando a perceber que todos usamos uma armadura para sobreviver ao dia. A minha é a negação. Nego estar sentindo algo por Gideon. Nego que você e eu precisamos dar um tempo, tipo... *já*.

— Não — diz Lys, colocando os óculos de sol com lentes em formato de coração. — Vocês dois são bobos. De tão lindos.

— Gente, eu namoro. Sei que ele não é a pessoa de quem vocês mais gostam no mundo no momento, mas eu amo o Gavin.

Digo a mim mesma que não vou mais ficar de graça com Gideon. É errado, eu sei.

Estou terminando de almoçar quando percebo que meu celular está no silencioso. Tem seis chamadas perdidas, todas suas. E uma mensagem de texto:

Quem é Gideon?

Porra, Peter. Eu desconfiava que ele me espionava para você, e agora tenho provas.

Gideon se senta ao meu lado quando voltamos ao ônibus. Jogo o celular dentro da bolsa, ainda no modo silencioso. Pela primeira vez, vou te ignorar. Não me dou conta no momento em que faço isso, mas estou dando meu primeiro passo para te deixar. Ainda que pequeno.

— Onde estávamos? — pergunto, pegando o caderno dele.

— Em Tóquio, e eu estava tentando mostrar pontos favoráveis à África do Sul — ele diz.

— Aceito a África do Sul se você aceitar Marrocos.

Ele estica a mão.

— Fechado.

Eu a aperto, pressionando a palma contra a dele.

Ficamos assim por mais tempo do que o necessário.

VINTE E OITO

Lys se apaixonou por uma garota da escola Birch Grove. Ela se chama Jessie, tem cabelo castanho encaracolado e o tipo de risada que dura o suficiente para fazer todo mundo ao redor rir também.

— Não consigo acreditar que isso finalmente está acontecendo comigo — Lys comenta, encantada. Ela passou metade do dia meio que flutuando.

Estamos em nosso quarto de hotel, perto do Festival Shakespeariano do Oregon. Tem um monte de doces que compramos no mercado em uma das camas. Meu estômago já está doendo, mas continuo comendo.

— Então você está feliz porque os alunos de teatro da Birch Grove vieram também? — pergunto. No começo, Lys tinha detestado isso, já que é a escola dos riquinhos. (Apesar de ser rica, ela diz que é "do povo". Vai entender.)

— Pois é! — diz ela, tombando para trás e quase caindo.

No dia seguinte, encontramos todo mundo em um restaurante da região e nos dividimos em cinco mesas. Gideon, que está na mesa ao lado, grita:

— Canadá! Esquecemos totalmente!

Dou risada quando Jessie olha para ele como se fosse maluco.

— Estamos planejando uma viagem ao redor do mundo — explico.

— Ah, ele é seu namorado? — pergunta ela.

Engasgo com o café doce demais. Natalie sorri.

Meu celular toca no mesmo instante. Eu o mostro, para que Jessie veja a foto que tirei de você tocando guitarra.

— *Este* é meu namorado — digo.

— Ele é bem gato — diz ela. Em seguida, pisca para a Lys. — Mas não é meu tipo, claro.

— Lindo por fora — murmura Nat.

Temos só dois dias no Oregon, e tudo foi planejado nos mínimos detalhes. Em seguida vamos para uma aula de improvisação com alguns atores do festival. Eles nos dividem em dois grupos e fazemos o que chamam de "jogo do sim e não". Duas pessoas ficam no meio de um círculo. Por acaso, escolhem eu e Nat. Só posso dizer "sim" e ela só pode dizer "não". E é isso. Temos que reagir aos sinais uma da outra para que pareça uma cena de verdade.

— Não — diz ela, de modo casual.

— Sim — digo, firme.

— *Não* — diz ela.

— Sim?

— NÃO.

Nesse momento, noto que é a conversa que temos mantido a seu respeito nos últimos meses. Nat, trapaceando, olha na direção de Gideon e depois sorri para mim.

— Não?

Vou matá-la. Porque só posso dizer uma palavra.

— Sim — resmungo.

Eu a puxo depois, a caminho da oficina de palhaço.

— Isso não foi legal — digo.

— O quê? — A expressão no rosto dela é de total inocência.

— Olha, sei que você não quer que eu fique com o Gavin...

Nat me para no meio da calçada e apoia as mãos sobre meus ombros.

— Eu te amo. Não vamos falar sobre isso. Vamos nos divertir como nunca.

Arregalo os olhos para ela por um instante, com a mão na cintura. Fiquei tão brava, e por quê? Porque minha melhor amiga está preocupada comigo? Porque está me provocando por causa de um garoto fofo?

Concordo.

— Tá. Desafio aceito.

Pela primeira vez na vida, me sinto totalmente livre. Meus pais estão a centenas de quilômetros (em *outro estado*!) e eu e minhas amigas vamos nos divertir como nunca, como disse a Nat.

Bebemos café demais, cheio de açúcar e creme. Entramos e saímos de lojas fofas que vendem todos os artigos de teatro que eu poderia querer. Conversamos sobre métodos de interpretação e lemos nossas citações preferidas de Shakespeare uma para as outras na livraria. Temos tempo só para nós, e o passamos ajudando Lys e Jessie a se apaixonarem, comendo coisa boa e rindo muito.

Você me liga mais do que o normal, e eu me permito ignorar as chamadas, apesar de saber que vai ficar irritado. É bom fazer só o que eu quero.

— É assim que vai ser na faculdade — diz Jessie, pegando a mão de Lys. — Pensem bem: sem pais, estudando, conhecendo gente nova.

Falamos das faculdades às quais nos candidatamos — as cartas de admissão e de rejeição vão chegar no mês que vem.

— Que curso se faz para dirigir uma peça? Artes cênicas mesmo? — pergunta Jessie.

Confirmo.

—Vou fazer aulas de interpretação e tal, além de todos os cursos de direção que puder. E vou tentar conseguir uns trabalhos de assistente e estudar na França. Torçam por mim. Tem uma escola em Paris, a Jacques Lecoq...

Lys começa a rir.

— Lecoq? Não é tipo "o galo" em francês?

— É sério! — digo.

Jessie e Lys caem na gargalhada.

— Calma, gente — diz Gideon, se aproximando.

Estamos sentadas na frente de um dos muitos teatros da cidade, esperando para entrar. Ele está bem bonito com uma camiseta de anime e uma camisa de manga comprida por cima.

Nat balança a cabeça. Está tentando não rir de "Lecoq", e eu a adoro por isso.

— Bobas — murmura ela.

Gideon olha para mim.

— Quero saber o que é tão engraçado?

— LECOQ! — Lys grita, imitando um galo.

Reviro os olhos.

— Ignora.

Meu celular toca, e é você. Deixei as últimas duas ligações caírem na caixa, então preciso atender agora.

— Já volto — digo, caminhando apressada em direção a um banco a poucos metros dali. — Oi, amor.

— Oi. — Sua voz está séria, mas percebo que está tentando não demonstrar sua irritação. — Está se divertindo?

— Estou! Tem muita coisa pra fazer aqui. Tivemos aula de improvisação e...

— Estou com saudade — você sussurra.

— Eu também.

Percebo que estou mentindo, porque não sinto nem um pouco de saudade.

— Por que não está atendendo o celular?

— Estou bem ocupada aqui e...

— Grace! — Natalie chama, acenando sem parar.

— Olha, preciso ir. O teatro abriu e a gente precisa entrar.

— Beleza.

— Amor, não fica assim — digo. — Por favor. Estou me divertindo tanto...

— Tudo bem, aproveita aí. — Você desliga.

Enfio o celular no bolso e respiro fundo. Paris, Lecoq... é um sonho em vão. Você fica maluco depois de algumas *horas* longe de mim... nunca vai me deixar viajar para outro país. *Deixar*. Como se eu precisasse da sua permissão. Mas preciso, não é?

Alguém tosse baixinho atrás de mim. Viro e vejo Gideon de pé ali, sua silhueta delineada pela luz dourada do sol se pondo.

— Nat e Lys me mandaram levar você até o teatro — diz ele, oferecendo o braço.

Sorrio ao aceitar.

— Puxa! Obrigada.

— Era o namorado? — pergunta Gideon, apontando com a cabeça na direção do celular.

— Era. Ele meio que desligou na minha cara.

— Opa.

— Não foi o melhor momento dele.

Gideon enfia a mão dentro da bolsa e pega um pacote de balas.

— Estão dizendo por aí que você adora isso.

— Adoro mesmo!

Ele me dá e começo a comer, animada. Se isso fosse uma peça que eu estivesse dirigindo, faria os dois atores andarem pelo palco enquanto as luzes diminuem. Um pouco antes de entrarem no teatro, eles parariam para se olhar nos olhos, enquanto um holofote os ilumina.

E aí: escuridão.

★

Noite de reis começa com um naufrágio.

Viola se encontra à deriva em uma terra desconhecida apenas com as roupas rasgadas do corpo. Atrás dela há um mar sem fim. E a vida que deixou para trás. Ela acha que todo mundo do navio morreu e que está sozinha em uma praia deserta. Logo vai descobrir que o lugar se chama Ilíria.

Quero ir para lá. Quero ser como Viola — enfrentar a tempestade e começar de novo, usando apenas coragem e charme para chegar a um final feliz.

O destino está bem ocupado em Ilíria. Amor cósmico, trocas de identidade, completos acasos. Lá, nada é o que parece, mas apesar da confusão, é uma terra de maravilhas. A produção que estamos vendo transformou a ilha de Shakespeare em um cenário turco luxuoso, com almofadas cheias de pedras preciosas empilhadas no chão, mesas baixas, narguilés e luminárias de vitrais que lançam sombras avermelhadas no palco. Os atores usam roupas esvoaçantes — calças saruel e corpetes com bordados complexos. Minha mente está cheia de ideias para nossa própria produção, e uma parte de mim mal pode esperar para chegar em casa e pôr as mãos à obra.

Permaneço sentada observando a Companhia Shakespeariana do Oregon se apresentar, minha mente vagueia e não busca você, e sim Gideon, que está sentado ao meu lado. Cujo joelho toca o meu de leve quando ele se ajeita na cadeira. Me sinto um pouco como Viola se sente no começo da peça — exaurida e assustada, tentando se firmar em um mundo complexo. E, também como Viola, sinto algo irremediável, frágil e assustador crescer em meu peito — algo que não tenho permissão de sentir com você.

— *E se assim for, antes amasse um sonho* — diz Viola no palco.

Ela está apaixonada pelo conde Orsino, mas não pode contar a ele porque está se passando por homem. Faz as vezes de criado dele, que é heterossexual, o que significa que as chances de que se apaixone são poucas ou inexistentes. Viola não pode revelar a Orsino quem realmente é, porque ser uma mulher sozinha naquela época era perigoso. Cena após cena, eu a observo se esforçando em vão para esconder o que sente, forçada a ajudar o conde a conquistar Olívia, a mulher que ele acredita amar, mas que se apaixonou por Viola (que ela acredita ser um rapaz chamado Cesário — é uma situação muito complicada: identidade trocada, amor não correspondido, o pacote completo).

Gideon se inclina para mim, aproximando os lábios da minha orelha. Sinto sua respiração quente no meu pescoço.

— Apesar de sabermos o fim, estou meio "Meu Deus, se eles não ficarem juntos vou morrer" — diz ele.

Eu também, penso. Mas sei que Gideon só está falando da peça. Viro a cabeça levemente. Nossos lábios ficam tão próximos...

— Eu também.

Nós nos olhamos, e a escuridão me dá coragem. Não desvio o rosto. Deveria, porque isso está errado, mas nos olhos de Gideon vejo uma faísca, uma intensidade que não existia antes de eu entrar no ônibus para o Oregon e me sentar ao lado dele, planejando uma viagem pelo mundo.

— *Só o tempo, e não eu, desfaz tal nó* — Viola diz no palco. — *Firme demais pr'eu desatá-lo só.*

VINTE E NOVE

Gideon fala de Deus.

E da Björk.

Nas últimas semanas, me contou coisas malucas sobre música e poesia, me trouxe livros e me passou playlists a cada poucos dias. Escrevo cartas longas, que ele retribui. Pelo visto, gostamos das coisas à moda antiga, como caneta e papel em vez de e-mails impessoais. Adoro tocar a folha pautada de caderno e saber que Gideon a tocou também. Gosto de passar os dedos pelos sulcos deixados pela caneta dele com a escrita.

Eu tinha me esquecido de como é divertido ter um amigo homem. Gosto de ver o mundo pelos olhos dele, como se o universo fosse uma bagunça deliciosa. Gideon se interessa por coisas profundas. Grandes questões, como por que estamos aqui e o que devemos fazer da vida. Percebo que, de repente, quero as respostas — ou pelo menos quero fazer as perguntas. Gosto do que Gideon desperta em mim. No mundo dele, não há julgamento, não há regras que afastem a pessoa dela mesma. Gideon é uma espécie de Yoda. Me deixa com fome de futuro, de todas as coisas com que já sonhei.

Somos só amigos. Juro.

Mas...

Nos minutos que antecedem o sono, não penso em você... penso nele.

E isso é um problema.

— Você virou meio que meu guru — digo, devolvendo a ele a coleção de poemas de Rumi que me emprestou.

Gideon ri enquanto guarda o livro gasto na bolsa a tiracolo — fico tentando imaginar quantas vezes já o leu.

— Então vou precisar de umas roupas adequadas.

— Não — digo, dando uma puxadinha na camisa dele só para tocá-lo —, está perfeito assim.

Ele me encara e começamos a fazer o que agora sempre fazemos — olhamos, olhamos e olhamos até eu desviar o rosto, corada e assustada, me sentindo tão viva que mal consigo me conter.

Hoje Gideon está usando uma camisa que parece uma tela antiga de um jogo de GameBoy — Tetris, aquele no qual tijolinhos em formatos diferentes descem pela tela cada vez mais rápido, enquanto você tenta fazer com que se encaixem direitinho. Nossa amizade parece esse jogo: como os tijolinhos, tentamos nos encaixar o mais rápido possível. Depressa, antes que você descubra sobre nós dois e seja o fim.

Você é alegria, Rumi diz a respeito de Deus. *Somos todos tipos diferentes de risos.*

You'll be given love, Björk canta, doce e inocente. *You just have to trust it.*

Não sei como chamar o que Gideon me dá todos os dias, mas me faz feliz.

Até eu pensar em você e sentir o estômago revirar, porque sou a pior namorada do mundo. Demorei semanas para admitir isso a mim mesma, mas estou te traindo emocionalmente.

— Então você gostou? — pergunta Gideon. — Dos poemas?

— *Adorei* — digo. Derretida. Lá vou eu de novo. Esqueço totalmente você. — Rumi é tão... *feliz.*

— Não é?

Gideon e os pais dele são o que chamaríamos de "espiritualizados", mas não necessariamente religiosos. Não fui à casa dele, mas consigo imaginar incensos acesos ao lado de uma estátua de Buda, diante de uma parede com uma cruz pendurada. Provavelmente há um tapete de ioga no chão e músicas hindus tocando de fundo, sei lá.

— Adoro como ele não discrimina ninguém — digo. — Tipo, a gente fica com a impressão de que, para ele, Deus não tem tantos limites e regras. Dá para ser muçulmano como ele, cristão como a Nat ou nada específico, como você e eu e... sei lá. Está tudo certo.

Vamos para um canto da sala de teatro, como temos feito ultimamente. Afastados dos outros, mas em público.

— É, tipo "Venham todos!" — diz ele enquanto se senta e enfia a mão dentro do saco de papel pardo com seu almoço. — Eu curto essa ideia de salvação universal. Sei lá, ele não usa essas palavras, mas dá a impressão de que todo mundo vai para o céu.

— Isso. Tipo, por que Deus criaria as pessoas para depois condenar? — pergunto. Eu me lembro de uma vez ter visto um pastor de esquina descrevendo os horrores do inferno e nunca mais me esqueci: gritos, ranger de dentes e outras coisas assustadoras.

— Cara, vocês são muito esquisitos — diz Lys, se sentando ao nosso lado.

— Diz a garota que usa um vestido verde-limão com estampa de gatinhos — digo.

Lys ri.

— Boa.

Quero ficar sozinha com Gideon, mas fico feliz por ela ter chegado: preciso de uma dama de companhia, caso contrário Peter vai te contar que estou almoçando com um garoto.

Gideon enfia uma batata frita na boca, então me passa o saco de papel.

— Já te ocorreu, querida Alyssa, que *nós* podemos ser os normais?

Lys olha para ele e para mim.

— Não — diz ela, séria. — Nunca pensei nisso.

Conversamos sobre as apresentações de *Noite de reis*, que começam semana que vem.

— Então, o que me diz, sra. diretora? — pergunta Gideon. — Estamos preparados para a noite de estreia?

— Preparadíssimos — digo, com sinceridade. Tudo está se encaixando no último minuto, tal qual sempre acontece no teatro. É como a engrenagem de um relógio. Não sei explicar. É como o personagem de Geoffrey Rush sempre diz em *Shakespeare apaixonado*: "É um mistério!".

Adoro dirigir produções teatrais. Adoro ver os atores trabalhando, tentando descobrir como se sair melhor. A melhor parte é quando estou certa ou quando temos uma ideia totalmente nova juntos. Fazemos mágica.

— Deve ser legal não ter que memorizar falas e tudo mais — diz Lys.

— É *ótimo* — digo. — Eu ficava muito nervosa no palco. Só de fazer cenas nas aulas, já morro de medo.

Lys e Gideon começam a falar sobre uma cena deles, e eu me distraio fazendo a brincadeirinha boba com a maçã na mão. Seguro o cabinho e a giro sem parar, dizendo as letras. A, B, C, D, E, F, G. G de novo. Quando eu era criança, dizíamos que indicava a inicial do nome da pessoa com quem se ia casar. Olho para Gideon. Talvez ele fosse o G lá atrás, quando eu fazia essa brincadeira antes de você e eu ficarmos juntos. E se entendi tudo errado, Gavin? E se não precisarmos ficar juntos?

G. G. G.

A porta da sala de teatro se abre e Nat entra, parecendo esbaforida. Seu cabelo liso, sempre perfeitamente arrumado, está preso em um coque desleixado e seu vestido está amassado (ela passa os vestidos toda manhã antes de ir para a aula, dizendo que assim se sente no controle em um mundo tomado pelo caos).

Entre as provas semestrais e os ensaios, nenhum de nós tem dormido mais do que quatro horas por noite. Gosto dessa energia que me toma — cinética, frenética. Eu a liberto e deixo que me guie. Me ajuda a esquecer de temer as horas que prometi ficar com você hoje à tarde.

— E aí, quando vocês vão receber as respostas das faculdades? — pergunta Gideon.

— Mês que vem — diz Nat. — Mas Grace não se candidatou à única universidade na qual queria estudar de verdade.

Arregalo os olhos para ela.

— É cara demais.

— Que baboseira — diz Nat.

Gideon ri.

— Cara, preciso incluir "baboseira" no meu vocabulário. É das antigas.

Ela mostra a língua para ele.

— Nat quer dizer que é uma baita mentira — explica Lys, olhando para mim com cara feia. Ela se vira para Gideon. — Sabia que a Grace queria estudar na Universidade de Nova York, mas não se candidatou porque o namorado maluco dela não deixou?

Sinto o rosto esquentar quando Gideon olha para mim.

— É mais complicado do que isso — murmuro. — E não concordo com o "maluco".

O sinal toca antes que me perturbem mais por eu não ter me inscrito na NYU. Gideon e eu caminhamos juntos, já que minha sexta aula é em frente à sala para a qual ele vai. Ele está quieto, coisa que não costuma acontecer. Sei que está pensando em alguma coisa, porque franze as sobrancelhas. Não é difícil adivinhar no que está pensando. Malditas meninas.

Quando chegamos, me dirijo à minha sala.

— Então tá, até depois — digo.

Mas Gideon não se despede. Ele estica o braço e me puxa para um abraço. Fico tensa, como se você pudesse nos ver de onde estiver. E se o Peter enviar um vídeo para você? Vou ter problemas. Tento me afastar, mas Gideon me abraça um pouco mais forte.

— Talvez você pense que tem que seguir as regras do seu namorado — diz ele, com os lábios no meu cabelo —, mas eu não tenho.

Já contei a ele sobre você — não *tudo*, não sobre a pegação no carro e em como você sabe onde tocar para me deixar sem fôlego, mas Gideon sabe das suas regras. Tive que explicar por que não posso estudar na casa dele, por que fujo dos abraços dele, por que não podemos conversar ao celular. Acho que ele me disse para terminar com você umas cinco mil vezes.

—Você vai me causar problemas — murmuro contra a camisa dele, mas me derretendo em seus braços.

Nós nos encaixamos perfeitamente.

Ele é tão alto e magro. Tem um cheiro diferente do seu — não de deus do rock, com muito cigarro e pouco banho, mas de sabonete e incenso. Limpo, cheio de possibilidades.

Ele me abraça forte por mais um momento e depois me solta.

—Você sabe o que vou dizer agora, não é? — diz, empurrando os óculos de armação de tartaruga nariz acima enquanto caminha de costas até a sala de sua aula. De alguma maneira, consegue não trombar com ninguém. Deve ser toda a meditação que faz. Gideon é um grande mestre zen.

— Não fale nada — peço, mas já estou sorrindo um pouco, porque meio que gosto de ouvir.

Sem emitir nenhum som, ele pronuncia as palavras "Termina com ele", então me olha por alguns instantes, até se virar e seguir para a sala.

Nas duas aulas seguintes, não penso na NYU. Já estou conformada.

Penso em Deus. Sobre como Ele/ Ela deve ser bem maior do que imaginei. Sobre como talvez, se pensasse em Deus de um jeito diferente, poderia pensar em você de um jeito diferente também. Poderia voltar a ser a Grace de verdade. Antes de você, eu sonhava com as luzes da cidade e aviões que levavam a lugares exóticos. Antes de você, sempre passava um mesmo filme na minha mente, comigo fazendo coisas épicas: estudando em Nova York, viajando para a África para ajudar órfãos, atravessando tapetes vermelhos, casando com um francês gatinho e me mudando para Paris. Mas, depois de você, meu mundo se limitou a suas mãos, seus lábios, ao som da sua voz cantando músicas que você escreveu para mim.

E me assusta, o que eu me tornei por estar com você: meus "nãos" se tornaram "sins", meus "nuncas" se tornaram "talvez". Nesse quase um ano em que estamos juntos, de algum modo me transformei em minha mãe. Piso em ovos, vidro, brasas — tudo para que você fique feliz.

Gideon me pergunta: "Do que você tem tanto medo?".

Questiona: "O que aconteceria se…?".

Diz: "Você merece coisa melhor".

Mereço? Nem sei mais.

TRINTA

Sei que há algo errado assim que você me busca. É uma espécie de sexto sentido. Mas quando entro no carro e te beijo, você corresponde. Me pergunta como foi meu dia. Quase me engana, mas sei que tem alguma coisa estranha.

— Está tudo bem? — pergunto enquanto nos afastamos da escola e seguimos na direção do parque. Apesar de ainda ser meio de março, o clima está esquentando, então resolvemos fazer um piquenique antes do ensaio técnico, às seis.

— Tudo bem — você responde.

Mas você está segurando o volante com força, e os ossinhos das suas mãos já estão brancos. Não quero brigar hoje. Quase não nos vimos desde que voltei do Oregon. A banda está fazendo muitos shows e eu mal tenho tempo livre agora que os ensaios ocupam meu dia. Há uma distância entre nós, uma fenda cada vez maior, e não sei o que fazer. Você começou a ir a festas e a beber muito. Quer que eu seja a típica namorada de um roqueiro, que fuma e fica bêbada com a banda, depois te faz boquete no banheiro sujo de onde quer que esteja tocando. Namorar uma garota que tem hora para voltar para casa é um saco, sei disso. Conscientemente ou não, você me culpa por eu ainda estar no ensino médio, como se eu pudesse evitar. Não sou parte do seu mundo neste momento, não importa o quanto tente.

Você estaciona, então pegamos o cobertor e a comida que você trouxe, depois vamos para uma parte mais isolada do gramado, sob um carvalho. Tiramos os sapatos e eu sento, já começando a mexer na sacola de compras.

— Bom trabalho — digo, segurando um pacote de Oreos.

Você acena com a cabeça, arrancando folhinhas da grama. Largo o pacote de bolacha.

— Gav. O que foi? É óbvio que tem algo errado.

Você fica ali sentado, em silêncio, e eu penso que não vai dizer nada, mas, de repente, explode.

— Eu te vi. Ontem. Você estava falando com um cara e ele colocou o braço no seu pescoço.

Gideon foi, aos poucos, destruindo o muro que construí entre mim e todos os garotos que conheço. Me lembro desse meio abraço, porque fiquei triste quando terminou.

— Como assim você me viu ontem? Estava na escola?

A preocupação se instala em meu estômago. Ainda não esqueci o dia em que você ficou me espionando em segredo no shopping. Isso me deixou paranoica no trabalho, principalmente quando Matt está por lá. Mas como você está me seguindo na escola? Isso foi na hora do *almoço*.

— Só queria saber como se comporta com os outros quando não está comigo — você diz.

— Está me *espionando*?

— Não. Achei que a gente podia sair depois, mas quando vi aquele cara se jogando para cima de você, pensei: "foda-se". Quem é ele?

— É só o Gideon, um ator da peça. — Suspiro. — Sinceramente? Acho que essa regra é idiota. Tenho amigos homens. Você tem amigas mulheres. Não vejo qual é o problema.

— O problema é que não quero outros caras tentando transar

com a minha namorada. —Você agarra minha mão. —Você é minha. Não quero dividir você com ninguém.

Puxo a mão.

— Gav, isso não é realista.

Você levanta a voz. Algumas mães que estão no parquinho olham para a gente.

— Eu aguento um monte de merda e você não pode fazer uma única coisa por mim? Não tem ideia de como isso me afeta. Não mesmo. Não consigo dormir à noite, sabia? Não quando penso em você cercada de caras na hora do almoço, no ensaio, no shopping.

Decido naquele mesmo instante: vou terminar com você. Estou muito cansada de toda essa bobagem. Quero ficar com Gideon. Preciso parar de mentir para mim mesma e para você. Não me importa pelo que passamos, do que abrimos mão para ficarmos juntos. Nat e Lys estão certas: você é controlador. E as coisas só vão piorar. Não vou me transformar na minha mãe. *Não vou.*

Limpo migalhas imaginárias da saia. Preciso canalizar Lady Macbeth. *Com a coragem retesada não falharemos.*

— Gavin... — Engulo em seco. — Acho... acho que devíamos...

Mas você não me deixa concluir, porque sabe o que estou tentando fazer.

— Se terminar comigo, juro que vou me matar.

Minha mente fica... paralisada.

Me.

Matar.

Como um dia pude achar que o fato de você ter tentado o suicídio era de uma beleza trágica? Eu te via como o amante desprezado, o romântico supremo. O que eu tinha na cabeça?

A paralisia passa, e de repente fico zangada. Te odeio por ter me dito isso, por colocar uma arma na sua cabeça e dizer que o dedo no gatilho é meu.

— Não. Você não vai se matar — sussurro, como se dizer essas palavras em voz baixa pudesse acalmar o que existe dentro de você.

— Vou, sim — você diz devagar, como se falasse com uma criança, como se o fato de eu estar no ensino médio e você na faculdade automaticamente te transformasse no lado maduro da relação. Essa é sua voz de Namorado Calmo, que eu odeio.

— Pensei nisso. Tenho um plano. — Você olha para mim. — Sabe que eu vou até o fim.

— Porra, Gavin.

— Quer saber como eu faria?

— *Não*. — Perco a cabeça. A raiva é maior do que o medo. Meus gritos cortam o ar, e não me importo de estarmos no parque, com pessoas olhando. — Qual é o seu problema?

— Acha que gosto de ser assim?

Você se vira, mas não antes que eu possa ver lágrimas escorrendo por seu rosto. Quero que a raiva permaneça, mas parece sumir... sumir...

Não suporto te ver sofrendo. Você está chorando muito, desabando na minha frente, e fui eu que provoquei isso. *Fui eu que provoquei isso.* Envolvo seu corpo com os braços. Você me abraça de volta, e é assim que deve ser, esse é o meu lugar, no círculo formado por seus braços.

— Eu te amo, eu te amo — sussurro.

Quantas vezes você me protegeu? Quantas vezes me convenceu a não pular? Não posso te abandonar agora.

Você pressiona os lábios salgados de lágrimas nos meus. Respiro fundo. Seu cheiro me tira da margem solitária e me leva de volta a você.

— Eu te amo mais do que tudo — você diz.

Penso em você naquela banheira. Na lâmina, no sangue...

Me afasto.

— Gav, você precisa de ajuda — digo. — Vamos falar com alguém. Com a srta. B, sua mãe ou...

— Não preciso de *ajuda*. Preciso de *você*.

— Se não falar com alguém, eu falo — digo.

— O quê? Vai contar para o orientador da escola que seu namorado é louco?

— Não acho que você seja louco — digo. — Só que está deprimido e...

— Por *sua* causa. Porque deixa outros caras ficarem chegando perto de você...

Então me levanto. Foda-se. *Foda-se.*

— Quer saber de uma coisa, Gavin? Estou cansada desse seu ciúme idiota. Eu não te traí, mas, se não consegue parar de me tratar como se isso tivesse acontecido, esse é um bom sinal de que não devemos ficar juntos. — As palavras saltam da minha boca. Quero vomitá-las sobre você. — Ficar me dizendo que sou responsável por sua vida ou sua morte é uma merda, e não mereço nada disso.

Você se levanta e fica a poucos centímetros de mim.

— Eu não estava mentindo, Grace. Você significa tudo isso para mim. Não é apenas uma garota qualquer com quem transo uma vez por semana. Você é minha vida.

Eu me viro enquanto lágrimas de frustração se acumulam em meus olhos. Por que você não confia em mim? Por que não podemos ser felizes? Por que não consigo parar de pensar em Gideon?

— Essas coisas estão me afastando de você — digo calmamente. — Preciso de espaço. Preciso respirar.

— O que quer dizer com isso?

Olho para você. É difícil ficar brava com o garoto mais lindo que já vi. Mas não impossível.

— Que não quero você me espionando nem surtando se eu

abraçar um amigo. E que... você precisa procurar ajuda. Tipo, de verdade. Remédios. Alguma coisa.

— Não preciso tomar nenhum remédio.

— Precisa, sim. Ano passado você foi hospitalizado. E agora está ameaçando fazer a mesma coisa? — Dou um passo à frente e encosto a testa na sua. — Por favor. Eu vou com você, se quiser.

Ficamos assim, abraçados, com sua respiração em meu pescoço, seu coração batendo junto ao meu peito. A ideia de você não estar vivo dói, torna difícil respirar. Ninguém me ama desse jeito. Se eu estivesse em um carro em chamas prestes a explodir, você seria o único que tentaria me salvar, o único que arriscaria a vida para salvar a minha. Não tenho dúvida alguma de que meus pais nem chegariam perto desse carro — inventariam desculpas e diriam a si mesmos que não teriam conseguido de qualquer modo. E minhas amigas e Beth *desejariam* me salvar, mas teriam muito medo de morrer no processo. Enquanto você... Você não pensaria duas vezes.

— Sinto muito — sussurro.

— Eu também.

Beijo seu queixo, seu pescoço, o lóbulo de sua orelha. Sinto seu cheiro.

—Você estava falando sério? — pergunto em voz baixa.

— Acho que estava.

Você é um labirinto, todo cercas altas e voltas infinitas. Não consigo encontrar a saída, não consigo ver por onde passei. Corro, perdida em sua escuridão. Aprisionada. Independente de para onde viro, encontro um beco sem saída. Fico voltando para o início.

Vou para o ensaio depois que saímos do parque. Pela primeira vez desde que comecei a trabalhar com teatro, não tenho vontade de estar ali. Só quero me encolher e esperar que toda a confusão passe. Não quero gostar de Gideon. Não quero ficar pensando em terminar com o cara que durante todo o último ano considerei minha alma gêmea.

Abro a porta que dá para o saguão do teatro. Há membros do elenco correndo de um lado para o outro, repassando falas, praticando lutas de espada. Respondo aos cumprimentos com acenos e adentro o teatro propriamente dito. A srta. B está parada no palco, protegendo os olhos da luz.

— Grace, é você?

— Sou — grito.

— Pode ir até o camarim e pedir para todos que estiverem lá virem ao palco?

Jogo minhas coisas sobre uma cadeira e vou até os bastidores. Lys, Nat e Gideon estão vendo algo em um celular, mas levantam os olhos quando apareço. Não consigo encará-los. Principalmente Gideon. Se o fizer, vou começar a chorar, sei disso.

— Gente, a srta. B está chamando todo mundo para o palco.

Vou embora antes que consigam me impedir.

— Grace! — Nat está na porta, franzindo a testa de preocupação. — Você está bem?

— Claro.

— Não mente — ela diz.

Eu a dispenso e sigo para a primeira fileira, para pegar a prancheta e o bloco de anotações. Subo no palco e a srta. B começa a listar tudo o que preciso providenciar. Anoto enquanto ela caminha pelo palco, inspecionando o cenário.

— Temos que ligar para o cenógrafo. Essa porta não está fechando direito — diz.

Noto Gideon de canto de olho. Está conversando com Kyle, mas olha para mim de vez em quando. Lys me puxa de lado antes que o ensaio comece.

— O que aconteceu? — ela pergunta.

— Nada.
— Até parece. — Ela cruza os braços — Eu te conheço.
Suspiro.
— Te conto à noite. Ainda vamos dormir na sua casa?
— Claro.

Estou arrumando minhas coisas depois do ensaio quando Gideon se joga na cadeira ao lado da minha.

— Quer conversar sobre o que está rolando? — Ele é assustadoramente bom em identificar meus humores.
— Não.

Gideon me analisa por um instante.

— Tudo bem. Você vai hoje?

Ele vai dar uma festinha para o elenco e a equipe, já que seus pais viajaram. Fiquei pensando a semana inteira se ia ou não.

— Vou dormir na Lys, então depende dela.

Mas é claro que vamos. E, a caminho da casa dele, conto tudo às minhas amigas.

— Que porra é essa? — Lys pergunta do banco de trás.
— Concordo com a ideia geral, ainda que não com a escolha das palavras — Nat diz.
— Você precisa terminar — Lys diz. — Aposto que ele fez a mesma coisa com a Summer.
— É — digo. — E ele quase *morreu*.

Ficamos em silêncio no carro.

— Gavin não pode colocar esse peso sobre você — Nat diz. — Não é justo.

— Em minha opinião profissional — Lys fala —, eu diria que ele tem um problema de codependência, além de tendências narcisistas e depressão profunda. Tenho quase certeza de que é o diagnóstico correto. Isso não tem nada a ver com você. Gavin precisa trabalhar essas questões sozinho.

— Você quer terminar com ele? — Nat pergunta.

Jogo as mãos para cima.

— Não sei. Não sei *mesmo*. Amo Gavin, mas...

— Mas...? — Lys diz.

— Gideon — Nat fala em voz baixa.

Hesito, então concordo com a cabeça.

— É. Gideon.

Nat estaciona na frente da casa dele, mas não saímos.

— Acho que você fez bem em falar para ele sobre remédio e tudo mais — Lys afirma.

— Bem, pode ser mesmo isso — digo. — Tipo um...

— Desequilíbrio químico — Lys conclui.

— Talvez ele tome uns remédios e volte a ser o Gavin que todos conhecemos e amamos.

— Talvez não o conhecêssemos de verdade — Nat diz. — Talvez *esse* seja o Gavin real.

Tomamos um susto quando alguém bate na janela. Peter e Kyle acenam para nós.

— Ei — digo, colocando a mão no braço de Nat. — Não conta ao Kyle o que eu falei, tá?

— Eu nunca faria isso — ela diz. — Ele é meu namorado, mas vocês duas vêm em primeiro lugar.

Quando Nat sai do carro, ele a levanta no ar e a gira. Ela joga a cabeça para trás e ri, despreocupada e feliz. Engulo o nó que se forma de repente em minha garganta.

A casa de Gideon é exatamente como imaginei. Tem uma estátua de Buda em um canto e tudo cheira a incenso. Há um pequeno cômodo ao lado da entrada com almofadas de meditação e um tapete de ioga. Máscaras do mundo todo cobrem as paredes, além de fotografias das viagens que ele fez com os pais. A família em frente ao Taj Mahal, à Grande Muralha da China...

—Vocês vieram! — Gideon diz. Ele tem uma garrafa de vodca em uma mão e uma de gin na outra, mas me abraça mesmo assim. Não o afasto.

Quando me solta, viro para Lys.

— Acho que vai ser esta noite.

— O quê? *Opa*. — Ela olha para as garrafas nas mãos de Gideon. — "A" noite.

Prometi a Lys que tomaria minha primeira bebida alcoólica com ela. Quero me divertir. Quero te esquecer. Quero fazer alguma coisa só para mim.

Nat balança a cabeça.

— Não sei, Grace. Talvez você devesse esperar até não estar tão... você sabe...

— Estou bem — afirmo. — Eu quero. Tenho dezoito anos, logo vamos nos formar. Preciso, sei lá, ser iniciada ou algo do tipo.

— É uma língua que só meninas entendem? — Gideon pergunta. — Não tenho ideia do que estão dizendo.

—Você vai ver — Lys fala, pegando minha mão. — Onde podemos encontrar bebidas de adulto?

—Vem comigo. — Gideon atravessa a sala para nos levar à cozinha.

Assim que entramos, membros do elenco em vários estágios de embriaguez nos cumprimentam. A sala por que passamos é arejada e clara, com um grande tapete persa no centro e tapeçarias indianas nas paredes. Há um sofá em L confortável com um tom terroso e uma pilha de livros de arte e viagens sobre a grande mesa de centro. Tem dois gatos deitados nela, observando tudo com desconfiança.

Lys passa os olhos pelas garrafas de bebida em cima da bancada, então pega suco de laranja e a vodca que Gideon tem na mão.

—Vou fazer um hi-fi — ela diz.

Nat olha para a vodca e franze o nariz.

— Parece forte.

— É só vodca com suco de laranja — Gideon explica, então me olha. — Você nunca tomou?

— Grace nunca tomou *nada* alcoólico. — Nat pega uma Sprite. — Vou ficar no refrigerante.

Gideon encosta na bancada, de braços cruzados.

— É mesmo a primeira vez que você vai beber?

Confirmo.

— Primeiríssima.

— Espera aí — ele diz a Lys. — Então ela não pode beber essa merda.

Ele abre a geladeira e pega uma garrafinha de espumante, depois procura uma taça no armário.

— Seus pais não vão sentir falta disso? — pergunto.

Ele faz um sinal despreocupado com a mão e abre a garrafa.

— Tem umas dez lá dentro.

Gideon serve o espumante e entrega a taça para mim. Seus dedos tocam os meus. É eletrizante.

Se terminar comigo, juro que vou me matar.

Tomo um gole. É delicioso, geladinho, frisante. Ouro líquido. Sinto um calor por dentro quase de imediato. Tomo outro gole, maior.

— E aí? — Nat pergunta.

— A primeira bebida perfeita — respondo.

Gideon sorri.

— Sucesso! — Alguém o chama e ele me entrega a garrafa. — Já volto.

— Como ele é fofo! — Nat diz assim que Gideon se afasta.

Bem fofo, tenho que admitir.

— Você está dispensada dos serviços de casamenteira essa noite

— digo a ela. — Sério. Só quero curtir com minhas amigas e ficar um pouco bêbada. Nada de garotos, por favor.

Elas me abraçam cada uma de um lado. Adoro as duas. Talvez eu estivesse errada. Talvez tentariam me resgatar de um carro em chamas também.

E então me dou conta: *você é o carro em chamas.*

Termino de tomar a taça de espumante, depois pego as duas pela mão e as puxo para o quintal. Está silencioso lá fora — todos estão dentro da casa, cantando no karaokê e dançando. O que é bom, porque não quero ninguém olhando caso eu desabe. A casa de Gideon não tem piscina — só um jardim zen, com uma espiral de pedras brancas e cinza. Me distraio momentaneamente com o reflexo da luz nelas.

— Uau! — exclamo.

— Agora entendo por que ele é tão... Gideon — Lys diz. — Eu também seria uma mestre zen se tivesse isso no quintal.

Nat ignora o jardim de pedras. Ela é a única que se dá conta de que estou tremendo.

— Grace — diz, segurando firme a minha mão.

Então de fato desabo. Lágrimas desordenadas rolam e um choro pesado começa. Não quero mais ficar com você, Gavin, não quero, sinto muito e te amo, mas não posso mais fazer isso, não posso, não posso odiar minha vida, quero que tudo apenas pare, por que você não para?

— Aquele idiota — Lys diz. — Olha só o que fez com ela.

Não consigo parar de chorar. Me penduro em Nat enquanto Lys anda de um lado para o outro.

—Você não pode ficar com esse cara — ela diz.

—Você sabe o que ele vai fazer — digo. — Gavin não estava brincando.

— Então que faça — ela rebate.

— *Lys* — Nat a repreende. — Isso não ajuda.

— Eu ainda o amo — digo, com o choro já acalmando.

— Mas você não quer mais ficar com ele — Nat diz. — Está tudo bem. As pessoas se separam. Isso acontece. Querer terminar com Gavin não faz de você uma pessoa ruim.

Dou de ombros.

— Não sei. Se ele não fosse tão... E Gideon... Eu não sei.

A porta de correr se abre. Nat vira, ainda abraçada comigo.

— Ei, Gideon — ela diz. — Desculpa. Emergência feminina.

— Ela está bem?

— Não — Lys responde sem rodeios.

Eu me viro para ele, secando os olhos.

— Desculpa. Estou bem. Quer dizer... vou ficar.

— Posso ajudar? — ele pergunta, me entregando outra taça. — Com alguma coisa além de espumante, claro.

Pego a taça, agradecida.

— Assim já está ótimo.

Ele sorri.

— Certo. Vou voltar lá para dentro. Se precisarem de um assassino, hacker ou cavaleiro Jedi, sabem onde me encontrar.

Dou risada.

— Claro.

Depois que Gideon vai embora, Lys olha para mim.

— Você pode ficar com um *cavaleiro Jedi*. Acho que é uma escolha fácil.

Tomo a taça de espumante de uma vez.

— Opa — Nat diz.

— O que você vai fazer? — Lys pergunta.

Me sinto mais calma. Acho que gosto de espumante.

— Vou garantir que ele comece a tomar os remédios — digo. — E ver se isso muda alguma coisa.

— E se não mudar? — Nat pergunta.

Engulo em seco.

— Então... vou terminar com ele.

E vou mesmo, Gavin. Se você não se recompor, juro por Deus que vou terminar tudo.

TRINTA E UM

Estou de quatro, limpando os rodapés da sala. São cinco e quinze e você vai chegar às cinco e meia. É seu aniversário, alguns dias depois da festa de Gideon. Você não tem show, porque é terça-feira, então vou te levar a um restaurante italiano novo perto da sua faculdade. Digo a mim mesma que, se você não começar a tomar os remédios até o fim da semana, vou terminar. Mas já estou pensando em estender o prazo. Não é certo terminar com alguém que está mal. E parece impossível quando se ama a pessoa.

Tento não sujar o vestido enquanto espalho o produto de limpeza nos rodapés. O pano que passo em seguida sai limpo, porque *não tem sujeira ali*.

Agora minha mãe acha que é preciso limpar a casa de cima a baixo todos os dias. Esfregar, passar aspirador, tirar o pó, limpar os vasos sanitários e tudo mais. Ontem ela viu um pouco de molho de macarrão ressecado sobre a bancada e começou a gritar que o lugar parecia um chiqueiro. Entre trabalho, escola, ensaio e toda essa epopeia da limpeza, estou um caco. Dormi na metade do filme que tentamos ver na sua casa depois da apresentação de domingo. Você me cobriu e ficou abraçado comigo por um bom tempo.

Não sei como passaria por tudo isso sem você me levando para sair, entrando no meu quarto à noite ou me visitando no trabalho.

Sempre que ligo, você atende no primeiro toque. É a primeira pessoa a quem recorro quando as coisas ficam difíceis demais em casa. Tem sido meu salva-vidas, e agora é hora de eu ser o seu. Prometi a mim mesma que não vou deixar de gostar de você. Vou voltar a me apaixonar, porque, se não o fizer, você vai se matar. Sei que vai. Não quero ser egoísta. Nem dura. Quero fazer o que é certo para nós. Você merece isso — nós dois merecemos.

Não vou me permitir pensar em Gideon. Sempre que faço isso, me sinto culpada. Eu te amo, e passamos por muitas coisas juntos. Você teve que lidar com bastante merda — minha família, meus horários, o fato de eu ainda estar no ensino médio. Como posso te deixar, depois de tudo o que fez por mim? Como posso terminar com você quando mais precisa de mim? Jogo Gideon para os confins da mente. Repetidas vezes.

Termino os rodapés e me levanto.

— Mãe? — chamo. — Está tudo limpo.

Eu a ouço atravessar o corredor, e Sam vir logo atrás. Ela está com olheiras escuras e a tinta do cabelo desbotada. Dá para ver mechas grisalhas em seu rabo de cavalo. É estranho ver minha mãe parecendo menos que perfeita. Sempre manteve o cabelo e as unhas muito bem cuidados. Ela se abaixa e inspeciona os rodapés.

— Você esqueceu uma parte — diz, apontando para uma pequena mancha na parede, sobre o rodapé.

Abaixo e passo o pano, prestes a perder a cabeça. Penso em você, em nosso encontro e no quanto preciso sair dessa casa.

Então minha mãe se levanta e balança a cabeça.

— Acho melhor você limpar tudo de novo — diz.

Não consigo me conter. Meus olhos se enchem de lágrimas.

— Mãe, *por favor*. Gavin vai chegar a qualquer momento. Marcamos de sair...

— Quanto antes começar, antes vai terminar.

— Mas fizemos uma reserva...

— O QUE EU DISSE?

O rosto dela se contorce de raiva de repente. Não consigo evitar: entrego os pontos e digo tudo o que venho guardando nos últimos meses.

— A casa inteira está limpa, mãe. Perfeitamente *limpa*. E eu estou cansada, *exausta*, não posso mais fazer isso. Não posso. Você tem um *problema*...

Ela levanta a mão e me dá um tapa forte. Cambaleio até a entrada em choque, olhando fixamente para ela com a mão no rosto ardendo. Minha mãe me segura pelos ombros e me sacode com tanta força que mordo a língua.

— Por que sempre tenho que brigar com você? — grita.

Noto o movimento de canto de olho. Você está parado na frente da porta de tela. Minha mãe deixou a outra porta aberta porque o tempo estava bom. Volto a olhar para ela, em pânico. Constrangida.

— Mãe. *Mãe*. O Gavin está...

— Sua vaca — ela grita para mim, então levanta a mão. Ouço a porta de tela se abrir.

— *Ei!* — você diz, mas não consegue impedir o tapa, tão forte que minha cabeça bate na parede. — Que porra é essa? — você grita. Nunca te vi tão zangado.

Você me pega e se coloca na minha frente. Não consigo parar de chorar, minha cabeça está latejando, meu rosto dói. Eu te amo tanto, Gavin, te amo tanto por vir me salvar.

— Que *porra* é essa? — você grita de novo.

Noto que está tremendo de raiva, e sou tão grata a você, por finalmente ter alguém para me defender.

Minha mãe só te olha, não diz nada.

— Se você voltar a fazer isso, vou chamar a polícia — você diz.

— Deveria chamar agora mesmo, aliás.

Minha mãe pisca, como se estivesse saindo de um transe.

— Gavin, você precisa ir embora — ela diz.

— Com muito prazer. — Você pega minha mão e abre a porta. Estou chorando tanto que mal consigo respirar.

— Onde pensa que está indo, Grace?

Olho para ela e não acredito que depois disso ainda vou ter que ficar em casa.

— Ela vem comigo — você diz.

Olho para você, balançando a cabeça. Não quero nem imaginar as consequências de sair agora.

— Grace Marie Carter, pode voltar para...

Você ignora minha mãe e segura meu rosto entre as mãos, calmo e gentil.

— Amor, você vai comigo. Não vou te deixar aqui enquanto ela estiver desse jeito.

— Mas se eu for...

— Podemos lidar com as consequências depois. Agora vamos. Vou te levar para a minha casa.

Choro ainda mais.

— O restaurante...

— Tudo bem. Podemos ir outro dia.

Minha mãe bate a porta. Você me leva para o carro. Cambaleio, com os olhos embaçados, me dando conta de que estou descalça. Você me deixa no banco do passageiro e partimos.

— Desculpa — digo, soluçando. — Desculpa...

Você para na lateral da estrada e tira o cinto de segurança.

— Vem cá — diz.

Caio em seus braços, ensopando sua camisa em segundos. Você está de gravata, o que me faz chorar ainda mais. Você acaricia minhas costas. Quando me acalmo um pouco, te ouço cantando baixinho minha música preferida, "California Dreamin'".

Eu me afasto e tento secar as lágrimas.

— Devo estar horrível — digo, soluçando.

Você passa a mão no meu cabelo.

— Você é perfeita. — Então você volta a colocar o cinto de segurança, e logo chegamos à sua casa. Os dois outros carros da família estão lá.

— Gav, não quero que eles me vejam...

Você segura minha mão com firmeza.

— Eles podem ajudar — diz.

Seus pais desviam os olhos da televisão quando a porta se abre. Entramos.

— Esqueceu alguma coisa? — sua mãe te pergunta.

Você faz que não com a cabeça e me puxa para mais perto. Só de ver o choque no rosto de sua mãe, volto a chorar. Você explica o que aconteceu enquanto ela me abraça.

— Ah, querida — sua mãe diz. — Está tudo bem. Vai ficar tudo bem.

Ela me leva para a cozinha e pega um pacote de ervilhas congeladas.

— Coloque em cima do galo na cabeça. Vou pegar um analgésico.

Você se senta ao meu lado. Levo as ervilhas ao ponto da cabeça que bateu contra a parede, mas você tira o pacote da minha mão.

— Deixa comigo — diz.

Seu pai anda de um lado para o outro da sala. Ele para e se vira para mim.

— Acho que devíamos falar com seus pais — ele diz. — Para saberem que precisam arcar com as responsabilidades de seus atos.

Faço que não com a cabeça.

— Muito obrigada, Mark. De verdade. Mas acho que só pioraria as coisas.

— Ela não pode fazer uma coisa dessas e sair impune — você diz.

Levo a mão ao seu joelho.

— Está tudo bem.

Você reposiciona o pacote de ervilhas e passa o braço em volta de minha cintura, me puxando para mais perto e me sentando em seu colo.

Sua mãe chega com um analgésico e pega um copo de água para mim.

— Não consigo entender — ela diz. — Por que sua mãe perdeu a cabeça?

Conto sobre a mania de limpeza. Sua mãe franze a testa.

— Ela devia ir ao médico. Está tomando algum remédio?

Faço que não com a cabeça.

— Não temos plano de saúde. E não falamos sobre isso. Só... é como é.

Ouço uma campainha.

— É a máquina de lavar — sua mãe diz. — Eu já volto.

— Não quero que volte para lá — você balbucia. — Já tem dezoito anos, não precisa ficar.

Encosto a testa na sua.

— E para onde eu iria?

— Fica aqui. — Um sorriso se esboça em seu rosto. — Posso arranjar um lugar na minha cama.

Seu pai bate com o jornal na sua cabeça. Você sorri.

— Preciso jogar uma água no rosto — digo, descendo do seu colo. — Já volto.

Quando entro no banheiro e vejo meu rosto no espelho, fico surpresa por você não ter deixado de me amar. Meu nariz está vermelho, meu rosto está todo manchado e ainda ardendo do tapa, meus olhos estão vermelhos, o rímel escorreu e manchou meu rosto, meu cabelo está emaranhado. Esfrego o rosto com sabonete, depois faço um rabo de cavalo. Quando volto, só tem você me esperando na cozinha.

—Vem. —Você pega minha mão e me leva para o quarto.

Deitamos de conchinha. Você me abraça enquanto tento compreender a situação.

— Já aconteceu algo assim antes?

Suspiro.

— Não desse jeito. Já tomei um tapa antes, mas não tão forte. E o modo como ela estava me sacudindo...

Pego suas mãos, feliz por ter você esta noite. Todo protetor e doce. Eu te amo por tudo o que disse e fez. Por que não pode ser esse Gavin o tempo todo? Me sinto péssima por meu interesse em Gideon. Não te mereço. Talvez nunca tenha merecido.

Viro para olhar em seus olhos.

— Estraguei seu aniversário. — Minha voz falha.

— Não, não estragou. Vem cá, linda. —Você me abraça. — Esse foi o melhor ano da minha vida, porque estou com você. Toda essa merda com seus pais vai terminar assim que você se formar.

Penso em quantas vezes você me apoiou quando eu estava com problemas em casa. Em todas as ligações tarde da noite, todas as músicas, todos os presentinhos. Em você escalando minha janela, me levando em aventuras. Não sei como teria sobrevivido à minha mãe e ao Gigante este ano sem sua ajuda.

— Ei, tenho algo que pode te deixar feliz. —Você abre a gaveta da mesa de cabeceira e pega um frasco, que balança na frente do meu rosto. — Remédio para depressão. Você estava certa.

Eu me aproximo e te beijo. Esse, bem aqui, é o motivo pelo qual não posso desistir de nós dois. O que sinto por Gideon provavelmente não passa de uma paixonite boba. Como poderia acabar com o que temos em troca de algo que nem ia durar?

— Não vou deixar mais ninguém te machucar — você murmura junto aos meus lábios.

Pela primeira vez em muito tempo, me sinto segura com você.

— Sinto muito — digo, com lágrimas nos olhos.
— Por quê?
— Não sei. Por tudo.

Gideon. Meus pais. Não ter fé em você.

Você pressiona os lábios em minha testa.

— Está tudo bem agora — diz. — Ou vai ficar.

Quero acreditar em você.

Chego em casa antes do horário estipulado. Deixei o celular lá, então não tenho ideia se minha mãe tentou me ligar. Nem estou com as chaves. Tento a porta da frente — trancada.

Merda.

Toco a campainha, torcendo para não acordar Sam. Um minuto depois, minha mãe abre a porta. Está de cabelos molhados e roupão. Me sinto nervosa, insolente e cansada. Muito cansada. Mas já me preparei mentalmente. Se ela quiser briga, vai ter.

— Senta — minha mãe diz, apontando para a mesa de jantar.

Estou assustada. Tento lembrar que tenho dezoito anos, que eles não têm mais como me controlar. Se eu fosse embora agora mesmo, ninguém poderia fazer nada. *Coragem, querido coração*, como escreveu C. S. Lewis.

O Gigante já está lá, com uma vodca-tônica na mão. Puxo uma cadeira e me sento. Estou tremendo, porque há algo muito definitivo no modo como ele olha para mim e minha mãe se recusa a me encarar.

— Quero você fora daqui — diz o Gigante.
— Não entend...

—Você só vai morar debaixo do meu teto até se formar. Depois vai embora.

Fico olhando para ele.

— Mas... para onde eu vou? Minhas aulas só começam em *agosto*. Nem sei em qual faculdade vou estudar.

— Não é problema meu — ele diz.

Olho para minha mãe.

— Isso é sério?

Ela retribui meu olhar, mas é só.

— Não fiz nada de errado! — grito.

— Fala baixo — ela resmunga. — Se acordar seu irmão, é você quem vai ficar com ele a noite toda. Acabei de conseguir fazer com que dormisse.

— Isso é loucura — digo. — *Você é louca!* Os rodapés estavam limpos, eu tinha um jantar...

— Ela falou para você ficar — o Gigante diz.

—Você nem estava aqui — digo. — Não sabe o que aconteceu.

— Sua mãe disse para ficar aqui?

— Disse, mas ela tinha me batido, e o Gavin...

—Você ficou?

— Não — respondo em voz baixa.

— Então vai assumir as consequências — o Gigante diz.

Eu me levanto, rápido, e toda a raiva guardada dentro de mim desde que nos mudamos para cá começa a sair em forma de palavras.

— NÃO FIZ NADA ERRADO.

O Gigante levanta a mão. Está a centímetros do meu rosto, pronta para me atingir. Minha mãe solta um grito inexpressivo, mas pela primeira vez não estou com medo. Dessa vez, *quero* que ele me bata. Quero pagar para ver.

—Vai em frente — digo, segurando na borda da mesa. Sorrio e

levanto o queixo para que meu rosto fique na melhor posição para tomar o tapa. — Pode bater. Vou adorar.

Porque assim poderia chamar a polícia. Avisar a escola. Ele estaria com problemas, para variar.

Ficamos nos encarando. Seus olhos são de um castanho aguado — cor de diarreia, de terra. Seus lábios se curvam com desprezo, mais de um jeito vilão cômico do que aterrorizante de verdade.

—Você está de castigo — ele diz.

Jogo a cabeça para trás e gargalho.

Durante todo esse tempo, nunca me dei conta de que ele não é um gigante. *Roy* não passa de um homem com um truque na manga.

Que não funciona mais.

TRINTA E DOIS

Pela primeira vez em dias, estou feliz. Natalie me disse hoje cedo que posso morar com ela durante o verão. A mãe dela não hesitou nem um segundo quando perguntou. "Claro que sim", ela disse, como se nem fosse preciso pedir. Não há gritaria, exigências ou amarras na casa de Nat. Só muito amor, boa comida e risos. Estou ansiosa.

— É bom saber que o plano do Gigante saiu pela culatra — diz Lys. Ela dá um chute falso e corta o ar com o braço. — Toma essa!

Nat sorri.

— Um ponto para Grace.

Estou quase satisfeita com o modo com que as coisas aconteceram. Tenho a sensação de que um peso enorme foi retirado dos meus ombros. Passo pelas aulas meio entorpecida. A contagem regressiva começa. Faltam dois meses e meio para a formatura.

Estou pegando os livros do armário para ir embora quando um triângulo de papel cai no chão — grosso e dobrado com cuidado. Uma carta de Gideon. Meus dedos queimam de tanto que quero lê-la, mas não posso te deixar esperando. Eu a enfio no bolso da jaqueta, mas mudo de ideia — e se cair? E se você encontrar? Eu deveria jogar fora sem ler, porque ele não é meu namorado, mas a enfio no livro de francês e o guardo na mochila em seguida.

Não que tenha algo a esconder.

Gideon e eu somos só amigos. É verdade. Eu te amo e repito para mim mesma que vamos ficar bem. Você está sendo medicado agora; vou me formar logo. O restante da nossa vida está prestes a começar. Já está começando, aliás. Você me salvou da minha mãe. Eu estava dentro de um carro em chamas e você me tirou dele. Não o Gideon... *Você.*

Caminho até a frente da escola, onde você está esperando, enquanto a carta parece enviar ondas de choque de dentro da mochila. Eu me apresso, e uma parte de mim sabe que não é por estar ansiosa para te ver — é porque não quero ver a cara de Gideon quando você me receber com um beijo. Entro no carro depressa e bato a porta. Detesto meu coração volúvel de merda.

— Vamos? — digo.

Você se inclina para a frente.

Eu me inclino para a frente.

Você está com gosto de cigarro, então me afasto.

— O que foi? — você pergunta, semicerrando os olhos.

Será que percebeu? Será que nota meu desespero para ir embora?

— Gavin, você está com gosto de cinzeiro.

— Você nunca reclamou disso.

— Bom, agora reclamei. — Estou mal-humorada.

— Por que está assim chatinha? — você pergunta.

Dou de ombros.

— Dia ruim. Desculpa.

Você sai do estacionamento e vai em direção à universidade. Tem um café perto dali ao qual me leva às vezes. Me sinto adulta pedindo um latte em meio aos estudantes. Daqui a alguns meses serei uma deles.

Depois de cerca de quinze minutos dirigindo, você estaciona

em frente a um prédio residencial. Desanimo na hora. A última coisa que quero fazer é ficar com seus amigos. Me sinto uma criança perto deles, como se estar no ensino médio fosse idiota.

— Gav, pensei que ficaríamos só nós dois.

Você sorri.

— E vamos ficar.

Você sai do carro e corre até o meu lado para abrir, sempre muito cavalheiro.

— Esta — você diz, mostrando o prédio com um gesto — é nossa nova casa.

— Comprou um apartamento? — pergunto.

Você está muito feliz, quase dando pulinhos de alegria.

— Estou sublocando de um amigo da faculdade. Ele está fazendo intercâmbio e o cara que tinha ficado no lugar caiu fora. Então o apartamento é nosso até o fim do verão. Vem.

Você pega minha mão e eu te acompanho até o segundo andar. O prédio é novo, com paredes cor de salmão e varandas com churrasqueiras e móveis de jardim. Alguém ouve música pop alto e uma criança berra. Tirando isso, está tudo silencioso. Não vejo mais ninguém.

— Tem piscina — você diz. — Podemos convidar o pessoal quando começar a esquentar.

Sorrio, concordando, mas por que você continua dizendo "nós"? Você abre a porta e dá um passo para o lado.

— Bem-vinda ao lar.

É um apartamento pequeno, de um quarto. As paredes estão vazias e a sala está lotada de guitarras, embalagens de comida pronta e malas abertas.

— O cara que ficou aqui não se deu ao trabalho de decorar —

você diz, me observando analisar o lugar. — E prometo que vou tentar não deixar minhas coisas espalhadas por toda parte.

Você pega minha mão e me leva mais para dentro, parando diante de uma porta fechada no fim do corredor.

— E aqui — diz, empurrando a porta delicadamente — é o nosso quarto.

Nosso.

A única coisa que há no cômodo além de montes de roupas no chão é uma cama de casal com um edredom listrado.

— Nunca vi sua cama arrumada antes. — É tudo o que consigo dizer.

Você ri, baixinho, e passa os braços ao redor da minha cintura, apoiando o queixo no meu ombro.

— Queria deixar assim para você.

Sexo.

É a última coisa que quero, mas como poderia dizer isso ao cara que namoro há quase um ano?

Você me leva para a cama e me deita com delicadeza. Estou tremendo, como se nunca tivéssemos feito isso antes, mas é como me sinto, como se uma dor intensa fosse se espalhar por mim de novo.

Você é delicado e terrivelmente lento. Te beijo com mais intensidade, tento apressar as coisas, mas você só ri baixinho enquanto me beija e murmura:

— Paciência, pequeno gafanhoto.

Você puxa meu jeans até o meio das minhas coxas, depois até os joelhos. Em seguida, tira minha camisa, a que Gideon disse que me faz parecer uma bibliotecária safada.

Gideon.

Fecho os olhos e tento esquecê-lo, o que só o torna ainda mais real. De repente, sei como passar por isso.

Você enfia a língua na minha boca, mas não é mais sua, é dele, e eu finjo não sentir o gosto de cigarro e de café. Fica mais fácil conforme seus lábios descem por meu pescoço, quando suas mãos percorrem meu corpo, especialistas em minha anatomia.

Mordo o lábio quando você pressiona seu corpo contra o meu. Eu te quero — mas não quero você, e sim Gideon, quero o você que é Gideon, e isso está errado, eu sei que está, mas não consigo fazer de nenhum outro jeito.

Você estende o braço e pega uma camisinha, então puxa minha mão para te ajudar a colocar, e eu observo enquanto você fecha os olhos e joga a cabeça para trás, me esquecendo de Gideon. Você é lindo de morrer.

Mantenho os olhos abertos e te puxo para mais perto. Somos uma tempestade tomando o quarto. Eu me agarro a você, caso contrário vou explodir, e suas mãos, e seus lábios, e... não para, não para.

Você cai em cima de mim, nosso suor misturado.

Meu estômago volta a doer, e eu tiro o corpo de baixo do seu. Você me puxa para mais perto, minhas costas nuas contra seu peito nu, e ficamos ali, unidos. Estou tão confusa. Primeiro imaginei que você era o Gideon, o que é errado e pervertido, depois te quis, e agora me sinto mal.

Você vai me causar problemas, digo a Gideon.

You'll be given love, Björk canta. *You just have to trust it.*

Eu me afasto, dizendo que vou tomar um banho. Você me observa enquanto me afasto, sorrindo.

—Você é linda mesmo — diz com a fala arrastada.

Fico de pé no chuveiro, me esquentando na água. Tento tirar você de mim da melhor maneira que consigo. Mas o sabonete não resolve. Não sei como explicar para você — ou mesmo para mim — por que estar aqui parece tão errado. É quase como me manter perto de um desconhecido que poderia me raptar.

Não posso ficar aqui. Não agora. Não ainda.

Sou tomada por uma forte saudade de Natalie, Lys e Gideon. Quero estar no ensaio, falando como é idiota ainda termos que fazer o teste físico do governo, correndo um quilômetro e meio porque somos obrigados. Quero rir do traje ridículo exigido, do fato de Lys ter sido mandada para casa porque as alças de sua regata tinham quatro centímetros de largura, e não os cinco ou mais requeridos.

Por que não posso ser sincera com você? Por que não posso simplesmente terminar, acabar com todo esse sofrimento? Se me sinto assim mal, temos que terminar.

Mas não consigo. Aperto a pele da parte interna do braço. Belisco com força.

Sua idiota. Detesto você. Só está com ele porque é uma covarde, uma tonta que tem medo de terminar sozinha. Vai se foder, Grace. Vai se foder.

Queria conseguir explicar para mim mesma por que sou tão influenciável, tão fraca, tão sem determinação. Você está tomando remédios. Talvez fique bem com o término. É um exercício simples: "Vamos terminar. Estou deixando você. Não estamos mais juntos. Gosto de outra pessoa".

Mas minha boca fica seca, meu coração para. Não sei se meu corpo está me dizendo para não fazer isso ou se só sou covarde demais para fazer o que precisa ser feito. É mais fácil ficarmos juntos. Não mudar as coisas. Não entristecer você.

Não quero ser uma assassina. Não quero ser a garota que te colocou dentro daquela banheira. Estou tão mal agora que nada tem graça. Quase consigo entender por que meu pai se esconde nas drogas e no uísque. Também quero ficar entorpecida.

Eu me seco e me visto. Você está esperando por mim na sala, segurando uma caixa de joia com uma fita ao redor.

— O que é isso? — pergunto.

Você a coloca na minha mão.

— Por que não descobre?

Dentro tem uma chave brilhante, nova em folha.

Você enfia as mãos nos bolsos, o que sei que indica que está nervoso.

— Eu queria... Grace, quero que more comigo. Podemos encaixotar suas coisas esse fim de semana...

— *Esse* fim de semana?

Suas mãos descem pelos meus braços.

— Linda, temos que tirar você daquela casa. Eles já te expulsaram no verão. Vai mesmo ficar lá até *junho*? Sua mãe te *bateu*...

— Ela não me *bateu*. Além disso, Gav, estou no *ensino médio*.

— Você tem dezoito anos. Posso te levar para a aula e te buscar. Com certeza a Nat pode te dar carona para os ensaios e outras coisas do tipo. Posso pegar mais turnos no Guitar Center e você pode contribuir com o dinheiro que dava ao Gigante, se quiser. Já planejei tudo. — Você encosta os lábios na minha testa. — Vem morar comigo.

Eu me imagino acordando com você todas as manhãs. Te preparando ovos, de pijama. Fazendo amor sem medo de ser flagrada. Brincando de casinha. E só consigo ficar atordoada, como se estivesse num brinquedo de parque de diversões que gira sem parar, mas preciso descer, tenho que sair *agora*.

Escapo dos seus braços.

— Não dá, Gav.

Você olha para mim, confuso.

— Claro que dá. Não percebe? Você não precisa da permissão de ninguém. Não vai ser castigada nem se encrencar, *nunca mais*. Fiz tudo para você poder ser livre. Eu disse que não deixaria ninguém te machucar, e estava falando sério.

— Eu sei — digo delicadamente. — E te amo muito por me

proteger. De verdade. Mas preciso ser uma aluna do ensino médio agora. Não quero ser a garota que fugiu de casa para morar com o namorado.

— Por que não?

Envolvo meu corpo com os braços, sentindo frio de repente.

— Seria muito... Não sei. Eu ia me sentir estranha.

— *Estranha* — você repete, com a voz séria. — Arranjei um apartamento para nós, fiz amor com você na nossa cama, e você se sente *estranha*.

— Não é *nossa*...

— É, sim! — você explode. — Tudo o que faço é por você, não entendeu?

Aí é que está. Você diz essas coisas perfeitas com sinceridade. Nada disso é mentira.

— Entendi, sim — digo, baixinho.

Sou péssima em te amar.

— Mas prefere viver com aqueles filhos da puta, ser escrava deles, a ficar aqui comigo?

Você está irado. Furioso.

— Não, não é isso — digo.

Há um ano, eu achava que queria um relacionamento sério. Agora não acho mais. Quero dormir na casa das minhas amigas, beber o espumante do Gideon, ir a festas e ficar com quem quiser.

Mas: "Se terminar comigo, juro que vou me matar".

Toco seu peito. Sinto cada pedacinho de sua raiva, de sua frustração.

— Isso é intenso demais — digo, baixinho.

Você relaxa um pouco.

— Explica melhor — você diz, com a voz surpreendentemente delicada.

— Eu só... tudo está acontecendo muito depressa. Pensei que

nunca chegaria ao último ano e, de repente, *bum!* Vida real. Sabe como é?

— Olha, Grace, se quiser, podemos esperar a formatura. — Você suspira. — Estamos juntos há um ano. Posso aguentar mais uns meses.

— Na verdade... Vou morar com a Nat no verão.

— Que porra é essa?

— Desculpa — digo. — Não sabia que você tinha arranjado um apartamento. A mãe dela disse que eu podia e...

— É só avisar a Nat que mudou de ideia.

Noites de filmes com Nat e Lys, comendo doces, rindo tanto até perder o fôlego.

— Preciso pensar — digo.

Você arranca a chave da minha mão e a guarda no bolso.

— Beleza.

— Gavin. *Para.*

— Vai se atrasar — você diz, já saindo. Te sigo escada abaixo. É claro que hoje é o único dia em que preciso estar no teatro às quatro.

Não conversamos durante todo o caminho. Os pneus cantam quando você freia na frente do teatro. Você mal olha para mim ao se despedir.

Não me preocupo. Você vai me enviar uma mensagem de texto, arrependido. Talvez entre escondido no meu quarto depois que minha mãe e Roy dormirem. Ou vai estar esperando na frente de casa amanhã cedo com donuts, café, beijos e promessas. Eu te conheço, Gavin. Sei que você acha que basta.

Mas não basta. Não mais.

TRINTA E TRÊS

Minha mãe e eu estamos no restaurante chinês. Não consigo me lembrar da última vez que fizemos algo assim, só nós duas. Desde que Roy decidiu me colocar para fora de casa, ela está agindo esquisito. Tipo, está sendo legal. Seus gritos se reduziram pela metade. E ela me deixa sair e tal. Isso me deixa ainda mais triste. Por que não foi sempre assim?

É uma noite de quarta-feira, nada de especial, mas ela pediu para uma amiga cuidar do Sam e deixou um prato de comida para Roy. Vamos jantar antes de eu ir para o teatro.

"Vem", ela disse, de pé na porta do meu quarto. "Noite das meninas."

Agora, ela diz, comendo um rolinho primavera:

— Nem acredito que você já está quase terminando a escola. Falta pouco mais de dois meses.

Vamos mesmo ficar sentadas aqui fingindo que o tapa não aconteceu e que não fui expulsa de casa?

— Pois é. Bem doido.

Estou esperando a formatura há tanto tempo que me sinto meio abalada com sua proximidade. Queria poder conversar com ela sobre isso, que me contasse sobre como se sentiu ansiosa quando estava se formando, mas não temos esse tipo de relação.

— Quando você vai saber em quais universidades foi aprovada? — ela pergunta.

— A qualquer momento. Disseram que até o começo de abril. Verifico meus e-mails sem parar, mas até agora inutilmente. Você preencheu a papelada para a Universidade da Califórnia, então estamos esperando essa resposta também. Parece estranho seguir com nossos planos em Los Angeles. Nem sei se vamos durar até o verão.

Observo minha mãe de canto de olho quando ela não está prestando atenção. Noto claramente o que os anos com Roy fizeram com ela. Cabelos brancos, rugas, os lábios permanentemente encurvados para baixo. Também vejo um pouco de mim em sua aparência cansada e me assusto. Penso que Roy trata nós duas como merda. Não faz muita distinção nesse sentido. Fico imaginando como deve ser ter um marido assim, viver me encolhendo sempre que ele se aproxima. Fico me perguntando se isso ia me tornar uma pessoa ocasionalmente má, se ficaria obcecada por qualquer coisa e esqueceria como é ser jovem.

Quando eu era pequena, minha mãe costumava colocar Supremes para tocar e cantar junto enquanto limpava a casa. Ela preparava biscoitos à noite, só porque queria, para comer no café da manhã. Uma vez, quando eu estava no sexto ano, faltei na escola para irmos patinar no gelo. Outra, ela passou um mês costurando a fantasia perfeita de Branca de Neve para eu usar no Halloween.

De algum modo, nos últimos cinco anos, essa mãe desapareceu. Pouco a pouco, sumiu, como uma folha levada pelo vento.

Agora, o ar entre nós está pesado: faz muito tempo que não damos risadas juntas, que não conversamos. Como reaprender a amar?

— Obrigada por hoje — digo, apontando para o jantar.

É muito raro receber um agrado do tipo da minha mãe. Roy controla o dinheiro dela, por isso nunca tem dinheiro sobrando para jantar fora comigo. Minha mãe assente, espetando um pedaço de tofu com o hashi e levando à boca.

Dou uma risadinha. Ela me olha.

— O que foi? — pergunta, esboçando um sorriso. — É mais fácil assim.

Estico meus próprios hashis.

— Não se lembra do *Karatê Kid*?

Era meu filme preferido quando pequena. Devo ter assistido pelo menos trezentas vezes, sem brincadeira.

— Está falando da cena em que ele tem que pegar uma mosca com pauzinhos?

Confirmo.

— É só praticar. — Ergo as mãos como o sr. Miyagi. — Direita — digo, fazendo um movimento circular com essa mão. — Esquerda — digo, fazendo o mesmo com a outra.

Ela ri.

— Nossa, eu tinha que colocar esse filme para você todo dia.

— Eu sei. — Faço uma pausa. — Precisamos ver de novo qualquer dia. Juntas.

Ela sorri.

— Seria legal.

Nenhuma de nós diz o que está pensando, mas aposto que é a mesma coisa: que nunca conseguiremos fazer isso. Não consigo me imaginar assistindo a um filme com minha mãe na casa de Roy. Mas é gostoso me imaginar ao lado dela, com apenas uma tigela cheia de pipoca entre nós.

— Sinto muito pelo que aconteceu aquele dia — ela diz, com dificuldade. — As coisas... fugiram do controle. Não quero que você saia de casa. Mas... não tenho muito controle da... situação. Com seu padrasto.

— Tudo bem. Vou me divertir na casa da Nat.

A mãe dela vai estar fora, trabalhando em um acampamento de verão até o fim de agosto, então seremos só eu, Nat e Lys. É engraçado como as coisas deram certo. Fui expulsa de casa, mas vou acabar tendo o melhor verão da minha vida.

— Além disso — continuo, porque não consigo deixar de cutucar —, ela não aceita que eu pague aluguel. Então vou poder usar o dinheiro para comprar algumas coisas para a faculdade.

— Ah — minha mãe assente e toma um gole do chá gelado. Parece insuportavelmente triste. — Isso é... muito legal da parte da Linda.

Comemos em silêncio por um tempo. Uma balada dos anos 80 começa a tocar, "Every Breath You Take", do Police. Pela primeira vez, presto atenção à letra.

— Essa música não tem nada de romântica — digo. Já ouvi um milhão de vezes, mas só agora estou entendendo. — O cara é um stalker medonho.

Every breath you take, every move you make... I'll be watching you. Acha familiar?

Dou risada.

— Gavin poderia ter escrito essa merda.

Minha mãe arqueia as sobrancelhas.

— Achei que as coisas não estavam indo muito bem mesmo...

Então CONVERSE comigo a respeito!, sinto vontade de gritar. Se não existisse esse muro entre mim e ela, você e eu ainda estaríamos juntos? Se eu não estivesse tão desesperada para sair de casa, teria ido a encontros nos quais eu sabia que provavelmente ia me tratar mal, mas que ainda assim eram melhores do que uma noite com meu padrasto infernal? Porque às vezes... muitas vezes... você foi o menor dos males. Isso não é amor de verdade. Não chega nem perto de ser.

Quero amor de verdade.

— Não muito — respondo. — Ele... Estamos nos afastando, acho. Gavin não tem sido muito legal.

— Querida... — Minha mãe morde o lábio e desvia o rosto. — Pode acreditar, você não quer ficar com alguém que te trata mal.

Concordo.

— Sinceramente, não sei se vamos ficar juntos.

Uma sensação calorosa acompanha nossa proximidade. É inesperadamente confortável. Eu me agarro a ela, querendo fazer com que dure. Então todas as comportas se abrem e as coisas que não contei vêm com tudo. Digo o máximo que posso a nosso respeito sem admitir que transamos, que você entra no meu quarto sem permissão e que desrespeitamos outras regras. Conto que está me sufocando.

Ela toma um gole de chá e cai no choro.

— Mãe! — Estico o braço e ponho a mão sobre a dela.

— Desculpa — ela grita, tentando controlar os soluços.

— Toma — digo, entregando um pacotinho de lenços de papel que estava dentro da bolsa.

— Obrigada.

Minha mãe seca os olhos e assoa o nariz. Por um minuto, parece uma garotinha perdida que vi no shopping semana passada. Com os lábios trêmulos e os olhos tomados pelo pânico, ela caminhava atordoada, tentando não chorar. Então se sentou onde estava e começou a chorar muito. Foi a coisa mais triste que já vi na vida.

— Você está bem? — pergunto.

Minha mãe respira fundo, trêmula.

— Sinto muito por saber que as coisas tomaram esse rumo. — Ela parece melancólica por um instante. — Você se lembra da casa roxa?

Agora sou eu quem tem dificuldade de segurar as lágrimas. Confirmo, balançando a cabeça. Quase como se tivéssemos combinado, dizemos ao mesmo tempo:

— Creeedo, a casa roxa!

As palavras são mágicas. Acabam com toda a amargura que guardo por causa dela. Ainda estou brava, ainda estou magoada, mas isso me faz lembrar do elo que temos. Nem mesmo um gigante pode quebrá-lo.

— Também sinto muito — digo. Eu a perdoo, até onde posso fazê-lo nesse momento. Seguro sua mão e a aperto.

Ela não solta.

TRINTA E QUATRO

Natalie me dá o braço e apoia a cabeça em meu ombro.
— Adoro essa época do ano — ela diz.
Primavera. Tem tudo a ver com recomeços, mas por dentro me sinto no outono. Amanhã é a noite de encerramento da peça, e isso está me deixando chateada. Quando tenho uma peça para cuidar, passo menos tempo em casa. Logo as longas tardes de tarefas e gritos vão voltar. E estamos em abril, o que quer dizer que qualquer dia desses vamos receber as respostas das universidades. Como é possível que eu não tenha me inscrito na NYU?
— E aí, tudo certo para o baile? — Nat pergunta.
Semana que vem é o baile da Maria Cebola, quando são as meninas que convidam os meninos e os casais usam roupas combinando.
Balanço a cabeça.
— Não vou. Gav tem show.
Ela para e larga meu braço.
— É nosso último ano. Você prometeu.
É verdade. Nat, Lys e eu dissemos que participaríamos de todos os eventos escolares antes de nos formarmos.
— Meu namorado não pode ir — digo. — Que alternativa eu tenho?

— Hum, que tal *ir*? — Ela parece ter segundas intenções. — Gideon ainda não foi convidado. E acho que não ia se importar de ser seu par.

Bato o quadril no dela.

— Pode parar com isso.

— Tá, mas falando sério — Nat diz. — Vá sozinha. Deixo o Kyle de lado e dançamos juntas a noite toda, prometo.

— Desculpa — digo. — Não posso ir. Mas é uma droga, porque queria muito.

Adoro os bailes da escola. Adoro me arrumar com minhas amigas e dançar a noite toda.

— Então *vai* — diz ela, abrindo a porta do teatro. — Sério, Grace. Parece que você não tem mais controle sobre sua vida. Vai mesmo deixar que o maluco do seu namorado tire isso de você?

Ela fala alto enquanto entramos no saguão, e eu me retraio. Gideon me encara, e me deixo levar por seus olhos castanho-escuros. Esqueço que minhas amigas e seus amigos estão vendo. Ele abandona uma conversa e eu me afasto de Nat. Abrimos um sorriso, levianos e descuidados.

Não consigo respirar. Parece que um batalhão de criaturinhas aladas toca minha pele. Como eu disse, quando me apaixono, é sério.

— E aí? — ele pergunta quando se aproxima de mim.

Eu me forço a não o tocar. A não o abraçar, não pressionar os lábios junto aos dele. No que estou pensando? Sou uma péssima pessoa, enganando Gideon, machucando você e...

— E aí?

Ele enfia a mão no bolso e me entrega um retângulo pequeno de papel dobrado. Mais uma de suas cartas épicas, maravilhosas, sagazes, talentosas, perfeitas. É a vez de Gideon me entregar uma — fico me perguntando o que achou da minha ode ao Radiohead, o que pensa a respeito de toda a confusão que sinto em relação a...

tudo. Casa e escola. Você. Fico me perguntando se Gideon leu nas entrelinhas o quanto gosto dele, ainda que eu não possa dizê-lo, porque seria errado. Não podemos ficar juntos.

Quando estendo a mão para pegar a carta, ele a segura um pouco mais, esperando que meus dedos toquem nos dele. Esses modos secretos que temos de nos tocar não são comentados. Ninguém vê. Podemos fingir que nem nós vemos. Quando olho para a frente, corando, noto que seus olhos questionadores estão em mim.

Não posso responder, não posso.

— Você me escreveu um livro? — pergunto, provocando.

— Estou escrevendo. — Ele sorri e enfio a carta no meu bolso.

Kyle e Peter aparecem, parecendo ter visão de raio X. Mesmo sem querer, Gideon e eu nos afastamos um do outro. Fico incomodada, certa de que eles conseguem ver tudo o que estou começando a sentir bem ali, na minha cara.

— Oi... pessoal — diz Peter, olhando para mim e para Gideon. Meio que o odeio agora.

— Oi. — Forço um tom tranquilo. — Faltam só mais duas apresentações. Dá para acreditar?

Kyle balança a cabeça.

— É muito doido que tudo esteja no fim...

— Ainda tem o baile — diz Gideon.

Peter balança a cabeça.

— Não conta. Não é a mesma coisa.

Há muitas coisas muito importantes no mundo — terrorismo, refugiados, doenças... Mas aqui estou eu, obcecada por meus probleminhas idiotas. Sério, meus dilemas com garotos não são nada. Mas parecem tudo.

Logo a srta. B está levando todo mundo para o palco. Guio os atores no aquecimento, fazendo trava-línguas como "Um prato de trigo para três tigres tristes". Meu preferido é: "Em um ninho de mafagafos, havia sete mafagafinhos. Quem amafagafar mais mafagafinhos bom amagafanhador será". Deixo os atores fazendo alongamento e repassando as falas enquanto me distraio com o checklist, o teste de luz e a orientação da equipe. Pela primeira vez em muitos dias, me sinto eu mesma.

Enfim, a apresentação termina. Minha mãe está atrasada e eu tenho tempo demais para pensar em você. O que estamos fazendo, Gav? Por que não conseguimos terminar?

— Cadê sua carona? — Gideon pergunta, parando ao meu lado.

Estou na frente do teatro, recostada em um dos pilares em estilo grego. Deveria ter aceitado quando Nat se ofereceu para me levar para casa, mas pensei que minha mãe já estivesse chegando.

Suspiro, frustrada.

— Não faço ideia.

— Sou dono de um veículo que pode transportar as pessoas a qualquer local aonde elas quiserem ir — diz ele. — Até o levei para lavar ontem, então você se deu bem. Só lavo a Fran em noites de lua cheia.

— Não sei o que é mais esquisito: o fato de você chamar seu carro de Fran ou de agendar as lavagens de acordo com o calendário lunar.

— O que posso dizer? Sou um homem misterioso. — Ele indica com a cabeça seu Golf velho. — Vamos. A carruagem está à sua espera.

Como se você não fosse enlouquecer se soubesse que peguei uma carona para casa com ele.

— Minha mãe está vindo, mas obrigada mesmo assim. — Sorrio. — Vou ter que conhecer a Fran outro dia.

Gideon coloca a bolsa no chão e alonga os braços acima da cabeça.

— Bom, algumas coisas valem a espera.

Não acho que esteja falando do carro. Ele se aproxima e eu estremeço um pouco quando seu braço roça no meu. *Para com isso, sua boba.*

—Você não precisa esperar comigo — digo.

Não vai embora.

— Não estou esperando com você. Estou... dando um tempo. Antes de ir para casa. Pode ser que eu fique meditando depois que você for embora.

Arqueio uma sobrancelha.

— Até parece.

Ele ri, baixinho.

— É.

Permanecemos calados ali por um tempo.

— Grace...

— Não — sussurro. Sei o que ele vai dizer. Está na hora, mas não pode acontecer, porque não quero magoar ninguém.

— Temos um problema — ele diz, baixo. — Você sabe disso.

Cruzo os braços, envolvendo meu corpo.

— Amo o Gavin.

Não olho para Gideon ao dizer isso. Não quero ver a cara dele.

— Eu sei. Mas você não está apaixonada por ele... E é aí que eu entro.

Eu me viro para Gideon, arregalando os olhos. Ele simplesmente disse isso em voz alta, do nada.

E o mundo não desabou.

— Não posso terminar — digo.

— Por quê?

— Não sei.

Me. Matar.

— Tenta explicar para mim — diz Gideon, com delicadeza.

— Tem sido muito difícil — sussurro. — E sempre dizemos

que quando eu me formar as coisas vão melhorar. Sei lá, você sabe como meus pais são rígidos.

— Sei.

— E, tipo, sem tantas regras a cumprir, talvez tudo fique bem.

— Certo... Mas ainda tem a questão do...

Ele aponta para si mesmo.

— Eu sei. — Olho para as estrelas, desejando ter coragem. Querendo segurar a mão dele.

Minha mãe chega nesse exato momento, e eu aceno depressa para ela.

Então pego a mochila, aliviada e decepcionada ao mesmo tempo.

Mas Gideon, pelo que estou percebendo, não é de desistir fácil. Ele me entrega o papel com sua programação do ensaio, e vejo que tem algo escrito atrás.

— Bons sonhos, Grace — diz ele.

E se afasta de mim antes que eu possa dizer alguma coisa.

Grace,

Sabia que existe um lugar em Zagreb, na Croácia, chamado Museu dos Relacionamentos Fracassados? Li a respeito na National Geographic. Pessoas do mundo todo enviam objetos e contam a história de como terminaram. Isso não é ao mesmo tempo triste, esquisito e bonito?

G.

Eu me pego imaginando o que enviaria ao museu depois que você e eu terminarmos. Isso é o mais assustador — não *se* terminarmos, mas *depois que* terminarmos. Gideon me conhece mais do que imaginei.

O colar de estrela, penso.

G.,
Sim, é triste, esquisito e bonito. Não consigo deixar de pensar que é uma espécie de insinuação.
Grace

Grace,
Insinuação? De quem? Minha?
G.

Entro na sala de teatro na tarde antes da última apresentação. O elenco todo está ali, porque estamos um pouco tristes por tudo estar quase terminado e queremos passar o máximo de tempo juntos antes que o feitiço seja desfeito. Gideon está ao piano, tocando um jazz calmo que não reconheço. Parece atento à partitura escrita à mão à sua frente, alheio ao resto do mundo enquanto estreita um pouco os olhos — deve ter esquecido os óculos em casa de novo. Seus dedos compridos e finos voam pelas teclas. De vez em quando, ele para, faz uma anotação na partitura e recomeça. Quando eu me recosto no piano, ele me olha e sorri, como se estivesse totalmente satisfeito. Sem pestanejar, se afasta no banco e eu me sento ao seu lado. Você sabe que tenho uma queda por músicos. A música flui para dentro de mim, e é como se eu descesse saltitando uma rua ensolarada da cidade, mas percebo a melancolia fluindo sob as notas alegres e uma base enigmática. "Tenho que escrever isso na próxima carta para ele", penso. Ele ia adorar essa frase — trocamos palavras bonitas como se fossem beijos.

Ele termina com um floreio e me olha.

— O que acha?

— Adorei. Você sabe. Só quer confete.

Gideon ri, e estou imaginando ou ele se aproxima um pouco mais de mim? Seu braço encosta no meu.

— Qual é o nome? — pergunto.

Gideon toca o refrão. Escuto gotas de chuva e o som de taças tilintando. Risos e suspiros.

— Ainda estou pensando — ele diz.

— Espere aí, você *compôs* essa música?

Eu pensei que ele a tivesse copiado de algum lugar. Sempre vejo Gideon tocando piano e sei que ele é bom — muito bom —, mas não fazia ideia de que era capaz de criar algo assim.

Ele dá de ombros.

— Não é tão difícil... É só botar umas notas no papel, sabe?

— Não sei *mesmo*. Gideon, isso... nossa! É incrível que tenha feito isso.

Ele olha para as teclas. Seus dedos descem uma escala.

— Me dá a mão — diz, delicadamente.

Obedeço, e sentimos um leve e repentino arrepio. Nos entreolhamos na hora. Ouço sinos dentro da minha cabeça, mas são abafados pelo sangue correndo, pelas batidas do meu coração.

Gideon pigarreia, encurvando um pouco os lábios.

— Aqui. — Ele coloca meus dedos nas teclas e me mostra mais algumas notas. Tento imitá-lo.

— Parece que uma manada de elefantes está passando quando eu toco — digo.

— Hum... — Ele ri, e eu bato em seu ombro.

— Você não pode concordar comigo! Isso não é nada... *gentil*!

Gideon cobre minha mão com a dele e pressiona meus dedos lentamente. Fica melhor assim.

Tiro a mão de baixo, me sentindo confusa e culpada.

— Estou estragando sua música — digo.

— Bom, teoricamente, ela é *sua*.
— O que...
Ah. *Ah.*
— Gideon!

Nós nos viramos, os dois um pouco sobressaltados. Peter e Kyle estão nos encarando. Ai, meu Deus. Seus melhores amigos acabaram de ver... o que quer que estivesse rolando.

— Precisamos repassar a luta de espadas — diz Kyle. Ele não me encara.

Antes que eu possa dizer alguma coisa, Gideon levanta e pega a partitura.

— Ainda não está pronta.

Ele apoia a mão no meu ombro por um instante antes de ir até os dois. Permaneço no banco do piano, olhando para as teclas. Pretas e brancas. Sem variações.

Natalie se senta no banco quase no mesmo instante, com uma perna de cada lado.

— Sim — diz ela.
— Sim o quê?

Ela acena com a cabeça para indicar onde Gideon está.

— Sim para ele. *Sí, oui, ja,* querida.

Chacoalho a cabeça, sentindo o rosto arder.

— Para com isso — resmungo. — Amo o Gavin. — Ela me olha torto. — Amo, *sim*.

— Não. Você só sofreu uma lavagem cerebral.
— Nat...

— Todo mundo consegue ver... você e o Gideon. Não é só um interesse bobo. Parece... importante. Ele mexe com você, Grace — diz ela. — Você não está conseguindo enganar ninguém.

Sinto um aperto no peito com essas palavras.

— Por favor, diz que não é verdade.

Porque, se for, é questão de tempo até você descobrir. Ai, meu Deus. O que eu fiz?

— É verdade — diz Natalie, delicada. — E tudo bem. Você só tem dezoito anos. Não pode ficar com Gavin pelo resto da vida porque ele diz que vai se matar...

Balanço a cabeça.

— Preciso ir.

— Grace...

Aceno para ela.

— A gente se vê à noite!

Não olho para trás para me despedir de Gideon porque não confio em mim mesma sozinha com ele.

Corro para a biblioteca. É só quando chego lá que vejo um retângulo de papel enfiado no bolso da minha jaqueta.

TRINTA E CINCO

Grace,
 Olha, é o seguinte: o universo é enorme, não é? E somos só um pontinho em um planeta minúsculo. Não vamos viver nem mesmo um segundo do que uma estrela vai. Mesmo assim... Somos poeira estelar. Li isso em uma revista de ciência, não estou sendo poético aqui: você, eu... somos da mesma matéria das estrelas. Então se lembre disso quando as coisas estiverem ruins.
 Me encontra perto do ginásio depois da aula. Promete? Jura juradinho?
G.

O sinal toca e eu saio correndo para o ginásio, segurando os livros e com a barriga doendo. Vou ver Gideon e tudo vai ficar bem. Mas isso é errado, e eu deveria ir para casa. Esperar ao lado do celular até você me ligar. Você vai à apresentação hoje à noite, e eu estou aqui, fazendo... o que, exatamente? Não é errado, em teoria, conversar com meu amigo. Sua regra não é realista. Parece infantil. Foi criada para ser desrespeitada.

Gideon já está ali, recostado no portão que cerca a piscina na frente do ginásio. Lê um de seus milhares de mangás. Todo nerd e lindo. Adoro como contrai os lábios quando está concentrado. Ele entra em outros mundos como as pessoas entram em salas.

— Oi — digo, meio sussurrando.

Gideon olha para a frente e sorri.

— E aí? — Ele joga o livro dentro da mochila, que está encostada no portão. — Como foi seu dia?

Gideon só faz essa pergunta para mim. Contamos sobre nosso dia um ao outro como se fosse uma história, enfeitando um pouco a coisa, como se estivéssemos sentados ao redor da fogueira.

— Bom, um cavalheiro me escreveu uma música — digo. Meu Deus, já estou sendo engraçadinha. *De novo*.

Ele arqueia as sobrancelhas.

— Me conta mais sobre isso.

E lá vamos nós. Às vezes rimos tanto que minha barriga chega a doer.

Conversamos aos sussurros sobre coisas que são mais fáceis de dizer nos bastidores, quando a escuridão nos envolve como uma capa. Nesses momentos, mantemos as cabeças próximas, como se estivéssemos conspirando.

— Tenho uma proposta a fazer — diz ele.

— Tá...

— Os atores costumam sentir fome antes de uma apresentação à noite... Todo mundo sabe disso.

Escondo um sorriso.

— Claro. Todo mundo sabe que os atores sentem fome de vez em quando.

— Bom, estou curioso... Fazendo uma pesquisa, na verdade. Você gosta de comida? Basta me responder com "sim" ou "não".

— Você leva a enrolação a um nível totalmente novo.

— Jantar — diz ele, se aproximando. Com uma mão no portão, segurando-o com delicadeza. — Comigo. Hoje. — Gideon confere o relógio. — Na verdade, daqui a duas horas, porque temos que chegar cedo ao teatro.

Balanço a cabeça, negando. Eu deveria ir embora. Gavin. Meu namorado. Deveria mesmo.

— E só jantar, Grace — diz ele, tranquilo. — Vamos ser sinceros... É só o combo do Taco Bell. Bem inocente, se levarmos tudo em consideração.

— Nem sei o que estamos fazendo aqui — digo.

— Estamos fazendo isto — diz ele, então me abraça.

— Eu te odeio — murmuro, com a testa encostando no ombro dele.

— Mentirosa — diz Gideon, baixinho. Ele me pressiona mais contra seu corpo e nós dois suspiramos ao mesmo tempo. Ainda bem que não consegue ver meu sorriso.

Gideon usa uma camiseta velha com estampa do Albert Einstein. Seu corpo está quente e tem algo rolando entre nós, dentro de nós, que não sei o que é e não quero que pare. Mas tenho que parar. É errado, é quase traição. Se você visse...

Tento me afastar, mas não muito, e ele me abraça com mais força, passando os dedos em meu cabelo.

— Me escolhe — Gideon diz.

Olho para ele, assustada. Nossos lábios estão a poucos centímetros. Se Gideon me beijar, não sei o que vou fazer. Meus olhos ficam marejados. Não tenho o que dizer. Não faço a mínima ideia.

Ele arruma uma mecha de cabelo atrás da minha orelha.

— Adoro você — diz. — Se tornou minha amiga mais próxima em questão de semanas. Você é a primeira coisa em que penso quando acordo. Me escolhe. Não vai se arrepender. Juro pelo Radiohead e por Shakespeare. E até pelas raspadinhas, se isso deixar a coisa mais doce.

Encosto a testa no peito dele. *Sim, sim*, eu acho. Mas *não* também. Não posso. Ainda que você não tivesse ameaçado se matar se eu for embora, será que o Gideon ia querer ficar comigo se soubesse como meus pais realmente são? Como sou ruim em amar os outros, como sou egoísta? Me sinto usada, marcada, oca. Eu te dei tudo, Gavin. Acho que não tenho mais nada para dar ao Gideon. Ele merece coisa melhor.

— Não volta para ele — diz Gideon. — Ainda que a gente... ainda que você decida que não é... — Ele desce as mãos pelos meus braços e entrelaça nossos dedos. — Ele te machuca. E ver isso está me matando.

Gosto de segurar a mão dele. Gosto que queira me tocar o máximo que pode. Gosto de como seu olhar se suaviza quando me vê. Estou te traindo, não estou? Deve ser traição. Pensei que eu não fizesse isso.

Eu me afasto.

— Gavin e eu estamos juntos há quase um ano. Ele faz parte de mim. Terminar seria... sei lá, você fala como se eu pudesse simplesmente... — Faço um gesto com a mão. — Não é tão fácil.

Vai embora, eu imploro. *Vou te destruir. Tenho problemas.*

Os dedos de Gideon soltam os meus. Ele se recosta no portão, de braços cruzados.

— Por que não?

Gideon não diz isso com raiva nem frustração; não semicerra os olhos como você faz quando está bravo. É como se eu continuar com você fosse um problema de matemática que ele não consegue entender. E Gideon é muito, muito esperto. Não sou a única completamente perdida aqui.

— Porque... — Minha testa está franzida. Eu me abaixo para pegar os livros e a mochila. — Porque não posso, tá? Eu... amo o Gavin. — Endireito o queixo e tento falar com mais convicção. — Amo o Gavin.

Gideon balança a cabeça.

—Você diz que o ama como se fosse uma pergunta, não uma resposta.

Ele se afasta do portão e dá um passo para a frente. Eu deveria recuar, mas não o faço. Gideon tira um pedaço de papel do bolso e o coloca entre as páginas do meu livro de estatística.

— Por você, vale a pena esperar. — Ele abre um sorriso torto. — A gente se vê à noite.

Quando Gideon começa a se afastar, algo dentro de mim desmorona. Então ele se vira e se aproxima de novo, determinado. Antes que eu consiga me mexer, protestar ou qualquer outra coisa, Gideon se abaixa e beija minha testa, com os dedos em meu queixo.

— Sem palavras. Ótimo... Bem o que eu esperava. — Ele sorri. — Estou querendo fazer isso há um tempo.

E então Gideon vai embora de verdade, com as mãos nos bolsos e a bolsa a tiracolo atravessada no ombro.

Por um lado, quero correr atrás dele, virá-lo e beijá-lo como me imagino fazendo sempre que estou entediada na aula.

Escolhe ele.

Faz isso.

Sua idiota, não deixa esse garoto ir embora.

Espero Gideon dobrar uma esquina e começo a atravessar o campus. Na metade do caminho, vejo uma pessoa vindo na minha direção. O jeito de andar me é muito familiar, com passos largos e os braços balançando.

Paro e fico só olhando.

— Onde você estava? — você exige saber.

— Hum... — É meu pior pesadelo. PIOR PESADELO. — Só... arrumando minhas coisas. Sabe como é. Para a noite.

Como posso ter deixado Gideon me *beijar*? Beijos na testa contam, claro que sim.

— São quase três e meia — você diz.

As aulas terminam às duas e quarenta. Como é possível que

Gideon e eu tenhamos ficado juntos quase uma hora? Pareceram minutos. Segundos.

— Eu...

— Peter e Kyle disseram que te viram com um cara do teatro. Gideon. Quem é, porra? O cara que estava no ônibus na excursão para o Oregon? Aquele que te abraçou?

Acabei de trair meu namorado? Sou essa garota?

— Sim, esse é o Gideon. Bom, ele... ele está na peça e...

— Olha só para você. Mentindo para mim. Eu te conheço. O que está escondendo?

Você segura meus ombros como se quisesse tirar a felicidade de dentro de mim à força. Penso na raiva nos olhos da minha mãe quando fez aquilo. Você seria capaz de me machucar, Gavin?

— Nada — digo. — Juro, nada.

Olho para o bilhete que Gideon enfiou no meu livro. Preciso de uma distração. Não sei o que está escrito nele, mas se você souber que ele existe vai exigir ler e então vai saber... Gideon diz coisas como "amo sua mente" e "Você é a única pessoa que entende minhas esquisitices".

Você abaixa as mãos.

—Vim aqui para te levar para tomar um sorvete, porra. — Fico corada, me sentindo culpada. — Para comemorar a noite de encerramento.

— Gavin, estávamos falando sobre a apresentação e sobre um disco de que nós dois gostamos. Perdi a noção do tempo, só isso!

— Que disco? — Por ser você, por ser música, o rumo desta tarde depende da minha resposta.

— *Kid A*, do Radiohead.

Você ri.

— Ah, claro, aquela bosta.

Fico me perguntando se o fato de você não gostar de Radiohead é motivo para eu terminar. Não entendo como é possível.

Você me olha com tanta frieza que meu estômago se revira.

—Você está me traindo?

— Gavin. — Estico a mão em sua direção, mas você dá um tapa para afastá-la. Minha pele arde.

Você repete a pergunta pausadamente:

—Você está me traindo?

Balanço a cabeça em negativa.

— Eu te amo. Nunca trairia você. Não acredito que perguntou isso.

Estou mudando de assunto. É o que todo mundo que trai faz.

Você morde o lábio, com os olhos marejados. Como fui capaz de fazer isso?

— Olha... — Eu te puxo para mim. Não é como com Gideon, que me abraçou. *Eu* tenho que abraçar você. Tenho que te segurar para você não se desfazer.

Me. Matar.

— Não posso te perder — você sussurra. — Não posso.

Depois de sabe-se lá quanto tempo, você se afasta e estende as mãos para segurar meus livros.

— Pode deixar... — começo a dizer, mas você os tira de mim e os segura com força.

— O que é isso? — você pergunta, puxando o bilhete de Gideon.

Eu o arranco de sua mão, sorrindo.

— Opa — digo de um jeito brincalhão e engraçadinho. — Assunto feminino ultrassecreto. Coisa da Natalie.

Você estreita os olhos.

— Sei.

Não sou de correr riscos, mas não tenho escolha. Eu o ofereço a você.

— Pode ler, se quiser. Fala sobre cólicas, dramas com garotos e...

Você olha para o papel por muito tempo, e eu acho que desconfia, mas talvez prefira não saber. Então rejeita o bilhete.

— Não precisa.

Enfio o bilhete de Gideon no bolso, com as mãos tremendo. Você é tão esperto, Gavin. Se não tivesse ameaçado se matar, eu teria escolhido o Gideon assim que ele sugeriu isso. Melhor ainda: teria *me* escolhido.

Você passa o braço pelos meus ombros.

— Desculpa — diz baixinho. — É que quando o Peter e o Kyle...

— Eu entendo — digo. — Também ficaria maluca.

Você enfia a mão no bolso de trás da minha calça jeans e a mantém ali.

— Gavin — digo, tentando me afastar. — Alguém vai ver...

— E daí?

Sinto o estômago doer.

Por você, vale a pena esperar.

— Preciso ir para casa — minto.

Você está usando a camiseta com a palavra ROCKSTAR que eu te dei logo que começamos a namorar. Você a adora. Às vezes me pede para dormir com ela para que fique com meu cheiro. Agora está desbotada e tem um furo perto do ombro. Não é a nossa cara? É o que tenho vontade de perguntar. *Não é a nossa cara?*

Você suspira.

— Então pelo menos me deixa te levar.

Entro no carro, mas você dirige até o seu apartamento.

— Eu estava falando sério — começo, então você me interrompe com um beijo e desce o zíper do meu jeans.

— Aqui... — você sussurra contra meus lábios — ... ou lá dentro?

Não voltamos aqui desde aquela primeira vez. Devo isso a você. A culpa se espalha dentro de mim, ameaça me controlar.

Eu me remexo e me afasto.

— Lá dentro — sussurro. Sou fraca. E talvez queira ser. — Não tenho muito tempo.

Você esboça um sorriso.

— Não precisamos de muito.

Assim que entramos, eu me entrego ao toque, ao suor, à saliva e aos beijos molhados. Porque você merece isso. Porque é o mínimo que posso fazer. Penso na carta de Gideon no bolso do jeans e torço para que não caia. Você me coloca de joelhos. Desce sua cueca. Seus olhos imploram. Exigem.

Você tem razão. Não precisamos de muito tempo.

TRINTA E SEIS

Estou na coxia, dando as últimas ordens. Kyle está no palco, fazendo o discurso final do palhaço. Estou em um poça escura de luz azul, então Gideon surge atrás de mim e cruza os braços sobre meu peito, pousando o queixo no topo da minha cabeça. Ele é tão alto.

— Gideon... — sussurro. Qualquer um poderia ver, mas não o afasto. É nossa última apresentação. Não vamos mais poder nos esconder no escuro.

Ficamos desse jeito por alguns minutos, comigo entregue a ele. Gideon sussurra coisas engraçadas no meu ouvido, tenta me fazer rir. Os lábios dele resvalam no meu cabelo quando peço que as luzes sejam apagadas. Não é nada profissional, mas adoro cada segundo cheio de culpa.

— E... luzes acesas — digo no microfone do fone de ouvido.

O palco é iluminado fortemente, e Gideon parte para o centro com o resto do elenco. Todos levantam os braços e fazem reverência. Então sinalizam para que eu e a srta. B nos aproximemos. Meus olhos ficam marejados. De repente me dou conta de que é minha última apresentação aqui. Da próxima vez, estarei na faculdade.

De volta aos bastidores, todo mundo está feliz. Foi uma boa apresentação final, com a casa lotada. Os garotos partem em direção ao camarim deles. Acompanho as meninas até o feminino, para ajudar com o figurino. O espaço é pequeno e cheira a perfume e maquiagem.

— Não acredito que foi nossa última apresentação — diz Lys. —Vamos nos formar em *dez semanas*.

Inacreditável.

Natalie olha para mim enquanto reaplica o batom.

— E aí? — diz ela.

— E aí? — eu digo.

Nat revira os olhos.

— "Adoro você"?

Contei a elas tudo o que aconteceu à tarde, menos a última parte com você. Detesto a mim mesma quando ficamos juntos. Parece que a cada vez perco mais um pedaço de mim. Em pouco tempo, não vai sobrar mais nada. *Sua tonta. É o que você merece.*

— Não mereço Gideon — digo. — Ele... Tenho bagagem demais.

—Você tem problemas com a figura paterna — diz Lys.

— Como eu disse: bagagem.

Os olhos de Nat brilham.

— Pode parar. Não seja boba. Vai machucar o Gideon. Já está fazendo isso.

— Eu sei — sussurro. Tenho tentado ignorar o desejo nos olhos dele, a dor quando tento me manter longe.

— Concordo com a Nat nisso — diz Lys, ajustando o vestido cor-de-rosa e vestindo um par de meias com lacinhos que vão até o joelho.

— Eu te amo — diz Nat. — E entendo que a situação com o Gavin seja complexa. Mas não dá para ter as duas coisas. Não é justo colocar Gideon no meio.

Ela tem razão. Não é justo. Estou puxando Gideon para a confusão. Ele não vai esperar para sempre. E não vou terminar com você em breve. Tenho que acreditar que os sentimentos por Gideon vão passar. Vão, sim. É só um leve interesse que eu levei longe demais...

Ouvimos um grito lá fora e corremos até a entrada do palco que leva ao pátio ao ar livre, reservado para o elenco e a equipe. Você está ali, segurando um taco de beisebol. Peter e Kyle te seguram.

— Está transando com a minha namorada? — você grita para Gideon. —Vou te matar. *Vou te matar*, seu bosta.

— O que é isso? — pergunta Gideon, apontando para o taco. — Está me desafiando para um duelo ou algo assim? Quanta besteira.

Ele olha para mim e é um soco em meu estômago. Percebo que não está falando só com o Gavin... está falando comigo também.

Ele te machuca. E ver isso está me matando.

— Gavin! — grito, correndo em sua direção. — Para! O que está *fazendo*?

— Cale a boca, sua puta — você me diz, com a voz ameaçadora. Paro. A palavra ecoa. Nat e Lys ficam boquiabertas.

— Chega — diz Gideon em voz baixa. Ele segura minha mão e me puxa com delicadeza para longe de você. Deixo que o faça. Uma eletricidade nos percorre. — Não fala com ela desse jeito.

Você olha para minha mão na mão de Gideon. Eu a solto, batendo a palma contra a coxa. Minha pele arde. Não consigo respirar.

— Grace é *minha* namorada, porra. Falo com ela como quiser. — Suas palavras são sérias, mas seu rosto, seu olhar... Você quer *me* matar, não o Gideon.

— Idiota — Nat murmura ao meu lado. Então fala mais alto: — Tirem o Gavin daqui ou vou chamar a srta. B. — Ela levanta o celular. — Melhor ainda: vou chamar a polícia.

—Vamos, cara — Peter diz.

353

Você fica observando Gideon por um longo tempo.

— É isso que quer? — você pergunta, apontando com a cabeça na direção de Gideon. — Esse imbecil magricela que nem barba tem?

Gideon tem dezessete. É um ano mais novo do que eu, dois mais novo que você. Você parece ainda mais velho que ele, com os cigarros em um bolso e a chave do apartamento no outro.

Sei que devo dizer alguma coisa — mandar você sumir e correr para os braços de Gideon ou dizer "Não, eu te amo, para com isso". Melhor ainda: ir embora sozinha. Mas não digo nada.

Porque não sei o que fazer.

— Tá. — Nat levanta o celular. — Vou ligar.

— Meu Deus — você murmura. — Estou indo, Natalie. Para. — Você olha uma última vez para Gideon. — Fica longe dela.

Ele esboça um sorriso.

— Acho que seria melhor para todos os envolvidos se *você* ficasse longe dela.

Peter e Kyle te arrastam para longe, mas não antes de você me lançar um olhar furioso e malvado, enquanto ainda segura o taco com força.

Gideon mal espera você sair para me puxar para si. Todo mundo está olhando, mas não me importo. Nem ele.

— Esse cara é um psicopata — diz Gideon. — Falando sério. Termina com ele. Você merece coisa melhor.

Talvez mereça, mas não o Gideon. Ele é bom, gentil, puro. Acho que nunca teve uma namorada. Eu nem consigo contar quantos boquetes paguei para o cara que acabou de ameaçar estourar a cabeça do garoto com um taco de beisebol.

Me sinto desgastada e vazia. O poço de tristeza que se abre dentro de mim fica mais e mais fundo.

— Grace — diz Gideon daquele jeito tranquilo e gentil dele —, você não faz ideia de como você é incrível. Acredita em mim. Você precisa terminar com ele.

Acabo assentindo, porque quero confiar nele. Muito.

— Tá bom.

As palavras saem da minha boca com um gosto apimentado e me despertam.

Ele me afasta o suficiente para me encarar.

— Sério?

— Vou terminar. Amanhã.

Gideon seca as lágrimas em meu rosto sem conseguir esconder um sorriso. É do tipo que daria para ver a quilômetros.

— Isso quer dizer que vou poder te beijar de verdade? — pergunta ele. Dou risada e soluço ao mesmo tempo. Gideon apoia a mão no meu ombro para me consolar. — Você consegue.

Algo dentro de mim se solta. Eu consigo. Suspiro e me recosto em Gideon. Ficamos assim até a hora de ir embora.

>   *Grace,*
>
>   *Não estou bravo. Juro. Sabia que era pequena a possibilidade de você terminar com ele. Apesar de ter me habituado a recitar as primeiras falas do duque em* Noite de reis*. Você se lembra de nós dois no Oregon, sentados lado a lado durante a apresentação? Eu estava morrendo de vontade de lamber seu rosto, só para ver se o gosto combinava com seu cheirinho cítrico.*
>
>   *Se a música é o alimento do amor, não parem de tocar;*
>   *Deem-me em excesso, tanta que,*
>   *Depois de saciar o apetite, mate-o de náusea.*
>   *Aquela toada de novo! Com uma cadência moribunda:*
>   *Ah, ela chegou aos meus ouvidos como o suave som,*

Que respira sobre um monte de violetas,
Roubando e devolvendo aromas!
Basta, já chega:
Não é mais tão suave como antes.

Estou com saudade, Grace. Não quero perder sua amizade. Para de me evitar, tá? Prometo que não vou mais citar Shakespeare. São duas da madrugada, não consigo dormir e... não quero tornar tudo isso mais difícil do que já é. Então amigos?
G.

oi, linda...

gravei esta música para você. vai entrar no disco! dá uma ouvida. é a versão acústica, como você gosta. estou ansioso para te ver no show à noite. te amo mais do que tudo.

<u>*Grace*</u>
Sei que não sou perfeito
Mas com certeza vou tentar
Só me dê mais uma chance
Para provar que posso te amar
Você é minha graça
Você é minha Grace
Esse sentimento não é pouco
Vou implorar como um louco
E provar meu amor a você
Provar que só quero você — só você
Você é minha graça
Você é minha Grace
Linda, chega mais perto
Não desiste de mim
Estamos muito próximos de tudo o que queremos

Estamos muito próximos de tudo de que precisamos
Você é minha graça
Você é minha Grace
Preciso de você
Quero você
Amo você
Você é minha graça
Você é minha Grace

Cara srta. Carter,

Em nome da Universidade do Sul da Califórnia, tenho o prazer de convidá-la para se juntar a nós no próximo semestre e dar continuidade à sua carreira acadêmica. Dentre centenas de candidatos, você foi uma das poucas escolhidas para nossa prestigiosa Escola de Artes Cênicas. Em breve, receberá mais informações pelo correio. Parabéns e seja bem-vinda!

Continue lutando,
Eleanor Hopkins
Reitora
Escola de Artes Cênicas da USC

Grace guerreira!

Aqui é Nat, sua melhor amiga. Olha, sei que sua vida amorosa está maluca. E não é segredo para quem estou torcendo. Mas — e sei que isso vai parecer loucura — lembre que são só GAROTOS. Você não vai se casar com nenhum deles, PROMETO. Tenho certeza disso porque ouvi boatos de que certo modelo de cuecas da Calvin Klein está LOUCO de amor por você e quer que seja a mãe dos filhos dele. Shhh, não conta pra ninguém.

Sinto sua falta. Faz semanas que não saímos as três juntas (e, coincidentemente, três semanas desde o incidente do taco). Íamos nos divertir no último ano, lembra? Já estamos quase em MAIO! Não afaste todo mundo que te ama, tá? Pode até tentar, mas NÃO VAMOS SAIR DE PERTO. (E estou dizendo isso porque esta cidade é minúscula, então, tipo, nem temos como fazer isso.)

Teeeeeeeaaaaaaamooooooo!

Nat

Graça (*gra*.ça)
substantivo
1. *elegância simples ou refinamento de movimento*: ela andava pelo palco com uma graça simples.
- *gentileza*: pelo menos ela tem a graça de concordar que Radiohead é a melhor banda do mundo.
- (*graças*) *uma maneira educada e atraente de se comportar*: ela demonstra todas as graças sociais quando dirige uma peça (menos quando Peter não decora as falas).
2. (*na crença cristã*) *a graça livre e imérita de Deus, conforme manifestada na salvação dos pecadores e na concessão de bênçãos*: você merece toda a graça do mundo.
- *um talento divino ou uma bênção*: ela tem as graças de Dioniso, deus do teatro.
- *a condição ou fato de ser favorecido por alguém*: você nunca deixará de estar nas minhas graças — por mais que tente.
3. (*período de tolerância*) *um período oficialmente concedido para pagamento de uma quantia devida ou por cumprimento de uma lei ou condição, principalmente dado como favor especial*: meus sentimentos por você estão se tornando mais fortes durante esse período de graça.

Você é uma das minhas amigas mais próximas, uma pessoa maravilhosa com uma alma linda. Seja lá o que acontecer, não se esqueça disso.
G.

grace...

  meu terapeuta disse que era uma boa ideia te escrever uma carta para dizer o que estou sentindo. no começo, fiquei meio "foda-se", mas aí comecei a pensar a respeito e percebi que preciso mesmo tirar essas coisas do peito. sei lá, estou indo ao terapeuta e tomando a porra dos remédios <u>por você</u>. reconhece isso pelo menos? é uma merda você me coagir a ir, dizendo que só assim ficaria comigo. foi pedir muito de mim depois do que fez.

  ELE. você sabe de quem estou falando.

  pensei que eu estava bem, depois que fizemos as pazes e você jurou que nada tinha acontecido. percebi que eu precisava de ajuda porque teria acabado com a raça dele se Kyle e Peter não tivessem me segurado, mas não consigo me esquecer dele segurando sua mão. e de você <u>deixando</u>. conversei com minha mãe sobre isso e nós dois concordamos que não é nada, como você diz. estou sofrendo muito por isso, grace. tipo, de não conseguir dormir. meu médico teve que aumentar a dose porque os remédios simplesmente pararam de funcionar. não consigo escrever nenhuma música, só umas merdas emo.

  <u>*você está acabando com a minha vida.*</u>

  e estou te deixando fazer isso. você é uma droga maldita da qual não consigo me livrar. tem ideia de como é viciante? eu deveria te transformar em comprimidos e vender na rua.

não sei o que fazer. te amo muito. tipo, eu morreria por você, de verdade. mas você está me deixando louco. eu nunca faria isso com você. como ia se sentir se descobrisse que estou sempre com outra garota? de mãos dadas? a sensação ruim que teve lendo isso <u>é o que sinto o tempo todo.</u>

e não vem dizer depois que é melhor terminar. você não é a única pessoa nesse relacionamento. então é o seguinte:

para de me provocar. para de me arrastar para a lama. para de falar com ele. chega dessas cartas e conversas depois da aula, chega de ficar almoçando com o cara, ligando ou sei lá o que vocês fazem e eu não sei. peter me contou tudo, então nem tenta mentir. e para de escutar as vacas das suas amigas que me odeiam e querem que você fique com ELE. por que você está dando as costas para mim, mas não para elas?

grace, eu te amo. não vê isso? o que mais tenho que fazer para mostrar que temos que ficar juntos? somos almas gêmeas. você é minha. por favor, não brinca comigo.

Gav

Grace

Você está lendo o que escrevo? Às vezes acho que minhas cartas são como folhas de diário que acabam no lixo. Ele viu alguma delas? Por isso você não responde?

Olha, sei que a situação toda é uma droga. E sei que você acha que não podemos ser amigos. Mas isso é LOUCURA. Você é uma das pessoas de quem sou mais próximo. A única com quem posso conversar a respeito de tudo o que se passa na minha cabeça. Deus, Radiohead, o mundo — todas as coisas que importam. Não podemos pelo menos manter isso? Prometo que não vou falar sobre nossa "situação", tentar beijar sua testa ou dizer coisas como "Quero muito, muito beijar sua testa". Juro por todos os deuses.

Você não está bem, dá para ver. E por que está passando o intervalo do almoço na biblioteca? É seu último ano. Nat e Lys estão superpreocupadas. A srta. B também. Você não vai participar da apresentação do baile da primavera porque estou no elenco? Se for o caso, eu saio. Sei que ele não quer que a gente fique perto um do outro. Apesar de você saber o que penso a respeito, não quero que você perca sua última chance de trabalhar em uma apresentação na Roosevelt.

Tem uma expressão que os professores de ioga da minha mãe usam:

"namastê". Significa: *"A luz que existe dentro de mim reconhece a luz que existe dentro de você"*. Namastê, Grace.
Volta pra gente.
Volta pra mim.
G.

Gav,

    É nosso aniversário de um ano de namoro, mas acordei hoje desejando estar morta. Por um segundo, desejei muito estar. Queria acordar nas nuvens ou no esquecimento ou como quer que seja que acontece quando morremos. Isso me aterrorizou. Não existe uma maneira boa de dizer o que estou prestes a dizer. Então, vou dizer logo: estou terminando com você. A partir deste momento, não estamos mais juntos. Ainda te amo, mas não estou apaixonada por você. Ou talvez esteja, não sei. Essa confusão é motivo suficiente para terminar, não acha? Só sei que a gente briga o tempo todo. E que está sempre bravo comigo. Também sei que, não importa o que eu faça, nunca é o bastante para você. E que te magoei muito com essa história do Gideon. Posso te dizer agora que, apesar de nada ter acontecido, gosto dele. Muito. Sinto muito.

    Não vou ficar com o Gideon depois de escrever isto. Não vou ficar com ninguém. Preciso de um tempo sozinha, para entender quem sou e o que vou fazer com o resto da minha vida. Estamos juntos há tanto tempo que não tenho ideia de como nos diferenciar. Nós dois sacrificamos partes enormes de nós mesmos — eu, a NYU; você, a UCLA. Já está na hora de parar com isso. Somos muito jovens. Estou desesperadamente infeliz, Gav. Começo a chorar quase no instante em que acordo e pego no sono em meio às lágrimas na maioria das noites. Nada me traz alegria. Sou um zumbi, vagando pela escola nesse estupor depressivo. Não posso continuar assim. É meu último ano e me esforcei demais para chegar onde estou.

Sinto muito por estar fazendo isso por carta, no dia do nosso aniversário de namoro. É o pior momento e parece de propósito. Mas tenho certeza de que não vou conseguir terminar com você pessoalmente, com você sendo gentil, lindo e meu. Não sei se temos futuro. Talvez descubramos daqui a alguns anos. Talvez não. Por favor, me dê espaço e eu prometo fazer o mesmo.

Eu te amo, Gav. Te amo muito. Só que não consigo mais. Por favor, não se machuca. Por favor.

Grace

TRINTA E SETE

Seguro forte a carta que escrevi e fico olhando pela janela do carro enquanto Nat acelera até seu apartamento.

— Estou tão orgulhosa de você, Grace — ela diz. — Sei como é difícil, mas, sério, não está se sentindo melhor?

Confirmo, mas não tenho tanta certeza.

— Acha mesmo que não é igual a terminar por mensagem de texto? — pergunto, mostrando a carta, com seu nome na frente.

Lys se pronuncia do banco de trás:

— Você só está fazendo dessa forma porque aprendemos pela experiência que ele ameaça esmagar a cabeça dos outros quando está irritado.

É verdade.

— Mas é nosso aniversário de um ano. Talvez eu devesse esperar um dia. É tão difícil.

— Imagina só — Lys diz. — Você não entrega a carta. Ele vai te pegar à noite e te levar para sair. Você vai fingir que está tudo bem o tempo todo, mas o cara não é burro, então vai perguntar o que há de errado, e vocês vão ter uma briga gigantesca. Daí, quando você tentar terminar, ele vai chorar e pedir mais uma chance... Está acompanhando?

Confirmo, triste.

Nat olha pelo retrovisor.

— Acho que está na hora da playlist de fim de namoro — ela afirma.

— É claro que sim. — Lys pega o celular na mochila e o conecta ao som do carro.

—Vocês fizeram uma playlist de fim de namoro para mim? — pergunto.

— É claro que fizemos — Lys diz quando "Fuck You", da Lily Allen, começa a tocar.

Começamos a dançar. Quando chegamos a seu apartamento, crio coragem para sair do carro. Seu Mustang não está no estacionamento, então você só vai ver a carta quando voltar para casa depois do ensaio com a banda. Vocês têm show hoje à noite, algumas horas depois do nosso encontro, de modo que não vai poder ficar muito deprimido. De certa forma, escrevi a carta no momento perfeito, porque você vai poder extravasar a tristeza e a raiva da melhor forma: por meio de sua música. Não sei se vai tentar se matar, como aconteceu quando a Summer terminou com você. Está mais velho agora, tomando remédios e fazendo terapia. E o término não está vindo do nada. Nem me lembro da última vez que nos vimos e não brigamos.

— *Você vê o cara na escola todos os dias — você disse alguns dias atrás. — Como sei que não estão se pegando entre as aulas, ou transando no carro dele na hora do almoço?*

Essa linguagem grosseira não me afeta como antes. Já me acostumei a ouvir esse tipo de merda. As cartas de Gideon ardem dentro de mim: Namastê. Volta pra mim. *Não nos falamos durante todo o mês de abril. Sinto falta dele. Sinto falta de quem sou quando estou com ele.*

— Não entendo por que está comigo se acha que sou esse tipo de pessoa — retruco. — Termina comigo, se não confia em mim.

Agora sinto que não tenho o direito de terminar com você. Fui eu quem te traí emocionalmente. Não posso te magoar assim e depois te largar. Mereço ser largada. Estou esperando isso. (Por favor, me larga.)
— Terminar? — Você ri. — É isso que quer, não é?
— Eu te amo — sussurro. Então reúno um pouquinho de coragem. — Mas estou cansada de brigar todo dia...
— Eu te odeio — você diz em voz baixa. Quando olha para mim, a maldade em seu rosto me provoca arrepios. — Te odeio quase tanto quanto te amo.

Fico olhando para você. Não tenho palavras, apenas esse medo que toma conta de mim. Você é muito maior do que eu e tem mãos fortes de guitarrista. Levo os dedos ao pescoço, aperto a clavícula. Penso em como encontrou um taco de beisebol e o levou ao teatro. Se ninguém tivesse te segurado, teria batido em Gideon com ele? Em mim?

Não sei mais quem você é.

O pânico toma conta do meu peito. Lembro que esqueci o celular em casa e que estamos no meio de um condomínio abandonado e escuro, porque tem uns caras da banda dormindo no seu apartamento e queríamos conversar a sós. Ninguém ouviria meus gritos aqui.

Eu me aproximo de você, porque meu toque é a única coisa que te acalma. Estico o braço e coloco a palma em seu rosto. Aproximo os lábios dos seus. Seus olhos são duas fendas estreitas. Não sei o que isso significa, só sei que preciso dar um jeito de te domar.

— Somos almas gêmeas — sussurro. — Almas gêmeas não se odeiam.

Pego sua mão e te levo para o banco de trás do carro. Me deito nele, puxando você para cima de mim. Isso sempre funciona — sua pele junto à minha, seu hálito na minha boca.

— Quero você — sussurro. — Só você. Sempre.

Depois, você me leva para casa, em silêncio. Quando me deixa, fecho a porta do passageiro com cuidado, como se agora você fosse o Gigante e eu tivesse medo de te acordar.

Entro no quarto, pego uma folha de papel, e começo a escrever: "Gavin".

Fico parada na porta do seu apartamento. Lembrar o olhar de felicidade em seu rosto quando me trouxe aqui pela primeira vez dói. Do outro lado dessa porta está o futuro que você estava tentando construir para nós dois. Estou prestes a destruir tudo isso. Meu celular vibra no bolso. Sinto náuseas, porque sei que é você. Pego o aparelho e abro a mensagem — tem uma foto sua segurando um pacote de presente da joalheria do shopping. Sou uma babaca.

Nat buzina. Quando olho para trás, ela e Lys estão imitando as garras da coreografia da Lady Gaga, com enormes sorrisos que dizem "você vai conseguir". Faço sinal de positivo. Vou conseguir. Guardo o celular no bolso e encosto a palma da mão na porta por um minuto, repassando um ano de lembranças na cabeça: você fazendo serenata para mim no corredor da escola para me convidar para o baile, você me beijando sob as estrelas, banhado pelo luar. Aniversários e feriados, momentos horríveis e lindos. Suas músicas, seus sorrisos, suas mãos me tocando como se eu fosse um tesouro valioso. Então penso em quando você disse que me odiava, em um ano de lágrimas, gritos, beijos punitivos e sexo para esquecer. Um ano de uma desesperança que se arraigou profundamente dentro de mim. Quinhentos e vinte e cinco mil e seiscentos minutos em uma montanha-russa que se recusa a parar.

Meus olhos se enchem de lágrimas quando coloco a carta sob a ponta do capacho que sua mãe te comprou. Então volto correndo para o carro e Nat liga o som no último volume. Está tocando "We Are Never Ever Getting Back Together", da Taylor Swift.

— Acho que a ocasião pede raspadinhas — Lys afirma.

Durante o restante do dia, me sinto leve como o ar. *Estou solteira*, penso repetidas vezes. *Estou livre.*

Eu estava falando sério quando escrevi que não iria atrás de Gideon, mas uma parte de mim quer correr para os braços dele e ficar lá por um bom tempo. Pode ser esperançoso demais achar que ele vai me perdoar por ter despedaçado seu coração e depois o ignorado durante o último mês só para me proteger. Estou tão acostumada a ter isso — um garoto para me esconder de meus problemas. Só que... os garotos *são* os problemas.

— Não me deixem fraquejar com o Gideon — digo às meninas. — Sei que preciso ficar sozinha.

Lys assente.

— Amigas vêm em primeiro lugar.

Nat aumenta o rádio quando começa a tocar "Sorry", da Beyoncé.

Middle fingers up, put them hands high, wave it in his face, tell 'em boy bye...

Não tenho notícias suas. Achei que teria — mensagens infinitas ou ligações que teria que ignorar. Mas não. Fico decepcionada. Não que eu quisesse que lutasse para voltarmos, mas achei que o ano que passamos juntos garantiria algum tipo de reação.

Quando chego em casa, acendo todas as luzes do quarto e algumas velas. Coloco a trilha sonora de *Rent* para tocar e guardo tudo o que está relacionado a nós em uma caixa: cartas, presentes (o colar de estrela, a pulseira com o símbolo do infinito)... Apago nossas fotos do celular. Tiro as que estão em porta-retratos no quarto. Depois me deito de barriga para cima e fecho os olhos, sonhando que estou em Paris. Com Jacques ou Raoul, baguetes, *café au lait* e piqueniques às margens do Sena. Vou à Notre Dame, ao Louvre e subo na Torre Eiffel. Depois estou em Nova York, em um barco no

Central Park, em um jantar tarde da noite com amigos. Em uma cabine de som, comandando um espetáculo na Broadway.

É só quando estou olhando para a cidade do alto do Empire State, um pontinho entre os milhares de luzes piscando, que pego no sono.

Minha mãe chega na frente do hospital e eu pulo do carro antes mesmo de parar. Corro até o balcão de informações. As palavras saem sozinhas — nem sei o que estou dizendo.

— Preciso... meu namorado... ele sofreu um acidente...

A recepcionista acena com a cabeça, calma.

— Qual é o nome dele, querida?

— Gavin. Gavin Davis.

Ela verifica alguma coisa no computador enquanto espero, sem fôlego e morrendo de medo.

— Quarto quatrocentos e sete. O horário de visita está quase no fim...

— Obrigada — digo enquanto corro para os elevadores, do outro lado do saguão.

As pessoas que estão no elevador se afastam para me abrir espaço. É raro chover por aqui, mas estou ensopada, com uma calça velha de pijama e uma regata coladas ao corpo. Me esqueci de colocar sutiã e estou com muito frio. Por que hospitais são tão gelados? Não sei como você está. Só sei o que li na mensagem de texto da sua mãe ao acordar: que você sofreu um acidente à noite, estava no hospital e eu devia ir imediatamente para lá.

No momento, não sinto raiva. Isso vai vir depois. Só sei que te amo e que você pode estar muito ferido. Vou fazer de tudo para garantir que fique bem. Nunca devia ter escrito aquela carta.

Saio correndo quando as portas do elevador se abrem. A enfermeira me entrega um crachá de visitante e aponta para o fim do corredor. Eu me apresso, batendo os chinelos molhados no piso emborrachado. Quando chego ao seu quarto, paro, assustada. Sua mãe deve me odiar por causa da carta, por ter terminado nosso namoro assim. Você merecia uma conversa pelo menos, mas sou uma covarde.

Por favor, esteja bem.
Só preciso saber que você está bem.

Paro na frente da porta fechada, hesitando. Quem quero enganar? Se eu entrar, vamos voltar. Aquela carta, com toda a coragem que precisei reunir para escrevê-la, não vai significar nada. Então ambos voltaremos à estaca zero. Tento ouvir alguma coisa, mas é em vão. Sei que sua mãe deve estar no quarto com você. Seu pai também. Sei que deveria entrar agora mesmo, porque você está machucado e precisa de mim, mas não entro.

Dou meia-volta e corro para os elevadores. As portas não se abrem de imediato, então desço pelas escadas, como se você pudesse, de algum modo, me perseguir. Estou quase terminando de atravessar o saguão quando minha mãe chega.

— O que aconteceu? — ela pergunta. — Não te deixaram entrar?

Como posso explicar? Ela sabe sobre a carta e já me falou que foi uma forma terrível de terminar com você. Que agi errado. "Estou tão decepcionada com você", minha mãe disse. "Coitado." E então descobri do acidente e fiquei achando que era culpa minha, como se minhas mãos estivessem no volante e meu pé no acelerador.

— Não posso entrar lá, mãe. Se fizer isso... — Eu desabo, chorando. — Vamos voltar e...

— Grace Marie Carter. Não foi assim que te eduquei. Entra naquele elevador e vai ver se o Gavin está bem.

— Mas...

— *Agora*.

Ela tem razão. Sou uma péssima pessoa. Extremamente egoísta. Não consigo imaginar um cenário em que você não verificaria se eu estava bem. Só porque terminamos, não significa que não me importo se está vivo ou morto.

Alguns minutos depois, bato com cuidado na porta.

— Pode entrar — sua mãe diz.

Abro a porta e a primeira coisa que vejo é você na cama do hospital, com hematomas e arranhões por todo o seu lindo rosto. Perco a cabeça.

Sua mãe fica entre mim e a cama, seu pai está sentado em uma poltrona no canto. Só quero te abraçar e fazer tudo desaparecer, o acidente, a dor que você está sentindo e aquela carta. Porque *eu* fiz isso. É minha culpa. Como posso ter sido tão idiota?

— Talvez não seja uma boa hora… — sua mãe começa a dizer, mas você estica o braço que não está preso ao soro na minha direção.

— Está tudo bem — diz baixinho. Para ela, para mim. Não tira os olhos do meu rosto.

Sua mãe alterna o olhar entre nós dois, franzindo a testa, desconfiada.

— Mãe, está tudo bem — você diz. — Quero que Grace fique.

Seu pai se levanta, mas não me diz nada. Eles saem juntos do quarto, mas não antes que sua mãe me lance um olhar acusatório que diz "você quase matou meu filho". Mereço isso, mas dói. Os dois foram tão bons comigo. E eu me dou conta, também tarde demais, de que não magoei apenas você: magoei toda a sua família. Eles nunca vão me perdoar, e não os culpo.

Quando a porta fecha, corro em sua direção. O lado direito de seu rosto está roxo. Você se contorce de dor quando tenta sentar.

— Gav… Gav…

— Shhh — você diz, colocando o braço enfaixado ao meu redor.

— Desculpa, amor — choro. — Desculpa. — Subestimei como ficaria assustada ao te ver desse jeito. — Você está todo quebrado? — pergunto.

Você diz que não.

— Só machucado. Não tive sangramento interno nem nada mais sério. Disseram que vou receber alta amanhã. Deu perda total no carro, mas que se dane. Acho que tenho um anjo da guarda ou algo parecido. — Você faz uma pausa e suaviza a voz. — Eu devia ter morrido.

Encosto os lábios em seu pescoço e sinto o cheiro. É de hospital, e parece errado, muito errado. Você me conta o que aconteceu: leu minha carta e encheu a cara. Por volta de uma da manhã, pegou o carro.

— Eu não estava raciocinando — diz. — Só... vi o semáforo fechado e decidi que não importava. Não me lembro do que aconteceu depois.

O médico diz que você é o cara mais sortudo da cidade. Que bater em um poste a mais de cento e quarenta quilômetros por hora devia ter te matado. Um milagre.

— É o que eu queria que tivesse acontecido — você diz.

Meu coração para. Meu corpo todo fica frio. Lembro a expressão no rosto de Summer quando ela entrou na sala de teatro ano passado e contou o que você tinha feito.

— Vamos fazer um acordo — você diz. — Ficamos juntos até o fim do verão. Se ainda quiser terminar quando começar a faculdade, tudo bem. Mas me dê esse verão, sem seus pais e as regras deles, para provar que fomos feitos um para o outro.

— Gav, você disse que me *odiava*.

Você balança a cabeça.

— Não estava falando sério. Vamos, você sabe que não. Eu estava com raiva...

—Você está com raiva o tempo todo — digo, gentilmente. Estico o braço e tiro seu cabelo da frente do rosto. Você pega minha mão.

— Eu te amo, Grace. Do fundo do coração. — Seus olhos, nos quais já me perdi tantas vezes, suplicam. Geleiras, picolés, o mar. De um azul tão particularmente seu que nunca vi em outro lugar.

— Certo — concordo. — Até o fim do verão.

Você me puxa para a lateral da cama, para o seu lado, e em minutos está dormindo, exausto. Fico ali até a enfermeira me dizer que preciso ir embora. Me solto de seus braços, encosto os lábios em sua testa, depois fecho a porta com cuidado. Sua mãe está sentada sozinha na sala de espera vazia. Quando me vê, levanta.

— Li a carta — ela disse. — Estava... no bolso do Gavin. Me entregaram as roupas dele depois que... Tinha tanto sangue...

Lágrimas escorrem pelo rosto da sua mãe, e eu a abraço como ela fez tantas vezes comigo. Perder você significaria perder seus pais também. Não pensei nisso. Espero que sua mãe me afaste, mas ela não faz isso.

— Desculpa — digo. — Eu não sabia o que fazer.

Sua mãe se afasta.

— Grace, por que não me contou o que estava acontecendo? Você sabe como Gavin é frágil. Eu podia ter ficado de olho nele.

Abaixo a cabeça, envergonhada. Estive tão fechada em mim mesma que nem me ocorreu falar com seus pais. Ou talvez estivesse com medo.

— Desculpa — repito. — É que está sendo tão difícil e... — Começo a chorar, e ela aperta minhas mãos.

— Amamos tanto vocês dois. E Gavin te ama mais do que tudo no mundo.

— Eu sei. Também o amo.

— Como... como ficaram as coisas? — ela pergunta.

—Vamos voltar. Vamos tentar fazer dar certo.

Middle fingers up, put them hands high, wave it in his face, tell'em boy bye...

Cheguei tão perto.

Ela franze a testa.

— Não posso dizer que isso faz com que eu me sinta melhor. Você o magoou muito. Aquele tal de Gideon...

— Não traí Gavin — digo. — Nunca faria isso.

Ela suspira.

— Não vou me meter. Mas... você é parte da família agora, Grace. É como uma filha para nós. Quando faz essas coisas, não afeta apenas o Gavin.

Concordo com a cabeça, me sentindo censurada.

— Eu entendo.

— Gavin vai voltar para Birch Grove por uma ou duas semanas. Quero que fique em casa depois do que aconteceu, ainda que ele prefira ir para o apartamento. Preciso de sua ajuda para ficar de olho nele, para garantir que tome os remédios. E preciso que me diga se houver algum problema. Você pode falar comigo sobre qualquer coisa. Certo?

— Certo.

—Vou descer para encontrar o Mark e comprar um café. Quer um?

Faço que não com a cabeça.

— Preciso ir embora. Minha mãe está esperando.

— Está bem. Você passa aqui depois da aula?

Confirmo. Ela me dá outro abraço e sai. Abro a porta de seu quarto e te observo por um minuto. Você poderia ter *morrido*, Gav. Eu teria que ficar diante de seu túmulo sabendo que a culpa era minha. Que você não ia compor mais nenhuma música por *minha* causa. Mas não morreu. Temos outra chance. Seu peito se movimenta e seus olhos se mexem sob as pálpebras. Eu me pergunto com que está sonhando. O monitor cardíaco está estável. Você está recebendo medicamentos na veia. Continua vivo.

Fecho a porta com cuidado e sigo na direção dos elevadores.

TRINTA E OITO

Estou sentada no chão da cozinha, segurando uma faca.

Você não sabe disso. Está ensaiando para ser um rockstar enquanto sua namorada está agachada contra a lava-louças, imaginando se teria coragem de tirar a própria vida.

Mal consigo respirar, por causa da avalanche de lágrimas. Vou me enterrar viva. Vou fazer cortes e mais cortes na pele. Juro que vou. E vou incendiar essa casa se isso significar cortar você da minha vida, me libertar, me livrar de Gavin Davis. Faz uma semana desde o acidente, e entrei em um buraco negro do qual não consigo sair. Não posso mais fingir que estou bem, não posso. Por que você tem que dificultar tanto as coisas para mim? Por que sua vida tem que ficar nas minhas mãos? Não tenho força o suficiente para te segurar.

Mantenho o celular pressionado contra a orelha enquanto espero Nat atender. Ela está feliz, animada.

— Oi!

— Não consigo mais — digo. Dou mais um soluço.

Dizem que a melhor maneira de partir é cortando os pulsos. Dizem que não dói muito. É como adormecer, só que faz mais sujeira. Coisa que você já sabe.

O tom de Nat muda imediatamente.

— Grace? O que foi? — Ela parece uma leoa irada. — O que ele fez?

Tantas coisas. O que você *não fez* — hoje, nos outros dias? Ignoro a pergunta dela.

— Estou cansada demais. Não consigo. Não consigo.

— Grace. Termina com ele. Isso precisa acabar.

Meu corpo todo estremece. A escuridão dentro de mim me arrasa.

— Não é tão simples.

— É, sim. Que se dane se ele morrer.

— Puta merda, Nat.

— Desculpa — ela resmunga.

Você parece uma música rodando sem parar na minha mente, no último volume. *Vaca. Puta. Vagabunda. Eu te amo. Não vê isso? Mais uma chance, só mais uma chance. Eu te odeio.*

Não posso ficar com você até o fim do verão como combinamos. Sei disso. Você diz que quer ficar comigo para sempre, que vai ser melhor dessa vez, lembra que eu prometi que daria uma chance a nós dois. Estou com medo. Não vou conseguir te ver em uma cama de hospital de novo.

— Quer que eu vá até aí? — ela pergunta. — Posso ir.

Esta casa é uma prisão, uma Alcatraz residencial. Nat melhoraria tudo. Faria as barras desaparecerem. Mas minha mãe nunca permitiria. Porque amanhã tem aula.

— Grace?

Olho para a faca. Para a lâmina afiada e o cabo preto. Ela me assusta. É de verdade. Pode causar um estrago, se eu quiser.

— Estou com uma faca na mão — sussurro. Então repito, para poder ouvir as palavras, dar o próximo passo. — Estou com uma faca na mão.

Um dia, vou me lembrar disso. Desse grito por socorro. Até

mesmo neste momento, uma parte de mim sabe que só quero sentir o peso da faca na mão, saber que existe uma saída, se preciso. Saber que posso controlar isso. *Esta é minha vida*, quero resmungar. Para você, meu namorado psicótico, para minha família que só grita, que só pune. *Se eu quiser, posso pôr um fim nela*. Essa parece a única decisão que é só minha.

Pelo menos tenho algum poder.

Nat e eu conversamos por uma hora. Ela me tira da beira do precipício com sua voz calma e seu jeito caloroso, garantindo que nem sempre será assim. Ela diz que vamos sair daqui. E eu acredito nela, pelo menos um pouco. Porque e se não sairmos, meu Deus?

Quando o sol finalmente se põe, percebo que preciso parar de chorar. Tenho que me recompor, porque minha mãe e Roy vão chegar em casa daqui a pouco. Preciso fazer o jantar. Cuidar para que tudo fique perfeito: os livros enfileirados em ordem, a grama do jardim regada, o jogo americano alinhado na mesa. Tudo isso para que eles não me ataquem assim que chegarem. Preciso ser a Filha Perfeita. A Enteada Perfeita. Caso contrário...

— Tem certeza de que está bem? — Nat pergunta, sem se convencer.

— Estou, de verdade. Juro. Desculpa o drama.

— Termina com ele.

— Não consigo — sussurro.

Tenho um milhão de motivos. Não tenho nenhum. Não importa. Essa sensação de não conseguir é mais forte do que qualquer outra coisa, como se você fosse um bruxo que me enfeitiçou. (É isso? Porque explicaria muita coisa. Se você me disser que é mágico, Gavin, vou acreditar.)

Desligo. Levanto e guardo a faca. Ela pisca para mim enquanto a enfio na caixa de madeira. Queria poder fincá-la em seu coração, para acabar com nosso sofrimento. Mas enxugo os olhos e arrumo a mesa para o jantar.

Abro o vidro totalmente, então coloco a cabeça para fora e grito, sentindo o vento bater. Estou a trezentos e quarenta quilômetros de você. É uma delícia.

— Uhuuuuuuuuuu!!!

Volto para dentro. Natalie sorri.

— *É isso aí.*

Nunca pensei que minha mãe ia me deixar fazer uma viagem de carro para Los Angeles com minhas amigas, mas quando minha irmã sugeriu nos apresentar à vida universitária no fim de semana, tudo o que ela disse foi: "Agora você tem dezoito anos. A decisão é sua".

Um ataque alienígena teria sido menos surpreendente.

Tudo isso foi coisa da Nat. Depois que liguei com a faca na mão, ela insistiu para que fôssemos viajar. E então ligou para Beth. E para Lys, lógico. Três dias depois, aqui estou eu, fugindo de tudo o que me deixa acordada à noite.

Você está puto com isso, claro. Não gosta da ideia de Nat e Lys passarem tanto tempo sozinhas comigo. Tem medo de que vão nos separar. Vou te dar uma notícia, Gavin: elas já nos separaram. E não ajuda nada você falar sobre minhas amigas sem parar. Você quer que eu pare de andar com as duas. Não confia nelas, nem deveria. As meninas não torcem por você. De jeito nenhum.

Não consigo tirar sua última música da cabeça. Você a tocou para mim um dia depois de sair de Birch Grove. Seus pais te obrigaram a fazer terapia quando recebeu alta do hospital. O encontro acabou em gritos, porque você descobriu que eu tinha ido a uma festa na qual Gideon também estava. Não importa que mal tenhamos conversado e que ele esteja namorando. Ainda assim, foi: "Sua puta, te odeio". Você é tão esperto, Gav. Sabia que se sobrevivesse àquele acidente, eu nunca ia te largar. A menos que queira sujar minhas mãos com seu sangue. Você tem sorte por ter acertado na aposta. Agora pode fazer ou dizer o que quiser, não pode? Me tem onde sempre quis.

Você venceu.

Esta é sua música:

Eu te observo dormindo à noite
E quero saber com o que sonha
Apoio a mão no vidro
Quero você aqui comigo
Há uma janela entre nós
Vidro denso o tempo todo
Não consigo me lembrar
De quando você era minha

— Bom, preciso dos detalhes — Nat diz quando nos sentamos numa barraca de tacos na beira da estrada. — Quantas vezes ele te observou dormindo?

— Muitas, pelo visto — digo. — Acho que ele está tentando ser romântico, mas...

— Nem vem — diz Lys, pegando uma batata frita e passando no molho. — Isso é assustador. Mais que isso, até.

Não admito, mas concordo. Pensar em você do lado de fora da minha janela à noite não me encanta, como deve ter pensado. Você nem estava tentando esconder nada quando tocou a música para mim — parecia orgulhoso do solo de guitarra antes mesmo de terminá-lo.

— Vamos mudar de assunto? — peço.

— Não, acho que a gente tem que encenar isso — diz Lys.

— Melhor não — resmungo. Lys e sua psicanálise...

— Olha, daqui a alguns anos, você vai ter que me pagar, tipo, uns cento e cinquenta dólares por hora para resolver seus problemas. É melhor usar meu conhecimento de graça enquanto pode — diz ela.

Eu a imagino sentada a uma mesa, usando a mesma roupa de agora: uma blusa na qual está escrito "Eu arraso", brincos grandes de abacaxi e jeans rosa neon com estrelas brancas.

— Não acredito que...

Nat me interrompe.

— Na verdade, acho que a Lys tem razão. Isso pode ajudar.

Reviro os olhos.

— Beleza.

Lys sorri.

— Eu vou ser o Gavin, claro. — Ela fala mais baixo e encurva o corpo. Sabe te imitar bem. — Oi, linda.

Natalie ri.

— Oi... Gavin.

— E aí? — Ela faz um gesto para que eu comece a falar.

— Eu, hum, gostei muito da sua música, mas... talvez você não devesse me observar dormindo. Sei lá, meus pais vão ficar putos se descobrirem que você...

— NÃO — diz Lys. — Diga a ele como *você* se sente.

— Não quero fazer isso — digo. Enfio uma batata frita na boca, depois outra.

Lys solta um suspiro mais do que dramático.

—Você não tem escolha.

— Posso colocar cortina no meu quarto.

Nat estende o braço sobre a mesa e segura minha mão.

— Nós te amamos. Por que você é tão louca?

— Não sei — sussurro.

Mas sei, sim. Tudo isso — as brigas, as lágrimas, ter magoado Gideon — terá sido por nada se nem tentarmos ver como seria a vida quando eu me formar. Quantas vezes eu me imaginei podendo ir a todos os seus shows e às festas depois deles sem ter que me preocupar com meus pais e com o horário de voltar para casa? Quantas vezes você sonhou em acordar ao meu lado, em me encontrar para almoçar entre as aulas? Você está doente, e tentando melhorar. Se tomasse os remédios certos, se encontrasse o terapeuta certo, talvez...

Terminar com você é difícil demais agora. Sair com meus amigos, participar das atividades do último ano da escola, até planejar ir sozinha à formatura, já que você tem show... posso fazer essas coisas.

A Universidade da Califórnia tem um campus enorme em Westwood, uma parte moderna de Los Angeles. Encontramos uma vaga para estacionar em uma rua pontuada por palmeiras, então seguimos para o apartamento de Beth, que fica a cinco minutos do campus.

Está tocando música no último volume em uma unidade no térreo. Um cara só de bermuda sai e acende um baseado, bem ali, na nossa frente.

— Meninas — diz ele, tocando um chapéu imaginário.

Nat olha chocada, enquanto Lys ri sem controle e segue em direção às escadas.

— Não aguento mais essas duas — digo para o cara, com um sorrisinho.

Ele sorri e me oferece o baseado.

— Quer?

Recuso depressa, balançando a cabeça. É a primeira vez que me oferecem um. Só conheço o cheiro por causa das poucas festas às quais fui com você.

— Ela está no *ensino médio* — diz Natalie, com o tom de reprovação de sempre. Parece uma coordenadora de acampamento com o short cáqui e a camisa polo.

Dou um chute na canela dela.

O cara assente, sem se abalar.

— Que merda.

—Verdade — digo.

Nat me puxa escada acima atrás de Lys.

— Ai, meu Deus, o maconheiro estava *dando em cima de você* — diz ela.

— Né? — Sorrio e remexo o quadril. — Posso estar fora do mercado, mas ainda me querem.

— Ai, meu santinho.

Um formigamento se espalha pelo meu peito, depois pelo corpo todo, se concentrando nas costas. Estou ganhando asas. Não dói nada.

Beth abre a porta assim que batemos. Ela e eu gritamos ao mesmo tempo.

— Seu cabelo está azul! — digo.

— Pois é!

É o apartamento dos meus sonhos. Luzinhas brancas de Natal contornam as janelas por dentro e a mobília é toda moderna, deixando claro que as moradoras são jovens e têm pouco dinheiro, porém descoladas. Ela e as colegas penduraram algumas lanternas chinesas e decoraram as paredes com sarongues coloridos.

Então começa o que considero o melhor fim de semana da minha vida. Ficamos na praia diante de uma fogueira, saímos para comprar donuts às duas da madrugada, passamos as manhãs bebendo café e vamos a um brechó fazer compras. Visitamos os arredores da Universidade do Sul da Califórnia, e não paro de falar do ótimo programa de francês com opção de intercâmbio e da escola de artes cênicas deles, uma das melhores do país. Compro um moletom e tiro uma foto na frente do mascote da USC, tentando não pensar em como vou fazer para pagar pelo curso.

— Olha, preciso perguntar — diz Beth. Estamos sentadas sobre uma toalha na praia, observando Nat e Lys se esbaldarem nas águas geladas do Pacífico. — Por que ainda está com o Gavin? Sei que te digo para terminar com ele o tempo todo, mas é sério: *termina*. Está na cara que você está *muito triste*. Perdeu peso e está com olhos de craqueira.

—Valeu pelo incentivo — digo.

— Às ordens.

Encosto a cabeça no ombro de Beth, que me abraça.

— Estou tentando terminar com ele — digo. — Juro.

Minha irmã se vira e apoia as mãos nos meus ombros, de modo que ficamos de frente uma para a outra.

— Duas pessoas só devem ficar juntas se estiverem felizes.

Balanço a cabeça.

—Você não entende, Beth… Ele quase *morreu*. O médico disse que foi sorte ter sobrevivido. Se terminarmos, como posso saber o que ele vai fazer? Eu não aguentaria se…

Ela ergue as mãos.

— Não é sua obrigação manter Gavin Davis vivo. É *dele*.

Não digo nada. Não tenho o que dizer.

— Repito: você está se transformando na mamãe — diz ela. — Não consegue perceber? Gavin é seu Gigante. Seu namorado é abusivo, perigoso e cem por cento doido. E você simplesmente aceita.

Meus olhos ficam marejados.

—Você está vindo com tudo, hein?

Ela dá de ombros.

— Amo você. E essa merda precisa acabar.

Não ligo para saber como você está. Nem sequer penso em você, tirando na hora dessa conversa com Beth. Fico imaginando como seria minha vida em Los Angeles, conversando com caras lindos e sem camisa que moram no andar de baixo, encontrando amigos entre as aulas. Me imagino entrando em um avião com destino a Paris, para fazer intercâmbio na Sorbonne.

Estamos na fila para comprar biscoitos no Diddy Riese, um lugar conhecido perto da universidade, quando Nat entrelaça o braço no meu.

— Há um ano não te vejo feliz assim — diz ela.

— Eu sei — admito.

A não ser com Gideon, não consigo me lembrar da última vez que ri tanto a ponto de sentir a barriga doer. Não consigo me lembrar de não ter encanado que você me visse conversando com outro cara. Não hesitei nem uma vez, preocupada com a possibilidade de estar por perto e me ver fazendo algo que possa te irritar.

Essa viagem me muda. Me dá uma visão do futuro. É assim que a vida seria sem você.

Não é tão ruim como pensei. Na verdade, não é nem um pouco ruim.

TRINTA E NOVE

Você está muito bravo por eu ter decidido ir ao baile sozinha. Se recusou a ir porque tem vinte anos e "não vou a um baile de merda de ensino médio", mas eu me recuso a deixar de ir.

— Ótimo — você diz. — Vai encontrar aquele imbecil de smoking...
— Gavin, como eu já te disse um milhão de vezes, se eu quisesse te trair, teria traído. Então o que importa se eu for e ele estiver lá?
— Você pode dançar com ele, por exemplo.
— Não vou dançar, porque ele vai acompanhado. O nome dela é Susan e...
— Então você não vai dançar com ele só porque tem namorada.
— Não é o que estou dizendo. Você está colocando palavras na minha boca.
— Olha, não quero discutir. Só estou falando que coisas ruins acontecem na noite da formatura, e é por isso que quero te manter por perto, tá?
— *Você olha para mim de um jeito meio paternal.* — Desculpa se não me sinto à vontade com a possibilidade de minha namorada transar com um cara porque bebeu um pouco demais e ele fica bonito de smoking.
— Só bebi uma vez! — *grito.*
— Na casa DELE — você diz. — Não pense que me esqueci disso. Seu primeiro drinque deveria ter sido comigo.

— Sei muito bem que tenho namorado e isso significa algo para mim, como não transar com outros caras na noite da formatura. Meu Deus, Gavin!
— Vai mesmo fazer isso? — você pergunta, baixinho.
— É minha formatura. Você pode ir. Se não quiser, vou sozinha.

Você olha para mim, surpreso, então entra no carro, o Dodge Challenger com que seus pais te surpreenderam quando você saiu de Birch Grove. Você tem sorte por não terem suspendido sua habilitação depois da multa por dirigir embriagado.

— Arruma um jeito de voltar para casa — você diz, e vai embora.

Espero até você sumir e dou um pulo com o braço levantado, comemorando. Consegui. CONSEGUI, porra!

Percorro os três quilômetros e meio do Honey Pot até minha casa sorrindo sem parar.

Agora estou posando com Nat, Lys e Jessie, sorrindo para o fotógrafo. Estamos em fila, nos abraçando na altura da cintura. Ele tira uma foto enquanto rimos.

— Adoro que o fotógrafo pensa que vocês também são lésbicas — diz Lys quando termina. — É a melhor foto em grupo já feita.

Dou um beijo estalado no rosto de Nat. Ela é a melhor companhia para a formatura que uma garota pode querer. Eu pretendia vir sozinha, mas Kyle teve virose em cima da hora, então decidimos vir juntas.

Nos afastamos do fundo diante do qual tiramos a foto. O tema do baile é *As mil e uma noites*, então parece que estamos no cenário de *Aladim*. Há lanternas em formato de estrela penduradas no teto e janelas de treliça bonitas ao redor do salão do hotel, que está lotado.

Uma música lenta começa a tocar e vamos todos para a pista. Nat e eu fazemos passos de tango, e Jessie e Lys ficam bem fofinhas e melosas uma com a outra.

— Adoro o fato de terem se conhecido na viagem para o Oregon — diz Nat, apontando com a cabeça na direção delas.

— Pois é. — Pensar nessa viagem sempre dói um pouco.

Vejo Gideon perto da mesa de bebidas e meu coração acelera. Como se conseguisse sentir minha presença, ele vira a cabeça e nossos olhos se encontram.

— Para quem você está... — começa a dizer Nat, virando. — Ah.

Aceno rapidamente e desvio o rosto. Não sei se ele acenou de volta.

— Você devia conversar com ele — diz Nat. — Para acabar com o clima pesado, sabe?

Balanço a cabeça, negando.

— Tratei o Gideon muito mal.

— Então vai lá e pede desculpa.

"Empire State of Mind" começa a tocar, e só de ouvir a letra meus olhos se enchem de lágrimas. *In New York, these streets will make you feel brand-new, these lights will inspire you.*

Nat me abraça.

— Sinto muito pela NYU — diz ela.

— Eu também.

Nunca deveria ter permitido que você me convencesse a não me inscrever.

— É culpa minha — murmuro.

—Verdade. Mas, ainda assim, é uma pena — diz ela. — O lado bom é que ficaremos no mesmo estado!

Concordo.

— Vai ser demais... Podemos fingir que nos detestamos nos jogos entre nossas universidades.

Parece que a USC e a Berkeley têm uma rixa.

A noite passa em meio a risos, danças e pés doloridos. No fim, estou descalça, suada e feliz. Você me ligou sete vezes e eu só atendi duas.

— Ele está aí? — É a primeira coisa que você me pergunta quando atendo.

— Sim, literalmente do outro lado do salão, o mais longe possível. Feliz?

Desligo na sua cara e não respondo à mensagem de texto que me manda alguns minutos depois.

Desculpa. Te amo.

Uma música lenta começa a tocar. Estou prestes a me sentar quando alguém segura minha mão. Eu me viro. Meu coração para de bater.

Gideon.

— Posso dançar com seu par? — ele pergunta a Natalie, que está sentada com os pés apoiados em outra cadeira, bebendo ponche.

Ela sorri.

— Claro que sim.

Gideon vira para mim, pedindo permissão com os olhos, e eu confirmo com a cabeça. É muito bom ficar de mãos dadas com ele.

Está tocando "Someone Like You", da Adele, porque o universo está tirando uma com a minha cara.

Never mind I'll find someone like you, I wish nothing but the best for you too...

Gideon me leva até o centro da pista, segura meus braços e envolve seu pescoço com eles. Ele escorrega as mãos para minha cintura. Encosta o rosto no meu.

— Estou tentando criar coragem para fazer isso desde o começo da noite, sabia? — pergunta ele, baixinho.

Sorrio.

— É mesmo?

— É. A possibilidade de ser atacado com um taco de beisebol depois estava me deixando meio preocupado. Mas concluí que valia a pena.

Eu me afasto um pouco para poder encará-lo.

— Sinto muito mesmo. Por tudo.

— Eu sei. — Gideon empurra os óculos para cima e segura minha cintura com mais força. — Vou tentar adivinhar: ele não quis vir a um baile de ensino médio.

— Acertou em cheio. — Dou risada, e a amargura que sinto chega até a me surpreender.

— Você sabe o que vou dizer, não sabe?

Sorrio, lembrando nosso pequeno ritual de antes da sexta aula. Confirmo.

— Sei.

Ele diz sem emitir som: "termina com ele".

— Vou terminar. Me sinto... bem perto de fazer isso.

Gideon me olha com pena.

— Que bom.

Detesto perceber que ele não acredita em mim. Quero que saiba que vou terminar de verdade dessa vez.

— Quer apostar? — pergunto.

— Claro. O quê?

— Se eu terminar com ele até a cerimônia de formatura... você tem que me escrever um e-mail por semana durante o verão.

— E se você não terminar?

— Hum... o que você quer?

— Que continue sendo minha amiga — diz ele.

— Fechado. — Olho para onde a namorada dele está conversando com um grupo de garotas. — Susan não acha ruim você não estar dançando com ela? — Gideon parece feliz, o que é bom. Ele merece.

— Ela não é como o Gavin. Confia em mim.

— Que bom — respondo, balançando a cabeça.

— É mesmo.

Não falamos muito depois disso. Parece que tudo o que podemos dizer já foi dito. Quando a música termina, Gideon me dá um de seus incríveis abraços.

— Boa sorte — diz ele.

— Obrigada.

Nat, Lys, Jessie e eu ficamos até o finalzinho da festa, dançando juntas "Part of Me", da Katy Perry.

— É a sua música! — Lys grita para mim.

Cruzo os dedos das duas mãos e as levanto enquanto cantamos junto, aos gritos:

— *This is the part of me that you're never gonna ever take away from me, no!*

No fim, todas nos abraçamos. Perfume e suor se misturam, nossa maquiagem está borrada e nossos vestidos são compridos demais, mas não nos importamos porque essa é nossa noite, e pela primeira vez não deixei que você a estragasse.

— Estou orgulhosa de você — Nat sussurra em meu ouvido quando caminhamos em direção ao carro.

Apoio um braço no ombro dela.

— Chegamos à formatura — digo.

—Você sabe que estou aqui ao seu lado, né?

Sorrio.

— Sei. E esteve esse tempo todo.

— Estive mesmo, porra — diz Nat.

—Você falou um palavrão!

Os olhos dela brilham.

— Ele que se foda.

Lys se vira e sorri.

— Isso mesmo, ele que se foda!

Rimos sem parar.

E elas estão certas: você que se foda, Gavin.

Todo ano, as turmas de último ano do ensino médio de colégios de toda a Califórnia vão para a Disney e ficam lá depois que o parque fecha para o público. Então, por uma noite, o parque é todo nosso. Nat, Lys, Peter, Kyle e eu vamos em todos os brinquedos pelo menos uma vez, tiramos fotos com personagens usando beca e comemos muito. Só vamos embora quando o céu começa a clarear. Ao chegar a Birch Grove, estou exausta, mas não consigo dormir — é como se tivesse tomado muito café.

Fico tão surpresa quando você aparece na escola para me dar uma carona que não reclamo. Mas, em vez de me levar para casa, vamos para seu apartamento, apesar de eu dizer que não quero. Estou cansada demais, então, assim que chegamos lá, caio na cama e durmo. Quando acordar, vou terminar com você.

Algum tempo depois, desperto sobressaltada. Você está deitado comigo de conchinha, com uma mão dentro da minha calcinha, movimentando o dedo. Sobe, desce, sobe, desce. Sinto sua ereção através da camiseta fina e sua respiração ofegante em meu ouvido.

— Que merda é essa? — pergunto, te empurrando para longe de mim.

Você estreita os olhos.

— Você gostou.

— Eu estava *dormindo*.

Aquele sorriso torto aparece em seu rosto.

— Pode acreditar, eu sei que você gostou.

Me sinto... violentada.

*Eu te observo dormindo à noite
E quero saber com o que sonha*

— Gavin, isso é... sei lá...
Não tenho palavras. De repente, parece que o passeio à Disney aconteceu há anos. Agora não vou me lembrar da diversão com minhas amigas, mas do depois — de você me tocando sem permissão. Sentindo prazer e saindo impune.
—Você é minha namorada. Desde quando não quer que eu te toque? Está agindo como se eu fosse um... *maníaco* ou coisa assim. Meu Deus.
—Talvez você seja mesmo!
Paro de falar quando vejo sua expressão mudar. Não consigo determinar o que é... Talvez *malícia*. É o que vejo. Como naquela noite em que você disse que me odiava pela primeira vez. De repente me dou conta de que estou sozinha em um apartamento com um homem muito mais forte do que eu. E um que parece querer me machucar.
Acalma o cara, uma voz em pânico diz dentro de mim.
De repente, você sobe em mim e me pressiona contra os travesseiros. Fico aterrorizada.
— Diz que me ama — você sussurra, estreitando os olhos. Então monta em mim e tira a camisa, depois se abaixa e resvala os lábios nos meus. — Diz, Grace. Ou juro por Deus que vou me enforcar no banheiro, porra!
Começo a tremer. Seus olhos se fixam nos meus, suas mãos tomam meus punhos e me prendem contra a cama.
— Eu... eu te amo.
Você puxa minha calcinha, depois a tira. Isso não está acontecendo. Não está. Não está.

— Gavin, não, por favor...

— Diz que me deseja — você resmunga. Eu me retraio. — *Grace*.

— E-eu te desejo.

Você pega minha mão e a coloca em seu cinto. Fecho os olhos e finjo que você é Gideon. Finjo que estou em outro lugar, longe desse apartamento, de você e de seu coração batendo contra minha pele.

Me solta, tenho vontade de gritar. *Por favor, me solta.*

Você não é delicado.

Depois, tomo um banho, com a mão sobre a boca para que os soluços não ecoem no banheiro. Estou morrendo de medo. Rezo para você não tentar mais nada comigo. Ou vou me despedaçar.

Você abre a porta de vidro do boxe e entra, sorrindo ao posicionar a cabeça sob o jato de água. Age como se estivesse tudo bem, como se o que aconteceu na sua cama tivesse sido amor. Eu me torno a Fêmea Contida e Submissa. Você me pede para lavar suas costas. Obedeço. Depois se vira e observa enquanto lavo você do meu corpo. O sabonete vai dos seios ao quadril, às coxas, aos pés. Por fim, a espuma desce pelo ralo. Fico dentro do boxe por muito tempo depois que sai. Espero até a água ficar fria. Até não sobrar nada de você.

QUARENTA

Termino com você hoje.

Termino com você mesmo que comece a chorar e seus olhos azuis elétricos brilhem para caramba, que as lágrimas façam seus cílios pesarem. Termino com você mesmo que nunca mais possa vê-lo no palco, com os lábios tocando o microfone, e pensar "Esse é meu namorado".

Use todos os truques que tiver, cada palavra doce, cada olhar sofrido. Lance sua melhor desculpa, sua promessa mais louca — e lance com força, para que eu possa rebatê-las para fora do estádio. Dê tudo o que tem. Não vai ser o suficiente para me manter do seu lado.

— Quatro palavras. Só isso. Você consegue — Nat sussurra. *Estou terminando com você*.

Ela me abraça com força e depois vai se esconder com Lys atrás de uma van parada ali perto, no estacionamento da escola. Nat prometeu que vai terminar ela mesma com você se eu não o fizer. Dei a ela permissão para me arrastar para longe de você se necessário. Sei que faria isso também.

Pedi para você me encontrar no estacionamento do colégio porque é um local público. Porque não confio mais em você. Tenho medo de ficar sozinha com você.

Estou terminando com você pouco antes da formatura. Porque

não vou deixar que estrague esse dia. Não vou te deixar tirar mais uma coisa de mim.

Vou passar o verão inteiro com os amigos que negligenciei nesse último ano. Então vou para uma faculdade bem longe. E vou encontrar alguém com quem não queira terminar.

Assim que terminarmos, vou ligar para sua mãe. Se você tentar se machucar, o problema é seu. Não consigo mais te carregar. Nem vou tentar.

Você está vindo na minha direção agora, com a aba do chapéu tampando os olhos. Você sorri quando me vê e faz uma dancinha, porque chegou o dia que esperava. Mas vou fazer dele o pior da sua vida. Estou quase explodindo de tão nervosa. Dessa vez não há uma parte de mim que ainda te ama, que ainda se anima um pouco quando vem na minha direção com seu andar preguiçoso. Não quero ter nada a ver com você. Nunca mais.

— Como vai minha garota? — você pergunta quando se aproxima.

Sinto as rachaduras se espalhando por meu coração. Você está usando a gravata que te dei no Natal — aquela com o crânio sobre ossos cruzados. Sei que a adora. Sei que a está usando por mim. E é tão esquisito, o você que eu costumava amar sobreposto ao cara que me jogou naquela cama e meteu em mim enquanto eu tentava não chorar. Estou muito triste por nós. Pelo que éramos. Pelo que talvez pudéssemos ter sido.

— Grace?

É tarde demais para Gideon, mas não é tarde demais para mim. *Para mim.* Parece bom ser egoísta, mas também é difícil.

Abro a boca, mas as palavras não vêm. Apesar de tudo, não quero partir seu coração. Gostaria de querer. Seria tão mais fácil terminar com você com um sorriso no rosto. Mas não sou uma rainha guerreira ninja fodona.

Ainda.

— O que aconteceu? — você pergunta. É o Namorado Preocupado.

Meus olhos se enchem de lágrimas. Balanço a cabeça, como se as palavras pudessem simplesmente cair e eu não tivesse que dizê-las. Nat vai ter que pôr mais grampos no meu cabelo — posso sentir o capelo escorregando.

Você estende as mãos para segurar meus braços. Sinto sua pele quente contra a minha.

— O que foi?

Ah, Deus, você acha que não é com você, que estou em meio a algum drama relacionado à formatura. Sua voz é tão doce, a pergunta é tão inocente. Você quer me proteger, e isso é demais para mim. O fim do ensino médio, o fim de nós dois. O começo de todo o resto. Não sei se consigo. Depois do que fez comigo no outro dia, devia ser a coisa mais fácil do mundo. Por que não é? O que há de errado comigo? Viro a cabeça e vejo Nat e Lys. Saber que estão ao meu lado me fortalece.

— Estou terminando com você. Neste instante. Por favor, não diga nada.

As palavras saem depressa. O suor escorre. *Por favor, Deus, por favor permita que eu faça mesmo isso.* Tentei todas aquelas outras vezes, e no fim é uma coisa tão simples. Quatro palavras. *Estou terminando com você.*

Você não faz ideia de como é difícil te amar.
Vadia.
Puta.
Vaca.
Para de ser tão infantil.
Você tem sorte de eu te amar tanto.

Te odeio.
Se terminar comigo, juro que vou me matar.

Você olha fixamente para mim. Sem ameaças. Sem lágrimas. Pela primeira vez, não diz uma palavra sequer. Porque sabe que agora é sério.
E então me afasto de você.
Não olho para trás.

EPÍLOGO

É Natal em agosto.

Natalie e eu decoramos uma árvore artificial. Lys põe sua música festiva favorita para tocar. A casa cheia a biscoito e as meias estão penduradas com esmero perto da chaminé.

Vamos dar uma festa hoje. Lys vai convidar Jessie e Nat vai convidar os amigos de infância dela que estudaram em um colégio diferente, além de Kyle, que agora sabe de toda a história entre mim e você. Ele tem saído bastante com a gente, e é o cara a quem recorremos quando ouvimos um barulho estranho à noite.

Nós três — Nat, Lys, e eu — estamos morando na casa da Nat desde a formatura. A mãe dela está trabalhando como enfermeira em um acampamento de verão, e levou os outros filhos. Temos liberdade total. Confiam em nós, e somos dignas disso.

Os dias se misturam em uma longa fileira de momentos perfeitos: dublar a trilha sonora de *Rent*, copos cheios de refrigerante ao acordar, cozinhar muita ou pouca comida. Vivemos em um casulo de diversão, protegidas de você, do Roy e de qualquer outra coisa que ouse acabar com nossa alegria. Somos jovens, livres e nunca vamos morrer.

Minhas amigas me ajudam a me recompor com um abraço, uma risada e uma dança por vez. Há dias em que acordo triste e com raiva por todo o tempo perdido, pelos meses desperdiçados amando uma bomba-relógio. Elas me levam para tomar uma raspadinha. Me prescrevem vinte minutos pulando na cama elástica ou me forçam a entrar no carro da Nat tarde da noite só para irmos até seu apartamento mostrar o dedo do meio. Às vezes choro e me pergunto como foi possível eu ter sido tão fraca, tão mole, porra. Sem você por perto, finalmente consigo enxergar todos os meios que usou para manter meu coração acorrentado ao seu. A manipulação, o abuso verbal e físico, os jogos mentais. E ainda assim sinto sua falta. Não é foda? Mas sinto. Sinto falta de ser amada, mesmo que fosse um amor doentio, em estado terminal.

Essas garotas, esse verão... são o melhor tipo de remédio. Elas me mostram como posso me bastar, como não preciso de você para ser eu mesma. Me mostram como preencher os dias com lembranças boas, agarrando-as e prendendo em um pote como se fossem vaga-lumes. Elas brilham, brilham e brilham.

Ajudo Nat a pôr a estrela na árvore — o toque final —, então ela me leva até o Honey Pot. Quando meu turno duplo acaba, volta para me buscar. Estou trabalhando o máximo que posso para guardar dinheiro para decorar o dormitório da faculdade, comprar um computador e tudo o mais de que uma universitária precise.

— Eca, estou cheirando a Honey Pot — digo ao entrar em casa. Todos na sala explodem em gargalhadas.

— Eu disse que ela sempre fala isso! — Lys comenta.

Amo isto: ver gente, rir, não me preocupar em não fazer algo que possa te levar a me ameaçar, a me machucar, a me cortar ao meio com suas palavras. Não tenho mais que ficar com medo o tempo todo.

Passaram sete semanas desde que terminei com você. Logo de cara, liguei para sua mãe para ela ficar de olho. Se você tentou se machucar, não fiquei sabendo, mas ela me mandou algumas mensagens dizendo o quanto ela e seu pai sentem minha falta. Eu me pergunto se você contou para ela. Você me assustou algumas vezes, esmurrando a porta no meio da noite, indo me visitar no trabalho. Uma noite, chegamos tarde do cinema e tivemos certeza de que havia invadido a casa — dava para sentir meu perfume no ar, como se tivesse acabado de ser borrifado, e minha blusa favorita sumiu, aquela que você me ajudou a escolher no brechó do centro. Uma ou duas vezes fizemos Kyle passar a noite em casa para não termos que dormir com uma faca debaixo do travesseiro. Nunca vou esquecer o que aconteceu na manhã depois da Disney — do olhar no seu rosto ao segurar meus punhos. Passo noites em claro ao lembrar.

Trocamos presentes embrulhados em um papel com motivos natalinos que encontramos na garagem da Nat. Coisas bobas de lojas de tranqueiras: massa de modelar, uma touca de banho com estampa de patinhos de borracha, seis bonecos dos Comandos em Ação. Kyle vai até o piano e passa os dedos pelo teclado. Penso em Gideon e sinto uma dor no coração.

Coloco os braços na cintura de Nat e Lys enquanto cantamos músicas de Natal, uma após a outra — versões barulhentas e roucas dos velhos clássicos e o melhor cover de "All I Want For Christmas Is You" que já ouvi. Não deixo o fato de você ter cantado essa música para mim no último Natal me perturbar, porque ela não é sua, você não pode ficar com ela. Dirijo as palavras a Natalie e Lys, os verdadeiros amores da minha vida, que ficaram ao meu lado nos piores momentos. Elas são minha luz no fim do túnel, me guiando de volta para mim toda vez que me perco e cambaleio na escuridão.

Em algumas semanas vou me mudar para Los Angeles. Já comprei uma colcha com estampa de leopardo e almofadas vermelhas com um delicado bordado em dourado de dragões chineses, para dar boa sorte. Guardei com cuidado meu pôster de *Rent*. Meu calendário temático de Paris. Meu dicionário de francês. Tudo está empilhado com perfeição em um canto da sala, esperando. Que o resto da minha vida comece. Sei que você vai estar lá, fazendo shows com a Evergreen, sendo um deus do rock. Sua mãe mandou uma mensagem dizendo que você vai se mudar em setembro, mas não para estudar. Fico preocupada com a possibilidade de ir procurar por mim na USC. Ontem a Lys me deu um chaveiro com uma lata de spray de pimenta para que o levasse a todo lugar, então espero, para seu próprio bem, que me deixe em paz. Queria poder avisar cada garota que você vai conhecer, contar a elas que sua beleza, suas músicas sedutoras e seu sorriso enigmático não valem o preço a pagar. Queria poder colar um rótulo de advertência em você. Eu me pergunto se sempre me vai me assombrar desse jeito, um fantasma com taco de beisebol e carro de bad boy.

Natalie e Lys começam a se entusiasmar com "Rudolph the Red-Nosed Reindeer". Meus olhos ficam marejados na hora, e um soluço de choro sobe por minha garganta. Corro para a pia da cozinha e jogo água no rosto, passando mal com a ideia de deixá-las para trás. Queria poder enfiá-las em uma mala e levá-las para meu dormitório na USC. Queria ter todas as horas que você roubou de mim de volta para passar cada minuto com elas.

Preciso de uma desculpa para ter ido à cozinha, então pego uma maçã e começo a torcer o cabinho de forma descompromissada, fazendo a brincadeira de quando era criança. Mais uma vez, dá a letra G.

E de repente entendo.

É um G de *Grace*. Não é você. Não é Gideon. *Eu* sou a pessoa com quem deveria estar neste momento. Levo a maçã à boca e dou uma mordida grande e barulhenta nela.

É tão doce quanto pensei que seria.

NOTA DA AUTORA

Quando tinha dezesseis anos, me apaixonei. Muito. Pelos dois anos e meio seguintes, fiquei em um romance tóxico, desesperada para sair dele. Foi só depois da formatura do ensino médio que criei coragem para terminar com meu Gavin. Pode parecer loucura qualquer pessoa ficar em um relacionamento abusivo por tanto tempo, mas quando se está em um, terminar parece impossível.

A essência deste livro é verdadeira, embora boa parte do que escrevi seja inventado, extremamente alterado ou reimaginado. Como diz Stephen King: "A ficção é uma mentira, e a boa ficção é a verdade dentro da mentira".

Escrevi este livro porque, como coloca a incomparável Lady Gaga: *I'm a free bitch, baby*. Se você está presa em seu próprio romance tóxico, quero que seja livre também. E quero conscientizar a todos: a violência nos relacionamentos já atinge uma a cada três jovens adultas. Mulheres entre dezesseis e vinte e quatro anos sofrem com as maiores taxas de estupro e agressão sexual. Isso é um absurdo e precisa parar.

Nas próximas páginas você vai encontrar informações de como conseguir ajuda e de como ajudar. Também criei um site em inglês para todas compartilharmos nossas experiências e recebermos encorajamento e inspiração. Blogs, arte, música e muito amor:

badromancebook.tumblr.com. Nossa hashtag é #chooseyou, ou seja, "escolha você".

Quem quer que você seja, saiba que as coisas ficam melhores. Só é necessário dar o primeiro passo. Você consegue.

Central de Atendimento à Mulher
Telefone: 180

Disque Denúncia de Violência Contra Crianças e
Adolescentes (Disque Direitos Humanos)
www.sdh.gov.br/disque-direitos-humanos
Telefone: 100

Centro de Valorização da Vida (cvv)
www.cvv.org.br
Telefone: 188

Associação Brasileira de Familiares, Amigos e Portadores
de Transtornos Afetivos (abrata)
www.abrata.org.br
Telefone: (11) 3256 4831

Associação Brasileira de Estudos e Prevenção do Suicídio
(abeps)
www.abeps.org.br

Fênix — Associação Pró Saúde Mental
www.fenix.org.br
Telefone: (11) 3208 1225

Mete a Colher
Este aplicativo é uma rede de apoio que ajuda mulheres a saírem de relacionamentos abusivos e enfrentar a violência doméstica. O projeto está ativo desde março de 2016 e proporciona atendimentos jurídicos e psicológicos a mulheres que precisam de ajuda.
www.meteacolher.org

Livre de Abuso
Este projeto foi criado para ajudar, orientar e acolher vítimas de vários tipos de abuso e relacionamentos abusivos. Você pode entrar em contato com as organizadoras por meio da página do projeto no Facebook.
www.facebook.com/livredeabuso

Projeto Nós
Este é um grupo terapêutico criado com o intuito de ajudar mulheres que foram ou que ainda são vítimas de relacionamentos abusivos. Idealizado e organizado pela psicóloga Thayssa Abari, você pode entrar em contato por e-mail.
www.facebook.com/oprojetonos
oprojetonos@gmail.com

AGRADECIMENTOS

Sarah Torna Roberts e Melissa Wilmarth: obrigada por serem minhas Nat e Lys. Obrigada por dizerem TERMINA COM ELE um milhão de vezes, pelo melhor verão da minha vida, por me manter inteira e me ajudar a me reconstruir. Amo muito, muito vocês. Brandon Roberts, obrigada por ter vindo naquela noite em que tínhamos certeza de que alguém havia entrado em casa e por me fazer rir e ser o irmão mais velho que nunca tive. Diane Torna, sua generosidade naquele verão não teve limites.

Aos professores, conselheiros, pastores e outros adultos que agraciaram minha vida no ensino médio, especialmente Susan Kehler (a melhor professora de teatro que já existiu), Tricia Boganwright, Julie Morgenstern, Sonny Martini e minha família Fire by Night: obrigada pelo apoio e amor nos piores anos da minha vida. (E por dizerem TERMINA COM ELE, muito embora eu tenha demorado demais para ouvir.) Um abraço enorme a todos os amigos e mentores que estiveram presentes de uma forma ou de outra — foram muitos, então me perdoem por não listar nomes, mas espero que saibam quem são.

Muito amor à minha família, especialmente Meghan Demetrios, uma irmã extraordinária: obrigada pelas brigas de chutes, por me defender e sempre estar ao meu lado. Zach Fehst: sou uma garota de sorte por ter casado com você e me tornar parte da sua família incrível (oi, família Fehst!). Sou muito feliz por ter pedido meu celular depois da aula de interpretação no primeiro ano da USC.

Stephanie Uzureau-Anderson, Jessica Welman e Allison Campbel: por onde começo? Sou muito grata pelos deuses dos dormitórios da USC terem nos reunido. Quem adivinharia que "adolescente dramático" seria o tema de um livro um dia? (É claro que não esqueci que antes foi tema de um excelente musical.) Vocês me ajudaram a passar meu primeiro ano sem ELE.

Por último, mas não menos importante, obrigada a Elena McVicar pela leitura beta; a meus Allies in Wonderland da VCFA; à minha incrível agente, Brenda Bowen; e, claro, à minha editora, Kate Farrell, que deixou este livro muito melhor e foi uma grande torcedora durante essa dura jornada. Muito amor a todos da Holt e um "valeu" aos sensacionais artistas que estão na playlist deste livro (principalmente Lady Gaga): vocês tornaram a experiência de reviver essa confusão muito mais fácil e beeeeem mais barata que terapia.

ESTA OBRA FOI COMPOSTA PELA VERBA EDITORIAL EM BEMBO
E IMPRESSA PELA GRÁFICA BARTIRA EM OFSETE SOBRE PAPEL PÓLEN SOFT DA
SUZANO PAPEL E CELULOSE PARA A EDITORA SCHWARCZ EM NOVEMBRO DE 2018

A marca FSC® é a garantia de que a madeira utilizada na fabricação do papel deste livro provém de florestas que foram gerenciadas de maneira ambientalmente correta, socialmente justa e economicamente viável, além de outras fontes de origem controlada.